MAXIMUS (SFOA)

GOLD TEAM – STAHLHARTE BESCHÜTZER
BUCH VIER

RILEY EDWARDS

OPERATION ALPHA

WILLKOMMEN

Liebe Leserinnen und Leser,

willkommen in der Fan-Fiction-Welt von *Special Forces: Operation Alpha*!

Falls Sie diese Welt zum ersten Mal betreten, sollten Sie wissen, dass die Autorin in ihrer Erzählung einen oder mehrere meiner Charaktere verwendet. Manchmal spielt die Figur dabei eine wichtige Rolle in der Geschichte, und zuweilen wird sie nur kurz erwähnt. Das ist völlig legal und erlaubt, da der Roman von Aces Press, LLC veröffentlicht wird.

Dieses Buch ist vollständig das Werk der Autorin. Zwar habe ich beim Brainstorming geholfen und Ideen eingebracht, wenn es darum ging, welche meiner Figuren in der Erzählung erwähnt werden würden, aber ich hatte weder Einfluss auf den Schreibprozess noch auf die Bearbeitung der Geschichte.

Ich bin stolz und begeistert, dass meine Figuren so viel Anklang finden und viele Autorinnen und Autoren ihnen in ihren eigenen Erzählungen Platz schaffen. Vielen Dank, dass Sie sie und mich unterstützen!

Viel Spaß beim Lesen!

Susan Stoker xoxo

BÜCHER VON RILEY EDWARDS

Gold Team – Stahlharte Beschützer:

Brooks

Thaddeus (1 Februar)

Kyle (1 Marsch)

Maximus (1 April)

Declan (1 Mai)

Red Team – Stahlharte Beschützer:

Jasmins Erinnerung

Schutz für Olivia

Vergebung für Violet

Erlösung für Ivy

Die Rettung von Erin

Die Gemini-Gruppe:

Nixons Versprechen

Jamesons Erlösung

Westons Schatz

Alecs Traum

Chasins Kapitulation

Holdens Erwachen

Jonnys Befreiung

Eliteteam 707:

Shanes Auferstehung

Jaspers Freiheit

Levis Erkenntnis

Nolans Zwiespalt

WILLKOMMEN

Liebe Leserinnen und Leser,

willkommen in der Fan-Fiction-Welt von *Special Forces: Operation Alpha*!

Falls Sie diese Welt zum ersten Mal betreten, sollten Sie wissen, dass die Autorin in ihrer Erzählung einen oder mehrere meiner Charaktere verwendet. Manchmal spielt die Figur dabei eine wichtige Rolle in der Geschichte, und zuweilen wird sie nur kurz erwähnt. Das ist völlig legal und erlaubt, da der Roman von Aces Press, LLC veröffentlicht wird.

Dieses Buch ist vollständig das Werk der Autorin. Zwar habe ich beim Brainstorming geholfen und Ideen eingebracht, wenn es darum ging, welche meiner Figuren in der Erzählung erwähnt werden würden, aber ich hatte weder Einfluss auf den Schreibprozess noch auf die Bearbeitung der Geschichte.

Ich bin stolz und begeistert, dass meine Figuren so viel Anklang finden und viele Autorinnen und Autoren ihnen in ihren eigenen Erzählungen Platz schaffen. Vielen Dank, dass Sie sie und mich unterstützen!

Viel Spaß beim Lesen!

Susan Stoker xoxo

Danke, dass Sie sich für den Kauf von *Maximus (SFOA)* entschieden haben. Ich bin überglücklich, erneut in Susan Stokers *Special Forces: Operation Alpha* Universum mitwirken zu dürfen. Seit vielen Jahren bin ich ein Fan von Susan und habe jedes ihrer Bücher (mehrfach) gelesen. Obwohl ich mein Bestes getan habe, um ihren Originalcharakteren treu zu bleiben (denn sie sind einfach fantastisch), bin ich nicht Susan. Daher habe ich die Figuren so wiedergegeben, wie ich sie als Leserin erlebt habe.

Ich möchte, dass alle Fans der SOP-Reihe das Gefühl haben, alten Freunden zu begegnen, wenn sie ihre geliebten Charaktere darin wiederfinden. Ich hoffe, dass ich ihnen gerecht geworden bin. Aber vergessen Sie bitte nicht, dass ich mir auch einige Freiheiten genommen habe.

In *Maximus (SFOA)* spielen auch einige Charaktere der Reihe *SEALs of Protection: Legacy* mit: Rocco, Ace, Gumby, Phantom, Bubba und Rex. Zudem sind einige Handlungsele-mente aus *Ein Beschützer für Zoey* in dem Buch vertreten. Sie können *Maximus (SFOA)* durchaus als eigenständigen Roman lesen, aber ich würde Ihnen empfehlen, sich zuerst *Ein Beschützer für Zoey* zu Gemüte zu führen.

Und natürlich wird der unbestrittene IT-König und Cyber-Genie John »Tex« Keegan uns auch wieder beehren.

Ich hoffe, Sie genießen die Welt, die ich für Sie erschaffen habe, so sehr, wie ich es geliebt habe, sie zu gestalten.

RILEY EDWARDS & OPERATION ALPHA

Ich hoffe, Sie genießen die Welt, die ich für Sie erschaffen habe, so sehr, wie ich es geliebt habe, sie zu gestalten.

Für Susan.
Danke, dass du uns, deinen treu ergebenen Lesern, so wunderbare
Charaktere beschert hast.
Und ein besonderer Dank geht an Dana Smith, unsere hauseigene
Texpertin. Ich hoffe, ich bin deinem Liebsten gerecht geworden.

PROLOG

Da war sie.

Eva Dawson.

Auch bekannt als Eva Dawkins. Mark »Bubba« Wright und Zoey Knight kannten sie unter dem Namen Eve Dane, oder auch Pilotin aus der Hölle. Sie war die Frau, die Motorprobleme vorgetäuscht und die beiden in einem abgelegenen Teil Alaskas ausgesetzt hatte, um sie ihrem Schicksal zu überlassen.

Tex hatte mich nach Florida geschickt, um sie in Gewahrsam zu nehmen. Genauer gesagt wollte er, dass ich sie beschütze.

Was zum Teufel?

Ich hatte die Berichte gelesen und wusste, dass Evas Leben kein Zuckerschlecken gewesen war. Aber was sie getan hatte, war meiner Meinung nach unentschuldbar. Die Frau hätte Bubba und Zoey fast umgebracht. Es war mir ein Rätsel, warum Tex ihr helfen wollte und warum Zoey und Bubba sie vom Haken gelassen hatten.

Jeder hatte mit dem ein oder anderen Trauma aus seiner Vergangenheit zu kämpfen. Das bedeutete jedoch nicht, dass er einen Freifahrtschein hatte und einfach tun und lassen konnte, was er wollte.

Ich beobachtete, wie besagte Frau aus dem Supermarkt

kam, in dem sie als Kassiererin arbeitete. Tex hatte ihr den Job besorgt. Er hatte ihr einen Neuanfang ermöglicht, sie und ihre beiden Söhne umgesiedelt und ihnen neue Identitäten gegeben.

Das hatte sie nicht verdient.

Ihr langes braunes Haar hatte sie zu einem Pferdeschwanz zusammengebunden. Von Weitem sah sie aus wie eine gewöhnliche Frau. Aber wenn man näher kam und einen Blick in ihre gelbgrünen Augen warf, dann wusste man, dass nichts an ihr normal war. Diese Augen waren unglaublich. Fast wirkten sie unecht. Als ich vorhin in der Schlange vor ihrer Kasse stand, hatte ich mich gefragt, ob sie Kontaktlinsen trug.

Die Uniform der Supermarktkette schmeichelte ihr nicht. Die Hose schien ihr zwei Nummern zu groß, und das hässliche grüne Hemd war selbst für ein Kind zu klein. Aber so, wie es ihre prallen Brüste umspielte, war es wohl kaum für ein Kind gemacht.

Meine erste Amtshandlung wäre es gewesen, ein ernstes Gespräch mit der Frau zu führen. Nachdem ich den Supermarkt verlassen hatte, wartete ich neben meinem Geländewagen auf das Ende ihrer Schicht. Schließlich verließ sie den Laden. Statt auf ihre Umgebung zu achten, starrte sie die ganze Zeit auf den Boden.

Ich könnte sie mir schnappen und in meinen Wagen setzen, bevor sie überhaupt begriffen hätte, was los war.

Wie dumm von ihr.

Mein Blick fiel auf eine blonde Frau mit einer Babytrage in der einen und drei Einkaufstüten in der anderen Hand. Sie stolperte und hätte fast die Tüten fallen lassen, als sie versuchte, ihren Autoschlüssel aus der Tasche zu fischen. Dabei rutschte unbemerkt ihr Portemonnaie heraus und landete auf dem Boden. Mein Gott, was war nur mit den Menschen los? Achtete denn keiner mehr auf seine Umgebung? Parkplätze wurden immer häufiger zum Schauplatz von Verbrechen.

Ich wollte gerade vortreten, um die junge Mutter auf den

Verlust ihres Geldbeutels aufmerksam zu machen, als Eva ihn aufhob.

Da ich mich nicht zu erkennen geben wollte, biss ich die Zähne zusammen und hielt mich zurück.

Verdammt noch mal! Offenbar hatte Eva vor, die arme Frau zu beklauen …

»Hey! Warten Sie!«, rief Eva. Die Mutter drehte sich um. »Sie haben Ihr Portemonnaie verloren.«

»Meine Güte. Vielen Dank.« Die junge Mutter wollte den Geldbeutel entgegennehmen, wobei ihr beinahe eine der Tüten entglitt.

»Ich helfe Ihnen.« Eva nahm der Frau die Tüte ab und schenkte ihr ein Lächeln. »Ich habe auch zwei.« Mit einem Nicken deutete sie auf den Säugling im Tragekorb. »Ich weiß noch, wie schwer es am Anfang war.«

»Es ist mein erstes. Ich muss noch viel lernen.«

»Mit der Zeit wird es einfacher«, versicherte Eva ihr. »Kommen Sie, ich helfe Ihnen, die Tüten zu Ihrem Wagen zu tragen.«

»Danke.« Die erschöpfte Mutter atmete tief durch.

Meine Güte. Sie hatten mich nicht bemerkt. Und die Mutter war viel zu vertrauensselig. Eva hätte genauso gut eine Psychopathin sein können, die ihr Kind entführen wollte.

Die beiden mussten wirklich an ihrem Situationsbewusstsein arbeiten. Keiner von beiden schien zu bemerken, was um sie herum geschah.

* * *

»Du bist schon seit drei Tagen da unten und beobachtest sie. Es wird Zeit, dass du Kontakt mit ihr aufnimmst.« Tex war der Ärger deutlich anzumerken.

Ich saß in meinem Geländewagen und behielt den Supermarkt im Auge. Und da war sie. Eva kam nach Feierabend aus der Tür und achtete mal wieder nicht auf ihre Umgebung. Verdammt, es fiel mir immer schwerer, mich zu beherrschen.

»Sie hat morgen frei«, erwiderte ich, aber das wusste Tex bereits. Schließlich hatte er mir ihren Dienstplan gegeben. »Ruf sie heute Abend an und sag ihr, dass ich morgen um zehn bei ihr bin.«

Am anderen Ende der Leitung war ein übertriebenes Seufzen zu hören. »Gut.«

Ich richtete die Aufmerksamkeit wieder auf Eva, die einige Tüten mit Lebensmitteln in den Kofferraum ihres Wagens lud. Es war ein unscheinbares altes Fahrzeug, wahrscheinlich eine Gefälligkeit von Tex.

»Hast du bisher irgendwelche Anzeichen für eine …«

»Bedrohung gesehen?«, beendete ich den Satz für ihn. »Nein. Willst du mir erklären, warum ich den Leibwächter für eine Frau spielen soll, die Bubba und Zoey fast umgebracht hätte?«

»Nein.«

»Wissen Zoey und Bubba, dass du diese Frau finanziell unterstützt …«

»Ja«, schnaubte er. »Sie hatten die Möglichkeit, Anzeige zu erstatten. Beide haben abgelehnt und verstehen meine Beweggründe.«

»Sie fährt los. Ruf sie an. Ich melde mich, nachdem ich mit ihr gesprochen habe.«

»Pass auf sie auf.«

Ich umklammerte das Lenkrad fester. Tex klang fast … verzweifelt. Das sah ihm überhaupt nicht ähnlich. Er wurde nie nervös, sondern blieb immer gelassen, ruhig und berechnend. Wenn er ein Problem sah, dann löste er es, ganz einfach.

Was zum Teufel ist hier los?

Fünf Minuten später parkte Eva ihren Wagen vor einem schäbigen Haus. Sie wohnte nicht hier. Ich blieb in meinem Geländewagen sitzen und beobachtete sie. Langsam begann ich, mich wie ein Stalker zu fühlen. Dabei gab ich mir nicht gerade viel Mühe, meine Anwesenheit zu verbergen. Sie hätte mich längst bemerken müssen. Ich würde wirklich ein ernstes Wörtchen mit ihr reden müssen.

Es war Teil meines Jobs, meine Zielpersonen ins Visier zu nehmen und zu verfolgen. Wie ein Raubtier, das seine Beute jagte. Aber Eva war nicht meine Beute, sondern meine … verdammt, ich wusste nicht, was sie war, denn Tex hatte es mir nicht erklärt.

Ich hatte keine Ahnung, welcher Bedrohung diese Frau ausgesetzt sein könnte. Und ich begann zu glauben, dass das Computergenie es auch nicht wusste. Vielleicht war er deshalb so besorgt.

Mit den Einkaufstüten am Arm klopfte Eva an die Tür des Hauses. Sie sah sich nicht um. Hätte sie zurückgeblickt, hätte sie mich auf der anderen Straßenseite sitzen sehen.

Verdammt. Die Frau war wirklich lebensmüde.

Eine ältere Frau öffnete die Tür und lächelte freundlich. Sie sagte etwas, bevor Eva sich vorbeugte und ihr einen Kuss auf die Wange drückte. Dann gingen beide Frauen ins Haus.

Dreißig Minuten später kam Eva ohne die Tüten heraus und ging zu ihrem Wagen.

Und natürlich ist sie sich auch diesmal ihrer Umgebung nicht gewahr.

Sie ließ die Schultern hängen und hatte einen traurigen Ausdruck im Gesicht. Irgendetwas bedrückte sie.

Für den Bruchteil einer Sekunde hatte ich Mitleid mit Eva.

KAPITEL EINS

»Tex, ich bin dir für alles, was du für uns getan hast, sehr dankbar. Mehr als du ahnst.«

Er konnte es nicht ahnen. Ich hatte mich zwar mehrfach überschwänglich bei ihm bedankt, war sogar vor ihm zusammengebrochen und hatte ihm mein Herz ausgeschüttet. Aber es gab einfach keine Worte, mit denen ich zum Ausdruck hätte bringen können, wie viel seine Hilfe mir bedeutete.

Tex hatte mich gerettet. Und nicht nur das, er hatte auch meine Jungs gerettet.

Er hatte sie aus den Klauen eines abscheulichen, bösartigen Mannes befreit – meinem Ex-Mann.

Jay Dawkins war ein verlogener Drogendealer und ein gewalttätiges Arschloch. Der personifizierte Teufel.

»Aber ich denke, du übertreibst. Uns geht es gut. Dank dir.«

Dafür hatte Tex gesorgt. Vor nicht allzu langer Zeit war ich noch verzweifelt und mittellos gewesen und sah keinen Ausweg mehr. Jay hatte meine Jungs mitgenommen, sie vor mir versteckt und gedroht, ihnen schreckliche Dinge anzutun. Einige der Drohungen setzte er sogar in die Tat um.

Dann kam Tex.

Ich hatte ihn nie zuvor gesehen, kannte weder seinen Nachnamen noch wusste ich, wo er lebte oder wer er war, aber er war mein Retter. Auch wenn er selbst es nicht so sah, ich war ihm für immer zu Dank verpflichtet.

»Keine Schulden. Du bist frei. Kümmere dich um deine Kinder und schau nicht zurück.« Das hatte Tex mir gesagt, als zwei schwarz gekleidete Männer mir meine Kinder in einem schäbigen Motelzimmer übergeben hatten. Dann hatte er mir erklärt, was genau er getan hatte. Er hatte mich in jeglicher Hinsicht gerettet.

Heute lebten wir in einem kleinen Bungalow mit zwei Schlafzimmern in Florida. Mit neuen Identitäten führten wir ein einfaches Leben. Ich ging einer ehrlichen Arbeit nach. Meine Jungs und ich, wir waren endlich frei. Befreit von dem Schmutz und Abschaum, in dem wir dank Jay gelebt hatten.

Nein, das war nicht ganz richtig – ich war selbst schuld an unserer Misere gewesen. Wieder einmal hatte ich eine große Dummheit begangen. Ich hatte mich für Jay entschieden, ohne sein wahres Ich zu erkennen – bis es zu spät war. Und ich hatte den Preis dafür bezahlt. Ich und meine Kinder.

Tex' Stimme holte mich in die Gegenwart zurück. »Ich habe einen Freund von mir beauftragt, dich zu beschützen. Sein Name ist Max Brown. Er ist ein ehemaliger SEAL, der heute für eine private Firma arbeitet. Er gehört zu den Besten. Heute Morgen wird er vorbeikommen, um mit dir zu reden. Ich möchte, dass ihr mit ihm nach Maryland geht. Dort gibt es einen sicheren Unterschlupf...«

»Nein! Mein Job. Ich darf ihn nicht verlieren.«

Gerade hatte meine Fassade einen ersten Riss bekommen. Ich hatte verdammt hart gearbeitet, um meinen Jungs ein stabiles Umfeld bieten zu können. Sie waren glücklich, das durfte ich ihnen nicht nehmen. Nicht schon wieder.

»Ihr seid in Gefahr.«

»Was für eine Gefahr? Jay ist ...«

»Ihr seid in Gefahr«, wiederholte Tex und betonte dabei jedes Wort. Mir lief es eiskalt den Rücken hinunter.

Nein! Nicht schon wieder.

Bevor ich ihn um eine Erklärung bitten konnte, klopfte es an der Tür.

»Frag zuerst, wer es ist, bevor du öffnest.«

»Sicher. Ich weiß nicht einmal, wie dieser Typ aussieht.«

»Blond. Blaue Augen. Fast eins neunzig groß. Er wird ein finsteres Gesicht machen.«

»Ein finsteres Gesicht?«

»Max ist … undurchschaubar. Aber er wird dich mit seinem Leben beschützen.«

»Warum sollte er das tun? Er kennt mich doch gar nicht.«

»Weil ich ihn darum gebeten habe. Er ist dir zwar noch nie begegnet und vertraut dir übrigens auch nicht, aber er kennt mich.«

Nun ja, mein freier Tag ist gerade den Bach runtergegangen.

Ich ging zur Tür und rief: »Wer ist da?«

»Max Brown.«

Tiefe, raue, dumpfe Stimme.

Angenehm.

»Woher weiß ich, dass Sie es sind?«

»Braves Mädchen«, lachte Tex am anderen Ende der Leitung.

»Tex hat mich geschickt.«

»Wie sehen Sie aus?«

»Wollen Sie mich in Rage bringen?«, erwiderte Max.

»Nein, natürlich nicht. Aber ich kenne Sie nicht und bin nur vorsichtig.«

»Sicher. Deshalb blicken Sie auch ständig zu Boden, wenn Sie von der Arbeit kommen, und achten nicht auf Ihre Umgebung. Oder Sie helfen einer jungen Mutter dabei, Einkaufstüten in ihren Wagen zu laden, ohne zu bedenken, dass das vielleicht alles nur ein Hinterhalt sein könnte, um Sie zu entführen. Oder Sie besuchen eine alte Frau und bleiben dreißig Minuten lang bei ihr, ohne zu bemerken, dass Ihnen ein Mann gefolgt ist, der draußen in seinem Wagen sitzt und Sie beobachtet. Ja, Eva, das ist wirklich vorsichtig.«

»Ich habe vergessen zu erwähnen, dass er schon seit ein paar Tagen in der Stadt ist und dich beschattet hat«, erklärte Tex.

»Wie bitte? Warum hast du mir das nicht gesagt?«

Mir gefror das Blut in den Adern. Tex würde sich nicht so viel Mühe machen, wenn er nicht ernsthaft besorgt wäre.

»Telefonieren Sie gerade mit Tex?«, fragte Max auf der anderen Seite der Tür.

»Ja.«

»Hat er Ihnen gesagt, warum ich hier bin?«

»Ja.«

»Dann öffnen Sie die Tür.«

»Ich glaube, das lasse ich lieber. Sie klingen nicht sonderlich nett. Irgendwie machen Sie mir Angst.«

»Glauben Sie mir, ich bin nett zu Ihnen. Ich bin hier, um Sie zu beschützen, und nicht, um irgendwelche verdammten Spielchen zu spielen. Jetzt machen Sie die verdammte Tür auf.«

»Jetzt will ich erst recht nicht.«

»Eva, öffne die Tür. Max hat nicht viel Geduld«, drängte Tex am anderen Ende der Leitung.

»Großartig«, zischte ich.

Mürrisch riss ich die Tür auf.

Dann stockte mir der Atem und ein kribbelnder Schauer schoss durch mich hindurch. Ein Blitz der Erkenntnis durchzuckte mich.

Feuer und Eis. Das war Max. Eiskalte blaue Augen, in denen dennoch ein Feuer loderte. Mit einem finsteren Blick starrte er mich an. Hätte er die Augen nicht mürrisch zusammengekniffen, hätte er mich an einen Surfer aus Südkalifornien erinnert. Allerdings war ich noch nie in Kalifornien. Ich stammte aus Alaska, wo es keine Surfer gab. Aber ich hatte genügend Filme gesehen, um zu wissen, dass Max Brown die Hülle einer Surfer-DVD hätte zieren können.

Kauften die Leute heutzutage überhaupt noch DVDs oder Blu-rays? Wurden nicht alle Filme einfach gestreamt …

»Eva?«

»Mist. Entschuldigung. Ich war … äh …«

»In Gedanken.«

Nun warf ich ihm einen finsteren Blick zu. »Nein, das stimmt nicht«, blaffte ich.

»Sicher«, entgegnete er nur gedehnt. »Ist Tex noch in der Leitung?«

»Verdammt«, murmelte ich, während ich das Handy immer noch an mein Ohr gepresst hatte. »Entschuldige, Tex. Max ist hier.«

»Das habe ich mitbekommen, Eva. Bitte lass ihn rein und sprich mit ihm. Ich rufe dich in der nächsten Stunde zurück.«

»Also schön.« *Meine Güte, ich klinge wie eine undankbare Zicke.* »Entschuldige bitte. Danke für deine Hilfe. Dann warte ich auf deinen Anruf.«

Ich beendete das Gespräch und straffte die Schultern. »Wollen Sie hereinkommen?«

»Gern.« Max trat ein. Plötzlich wirkte mein kleines Haus winzig und erdrückend.

»Und was jetzt?«

Max ließ den Blick über meine Einrichtung schweifen. Sie war nicht sonderlich elegant, aber ich war verdammt stolz auf das, was ich meinen Söhnen bieten konnte.

Anfangs hatte ich Tex' Hilfe gebraucht. Er hatte mich an diesen Ort gebracht und mir Starthilfe gegeben. Aber danach hatte ich jegliche weitere Hilfe abgelehnt. Ich hätte unmöglich noch mehr Geld von diesem Fremden annehmen können.

Ich arbeitete und verdiente mein eigenes Geld. Ich zahlte meine Miete und brachte Essen auf den Tisch.

Keine Almosen mehr – nie wieder.

»Wo sind Ihre Kinder?«

»Warum?«, fragte ich forsch. Es klang wie eine Anschuldigung, obwohl ich nicht einmal wusste, wessen ich ihn bezichtigte.

Aber ich kannte den Mann nicht und hatte auf die harte Tour gelernt, dass es besser war, niemandem zu vertrauen. Tex war eine Ausnahme. Er hatte sich als meines Vertrauens würdig erwiesen, als er meine Jungs befreite und sie zu mir zurückbrachte.

»Ganz ruhig, Eva. Das war nur eine Frage.«

»Es gefällt mir nicht, wenn mich jemand nach meinen Kindern ausfragt. Die beiden gehen Sie nichts an.«

»Doch, das tun sie, denn ich habe den Auftrag, sie zu beschützen.«

Nun, dem konnte ich nicht widersprechen, aber ich wollte ihm trotzdem nicht verraten, wo meine Jungs sich befanden. Tex wusste rund um die Uhr, wo sie waren. Sie trugen beide Uhren mit einem High-Tech-Ortungsgerät, das er selbst erfunden hatte. Es beruhigte mich zwar zu wissen, dass ich sie jederzeit lokalisieren konnte, aber solange sie außer Sichtweite waren, war ich immer ein wenig nervös.

»Hören Sie, Eva. Ich will nur wissen, ob sie zu Hause oder noch in der Kindertagesstätte sind.«

Sofort war ich wieder in Alarmbereitschaft und ballte die Hände zu Fäusten.

»Warum? Kennen wir uns?«

Max beäugte kurz meine Hände, bevor er wieder meinem Blick begegnete. »Warum? Weil ich wissen will, ob sie in Hörweite sind, denn dann muss ich aufpassen, was ich sage. Und nein, wir kennen uns nicht. Aber ich stand in der Schlange an Ihrer Kasse und folge Ihnen seit vier Tagen.«

»Sie haben wirklich Nerven«, schrie ich mit schriller Stimme.

Ich versuchte nach Kräften, sowohl meine Atmung als auch meinen Puls zu verlangsamen, aber vergebens. Erinnerungen prasselten auf mich ein. Vor einiger Zeit war mir schon einmal jemand gefolgt und ich hatte ihn auch nicht bemerkt.

»Atmen Sie, Eva«, wies Max mich an.

»Das tue ich!«, presste ich hervor.

»Ich werde Ihnen nicht wehtun. Tex hat mich geschickt, um Sie zu beschützen.«

»Aber statt sich zu erkennen zu geben, haben Sie mich verfolgt.«

»Sicher, wenn Sie es so nennen wollen.«

Was zum Teufel?

»Nun, wie würden Sie es denn *nennen,* wenn Sie sich ohne mein Wissen an meine Fersen heften?«

»Aufklärung. Sie wussten nicht, dass ich mich in Ihrer Nähe befand, also haben Sie sich völlig normal verhalten. Das bedeutet, dass ich einen möglichen zweiten Verfolger gesehen hätte, *falls* noch jemand Sie im Visier hat.«

»Sie klingen nicht sehr überzeugt«, bemerkte ich.

Max zuckte mit den Schultern. »Ich bin mir nicht einmal sicher, ob Tex daran glaubt. Er ist wachsam, und das verstehe ich. Aber solange ich keine weiteren Informationen habe, weiß ich nicht, wonach ich suchen muss. Ich weiß jedoch mit absoluter Sicherheit, dass Ihnen während der letzten vier Tage niemand außer mir gefolgt ist.«

Ich atmete erleichtert auf. Das waren gute Nachrichten. Nein, *großartige* Nachrichten. Tex war einfach nur übervorsichtig. Das bedeutete, dass Max sich wieder auf den Rückweg machen konnte.

»Dann brauche ich keinen Schutz.«

»Das habe ich nicht gesagt. Ich sagte, dass Ihnen niemand gefolgt ist. Aber ich kann nicht wissen, ob es nicht jemanden gibt, der Ihnen schaden will.«

Na toll.

»Sie reden wohl nicht um den heißen Brei herum, nicht wahr?«

Er verengte seine stahlblauen Augen zu schmalen Schlitzen. Instinktiv wollte ich zurückweichen, doch ich kämpfte gegen den Drang an.

Nie wieder werde ich mich von einem Mann in die Ecke drängen lassen.

»Wäre es Ihnen lieber, wenn ich Ihnen Zucker in den Arsch blase und Sie einfach gehen lasse? Sie laufen arglos durch die Gegend und bemerken nicht, was um Sie herum vor sich geht. Falls jemand Sie angreifen wollte, würden Sie ihn nicht kommen sehen. Denn glauben Sie mir, Sie sind ein leichtes Ziel. In den letzten Tagen hätte ich Sie mehrere Male unbehelligt schnappen können. Und ich muss schon sagen, nachdem ich den Bericht über Sie gelesen habe, überrascht mich das sehr. Sie haben sich in der Vergangenheit eine Menge Ärger eingehandelt. Ich hätte gedacht, dass jemand wie Sie etwas vorsichtiger wäre.«

Scham und Schuld brannten wie Säure durch meine Adern.

Er wusste von meiner Vergangenheit. Er wusste, was ich getan und worauf ich mich eingelassen hatte. Aus diesem Grund hatte er mich mit Abscheu gemustert, als ich ihm die Tür geöffnet hatte. Nicht ohne Grund glaubte er, ich sei ein leichtes Opfer, denn ich war mein ganzes Leben lang eines gewesen.

Aber das war vorbei. Nie wieder würde ich Schwäche zeigen.

KAPITEL ZWEI

Was auch immer Eva durch den Kopf ging, es musste schmerzhaft sein. Allerdings verstand ich nicht, warum meine Worte sie so aufgebracht hatten. Ich hatte nur die Wahrheit gesagt.

Sie musste wachsamer sein. Jemand mit ihrer Vergangenheit sollte es wirklich besser wissen und nicht derart unaufmerksam sein.

»Und noch etwas«, fuhr ich fort. »Wenn Sie Ihre Söhne in der Kindertagesstätte absetzen …«

»Wie bitte?«

»Die Kindertagesstätte, Eva. Sie sollten nicht auf der Straße, sondern auf dem Parkplatz parken.«

Ich spürte sofort, dass etwas in ihr sich veränderte. Sie straffte die Schultern und trat einen Schritt auf mich zu, während in ihren gelbgrünen Augen ein wütendes Feuer loderte.

»Sie haben meine Kinder beobachtet?«, knurrte sie mit einem animalischen Grollen in der Stimme.

Verdammt, diese zierliche Frau bot *mir* die Stirn.

Sie schien sich zum Angriff bereit zu machen. Es war geradezu lächerlich, wenn man bedachte, dass ich sie nicht nur bezwingen, sondern ihr mühelos den Garaus machen konnte. Trotzdem war sie bereit, ihre Kinder zu beschützen wie eine Löwenmutter ihre Jungen.

Herrgott. Ich war mir nicht sicher, was ich davon halten sollte. Ich traute dieser Frau nicht und kannte sie nicht. Das wenige, was ich über sie wusste, gefiel mir ganz und gar nicht. Aber in diesem Moment war ich verdammt beeindruckt.

»Ich habe *Sie* beobachtet, daher habe ich Sie zwangsläufig mit Ihren Kindern gesehen. Aber meine Absicht war es …«

»Mir zu folgen. Richtig, ich weiß. Um Aufklärung zu betreiben. Mit anderen Worten, Sie wollten sich vergewissern, dass ich nicht vom rechten Weg abkomme und nicht in alte Gewohnheiten verfalle.«

Hm. Für jemanden, der in Sachen persönliche Sicherheit eine Niete war, war sie nicht dumm.

»Ja, das war einer der Gründe«, antwortete ich.

Es hatte keinen Sinn, sie anzulügen. Darüber hinaus log ich grundsätzlich nicht. Schon gar nicht, um die Gefühle einer Frau zu schonen, die beinahe meine Freunde umgebracht hätte.

»Und habe ich bestanden?«

»Ich weiß nicht, sagen Sie es mir.«

Eva trat näher, und der süßliche, fruchtige Duft ihres Parfüms stieg mir in die Nase. *Das hätte ich nicht erwartet.*

»*Sie* haben mich doch beobachtet.«

»Ja, und zwar vier ganze Tage lang, Eva. Ich habe keine Ahnung, in welchen Schlamassel Sie hier geraten sind. Ich weiß nur, dass Tex Sie aus einer extrem misslichen Lage befreit hat und dass Bubba und Zoey Mitleid mit Ihnen hatten und deshalb keine Anklage gegen Sie erhoben haben. Ich weiß auch, dass Sie vorbestraft sind und versucht haben, einen Mann zu töten, den ich sehr respektiere. Nur weil ich in den vergangenen Tagen nicht gesehen habe, dass Sie sich an irgendwelchen illegalen Aktivitäten beteiligen, heißt das nicht, dass Sie irgendetwas bestanden haben.«

Bevor Eva die Augen schloss, konnte ich noch den

verletzten Ausdruck darin sehen. Ich kam mir vor wie ein Vollidiot.

Verdammte Scheiße.

»Eva …«

»Sie haben recht mit Ihren Anschuldigungen.« Eva riss die Augen auf und presste die Lippen zu einer dünnen Linie zusammen. »Ich habe Mark und Zoey nicht um Gnade gebeten, weil ich etwas Unverzeihliches getan habe. Und ich habe Tex nicht um Hilfe gebeten, aber ich werde ihm bis an mein Lebensende dankbar sein. Sie können mich von mir aus verurteilen, auf mich herabblicken und mich hassen, aber wissen Sie was? Es ist mir scheißegal, weil es ohnehin nichts gibt, was ich zu meiner Verteidigung sagen könnte.

Damit muss ich jeden Tag leben. Von dem Moment an, in dem ich morgens aufwache, bis zu dem Moment, in dem ich abends zu Bett gehe. Die Erinnerung an meine Vergehen ist allgegenwärtig. Niemals werde ich den Ausdruck des Schreckens vergessen, mit dem sie mich angesehen haben, als ich sie zurückgelassen habe. Die Verwirrung in Zoeys Augen und die Wut in Marks Gesicht.

Aber wissen Sie, was ich auch nicht vergessen kann? Die Stimme meines sechsjährigen Sohnes, als er mich anflehte, ihm zu helfen, weil der Mann, der ihn hätte lieben sollen, ihn verbrannt hatte. Hilflos musste ich anhören, wie mein Baby vor Schmerzen weinte. Also werde ich mich nicht für meine Taten entschuldigen. Sie können sich Ihr Misstrauen und Ihr Urteil über mich in den Arsch schieben. Denn ich versichere Ihnen, dass ich dasselbe noch einmal tun würde, wenn ich meine Kinder dadurch retten könnte. Wenn ich müsste, würde ich Ihnen ein Messer in den Rücken rammen, solange meine Jungs in Sicherheit sind.«

Unbändige Wut stieg in mir hoch.

»Dieser Wichser hat was getan?« Eva zuckte zusammen und ihr Wagemut schwand sichtlich, als sie mich eindringlich musterte. »Wiederholen Sie das, Eva. Was hat Jay Dawkins Liam angetan?«

»Er hat seine Zigarette auf seinem Arm ausgedrückt,

während ich mit ihm telefoniert habe. Es hat mich innerlich zerrissen zu hören, wie mein Kind Schmerzen leidet, und das wusste Jay. Er hat meinen Sohn benutzt, um mich zur Mitarbeit zu zwingen. Ich wollte es nicht tun. Ich hatte einen Plan und hatte schon mit der Polizei gesprochen, aber als Jay meinen Sohn verbrannte, hatte ich keine andere Wahl. Und keine Zeit. Ich brauchte das Geld, um Jay auszuzahlen. Andernfalls hätte er mir meine Kinder nicht zurückgegeben.«

Ich hatte keine Ahnung, was Tex mit dem Arschloch angestellt hatte, aber ich hoffte, dass er ihn nicht getötet hatte.

Diese Ehre wollte ich für mich beanspruchen.

»Verdammt«, knurrte ich und fuhr mir mit den Händen durchs Haar.

Diese Information hatte Tex in seinem Bericht nicht erwähnt. Ich wusste genau warum.

Sie traf einen wunden Punkt.

»Lassen Sie uns noch einmal von vorn anfangen«, schlug ich vor.

»Warum? Das würde auch keinen Unterschied machen. Tex wird bald zurückrufen und uns mitteilen, dass er überreagiert hat. Und Sie können sich auf den Weg zurück nach Hause machen.«

Tex neigte nicht dazu überzureagieren – niemals.

Verdammt.

»Bevor er zurückruft, sollten wir uns hinsetzen und uns unterhalten.«

»Worüber?«

»Darüber, was passiert ist, seit Sie hierhergezogen sind.«

»Ich habe nichts verbrochen. Ich arbeite und komme nach Hause. Ich spreche mit niemandem. Ich bringe meine Kinder zur Kindertagesstätte und hole sie wieder ab, das ist alles.«

»Eva, bitte.« Ich bemühte mich um einen sanften Ton, aber ich spürte zu viel Hass, um sanft zu klingen.

Eva seufzte und setzte sich auf einen Sessel gegenüber

dem Sofa. Dazwischen stand ein Couchtisch. Offensichtlich wollte sie mich auf Abstand halten, und ich konnte es ihr nicht verübeln. Ich hatte mich wie ein Arschloch benommen. Aber so war ich nun einmal. Es war kein Geheimnis, dass ich der Misstrauische in meinem Team war.

Ich machte es mir auf dem Sofa bequem und fuhr fort: »Das stimmt nicht ganz. Ich habe gesehen, wie Sie sich mit der Frau unterhalten haben, die ihre Brieftasche verloren hat. Und gestern haben Sie einer älteren Dame Lebensmittel nach Hause geliefert.«

»Mrs. Wyman? Sie hatte gerade eine Knieoperation und ist nicht in der Lage, einkaufen zu gehen. Ihr Sohn kommt ab und an vorbei, um nach ihr zu sehen, aber er ist berufstätig. Da ich im Supermarkt arbeite, habe ich angeboten, die Lieferungen zu übernehmen.«

Ich hatte das unbestimmte Gefühl, dass Eva ihre Hilfe auch angeboten hätte, wenn sie nicht im Laden gearbeitet hätte.

»Also reden Sie doch mit jemandem.«

»Ich dachte, Sie meinen …« Eva verstummte. Ich konnte mir denken, was sie gedacht hatte, denn ich hatte sie im Grunde beschuldigt, etwas Illegales zu tun.

»Dies ist kein Verhör.« Sie schien nicht überzeugt zu sein. Statt um den heißen Brei herumzureden, kam ich gleich zur Sache. »Ich versuche herauszufinden, ob die Bedrohung erst seit Kurzem besteht oder ob sie Ihnen hierher gefolgt ist. Dazu muss ich wissen, mit wem Sie in Kontakt gekommen sind. Selbst die Frau auf dem Parkplatz könnte ein Lockvogel gewesen sein, um Sie in ein Gespräch zu verwickeln. Liefern Sie noch an andere Kunden Lebensmittel aus? War jemand übermäßig freundlich zu Ihnen? Hat jemand Sie um eine Verabredung gebeten? Haben die Eltern eines anderen Kindes die Jungs zu sich eingeladen? Ich muss alles wissen.«

»Niemand hat mich gebeten, mit ihm auszugehen.« Evas Wangen erröteten, und mich überkam ein Gefühl der Erleichterung. »Selbst wenn, hätte ich abgelehnt. Ich bin mir ziemlich sicher, dass ich für den Rest meines Lebens allein sein werde. Wollen Sie nicht eher wissen, ob ich vielleicht jemanden verärgert habe?«

»Im Moment interessiert mich mehr, ob jemand betont freundlich war. Hat Sie denn jemand bedroht? War jemand wütend auf Sie?«

»Nein«, seufzte sie. »Niemand war wütend. Und niemand war übertrieben nett zu mir. Mrs. Wyman ist dankbar. Sie versucht, mir Geld zu geben, aber ich nehme es nicht an, also backt sie uns manchmal Kekse. Ich habe ihren Sohn kennengelernt, als er vor ihrer Operation im Supermarkt mit ihr einkaufen war. Er war nett, aber nicht übermäßig freundlich. Ich habe ihn einmal bei ihr im Haus gesehen, aber er hat mich nicht beachtet. Die Frau auf dem Parkplatz mit der Brieftasche war eine einmalige Sache. So etwas ist zuvor noch nie passiert. Die Leute in der Kindertagesstätte sind freundlich, aber sie schenken mir oder den Jungs keine besondere Beachtung.«

Ich lehnte mich zurück. Natürlich war ich froh, dass niemand sie oder ihre Jungs belästigt hatte, aber ich wünschte auch, ich hätte einen Anhaltspunkt.

»Haben Sie jemals jemanden vor Ihrem Haus herumschleichen sehen? Ist Ihnen vielleicht jemand gefolgt?«

Sie zog die Augenbrauen in die Höhe und lächelte.

Meiner Konzentration half das nicht gerade, denn sie hatte ein wunderschönes Lächeln.

»Sie meinen irgendwelche anderen fremden Männer außer Ihnen? Ich glaube nicht. Aber Sie haben mich bereits darauf hingewiesen, dass ich nicht auf meine Umgebung achte.«

»Ja, und das muss sich ändern.« Evas Lächeln verblasste und ich tadelte mich selbst für meinen schroffen Tonfall. »Ich will damit sagen, dass es gefährlich ist, so unachtsam zu sein. Sie müssen die Augen offen halten.«

Sie nickte, erwiderte aber nichts.

Verdammt. Bei dem Gedanken, dass sie wie ein blindes Huhn herumlief, drehte sich mir der Magen um.

»Irgendwelche außergewöhnlichen Anrufe? Hat vielleicht jemand einfach aufgelegt?«

»Nein. Nur Tex, die Kindertagesstätte und die Leute auf der Arbeit haben meine Handynummer.«

»Keine Freundinnen oder …«

»Ich habe keine Freunde.«

Ausdruckslos. Nüchtern. Sachlich.

Sie hatte keine Freunde.

Mein Gott.

Ich schluckte meine Wut hinunter und überlegte, was ich sie sonst noch fragen könnte.

»Warum machen Sie ein so wütendes Gesicht?«

Verdammt, fragte sie mich das allen Ernstes?

»Tex will, dass ich Sie und Ihre Jungs mit nach Maryland nehme«, erwiderte ich ausweichend.

»Ich habe ihm gesagt, dass das nicht infrage kommt.«

»Falls jemand Sie bedroht, kann ich Sie dort besser beschützen. Mein Team kann …«

»Ich werde meine Jungs *nicht* aus ihrem gewohnten Umfeld reißen. Sie haben sich gerade erst eingelebt. Auf keinen Fall, Max, sie haben schon genug durchgemacht. Und Tex weiß nicht einmal, ob wir überhaupt in Gefahr sind.«

Warum entfachte es in mir jedes Mal ein Feuer, wenn diese Frau sich in eine unerbittliche Beschützerin verwandelte?

Und warum wurde meine Jeans im Schritt zu eng, als sie aufsprang, die Schultern straffte, das Kinn in die Höhe reckte und mich mit zusammengekniffenen Augen fixierte?

Ich sollte Eva nicht mögen. Man konnte ihr nicht trauen – wie den meisten Frauen. Meine Teamkameraden hatten mit ihren Partnerinnen das große Los gezogen, aber mir war auch bewusst, dass so etwas selten war. Frauen waren nur auf das Eine aus und sie benutzten und intrigierten, um es zu bekommen.

Außerdem hatte Eva zugegeben, dass sie mir, wenn nötig, ein Messer in den Rücken rammen würde.

Und ich glaubte ihr.

KAPITEL DREI

Ich hoffte, dass Tex bald zurückrufen würde. Max musste von hier verschwinden.

Mit seiner Anwesenheit schien er den gesamten Raum in meinem kleinen Wohnzimmer einzunehmen. Er sog all den Sauerstoff ein, sodass mir das Atmen schwerfiel. Der Mann war überlebensgroß und starrte mich mit einem durchdringenden Blick an, der mich nervös machte.

Es war nicht zu übersehen, dass er mich nicht mochte. Das konnte ich ihm kaum übel nehmen, ich hatte in der Vergangenheit einige schreckliche Dinge getan. Ich bemühte mich, dafür Buße zu tun, aber zugleich wusste ich, dass ich nie Erlösung finden würde. Nichts würde die schwarzen Flecke auf meiner Seele tilgen können. Trotz allem bereute ich nicht, meine Söhne gerettet zu haben. Aber ich bereute es, dabei zwei unschuldige Menschen verletzt zu haben. Das würde ich mir nie verzeihen.

Zoey und Mark.

Gott sei Dank waren sie am Leben.

Ich wusste damals, dass sie bessere Chancen hatten zu überleben als die meisten Menschen. Mark Wright war immerhin ein Navy SEAL.

Max' Handy klingelte und ich hielt den Atem an. *Bitte lass es Tex sein.*

»Tex«, sagte Max zur Begrüßung.

Erleichterung durchströmte mich und mir entfuhr ein »Gott sei Dank«. Max begegnete meinem Blick.

Meine Güte, diese eisblauen Augen waren tödlich.

Während er Tex aufmerksam zuhörte, beäugte er mich wachsam und abschätzend. Voller Verachtung.

Er hatte sich bereits ein Urteil über mich gebildet und würde es sicher nicht ändern. Das war mir zwar egal, doch ich spürte seinen Zorn förmlich.

»Richtig«, sagte Max. »Ich habe bereits mit ihr darüber gesprochen. Sie weiß nichts, was uns von Nutzen sein könnte.«

Natürlich nicht, weil ich nutzlos bin.

»Sicher.« Max hielt das Handy vor sich in die Höhe und drückte auf das Display. »Du bist auf Lautsprecher.«

»Eva?«, ertönte Tex' Stimme.

»Ja.«

»Ich will, dass du mit Max nach Maryland fährst. Sein Team kann dich in einem sicheren Unterschlupf …«

»Nein, Tex. Du weißt ganz genau, dass die Jungs hier endlich ein stabiles Umfeld haben. Ich kann sie nicht einfach so herausreißen. Mir ist hier niemand zu nahe gekommen.«

»Ich verstehe. Warum kommst du dann nicht zu Melody und mir?«, konterte er.

»Melody?«

»Meine Frau.«

»Ich wusste nicht, dass du verheiratet bist.« Doch der Gedanke entlockte mir ein Lächeln. Tex war ein wunderbarer Mann mit einem guten Herzen. »Das freut mich für dich.«

»Hör zu«, seufzte er. »Ich würde dich nicht bitten, mit deinen Jungs umzuziehen, wenn die Lage nicht ernst wäre. Ich habe selbst zwei Kinder und weiß, wie wichtig Stabilität ist.« *Tex ist Vater? Wow. Das erklärt, warum er meinen Kindern geholfen hat.* »Vertrau mir.«

Die letzten beiden Worte hallten mir in den Ohren wider. *Vertrau mir.* Ich vertraute niemandem.

Ich hatte in meinem Leben zwei Männern blind vertraut, und beide hatten mir übel mitgespielt. Einer hatte mich so richtig aufs Kreuz gelegt. Und der andere hatte mich auf eine Weise verraten, die ich nie vergessen werde – meine Söhne würden es nie vergessen.

»Tex, ich klinge ja nur ungern wie eine kaputte Schallplatte, aber ...«

»Jemand hat einen Auftragskiller angeheuert, um dich zu töten, Eva.«

Oh, verdammt.

Ich war mir nicht sicher, wer von uns beiden sich mehr versteifte. Max schien jeden Muskel in seinem Körper anzuspannen, während sämtliche Zellen in meinem Körper in Flammen standen.

»Wie bitte?«, stammelte ich.

»Wer hat den Auftrag erteilt?«, erkundigte Max sich unwirsch.

»Ich arbeite noch daran, das herauszufinden. Das Kopfgeld ist nicht sonderlich hoch, daher gab es nicht viele Interessenten. Aber heute Morgen hat jemand den Auftrag angenommen. Jetzt ist ein Killer hinter Eva her.«

»Äh ... bist du wirklich sicher? Du könntest dich doch irren, nicht wahr?«

Gütiger Gott, ich klang wie eine Närrin, aber meine Gedanken überschlugen sich. Ein Auftragskiller?

»Ich wünschte, es wäre so, Eva, aber ich irre mich nicht.«

»Ich habe nichts getan«, platzte ich heraus. »Ich schwöre es.«

Max' eisiger Blick war immer noch wachsam, aber jetzt war ein Anflug von Mitleid darin zu erkennen.

Herrje. Ich wollte sein Mitleid nicht. Weder seines noch das von sonst irgendjemandem. Ich wollte nur mit meinen Jungs ein ruhiges Leben führen.

»Die Jungs!«, rief ich.

»Die Belohnung ist nur auf einen Kopf ausgesetzt, nämlich deinen«, sagte Tex in beschwichtigendem Tonfall.

»Aber sie werden meine Jungs benutzen, um an mich heranzukommen. Sie werden ihnen wehtun und …«

»Beruhigen Sie sich, Eva«, blaffte Max.

»Sagen Sie mir nicht, ich soll mich beruhigen. Meine Jungs sind in Gefahr. Meinetwegen.«

Ich war die schlechteste Mutter des Jahres. Ach von wegen, ich war die schlechteste Mutter der Geschichte. Schuldgefühle überkamen mich, während ich zugleich von Angst gepackt wurde.

Nicht meine Jungs. Nicht schon wieder. Sie hatten meinetwegen schon genug durchgemacht.

»Ich werde nicht zulassen, dass Ihnen oder Ihren Kindern etwas zustößt«, schwor Max. »Tex, wie viel Zeit haben wir deiner Meinung nach?«

»Das kann ich dir leider nicht sagen. Ich habe die IP-Adresse nach Idaho zurückverfolgt, doch das hat nichts zu bedeuten. Allerdings kann ich mir bei dem niedrigen Kopfgeld kaum vorstellen, dass wir es mit einem Profi zu tun haben.«

Niedriges Kopfgeld, oh mein Gott. Ich bin nicht einmal die Kosten für einen Profi wert.

»Grabe weiter und melde dich wieder«, sagte Max zu Tex.

»Passt auf euch auf.«

Mit diesen Worten beendete Tex das Gespräch. Max legte sein Handy beiseite und musterte mich. Er schien über etwas nachzudenken.

»Ihr werdet Urlaub machen«, sagte er schließlich.

»Wie bitte?«

»Auf diese Weise können wir den Jungs erklären, warum wir einen Ausflug machen.«

Meine Jungs! »Ich muss sie aus der Kindertagesstätte abholen …«

»Wir holen sie gleich. Aber zuerst brauchen wir einen Plan«, ermahnte Max mich.

»Ich kann nicht in Urlaub fahren. Mein Job.«

Ich schloss die Augen. Mir war klar, dass ich mich albern

verhielt, aber ich hatte mein Leben gerade erst wieder in die richtigen Bahnen gelenkt. Liam und Elijah hatten angefangen, mir wieder zu vertrauen. Langsam löste sich ihre Anspannung und die Albträume ließen nach. Und jetzt das.

Wir mussten schon wieder fliehen.

»Rufen Sie Ihre Chefin an und erzählen Sie ihr, dass einer der Jungs krank ist. Irgendetwas wird Ihnen schon einfallen. Mandelentzündung. Windpocken.«

Bekommen Kinder heutzutage überhaupt noch Windpocken?

»Großartig. Ich muss schon wieder lügen«, schnaubte ich. »Ich soll die Menschen täuschen, die mir vertrauen. Aber ich bin ja eine wahre Meisterin darin, andere zu belügen, meine Kinder in Gefahr zu bringen und die falschen Entscheidungen zu treffen.«

»Eva, Sie können sich entweder selbst bemitleiden oder Sie können mir helfen, eine Möglichkeit zu finden, mich Ihren Kindern vorzustellen, ohne ihnen wehzutun. Denn wenn das hier vorbei ist, werde ich wieder verschwinden. Ich nehme nicht an, dass Sie ihnen die Wahrheit sagen wollen, deshalb brauchen wir einen Plan. Wenn Sie Ihren Job behalten wollen, müssen Sie Ihre Chefin zwangsweise belügen. Sie können sie auch anrufen und kündigen. Die Entscheidung liegt ganz bei Ihnen.«

Seine Worte schnitten wie scharfe Klingen in mein Herz. Erging ich mich wirklich in Selbstmitleid? Verhielt ich mich selbstsüchtig?

Ich wollte einfach nur ein guter Mensch sein. Mein ganzes Leben war eine Aneinanderreihung von Ereignissen gewesen, die sich meiner Kontrolle entzogen hatten. Mit fünfzehn verließ ich mein Zuhause in dem Glauben, mich selbst zu retten. Stattdessen hatte ich herausgefunden, wie naiv ich war. Als ich den einen Albtraum hinter mir gelassen hatte, stolperte ich in den nächsten. Ich lernte, wie eine falsche Entscheidung ungeahnte Konsequenzen haben konnte, die über mich hereinbrachen, bis ich so tief darunter vergraben war, dass ich mich nicht mehr aus eigener Kraft hatte befreien können.

Nichts hatte ich je selbst in der Hand gehabt.

»Ich würde lieber kündigen«, erwiderte ich schließlich.

»Im Ernst?«

»Ja. Ich werde meine Chefin anrufen und ihr sagen, dass ich mir aufgrund eines Notfalls eine Woche freinehmen muss. Entweder sie genehmigt mir den Urlaub oder ich kündige. Aber ich werde ihr nicht vorschwindeln, dass mein Kind krank sei. Lulu war immer sehr nett zu mir. Sie weiß, dass ich alleinerziehende Mutter bin, und hat meinen Dienstplan an die Kita angepasst. Das werde ich nicht mit Lügen honorieren. Nach allem, was geschehen ist … nun, das spielt keine Rolle. Aber ich werde Lulu gegenüber so ehrlich wie möglich sein. Ich werde wegen eines Notfalls um eine Woche Urlaub bitten.«

Max runzelte die Stirn und musterte mich mit seinen kalten Augen.

»Was auch immer Sie als notwendig erachten. Und was ist mit Ihren Söhnen?«, fragte er.

»Ich will nicht, dass sie Sie sehen.«

»Unmöglich. Ich muss in der Nähe bleiben.«

»Sie haben …«

»Heute Nacht werde ich in meinem Wagen vor dem Haus warten. Auf diese Weise kann ich Sie im Auge behalten, ohne dass die Jungen mich zu Gesicht bekommen. Sie können sie in aller Ruhe auf den Urlaub vorbereiten. Morgen fahren wir los. Ich werde Ihnen in meinem Wagen folgen, und wenn wir irgendwo übernachten müssen, nehme ich das Zimmer neben Ihrem. Aber danach müssen Sie mich ihnen irgendwie vorstellen.«

Meine Frustration wuchs stetig. Wieder einmal würde ich meine Kinder anlügen und ihnen einen anderen Mann vorstellen müssen. Liam würde sich wahrscheinlich fragen, ob das nächste kriminelle Arschloch in unser Leben getreten war und er wieder verletzt werden würde.

»Und was soll ich ihnen sagen? Dass sie ein Leibwächter sind?«

»Herrgott, Eva. Ich weiß es nicht. Erzählen Sie ihnen, ich

sei ein Freund. Und wo wir schon einmal dabei sind, sollten wir wahrscheinlich auch auf die Förmlichkeiten verzichten. Also, ich verstehe, dass du versuchst, für die Vergangenheit Buße zu tun und wiedergutzumachen, was deine Kinder durchmachen mussten. Aber du hast keine andere Wahl. Entweder du gaukelst deinen Jungs vor, dass ihr in Urlaub fahrt und ich ein Freund bin, dem du zufällig begegnet bist, oder du machst mir die Arbeit schwer. In diesem Fall gehst du jedoch das Risiko ein, von einem verdammten Auftragskiller ausgeschaltet zu werden. Und was dann? Wo werden deine Kinder dann leben? Wer wird sie beschützen, wenn du tot bist?«

»Ich habe nie eine Wahl«, flüsterte ich und mein Magen verkrampfte sich. »Wohin werden wir fahren?«

Max griff nach seinem Handy. »Was gefällt Liam und Elijah?«

»Ich verstehe nicht.«

»Mögen sie den Strand? Vergnügungsparks? Flugzeuge?«, hakte Max nach.

»Liam ist von Zügen besessen, also ist Elijah ebenfalls verrückt danach. Aber ich verstehe immer noch nicht, warum du danach fragst.«

»Du willst sie nicht anlügen, aber du kannst ihnen nicht die Wahrheit sagen. Also werden sie tatsächlich in den Urlaub fahren. Allerdings mit einem Leibwächter.«

Max tippte etwas in sein Handy, und mir traten Tränen in die Augen.

»D-Danke«, stammelte ich.

»Gern geschehen. In Tifton, Georgia gibt es ein Museum. Wenn wir die 75 nach Norden nehmen, können wir uns weitere Sehenswürdigkeiten ansehen. Wir bleiben in Bewegung, du und deine Söhne seid in Sicherheit, und Tex und mein Team können herausfinden, wer den Auftrag erteilt hat.«

»Und der Auftragskiller?«

»Darum kümmere ich mich. Ich bin hier, um dich zu beschützen. Aber ich hoffe, dass er nicht einmal in deine

Nähe kommt. Wie Tex schon sagte, wird sicher kein Profi am Werk sein. Das bedeutet, dass wir es mit einem unerfahrenen Idioten zu tun haben werden.«

»Sicher.«

»Ich kann und werde dich beschützen«, versicherte Max mir. »Tex mag dich. Er hätte mich nicht geschickt, wenn er nicht überzeugt davon wäre, dass ich mein Handwerk beherrsche.«

»Tex mag mich nicht. Ich habe versucht, seinen Freund und Zoey zu töten. Er hat lediglich Mitleid mit mir, aber vor allem wollte er meine Jungs retten. Die ganze Zeit über habe ich mich gefragt, warum er sich so für sie eingesetzt hat, aber nun, da ich weiß, dass er selbst Vater ist, ergibt es Sinn.«

»Tex hätte alles getan, um Liam und Elijah zu helfen, ob er nun ein Vater ist oder nicht. So ist er eben.«

Ich musste Max beim Wort nehmen, ich kannte Tex nicht so gut wie er. Der Mann war mir ein Rätsel. Mein Schutzengel, den ich noch nie zuvor gesehen hatte.

»Nochmals vielen Dank für …«

»Nicht der Rede wert. Mein Job ist es, dich zu beschützen. Aber um das zu tun, benötige ich deine Mithilfe. Wenn ein Besuch in einigen Museen deine Schuldgefühle lindert und dich dazu bewegt, mit mir zusammenzuarbeiten, dann ist der Trip die Mühe wert. Aber du solltest dir darüber klar sein, dass wir in Zukunft keine Zeit für Kompromisse haben werden. Wenn ich dir etwas sage, musst du dich an meine Anweisungen halten. Und um Himmels willen, sei etwas wachsamer. Achte auf deine Umgebung. Ich werde immer in der Nähe sein, aber ihr seid zu dritt. Wir müssen an einem Strang ziehen, um die Jungs zu beschützen.«

An einem Strang ziehen, um die Jungs zu beschützen … Das Konzept war mir fremd.

Liam erinnerte sich nicht an seinen Vater, denn er hatte schon vor seiner Geburt das Weite gesucht. Aber sowohl Liam als auch Elijah erinnerten sich an Jay. Und mein Ex-Mann hatte zweifellos nie etwas für ihre Sicherheit getan.

KAPITEL VIER

»Ernsthaft, Bruder, du hast im Wagen geschlafen?«, lachte Brooks.

Ich hatte nicht geschlafen, sondern war die ganze verdammte Nacht über wach gewesen und hatte Evas Haus beobachtet, während sie und ihre Jungs friedlich schlummerten. Stündlich hatte ich das Grundstück patrouilliert, um mich zu vergewissern, dass sie in Sicherheit waren. Den Rest der Zeit hatte ich gegrübelt. Jetzt befanden wir uns auf der 75. Ich folgte Eva und den Jungs in meinem Geländewagen. Liam und Elijah hatten keine Ahnung, dass ich ganz in der Nähe war.

»Wir fahren nach Tifton, Georgia«, erklärte ich, statt seine Frage zu beantworten. »Buche uns ein Hotel. Wir brauchen zwei Zimmer mit einer Verbindungstür.«

»Verstanden.«

»Und heute Abend, wenn wir im Hotel ankommen, werden wir die Route festlegen. Ich ziehe in Erwägung, auf der 75 zu bleiben. Entlang der Straße gibt es etwa fünf weitere Museen, die wir besuchen können.«

»Warum zum Teufel bringst du sie nicht einfach hierher? Zane hat einen sicheren Unterschlupf bereitgestellt.«

Das war die Eine-Million-Dollar-Frage, über die ich letzte Nacht stundenlang nachgedacht hatte.

Weil sie um jeden Preis eine gute Mutter sein will.

Ein sicheres Versteck wäre die einfachste und klügste Lösung, aber ich konnte sie nicht dazu zwingen. Natürlich könnte ich sie gegen ihren Willen dorthin verfrachten, doch die Entschlossenheit, die ich in ihren Augen gesehen hatte, als sie sich geweigert hatte, weder ihre Chefin noch ihre Söhne anzulügen, hatte mich mitten ins Herz getroffen. Ich hatte erwartet, dass sie kein Problem hätte, ihre Chefin zu beschwindeln. Es kam nicht selten vor, dass Angestellte sich krank meldeten, obwohl sie eigentlich kerngesund waren. Aber Eva war fest entschlossen, so ehrlich wie möglich zu sein.

»Weil sie zwei Jungs hat. Zweifellos hast du Tex' Bericht gelesen und weißt, was sie durchgemacht haben. Eva will sie nicht aufs Neue verängstigen. Durch den Roadtrip glauben die Kinder, sie machen Urlaub, und haben keine Ahnung, dass sie in Wirklichkeit auf der Flucht sind.«

»Das sieht dir gar nicht ähnlich. Normalerweise scherst du dich nicht um die Meinung der Schutzperson.«

Ich schwieg, denn Brooks' Worten hatte ich nichts entgegenzuhalten. Bisher hatte ich mir noch nie von jemandem vorschreiben lassen, wie ich ihn beschützen sollte. Ich erledigte es auf meine Weise. Punktum.

»Also schön«, seufzte Brooks. »Offenbar willst du nicht weiter darüber reden. Ich sehe mir die Hotels an und melde mich dann bei dir.«

»Danke.«

Ich schaltete die Bluetooth-Verbindung aus und Musik erfüllte den Innenraum des Geländewagens.

Aber ich achtete gar nicht darauf. Meine ganze Aufmerksamkeit galt dem Wagen vor mir. Ich konnte Liam und Elijah auf dem Rücksitz sehen. Während ich Eva beschattet hatte, hatte ich schon häufiger beobachtet, wie sie den kleinen Elijah in seinen Kindersitz schnallte. Aber vorhin hatte ich zum ersten Mal bezeugt, wie der Junge seine Mutter angelächelt hatte.

Beide Kinder hatten vor Freude kaum an sich halten

können und hatten Eva offenbar viel zu erzählen. Ich hatte zwar nicht verstehen können, was sie sagten, doch Liams Mund hatte sich unaufhörlich bewegt.

Ich hatte die richtige Entscheidung getroffen. Es war furchtbar, was Eva Bubba und Zoey angetan hatte, aber ihre Kinder sollten nicht für ihre Verbrechen leiden. Sie waren auch nur Opfer.

Meine Gedanken wanderten zurück zu einer Zeit, in der ich in Liams Alter war. Damals wurde mir bewusst, dass die Hölle, in der ich lebte, nicht normal war. Ich hatte verstanden, was um mich herum vor sich ging.

Mir war klar geworden, dass Liebe Schmerz bedeutete.

Kein Kind sollte die Schrecken ertragen müssen, die Liam und Elijah erlebt hatten.

Die Musik verstummte. Ein Klingeln erfüllte den Geländewagen und riss mich aus meinen tristen Erinnerungen.

»Tex«, antwortete ich. »Gibt es Neuigkeiten?«

»Ja. Der Typ ist ein Vollidiot. Ich konnte ihn problemlos aufspüren. Er heißt Chris Peters und kommt aus Kalifornien, nicht aus Idaho. Er wurde ein paarmal verhaftet, aber nur wegen irgendwelcher Bagatellen. Seine bisherige kriminelle Karriere weißt nicht darauf hin, dass er für einen Auftragsmord geeignet ist. Das ist beunruhigend.«

Beunruhigend war noch milde ausgedrückt, und das aus vielerlei Gründen. Chris Peters hatte den Auftrag angenommen, weil er entweder dringend zwanzigtausend Dollar brauchte oder weil er eine Mordlust verspürte.

»Wie ist es möglich, dass jemand Eva ausfindig machen konnte?«

Wenn Tex vermeiden wollte, dass jemand gefunden wurde, wurde er nicht gefunden. So einfach war das. Dennoch hatte jemand herausgefunden, wo Eva und die Jungs sich befanden.

»Weil ich Mist gebaut habe.«

»Wie bitte?«

»Ich war davon ausgegangen, dass wir die Gefahr gebannt hatten, indem wir uns um Jay Dawkins gekümmert haben. Eigentlich wollte ich die drei in einem sicheren Unterschlupf unterbringen und ihnen neue Identitäten geben. Aber Eva bestand darauf, die Namen der Jungs nicht zu ändern. Es ist nicht schwer, eine Mutter mit zwei Kindern aufzuspüren, die Eva, Liam und Elijah heißen. Außerdem wollte sie so schnell wie möglich irgendwo sesshaft werden, damit Elijah eingeschult werden konnte. Ich hätte mich nicht von ihr überreden lassen sollen, aber …«

»Du musst es mir nicht erklären, Tex. Ich verstehe dich.«

Das tat ich wirklich. Denn die drei unternahmen nun eine Urlaubsfahrt, statt irgendwo in einem sicheren Unterschlupf zu sitzen, weil *ich* mich von Eva dazu hatte überreden lassen.

Verdammt.

»Ist es möglich, dass sie nur ihr Spiel mit dir treibt?«, wollte ich wissen.

»Nein. Eva will unter allen Umständen für die Sicherheit dieser Jungen sorgen. Aber sie lässt sich von ihrem schlechten Gewissen leiten. Sie wollte Liam und Elijah keine neuen Namen geben, weil sie sich für ihre Söhne ein normales Leben wünscht. Sie hat jede Hilfe abgelehnt, die ich ihr angeboten habe, seit sie nach Florida gezogen ist. Das kleine Haus bezahlt sie aus eigener Tasche. Sie hat sogar angeboten, mir das Geld für den Wagen zurückzuzahlen, den ich ihr gekauft habe. Fünftausend Dollar. So viel Geld hat sie nicht. Sie arbeitet in einem Supermarkt und muss zwei Kinder allein durchbringen, trotzdem wollte sie keine Almosen. Verdammt, Max, fünf Riesen sind für mich nichts, aber für sie sind es fünf Monatsmieten. Eva weiß, dass sie Mist gebaut hat. Ich hätte ihr nie geholfen, wenn ich nicht gewusst hätte, dass sie keine andere Möglichkeit hatte.«

»Was verschweigst du mir?«

»Eine ganze Menge.«

Die ehrliche Antwort schockierte mich zutiefst. Ich beobachtete weiter die Straße. Eva und die Jungs fuhren eine Wagenlänge vor mir in gemächlichem Tempo.

»Ich kann sie nicht beschützen, wenn du mir etwas verheimlichst.«

»Um sie zu beschützen, musst du nicht mehr wissen als das, was ich dir erzählt habe.«

»Da liegst du falsch. Ich muss alles wissen.«

»Dann frag sie. Ich habe dir alles gesagt, was für den Fall relevant ist. Wenn du mehr über sie erfahren willst, dann musst du sie schon fragen. Sie hatte kein Problem damit, mir ihr Herz auszuschütten, ich musste sie nicht einmal drängen. Wenn du sie erst einmal zum Reden gebracht hast, wirst du wahrscheinlich feststellen, dass ihr beide viel gemeinsam habt.«

Genau das hatte ich befürchtet.

»Hat sie dir erzählt, dass dieser Wichser Liam verbrannt hat?«, wollte ich wissen.

»Ja. Er hat sechs Brandmale auf seinem Arm.«

Während ich am Steuer saß, sollte ich über so etwas nicht nachdenken. Meine Wut brodelte stets in mir und drohte an die Oberfläche zu kommen.

»Was ist mit Jay passiert?«

»Er stellt kein Problem mehr dar«, antwortete Tex knapp.

»Das habe ich nicht gefragt«, seufzte ich.

»Eine andere Antwort wirst du nicht bekommen.«

»Warum weichst du mir aus? Du drückst dich doch sonst nicht so vage aus.«

»Ich drücke mich immer vage aus.« Tex stieß einige Flüche aus, dann lenkte er ein. »Jay ist keine Bedrohung mehr, weil er nicht mehr atmet. Seine Operation war Schwachsinn und leicht zu zerschlagen. Die einzigen Personen, für die er wirklich eine Bedrohung darstellte, waren Eva und diese Kinder. Er benutzte die Jungen, um sie zu kontrollieren. Sie war sein Ass im Ärmel, als er sie verlor, war er nichts. Deshalb hat er ihr die Jungs weggenommen. Er wusste, dass sie alles tun würde, um sie zurückzubekommen. Jay hat das Treffen mit Bubbas Bruder arrangiert. Wusstest du, dass sie bereits die Polizei kontaktiert hatte? Eva war bereit, mit Jay zusammenzuarbeiten, aber dann hat dieser

Liam verletzt und Eva hat die Sache selbst in die Hand genommen.«

Tex erzählte mir nichts, was ich nicht schon aus seinem Bericht wusste. Ich war froh zu hören, dass Jay das Zeitliche gesegnet hatte, aber es wäre befriedigend gewesen, ihn selbst zur Strecke zu bringen.

Und der Knoten in meinem Magen hatte sich auch noch nicht gelöst. Wir brauchten mehr Informationen über denjenigen, der Chris Peters angeheuert hatte.

»Wo willst du Peters den Garaus machen?«

»Ich habe ein Team vor Ort. Die Jungs haben sich Zutritt verschafft, nachdem du und Eva heute Morgen ihr Haus verlassen hattet.«

»Ein Team? Herrgott. Warten sie *in ihrem* Haus?«

»Ja, drei Männer. Einen habe ich am Flughafen abgestellt. Peters ist heute Morgen nach Florida geflogen. Ich will sehen, wie er vorgehen wird, wen er kontaktiert, ob er direkt zu ihrem Haus geht oder ob er eine Weile brauchen wird, um sie zu finden.«

»Herrgott, Tex, das ist ihr Zuhause. Sie lebt dort mit ihren Kindern. Sie würde an die Decke gehen, wenn sie wüsste, dass ein Team da drin ist.«

»Dann erzähl es ihr nicht. Du weißt genau, dass ich die Männer nicht dort postiert hätte, wenn ich es nicht für nötig gehalten hätte. In ein paar Tagen sollte alles vorbei sein, vielleicht sogar früher.«

Gott sei Dank dafür.

»Halte mich auf dem Laufenden. Brooks kümmert sich um unsere Hotelbuchung. Bis heute Abend habe ich den Rest unserer Route geplant.«

»Verstanden.«

Damit beendete Tex das Gespräch. Wieder erfüllte Musik den Raum, während meine Gedanken sich überschlugen. Mein Gott, Tex und seine Geheimnisse. Eva und ihre mangelnde Kooperation. Die beiden machten diese Mission viel schwieriger, als sie hätte sein müssen. Das Schlimmste war, dass ich nachgegeben hatte und Eva bekam, was sie wollte. Sie hatte sich eine Geschichte ausgedacht, die wir den Jungs erzählen würden, sollte ich ihnen *zufällig* im Museum über den Weg laufen. Es wäre einfacher gewesen, ihnen die Wahrheit zu sagen, aber ich verstand, dass Eva ihren Söhnen verheimlichen wollte, dass sie in Gefahr war. Ich konnte ihre Verzweiflung förmlich spüren.

Verdammt. Die Frau tat ihr Bestes, um ihren Söhnen ein normales Leben zu ermöglichen. Ich konnte ihr den Wunsch einfach nicht abschlagen. Immerzu fragte ich mich, was geschehen wäre, wenn meine Mutter versucht hätte, das, was sie mir angetan hatte, wiedergutzumachen. Hätte es einen Unterschied gemacht? Wäre ich ein anderer Mann geworden? Hätte ich ihr vergeben?

Es hatte keinen Sinn, darüber nachzudenken, denn meine Mutter hatte sich nicht geändert. Sie hatte mich nicht beschützt, sondern mein Leben für immer verändert und mich zu dem Mann gemacht, der ich war.

* * *

»HEY, MAX!«

Ich drehte mich um und verzog in gespieltem Erstaunen das Gesicht, als Eva meinen Namen vom anderen Ende des Museumsparkplatzes rief.

»Eva«, grüßte ich sie. Es zerrte an meinen Nerven, dass wir diese Scharade überhaupt spielen mussten.

»Jungs. Das ist mein Arbeitskollege Max Brown. Max, das sind meine Söhne Liam und Elijah.«

Eva legte jedem der Jungen sanft die Hand auf die Schulter.

»Elijah.« Ich nickte dem Jüngeren der beiden zu und warf dann einen Blick auf Liam.

Ich musste mich beherrschen, um nicht zusammenzuzucken, als ich Evas ältesten Sohn betrachtete.

Wachsam. Misstrauisch. Wütend.

Für einen Moment fragte ich mich, ob ich in seinem Alter auch so ausgesehen hatte. Damals hatte ich erkannt, wie abscheulich die Menschen waren, mit denen ich zusammenlebte. Damals lernte ich, wie grausam das Leben sein konnte.

Der Junge war nicht in der Lage, es zu verbergen. Es brach mir nicht nur das Herz, es machte mich auch verdammt ungehalten.

»Liam. Schön, dich kennenzulernen.«

Er antwortete nicht, sondern schmiegte sich an seine Mutter. Reiner Selbstschutz.

Gott, Allmächtiger – dieser Junge!

KAPITEL FÜNF

»Wenn du mit meiner Mutter zusammenarbeitest, warum bist du dann den ganzen Weg hierhergekommen?«, fragte Liam misstrauisch.

»Vielleicht mag er auch Züge«, warf ich ein.

»Magst du Züge?« Liam blickte zu Max auf.

»Züge sind gar nicht so schlecht.« Max zuckte mit den Schultern. »Aber deshalb bin ich nicht hier.«

Was hatte Max vor? Er hatte mir versprochen, dass er den Jungs nicht die Wahrheit sagen würde. Liam schmiegte sich dicht an mich und versteifte sich.

Dieser verdammte Max Brown machte meinem Sohn Angst.

»W-Warum bist du dann hier?«, stammelte Liam.

Max begegnete meinem Blick. Seine Augen waren kalt wie Eis, dennoch loderte ein Feuer in seinen Iriden. Er war wütend. Warum, wusste ich nicht. *Also schön, du Mistkerl, ich bin ebenfalls aufgebracht.*

»Hier gibt es auch eine Veteranenausstellung, die ich mir ansehen wollte.«

»Was ist das?«, wollte Liam wissen.

»Ein Veteran ist jemand, der beim Militär gedient hat«, erklärte Max. »Hier im Museum gibt es nicht nur Züge, sondern auch einen Raum mit einer Militärausstellung.«

»Oh.«

»Wenn du mit den Zügen fertig bist, kann deine Mutter vielleicht mit dir dorthin gehen. Ich habe gehört, dass es dort ein cooles Motorrad gibt.«

Liam blickte fragend zu mir auf, also sagte ich: »Wir können es uns gern ansehen.«

Mein Sohn nickte und Max starrte ihn nur an.

Was zum Teufel hat das zu bedeuten?

»Eli, möchtest du ein Motorrad sehen?«, fragte ich.

»Ja.«

Mein kleiner Eli war schon immer schüchtern und ruhig gewesen. Mit seinen vier Jahren ordnete er sich oft seinem Bruder unter. Ich fragte mich, ob das eine Folge des Traumas war, das er erlitten hatte, oder ob Eli seinen großen Bruder einfach verehrte. Liam war schon immer der Beschützer gewesen, insbesondere in meiner Abwesenheit.

»In Ordnung. Vielleicht sehen wir uns im Museum«, verabschiedete Max sich.

Das war Teil des Plans. Max hatte zugestimmt, die Jungen nicht zu bedrängen und nach der ersten Begegnung abzuwarten, bis sie sich etwas entspannt hatten. Ich wusste, dass Max nicht ins Gebäude gehen würde. Er hatte gesagt, dass er uns aus der Ferne beobachten würde, sodass Elijah und vor allem Liam ihn nicht sehen konnten.

»Hat mich gefreut, dich zu sehen, Max«, log ich.

Ich freute mich nicht, ihn zu sehen, denn der Mann erinnerte mich daran, dass jemand versuchte, mich umzubringen. Irgendwo lauerte eine Bedrohung, durch die ich wieder einmal gezwungen war zu lügen.

Mein Gott, wann hört das endlich auf? Wann kann ich einfach ein normales Leben führen?

»Mich auch, Eva. Schön, euch beide kennengelernt zu haben.«

Max ging mit großen Schritten davon. Ich sah ihm nach und fragte mich, wohin er wohl ging. Während der zweieinhalbstündigen Fahrt hatte ich eine Menge Zeit, um über die jüngsten Ereignisse nachzudenken.

Ein Auftragskiller machte Jagd auf mich, weil jemand es auf meinen Kopf abgesehen hatte. Meine erste Vermutung war, dass dieser Jemand Jay sein könnte. Tex hatte mir jedoch versichert, dass er nie wieder zu einem Problem für uns werden würde. Aus irgendeinem Grund vertraute ich dem mysteriösen Mann. Ich glaubte nicht, dass Tex Versprechungen machte, die er nicht halten konnte.

Wenn es also nicht Jay war, wen zum Teufel hatte ich so sehr erzürnt, dass er mich tot sehen wollte?

Die Tatsache, dass jemand hinter mir her war, jagte mir eine Heidenangst ein. Ich wünschte, Max wäre nicht in der Menge verschwunden. Mir wäre es viel lieber, er bliebe in unserer Nähe. Er war groß, breitschultrig und muskulös und hatte die kältesten Augen, die ich je gesehen hatte. Jeder, der sich mit ihm anlegte, musste lebensmüde sein.

Feuer und Eis.

»Was willst du zuerst sehen?«, fragte ich Liam.

»Ist Max ein netter Mann?«

Meine Güte, es schmerzte, die Frage aus dem Mund meines Sohnes zu hören. Liam wollte nicht einfach nur wissen, ob Max ein netter Mann war, er wollte ergründen, ob er ein böser Mensch war, der ihm wehtun könnte. Er erkundigte sich nach Max' Charakter. Dafür war ich verantwortlich. Ich hatte dafür gesorgt, dass mein Sohn nun Angst vor Männern und vor Menschen im Allgemeinen hatte, denn durch mich war Jay in sein Leben getreten. Der Mann, der einst eine Vaterfigur für ihn gewesen war, hatte ihn verletzt.

»Ich denke schon. Er schien immer nett zu sein, wenn ich mich mit ihm unterhalten habe.«

Das war nicht einmal gelogen. Aber mehr konnte ich dazu nicht sagen, weil ich Max nicht wirklich kannte.

»Ich will das Motorrad sehen«, sagte Liam schließlich.

»Okay. Dann lass uns reingehen.«

Ich suchte die Gegend nach Max ab, konnte ihn aber nirgendwo sehen. Es war zwar keine Horde von Besuchern vor dem Museum, aber eine Handvoll kleinere Gruppen, und er war irgendwo in der Menge verschwunden. Plötzlich schlug mir das Herz bis zum Hals.

Was, wenn uns jemand gefolgt war? Was, wenn gerade jemand eine Waffe auf mich richtete?

»Mommy?«

»Ja?«

»Nach wem suchst du?«

Mist. Wie immer beobachtete Liam mich genau. Nach allem, was vorgefallen war, schien er sich seiner Umgebung besonders bewusst zu sein. Max wäre hocherfreut zu wissen, dass wenigstens mein Sohn darauf achtete, was um ihn herum vor sich ging. Seiner Meinung nach war ich nicht aufmerksam genug.

»Nach niemandem, Schatz. Ich suche nur den Eingang.« Die Lüge kam mir problemlos über die Lippen und ich verfluchte mich im Stillen dafür selbst.

»Da drüben.«

Liam zog mich mit sich. Der kleine Eli, der seinem Bruder überall hin folgte, hielt meine Hand und trottete mit.

Monatelang hatte ich ohne meine Söhne leben müssen. Ich hatte sie so sehr vermisst, dass der Verlust mir physische Schmerzen bereitet hatte. Voller Wut und Verzweiflung hatte ich um sie geweint. Manchmal hätte ich sogar schwören können, dass ich ihre flehentlichen Schreie in meinem Herzen spürte.

»Eva?« Max' Stimme hallte durch die Halle und holte mich in die Gegenwart zurück.

Er runzelte die Stirn, als wüsste er, dass ich nicht auf meine Umgebung geachtet hatte. Damit hatte er recht, denn ich stand in einer Ausstellungshalle und konnte mich nicht daran erinnern, wie ich dorthin gelangt war.

Du musst dich mehr anstrengen, wenn du am Leben bleiben willst.

»Hey. Liam wollte das Motorrad besichtigen, von dem du ihm erzählt hast.« Ich bemühte mich, so viel Begeisterung wie möglich in meiner Stimme mitschwingen zu lassen.

»Es steht gleich da drüben.« Max zeigte auf ein grünes

Motorrad. »Komm schon. Ich wollte es mir gerade ansehen. Wir können alle gemeinsam gehen.«

Oh Mann, Max klingt nicht gerade erfreut.

Kurz darauf standen wir vor einer olivgrünen Harley, auf deren Tank ein großer weißer Stern der Armee prangte.

Max las die Plakette neben dem Motorrad laut vor und erklärte, dass es von einem örtlichen Veteranen gespendet worden war, der im Irak im 121. Infanterieregiment gedient hatte. Mit der Harley wurden neun Soldaten geehrt, an deren Seite der Veteran gekämpft hatte und die im Einsatz gestorben waren. Während Max las, wurde seine Stimme immer rauer, tiefer und emotionaler.

»Was ist POW?«, fragte Liam.

»Ein Prisoner of War, ein Kriegsgefangener. Das ist jemand, der vom Feind gefangen genommen und festgehalten wurde, bis seine Freunde ihn retten konnten«, antwortete Max.

Liam erstarrte und warf mir einen Blick über die Schulter zu. Scheiße, ich *wusste genau*, was er dachte.

»Du weißt viel darüber«, murmelte Liam.

»Ich war in der Navy.«

Das stimmt, Tex hat erzählt, dass Max früher ein SEAL war.

»Wirklich?«, fragte Liam aufgeregt.

»Wirklich«, bestätigte Max. »Ich habe mich mit achtzehn verpflichtet und zwölf Jahre gedient.«

»Dann bist du auch ein Veteran?«

»Ja.«

Eli und ich standen etwas abseits und ich beobachtete, wie Liam sich sichtlich entspannte, als er erfuhr, dass Max ein Soldat gewesen war. Für meinen Sohn bedeutete das automatisch, dass Max zu den Guten gehörte.

»Welche Uniform hast du getragen?« Liam zeigte auf eine Gruppe von Schaufensterpuppen, die verschiedene Militäruniformen trugen.

Max ging darauf zu und Liam folgte ihm dicht auf den Fersen. Er schien jedes einzelne von Max' Worten in sich aufzusaugen wie ein Schwamm.

»Diese hier.« Max deutete auf eine weiße Matrosenuniform. »Wir nannten sie Crackerjacks, weil auf der Packung eines Snacks namens Cracker Jack ein Matrose abgebildet ist. Das war unsere Dienstuniform. Aber es gibt sie auch in Marineblau. Das Blau wirkt fast schwarz, so dunkel ist es.«

»Was hast du bei der Navy gemacht?«

Max blinzelte scheinbar vor Unbehagen, doch er fing sich sofort wieder.

Interessant.

»Ich war Nachrichtendienstspezialist. Das klingt vielleicht hochgestochen, aber im Grunde habe ich Berichte gelesen und dann Berichte über das, was ich gelesen habe, verfasst.«

Nachrichtendienstspezialist? Ich dachte, er sei ein SEAL gewesen.

Liam nickte, als verstünde er genau, wovon Max sprach. Es war jedoch sehr wahrscheinlich, dass er keine Ahnung hatte.

Die nächsten zwanzig Minuten schlenderten wir durch die Ausstellung, während Liam eine Frage nach der anderen stellte, die Max geduldig beantwortete. Eli und ich trotteten einfach hinterher.

Als Liam die Fragen ausgingen, wollte er sich draußen die Züge anschauen. Er behauptete, sein kleiner Bruder wolle sie unbedingt sehen, aber ich vermutete, dass Liam vor Max älter und erwachsener wirken wollte.

Während der Führung stand Liam etwas aufrechter und ganz dicht neben Max, während er ihm aufmerksam zuhörte.

Eine Stunde später war ich am Verhungern und hatte dank Max mehr über Züge gelernt, als ich jemals hatte wissen wollen. Außerdem wurde ich langsam paranoid. Je länger wir draußen im Freien herumstanden, desto unruhiger wurde ich.

Max beugte sich zu mir herüber und flüsterte: »Hör auf, dir Sorgen zu machen. Euch wird nichts geschehen. Du und die Jungs, ihr seid in Sicherheit.«

In Sicherheit?

Ich glaubte nicht daran. Wir waren noch nie in Sicherheit gewesen und würden es wahrscheinlich auch nie sein.

Doch statt die Worte auszusprechen, nickte ich nur. Die unverbindliche Geste war offenbar nicht das, was Max hatte sehen wollen, denn er seufzte verärgert.

»Ich meine es ernst, Eva. Ich werde nicht zulassen, dass euch etwas zustößt.«

»Danke.«

Max trat in dem Moment beiseite, in dem Liam sich zu uns umdrehte.

»Ich habe Hunger«, verkündete er.

»Ich auch«, stimmte Eli zu.

»Dann lasst uns etwas essen gehen.«

Ich drehte mich um, um Max einzuladen, aber mein Sohn kam mir zuvor.

»Max, willst du mitkommen?«

»Wohin geht ihr denn?«, fragte Max scherzhaft.

Mit einem Lächeln ahmte Liam Max' neckischen Tonfall nach. »Dorthin, wo es Burger gibt. Stimmt's, Mom?«

»Stimmt.«

»Klingt gut«, erklärte Max. »Eva?«

Ich hörte, wie Max meinen Namen nannte, war aber nicht in der Lage zu reagieren. Zu gebannt war ich von dem warmen Lächeln meines Kindes. Dieses Lächeln hatte er Max zu verdanken. Der Mann war nicht nur nett zu meinen Jungs, sondern rücksichtsvoll und sanft. Er bemühte sich sichtlich um die beiden.

Warum bringt diese Erkenntnis meine Augen zum Brennen und meine Nase zum Kribbeln?

»Ich bin bereit«, murmelte ich und räusperte mich. »Max, weißt du, wo wir einen Burger essen können? Wir folgen dir gern.«

»Ich weiß, wo es Burger gibt.«

Natürlich wusste er das. Max schien alles zu wissen.

KAPITEL SECHS

Während des Mittagessens vibrierte mein Handy mit einer eingehenden Nachricht von Brooks. Er schickte mir den Namen und die Adresse des Hotels, das er für uns gebucht hatte, sowie unsere Zimmernummern.

Eva und ich hatten noch nicht darüber gesprochen, welche Geschichte wir den Jungs erzählen wollten, aber ich hoffte inständig, dass sie meiner Führung einfach folgen würde.

»Bleibt ihr heute Abend in der Gegend?«, fragte ich sie. Sie half Elijah gerade dabei, seinen Burger zu essen, und hielt inne.

Als sie meinem Blick begegnete, zog ich eine Augenbraue in die Höhe, in der Hoffnung, dass sie verstand.

»Ja. Und du?«

Braves Mädchen.

»Ich auch, im Tifton Suites.«

»Wirklich? Da übernachten wir auch«, rief sie aus.

Perfekt.

»Wirklich? Wir bleiben hier?«, fragte Liam mit hoffnungsvollem Tonfall.

Ein schmerzhafter Ausdruck huschte über Evas Gesicht. »Ich habe dir doch gesagt, dass wir in den Urlaub fahren. Ein

Abenteuer, weißt du noch?«, erinnerte sie ihren Sohn mit sanftem Tonfall.

Jedes Mal wenn Eva mit ihren Söhnen sprach, schwang ein liebevoller Unterton in ihrer Stimme mit. Für mich war es wie ein Tritt in die Magengrube. Meine Mutter hatte nie in diesem Tonfall mit mir geredet. Genauso wenig wie meine Tante, nachdem ich zu ihr und meinem Onkel gezogen war. Tatsächlich hatte noch nie eine Frau in meinem Leben mit so viel Fürsorge und Anteilnahme mit mir gesprochen. Nicht einmal Pam, die mich angeblich geliebt hatte.

»Wir haben noch nie Urlaub gemacht«, bemerkte Liam.

Eva legte die Stirn in Falten. »Ich weiß, Schatz. Aber von jetzt an versuchen wir, einmal im Jahr ein tolles Abenteuer zu erleben.«

Verdammt. Ich konnte die Traurigkeit in ihrer Stimme deutlich hören, aber auch die Entschlossenheit. Eva wollte ihren Jungs ein besseres Leben ermöglichen. Und aus irgendeinem mir unbegreiflichen Grund wünschte ich mir, ich könnte ihr dabei helfen.

»Eli, Schatz, möchtest du noch etwas zu trinken?«, fragte Eva und lenkte meine Aufmerksamkeit auf den jüngeren Jungen.

Er war schüchtern und brachte kaum ein Wort heraus. Wenn er sprach, dann immer leise und zurückhaltend. Und wenn er etwas wollte, tippte er seine Mutter an und gestikulierte.

Der Junge war gerade vier geworden und ich hatte keine Ahnung, ob dieses Verhalten für ein Kind seines Alters normal war. Ich ging jedoch nicht davon aus, denn ich war schon einigen Kindern begegnet, die alle lautstark herumgetobt hatten.

Elijah schüttelte den Kopf. Ich dachte angestrengt nach und versuchte, ein geeignetes Thema zu finden, über das ich mich mit ihm unterhalten konnte.

»Haben dir die Züge gefallen, Elijah?«, fragte ich.

Er starrte mich nur angstvoll an. Der Anblick erschütterte mich zutiefst.

»Eli, Max hat dir eine Frage gestellt«, drängte Eva ihren Sohn.

»Ja«, murmelte dieser.

Verdammt. Was jetzt?

»Was hat dir am besten gefallen?«, warf Eva geschickt ein, und ich schenkte ihr ein dankbares Lächeln.

Sie erwiderte die Geste zwar nicht, aber ein leichtes Zucken umspielte ihre Lippen.

Ich wette, sie ist noch hübscher, wenn die Sorge sich nicht in ihrem Gesicht abzeichnet.

»Mir hat der Raum mit den Spielzeugeisenbahnen am besten gefallen. Der mit den Brücken«, antwortete Elijah leise.

»Wirklich? Mir auch«, erwiderte ich. »Weißt du noch, wie viele Waggons auf den Gleisen standen?«

Elijah schüttelte den Kopf, woraufhin Liam mit der Antwort herausplatzte: »Es waren fünf.«

»Nicht weit von hier gibt es noch ein Museum. Hättet ihr Lust, es zu besuchen?«, fragte ich.

»Siehst du es dir auch an?«, wollte Liam wissen.

»Ja.«

»Mommy, können wir auch hingehen?«

Eva hatte den Kopf zur Seite geneigt und musterte mich fragend. Wahrscheinlich versuchte sie herauszufinden, was in mir vorging.

Viel Glück dabei, Schätzchen. Ich verstand selbst nicht, was in mich gefahren war. In Gedanken begründete ich es damit, dass es erst kurz vor Mittag war und wir noch eine Menge Zeit hatten, bis wir im Hotel anhalten würden. Schließlich würden die Jungs sich an mich gewöhnen müssen.

»Klar, Schatz, wenn du willst.« Dann wandte Eva sich Elijah zu. »Bist du damit einverstanden?«

Elijah nickte und kuschelte sich dann an seine Mutter. Automatisch legte Eva einen Arm um den Jungen und küsste ihn auf den Scheitel.

»Ich gehe mit den beiden nur kurz auf die Toilette, dann können wir los.«

Eva und die Kinder standen auf und machten sich auf den Weg durch das Restaurant. Zum Glück waren die Toiletten in Sichtweite, denn ich hätte es Liam nur schwerlich erklären können, wenn er mich vor der Tür hätte warten sehen. Ganz sicher wäre es ihm aufgefallen. Der Junge war wachsam und behielt seine Umgebung immer im Auge.

Ich zückte mein Handy, schickte Brooks eine kurze Nachricht und tippte eine weitere an Tex.

Es hätte mich nicht überraschen sollen, als er kurze Zeit später anrief.

»Ich habe nur eine Minute Zeit«, erklärte ich, als ich das Gespräch annahm.

»Wir haben ein Problem«, sagte Tex.

Das wundert mich nicht.

»Was für ein Problem?«, fragte ich und behielt die Tür im Auge, hinter der Eva und die Jungen verschwunden waren.

»Die Art, die *wumms* macht.«

»Wie bitte?«

»Mein Team war bei Eva zu Hause. Die Jungs mussten es nicht einmal durchsuchen, denn sie haben das Gas schon beim Betreten des Hauses gerochen. Die Bude war verkabelt. Wenn sie reingegangen wäre …«

Tex musste den Satz nicht beenden. Ich wusste genau, was geschehen wäre, wenn sie hineingegangen wäre und den Zünder ausgelöst hätte.

»Wo ist Chris Peters?«

»In der Luft, unterwegs nach Florida.«

»Scheiße. Was hältst du davon? Glaubst du, jemand hat zwei Leute angeheuert, um sie auszuschalten, oder hat Peters einen Helfer?«

»Mein Bauchgefühl sagt mir, es sind zwei, aber ich kann nirgendwo einen zweiten Auftrag finden.«

Eine innere Stimme schrie mich buchstäblich an, die drei zu schnappen und mit ihnen sofort nach Maryland zu fahren. Aber ich wusste, dass Eva sich mir widersetzen würde. Und da die Jungs ständig in unserer Nähe waren, würde es nicht so leicht sein, mit ihr zu reden.

»Dein Bauchgefühl täuscht sich nie, also gehen wir davon aus, dass mehr als ein Auftragskiller im Spiel ist. Eigentlich hatte ich vor, mit Eva und den Kindern ein weiteres Museum zu besuchen, aber ich denke, es ist besser, wenn wir uns nicht draußen aufhalten.«

»Du musst ihren Wagen überprüfen.«

»Ich beobachte sie seit fünf Tagen. Letzte Nacht habe ich in meinem Geländewagen vor ihrem Haus gesessen. Niemand war in der Nähe ihres Pkws.«

»Richtig, während der vergangenen fünf Tage. Das bedeutet einen Scheißdreck. Ich verfolge die Sache schon seit über einem Monat.«

»Seit einem Monat?«, knurrte ich. »Warum zum Teufel …«

»Glaubst du, ich hätte nicht schon früher etwas unternommen, wenn die Zusammenhänge klar ersichtlich gewesen wären? Lange Zeit hatte ich nur ein paar Informationsfetzen. Jemand hatte ein Kopfgeld für eine Frau in Florida ausgesetzt. Mehr nicht. Also habe ich gewartet, bis weitere Details ans Licht kamen. Nach einer Weile wurde die Gegend um Jacksonville genannt, und schließlich eine Frau mit zwei Kindern. Sobald die betreffende Zielperson als Pilotin beschrieben wurde, habe ich dich hinzugezogen. Ich werde jetzt weitersuchen, um herauszufinden, ob ich einen möglichen zweiten Auftrag übersehen habe.«

»Wo zum Teufel findest du diesen ganzen Mist?«, schnaubte ich.

»Das willst du nicht wissen.«

»Warum? Sitzt du etwa die ganze Nacht vor dem Computer und durchforstest das Darknet?«

»So in etwa. Untersuche einfach ihren verdammten Wagen.«

Mein Gott, ich lag richtig mit meiner Vermutung. Tex suchte bewusst nach Menschen, die er retten konnte.

»Tex …«

»Versuche nicht, mich zu analysieren, Max. Gerade du solltest wissen, was für ein Abschaum die Welt bevölkert.

Diese Leute machen Jagd auf die Schwachen und terrorisieren sie. Ich bin vielleicht nicht mehr im aktiven Dienst, aber ich bin immer noch ein SEAL.«

»Da hast du verdammt recht«, stimmte ich zu. »Hör zu, Eva kommt gerade mit den Jungs zurück. Ich muss auflegen. Ich werde ihren Wagen überprüfen und melde mich wieder bei dir.«

»Verstanden.«

Liam kam lächelnd auf mich zu. Elijah starrte mit leerem Blick vor sich hin und Eva verzog ihre prallen Lippen zu einem zaghaften Lächeln. Moment mal, was zum Teufel war das denn? Ihre prallen Lippen? Seit wann schenkte ich ihrem Mund Beachtung?

»Hey«, begrüßte sie mich. »Bist du bereit zu gehen?«

»Ich übernehme die Rechnung«, sagte ich und stand auf. »Ich bin gleich zurück.«

Auf dem Weg zum Parkplatz ging mir mein Gespräch mit Tex durch den Kopf. Er hatte von Abschaum gesprochen, der andere Menschen jagte und terrorisierte. Das war eine gute Beschreibung für das, was irgendjemand gerade Eva antat. Sie hatte keine Ahnung, in welcher Gefahr sie wirklich schwebte. Wäre sie heute Nachmittag nach Hause gegangen, wäre sie jetzt tot, und möglicherweise auch ihre Jungs.

Mein Instinkt sagte mir, dass auch jetzt etwas nicht stimmte. Ich war zu selbstgefällig gewesen und hatte Eva erlaubt, auf die Situation einzuwirken. Eine innere Stimme, die ich schon seit Langem nicht mehr ignorierte, schrie mich förmlich an. Ich verlangsamte meine Schritte und ließ den Blick über den Parkplatz schweifen. Aus den Augenwinkeln erhaschte ich eine Baseballkappe, bevor sie hinter einem Wagen verschwand.

Verdammt. Eva war im Restaurant völlig ungeschützt.

Ich drehte mich um, um wieder hineinzugehen, als eine Explosion den Parkplatz erschütterte.

Eine sengende Hitze erfasste meinen Rücken, kurz bevor die Erschütterung mich nach vorn schleuderte. Ein stechender Schmerz durchzuckte meinen Körper, als ich auf dem Boden aufkam. Meine Handflächen und eine Seite meines Gesichts brannten, als ich über den rauen Asphalt glitt. Sobald ich zum Liegen gekommen war, sprang ich auf und lief auf das Restaurant zu.

Im Inneren herrschte das reinste Chaos. Einige Gäste stürmten zum Ausgang, andere duckten sich unter die Tische. Ich sah, dass sie ihre Münder bewegten, doch das Pochen in meinem Schädel machte es mir fast unmöglich, die Worte zu verstehen.

Verdammte Scheiße, die Nische, in der ich Eva und die Jungs zurückgelassen hatte, war leer.

»Eva!«, brüllte ich. Ich wurde von Angst gepackt.

Wenn sie nach draußen lief, würde sie ihrem Mörder direkt in die Arme laufen. Er war da draußen, hatte sich wahrscheinlich zwischen zwei Fahrzeugen versteckt und wartete.

Herrgott, wo zum Teufel ist sie? Leute stürmten an mir vorbei und warfen Stühle um, Geschirr und Speisekarten lagen auf dem Boden verstreut. Was war nur mit den Leuten los? Das Schlimmste, was man in einer solchen Situation tun konnte, war, in Panik zu geraten.

Sobald man panisch wurde, traf man Entscheidungen, die verheerende Folgen haben konnten.

Dank des Aufruhrs würden wir allerdings unbemerkt fliehen können. Doch um das zu tun, musste ich zuerst Eva finden.

Ein Koch eilte an mir vorbei. Ich warf einen Blick auf die Tür, durch die er gekommen war, und lief in die Küche.

Sie war leer.

»Eva!«, rief ich erneut.

Langsam wurde die Tür zu einer Abstellkammer geöffnet und Eva streckte den Kopf heraus.

»Wir müssen gehen!«

Eva sagte etwas, aber das Klingeln in meinen Ohren machte es mir unmöglich zu verstehen, was sie sagte. Ich war auch nicht in der Lage, ihr von den Lippen abzulesen, denn sie bewegten sich viel zu schnell.

Keine Zeit.

»Ich kann dich nicht hören. Wir müssen los. Wo sind die Jungs?«

Eva runzelte die Stirn und neigte den Kopf zur Seite, doch dann trat sie aus der Kammer. Die Kinder hatten sich an sie geklammert.

Gott sei Dank!

Ohne nachzudenken, ging ich auf sie zu und nahm Liam auf den Arm. Der Junge versteifte sich sofort.

»Du musst mir vertrauen. Nimm Elijah und folge mir.«

Eva nickte und hob ihren Sohn hoch.

»Bleib direkt hinter mir. Wir gehen zu meinem Wagen. Du darfst unter keinen Umständen stehen bleiben. Halte die Augen offen und sei wachsam.«

Eva schüttelte den Kopf. Sie zeigte auf die Hintertür und bedeutete mir, ihr zu folgen.

Ich versuchte abzuschätzen, wie weit es bis zu meinem Geländewagen war, und kam zu dem Schluss, dass es völlig egal war, durch welche Tür wir flohen. Der Tahoe war von beiden Ausgängen gleich weit entfernt. Hoffentlich würde der Tumult an der Vorderseite des Restaurants genügend Ablenkung bieten, damit wir unbehelligt über den Parkplatz laufen konnten.

»Liam, wenn ich dich absetze, egal aus welchem Grund, bleibst du dicht bei mir.«

Der Junge hatte die Augen weit aufgerissen und nickte. Ich konnte seine Angst regelrecht spüren.

»Los geht's!«

Eva stürmte mit Elijah auf dem Arm zur Hintertür. Kurz bevor sie die Klinke herunterdrücken konnte, packte ich sie am Arm.

»Du bleibst hinter mir.« Ich fischte den Wagenschlüssel aus meiner Tasche, damit ich den Tahoe entriegeln konnte, sobald wir uns näherten.

Wir hechteten durch die Tür und liefen auf den Wagen zu. In der Ferne sah ich blaue und rote Lichter aufblitzen. Wenn das Klingeln in meinen Ohren nicht gewesen wäre, hätte ich zweifellos Sirenen und panische Schreie gehört, aber in meinem Kopf hallte nur ein schriller Ton wider. Das war äußerst gefährlich, denn ich wäre nicht in der Lage, eine Bedrohung wahrzunehmen.

Der Geländewagen kam in Sicht. Ich drückte auf die Entriegelungstaste, Eva lief hinten um den Wagen herum und öffnete die Beifahrertür, als ich Liam auf den Rücksitz setzte. Eva kletterte nach hinten und zog ihre beiden Söhne an sich. Ich schlug die Tür zu und setzte mich hinters Steuer.

Wir rasten schlingernd vom Parkplatz und auf die Straße.

Mein Gott, das war knapp.

Erst später, als mein Herz aufhörte zu rasen, erinnerte ich mich daran, dass ich Eva gebeten hatte, mir zu vertrauen. Und sie hatte es getan.

KAPITEL SIEBEN

»Nimm das!«, rief Max.

Liam zuckte neben mir zusammen, Elijah kuschelte sich noch dichter an mich, und ich kämpfte mit dem Drang, mir die Ohren zuzuhalten. Ich blickte auf und sah, dass Max mir sein Handy reichte.

Ich hatte tausend Fragen an ihn, aber ich konnte ihm keine davon stellen, weil er scheinbar nichts hören konnte. Was war mit ihm geschehen? Er sah schlimm aus. Kleine Kieselsteine hatten sich in seine blutige Wange gegraben und Schürfwunden übersäten seine Hände und Unterarme.

Was zum Teufel war passiert? Ich hatte die Explosion gehört, aber nicht gesehen, was in die Luft geflogen war. Dann brach im Restaurant Chaos aus. Die Leute schrien, tauchten unter Tische und stürmten zur Tür.

Einen Moment lang hatte ich wie versteinert dagesessen und nicht gewusst, was ich tun sollte. Ich hatte Angst, Max hätte uns vielleicht zurückgelassen. Dann hatte die Kampf- oder-Flucht-Reaktion eingesetzt und ich hatte mich für die Flucht entschieden. Gott sei Dank hatte Max uns in der Küche gefunden, denn mein einziges Ziel war es gewesen, der Menge zu entkommen. Weiter hatte ich nicht gedacht.

»Mein Entsperrcode lautet sieben-drei-null-neun-acht«, sagte Max, als ich sein Handy entgegennahm. »Tex' Nummer ist noch in der Anrufliste. Ruf ihn an und erzähl ihm, was passiert ist.«

Meine Hände zitterten so stark, dass ich einen Moment brauchte, bis ich das Telefon entsperrt hatte und Tex' Nummer wählte.

»Hast du etwas gefunden?«

»Hier ist Eva.«

»Wo ist Max?«

»Er sitzt am Steuer. Vor dem Restaurant gab es eine Explosion. Max sagt, er kann nichts hören.«

Tex fluchte wie ein Rohrspatz. Ich musste eine Weile warten, bis er sich wieder unter Kontrolle hatte und fragte: »Ist jemand von euch verletzt?«

»Max' Wange sieht aus, als sei er damit über eine Käsereibe gerutscht, und seine Ellbogen, Unterarme und Hände bluten. Außerdem kann er nichts hören. Also ja, Max ist verletzt. Die Jungs und ich waren im Gebäude. Ich habe nicht gesehen, was passiert ist, sondern nur den Knall gehört.«

»Sag Tex, dass er recht hatte.« Max' Brüllen erfüllte das Innere des Wagens.

Ich begegnete seinem Blick im Rückspiegel. In seinen eisblauen Augen lag ein besorgter Ausdruck. Ich wünschte, er könnte mich hören. Ich hatte ihm so viel zu sagen. Zum einen mussten wir anhalten, damit ich seine Wunden reinigen konnte. Mit den Verletzungen an seinen Händen sollte er das Lenkrad nicht so fest umklammern. Und ich wollte ihm danken, weil er uns gefunden und uns aus der Gefahrenzone gebracht hatte.

Gezwungenermaßen schwieg ich.

»Ich habe es gehört«, sagte Tex. »Er muss dicht daneben gestanden haben, wenn er nichts hören kann.«

»Wie bitte?«, flüsterte ich.

Meine Brust zog sich zusammen, mein Magen verkrampfte sich und das Herz schlug mir bis zum Hals.

»Ich hatte befürchtet, dass jemand einen Peilsender an deinem Wagen angebracht haben könnte, und habe Max gebeten, es zu überprüfen.«

»Oh mein Gott.«

Max war verletzt, weil er uns beschützt hatte.

»Es war wohl mehr als nur ein Peilsender«, murmelte Tex. »Max muss euch umgehend in einen sicheren Unterschlupf bringen. Der Urlaub ist vorbei.«

»In Ordnung«, stimmte ich, ohne zu zögern, zu.

Ich wollte meinen Jungs zwar ein normales Leben ermöglichen, aber ich war nicht dumm.

»Du musst einen Weg finden, mit Max zu kommunizieren. Wahrscheinlich hat er ein lautes Klingeln in den Ohren. Du musst ihm mitteilen, dass er nach Norden fahren soll. Ich rufe euch in einer halben Stunde zurück, um euch den Standort eines Unterschlupfs zu nennen. Richte ihm aus, dass ich sein Team alarmieren werde. Ihr werdet bald Verstärkung haben.«

Verstärkung. Heilige Scheiße.

»Okay.«

»Bleib ruhig, Eva. Und hör auf Max – er ist einer der besten Männer, die ich kenne. Ich hätte ihn nicht geschickt, wenn ich ihm nicht vertrauen würde. Er wird dich und die Jungs beschützen.«

Ich war nicht imstande, ruhig zu bleiben. Dieses Abenteuer hatte gerade eine beschissene Wendung genommen.

Aber ich konnte auf Max hören, und seltsamerweise vertraute ich ihm.

»Mommy?«

»Warte kurz, Schatz«, sagte ich zu Liam und konzentrierte mich wieder auf Tex. »Ich warte auf deinen Anruf und werde Max alles erklären.«

»Verstanden.«

Tex beendete das Gespräch und ich nahm mir einen Moment Zeit, um meine Gedanken zu sammeln. Ich musste meinen Kindern einiges erklären, aber ich wusste nicht, wo ich anfangen sollte.

»Hat Max uns gerettet?«, fragte Liam.

»Ja, Schatz, das hat er.«

»Ich habe Angst«, flüsterte Eli.

»Ich weiß, Schatz, ich auch. Aber Max wird uns helfen.«

»Wohin fahren wir?«, wollte Liam wissen.

»Ich weiß es nicht genau. Max hat ein paar Freunde, die uns helfen werden. Der Mann, mit dem ich gesprochen habe, wird uns an einem sicheren Ort unterbringen.«

»Sind Max' Freunde nett?«

Ich hatte keine Zeit, mich von meinen Schuldgefühlen überwältigen zu lassen. Ich würde später darüber nachdenken, warum mein sechsjähriger Sohn jedem Mann misstraute, dem er begegnete.

»Ja, Liam. Wir können ihnen vertrauen.«

»Okay.«

»Ich muss jetzt einen Moment mit Max reden und etwas zum Schreiben finden.«

Liam löste sich von mir und lehnte sich zurück, um aus dem Fenster zu schauen. Elijah klammerte sich an mich, als ginge es um sein Leben.

»Schatz, ich gehe nirgendwo hin. Ich muss mich nur kurz umsehen.«

»Wohnt Max in dem Unterschlupf?«, fragte Eli.

Ich brauchte eine Sekunde, um zu begreifen, was mein Sohn meinte. Als es mir dämmerte, verspürte ich einen schmerzhaften Stich in der Brust. »Ja, Schatz, er wird bei uns bleiben. Du brauchst keine Angst vor Max zu haben. Er ist hier, um uns zu beschützen. Er ist auch ein netter Mann.«

»Ich will nicht, dass er geht.«

»Du willst nicht, dass er mit uns zu dem Unterschlupf geht?«

»Nein. Ich will nicht, dass er ohne uns geht.«

»Max wird ohne uns nirgendwohin gehen. Er bleibt bei uns«, versicherte ich Elijah.

Schließlich entspannte er sich und lehnte sich ebenfalls zurück. Aber er schaute nicht aus dem Fenster. Er blickte stur geradeaus und ließ Max nicht aus den Augen, als hätte er Angst, der Mann könnte sich in Luft auflösen.

Ich hatte in meinem Leben so einige schlechte Entscheidungen getroffen, von denen ich viele bereut hatte. Aber tief im Inneren wusste ich, dass ich es nicht bereuen würde, Max vertraut zu haben. Er würde uns helfen. Ich konnte es spüren.

Ich drehte mich um und warf einen Blick in den Laderaum des Geländewagens. Bis auf einen Rucksack war er leer. Ich schnallte mich ab, rutschte nach vorn und drückte auf den Knopf, um die Mittelkonsole zu öffnen. Max zuckte zusammen, als ich mit der Hand seinen Arm streifte. Etwas von seinem Blut rann auf meine Finger und ich presste die Lippen zusammen.

Scheiße, er blutete stark. Als Max mich ansah, formte ich mit dem Mund langsam die Worte *»Fahr rechts ran«*. Er schüttelte energisch den Kopf und richtete den Blick wieder auf die Straße. Ich öffnete die Mittelkonsole und stellte fest, dass sie leer war.

Wer zum Teufel hat nicht irgendwelchen Kram in der Mittelkonsole verstaut?

Ich zwängte mich vorsichtig zwischen den Sitzen hindurch und öffnete das Handschuhfach. Dort wurde ich fündig. Ein kleines Notizbuch und ein Stift. Ich schnappte mir beide Utensilien und schrieb Max eine Nachricht.

Fahre nach Norden.

Ich hielt ihm den Block vor die Nase, damit er sie lesen konnte.

Mit einem Nicken fuhr er weiter.

Wieder kritzelte ich etwas.

Tex alarmiert dein Team. Sicherer Unterschlupf.

Als ich ihm diesmal den Block entgegenstreckte, begegnete er meinem Blick. Ich nickte ihm kurz zu und seine Miene erhellte sich.

Da war noch etwas, was ich ihm unbedingt sagen musste, also riss ich den Block zurück und schrieb: *Danke!*

Als er die Nachricht las, verzog er die Lippen zu einem strahlenden Lächeln. Bei dem Anblick durchfuhr mich ein heißer Schauer. Meine Güte, der Mann war umwerfend, wenn er lächelte. Max Brown sah aus wie ein sexy, etwas unanständiger Surfer aus Südkalifornien. Selbst das Eis in seinen Augen schien zu tauen. Herrje, der Mann könnte mir gefährlich werden.

Mein Blick fiel auf die Schürfwunden in seinem Gesicht und ich zuckte zusammen. Er war meinetwegen verletzt. Bei diesem Gedanken fiel mir noch etwas ein, was ich ihm sagen musste.

Du bist verletzt. Fahr rechts ran. Ich fahre.

»Später«, brüllte er. »Ich will erst etwas Abstand zu dem Restaurant gewinnen.«

Es hatte keinen Sinn, mit ihm zu streiten. Er konnte mich nicht hören. Außerdem war es gefährlich, wenn ich ihm ständig Notizen unter die Nase hielt, während er die Straße entlangraste. Ich zog mich auf den Rücksitz zurück, schnallte mich an und drückte meine Söhne an mich.

»Alles wird gut«, versicherte ich ihnen und hoffte, dass ich das Versprechen halten konnte.

Weder Liam noch Eli gaben einen Mucks von sich. Nach einer Weile ließ das Adrenalin nach und ich konnte wieder einigermaßen klar denken.

Ich musste der Realität ins Auge sehen. Als Tex mir mitgeteilt hatte, dass jemand mich töten wollte, hatte ich ihm zwar geglaubt, aber ich hatte nicht geglaubt, dass dieser Jemand mir bereits auf den Fersen war. Für mich war das alles nicht greifbar gewesen. Tex war auf eine Bedrohung aufmerksam geworden und hatte Max geschickt, um sie zu beseitigen. Nicht im Traum hätte ich damit gerechnet, dass jemand mir so nahe kommen und tatsächlich versuchen würde, mich ins Jenseits zu befördern.

Wieder einmal hatte ich Mist gebaut. Durch meine guten Absichten war Max verletzt worden. Schlimmer noch, ich hatte meine Kinder in Gefahr gebracht.

Ein Urlaub? War ich von allen guten Geistern verlassen? Ich hätte von Anfang an auf Max hören sollen.

KAPITEL ACHT

Nach fast drei Stunden im Wagen hatte das Klingeln in meinen Ohren endlich nachgelassen. Dank der Schmerzmittel und einer Flasche Wasser, die Eva während einer Toilettenpause gekauft hatte, pochte auch mein Schädel nicht mehr.

Während der Fahrt hatte Eva die ganze Zeit über mit Tex und meinem Team kommuniziert. Wenn sie mir Informationen übermitteln musste, filterte sie die wichtigsten Punkte heraus und schrieb sie für mich leicht sichtbar auf den Notizblock.

Der sichere Unterschlupf, den Tex in Atlanta gefunden hatte, war perfekt. Ein Mann traf uns auf dem Grundstück, reichte mir den Schlüssel und eine Tüte mit Verbandsmaterial und verschwand wieder. Eva brachte die Kinder ins Haus und widersprach nicht, als ich ihr den Schlüssel für den Tahoe in die Hand drückte und ihr bedeutete, mit den Jungs vor der Tür zu warten. Wie durch ein Wunder verstand sie, dass ich zuerst das Haus durchsuchen wollte.

In den vergangenen fünf Tagen waren mir zu viele Fehler unterlaufen. Ich hatte mich von Vermutungen leiten lassen, die Evas Tod und/oder den Tod ihrer Söhne zur Folge hätten haben können. Ich wollte kein Risiko mehr eingehen. Das Haus war nicht sonderlich groß. Küche, Wohn- und

Esszimmer waren ein zusammenhängender Raum. Am Ende eines kurzen Flurs befanden sich zwei Schlaf- und ein Badezimmer.

»Alles in Ordnung«, sagte ich, als ich wieder auf die Veranda trat.

Eva schenkte mir ein Lächeln. »Du schreist nicht mehr.«

»Ich höre alles noch ein wenig gedämpft, aber das Klingeln ist abgeklungen.«

»Das sind gute Nachrichten.«

Eva hatte ja keine Ahnung. Wäre ich der Explosion nur ein Stück näher gekommen, hätte ich nicht so viel Glück gehabt. Außerdem hatte der Täter die Sprengladung an der Vorderseite ihres Wagens statt am Heck in der Nähe des Benzintanks angebracht. Die erste Detonation hätte durch den Kraftstoff auch noch eine zweite Explosion ausgelöst.

»Bring die Jungs in euer Zimmer«, sagte ich. »Im Kühlschrank müsste etwas zu essen sein. Ich werde mich bei meinem Team melden, dann helfe ich dir …«

»Nein.«

»Nein?«

»Zuerst säubere ich die Schnittwunden in deinem Gesicht und an deinen Armen. Du hast sie dir schon vor Stunden zugezogen. Ich muss sie verarzten, bevor sie sich infizieren.«

Eva kniff die Augen zu dünnen Schlitzen zusammen, als sie mein Lächeln sah.

»Was ist so lustig?«

Im Grunde gar nichts, doch ich konnte nicht anders, als zu lächeln. Noch nie hatte jemand meine Wunden versorgt. Weder mein trunksüchtiger Vater noch meine Mutter, die so verdammt schwach war, noch meine garstige Tante oder mein bösartiger Onkel. Keiner von ihnen hatte sich je um mich gesorgt. Es war ihnen egal, als ich vom Fahrrad fiel und mir die Knie aufschürfte, und sie scherten sich nicht darum, als ich mir das Schlüsselbein brach. Sie trösteten mich nicht einmal, als ich als kleiner Junge einen schrecklichen Albtraum hatte.

Doch diese Frau, die mehr Last schulterte, als ein Frachtschiff transportieren konnte, deren Wagen gerade in die Luft geflogen war und deren Kinder bedroht wurden, wollte mich verarzten. Sie wusste zwar noch nicht, dass ihr Wagen der Vergangenheit angehörte, denn ich wartete noch auf den richtigen Zeitpunkt, um es ihr schonend beizubringen. Aber nichtsdestotrotz wollte sie sich um mich kümmern. Die Erkenntnis traf mich mit solcher Wucht, dass ich machtlos gegen die Gefühle war, die sie in mir auslöste.

Die Lage, in der wir uns befanden, war mehr als nur heikel. Sie wusste, dass ich mich bei Tex und meinem Team melden musste, um unsere Sicherheit zu gewährleisten, aber zuerst wollte sie sicherstellen, dass meine Schnittwunden sich nicht infizierten.

Was zum Teufel sollte ich davon halten?

»Gar nichts ist lustig«, antwortete ich.

»Warum lächelst du dann?«

»Mich hat noch nie jemand verarztet.«

Eva stemmte die Hände in die Hüfte, fixierte mich mit einem durchdringenden Blick und legte die Stirn in Falten. »Soll das ein Witz sein?«

»Was meinst du?«

»Dich hat nie jemand verarztet. Nicht einmal, als du noch ein Kind warst?«

Dieses Thema würde ich jetzt sicher nicht anschneiden.

»Hier«, sagte ich stattdessen und reichte ihr die Tüte, die Tex' Kontaktmann mir in die Hand gedrückt hatte. »Ich werde meine Wange versorgen, wenn du meine rechte Schulter säuberst.«

Eva nahm die Tüte entgegen. Statt mir ins Badezimmer zu folgen, ging sie zur Couch, auf der Liam und Elijah saßen.

»Wollt ihr ein bisschen fernsehen, während ich Max helfe?«

Liam sah abwechselnd seine Mutter und mich an. »Klar.«

Sie ging vor ihren Söhnen in die Hocke, drückte jedem von ihnen einen Kuss auf die Wange und gab Liam die Fernbedienung.

»Ich bin gleich wieder da.«

Der ältere Junge nickte und rutschte näher an seinen kleinen Bruder heran.

Dir Tortur, die Liam erlitten hatte, wünschte ich wirklich niemandem, aber wenn es etwas Gutes gab, das daraus hervorging, dann war es die Tatsache, dass er schon früh im Leben gelernt hatte, sich um die Menschen zu kümmern, die er liebte.

Das Badezimmer war bestenfalls zweckmäßig. Auf kleinem Raum befanden sich ein Waschtisch, eine Toilette und eine Duschkabine für eine Person. Als ich mir mein zerrissenes Hemd über den Kopf zog, durchzuckte ein stechender Schmerz meinen Arm.

»Oh, verdammt«, murmelte Eva.

»Was ist?« Ich wandte mich wieder dem Spiegel zu, um zu sehen, was sie so schockiert hatte. Dabei streifte ich versehentlich mit dem Arm ihre Brust und hielt inne. »Mist, tut mir leid. Hier ist nicht viel Platz.«

»Es sieht aus wie Glas.«

Nun, das würde die Schmerzen erklären. »Hoffentlich ist eine Pinzette in der Tasche. Schaffst du es, es herauszuziehen?«, fragte ich.

»Ja.«

Ich warf einen Blick über die Schulter und bemerkte die Blässe in ihrem Gesicht. »Ich verstehe, wenn dir dabei unbehaglich …«

»Nein, ich kann die Wunde säubern. Es tut mir nur leid, dass du meinetwegen verletzt wurdest. Du bist mehrere Stunden Auto gefahren, während in deinem Arm Glassplitter steckten und du Kieselsteine und Schmutz im Gesicht hattest. Ich hätte deine Wunden versorgen sollen, als wir angehalten haben. Ich hätte fahren sollen. Es tut mir so leid.«

»Eva.« Ich drehte mich vorsichtig zu ihr um und achtete diesmal darauf, sie nicht zu berühren. Das war gar nicht so leicht. Zum einen war das Badezimmer wirklich winzig und zum anderen war ich mir ihrer Nähe sehr bewusst. Nicht nur das, ich war mir auch der Tatsache bewusst, dass Eva eine wunderschöne Frau mit einem fantastischen Körper war. »Dir muss gar nichts leidtun. Du hast dich übrigens hervorragend geschlagen. Als ich nichts hören konnte, bist du ruhig geblieben und hast den Kontakt zu meinem Team gehalten. Du hast uns hierher geführt und dich rührend um deine Kinder gekümmert, obwohl du eindeutig Angst hattest und nicht wusstest, was vor sich ging. Dafür danke ich dir.«

»Aber du bist verletzt«, wiederholte sie.

»Das sind nur ein paar Schürfwunden. Die werden in ein paar Tagen verheilt sein.«

Ihr sanfter Blick war fast nicht zu ertragen. Ich konnte die Traurigkeit und die Angst in ihren Augen sehen, doch es war die Besorgnis, die mir letztlich zum Verhängnis wurde.

»Wie kannst du das sagen? In deiner Schulter und in deinem Arm stecken Glassplitter. Glas, Max. Und du konntest drei Stunden lang nichts hören. Ich habe gesehen, wie du beim Fahren vor Schmerzen zusammengezuckt bist. Ich kenne dich zwar nicht, aber so ein großer, starker Mann wie du …« Sie verstummte und schüttelte den Kopf, bevor sie fortfuhr: »Ich nehme an, dass jemand wie du große Schmerzen haben muss, bevor man es ihm ansieht. Und es war offensichtlich, wie sehr du gelitten hast.«

»Wenn du dir Sorgen machst, dass ich wegen der paar Kratzer nicht in der Lage sein werde, euch zu beschützen, dann kann ich dich beruhigen.«

Eva öffnete und schloss den Mund ein paarmal hintereinander, bevor sie stammelte: »Sorgen? Ich mache mir keine Sorgen darum, dass du uns vielleicht nicht beschützen kannst. Ich mache mir Sorgen um *dich*.«

»Baby, ich schwöre dir, ich habe schon schlimmere Verletzungen erlitten und trotzdem weitergekämpft. Ich habe noch nie eine Mission abgebrochen.«

Mit weit aufgerissenen Augen und offenem Mund starrte sie mich unverhohlen an. Unsere Situation war verdammt ernst, doch in diesem Moment dachte ich, wie verdammt niedlich sie aussah. Meine Worte hatten sie sichtlich aufgewühlt.

»Ich will gar nicht wissen, welche Art von Missionen du ausgeführt hast«, blaffte sie. »Offensichtlich haben wir unterschiedliche Auffassungen von dem, was wir als Kratzer bezeichnen. Meine Jungs ziehen sich Kratzer zu, wenn sie versuchen, im Garten den Baum hochzuklettern. Liam schürft sich die Knie auf, wenn er vom Fahrrad fällt. Aber das hier … das ist etwas völlig anderes. Du hast eine Explosion überlebt.« Die Worte sprudelten nur so aus ihr heraus. »Irgendetwas ist in die Luft geflogen. Es ist verrückt. Und du warst direkt daneben. Was genau ist passiert?«

Oh nein. Auf keinen Fall würde ich ihr erzählen, dass es ihr Wagen war, der in die Luft geflogen ist. Zuerst musste sie die Glassplitter aus meiner Schulter entfernen, damit ich endlich duschen konnte. Ich würde es ihr später schonend beibringen, sobald die Jungs eingeschlafen und wir allein waren. Bisher hatte sie sich bemerkenswert gut gehalten, aber ich hatte das Gefühl, dass die Nachricht von ihrem zerstörten Wagen sie aus der Bahn werfen würde.

»Lass uns später darüber reden.«

»Warum?«

»Weil ich dich nicht noch mehr aufwühlen will, bevor du die Jungs ins Bett bringst. Liam beäugt dich aufmerksam. Er ist ein feinfühliges Kind und würde deine Besorgnis spüren. Und Elijah ist in meiner Gegenwart bereits nervös genug. Sie werden mir nicht vertrauen, wenn sie sich nicht entspannen können.«

Der sanfte Ausdruck in ihren Augen verblasste. Immer wenn ich die Jungen erwähnte, nahm sie eine übertrieben defensive Haltung ein.

»Eva, hör mir zu. Meine Worte sollten keine Kritik sein, ich wollte dich nicht verärgern. Es ist gut, dass Liam darauf achtet, was um ihn herum vor sich geht. Er ist ein kluger Junge und liebt dich und seinen Bruder. Ich bin nur auf eure Sicherheit bedacht. Und ich schwöre dir, dass ich euch um jeden Preis beschützen werde. Aber weder Liam noch Elijah werden mir vertrauen, wenn sie sehen, dass ihre Mutter aufgebracht ist, nachdem sie mit mir gesprochen hat. Ich habe nur eine Chance. Bitte verdirb sie mir nicht. Sobald sie im Bett liegen, werde ich dir alles erzählen. Vertrau mir einfach.«

Eva musterte mich einen langen Moment. Und ich tat etwas, das ich seit über zehn Jahren nicht mehr getan hatte. Statt wie gewöhnlich meine Gefühle zu verdrängen und eine ausdruckslose Miene aufzusetzen, verbarg ich meine Emotionen nicht. Sie sollte sehen, dass ich ehrlich war. Noch nie hatte ich jemandem so viel von mir gezeigt. Ich war ein zynisches Arschloch. Bis auf die wenigen Menschen, die mir nahestanden, vertraute ich niemandem. Und es war mir scheißegal, ob andere mir vertrauten. Ich bemühte mich nicht, ihr Vertrauen zu gewinnen, da es reine Zeitverschwendung wäre. Also ersparte ich allen den Ärger und verschloss mich vor dem Rest der Welt.

Abgesehen von der Tatsache, dass Eva meine Schutzperson war und es einfacher wäre, sie am Leben zu halten, wenn sie nicht an meiner Aufrichtigkeit zweifelte, war es mir aus irgendeinem Grund tatsächlich wichtig, dass sie mir vertraute.

»Du hast recht. Sie haben sich bisher großartig gehalten, aber wenn ich die Beherrschung verliere, werden sie es auch tun. Und du musst dich bei deinem Team melden. Brooks sagte, er würde auf deinen Anruf warten.«

Ein entschlossener Ausdruck trat in ihre Augen.

Darin schimmerte auch die Liebe, die sie für ihre Kinder empfand.

Und dann flackerte noch etwas auf, was ich jedoch nicht deuten konnte. Ihre Brust hob und senkte sich heftig und eine Vene an ihrem Hals pochte sichtbar.

»Hey.« Ich legte meine Hände auf ihre Schultern und sie versteifte sich augenblicklich. Mist, ich hatte sie trösten, nicht verunsichern wollen. »Alles wird gut.«

»Es fällt mir schwer, das zu glauben.«

»Das ist normal. Wenn man mitten im Chaos steckt, scheint es nie enden zu wollen. Man glaubt, für immer in der

Dunkelheit gefangen zu sein. Aber irgendwann scheint auch wieder die Sonne.«

»Ich habe das Gefühl, wieder ganz am Anfang zu stehen. Nachdem Tex meine Jungs gerettet und zu mir zurückgebracht hatte, hatte ich mir geschworen, es diesmal besser zu machen. Ich habe mir selbst das feierliche Versprechen abgenommen, dass ihnen nie wieder jemand wehtun würde – ich eingeschlossen. Vor einiger Zeit habe ich eine falsche Entscheidung getroffen und die Situation ist außer Kontrolle geraten. Ich weiß, dass es für dich keine Bedeutung hat, aber ich wollte nie jemandem wehtun. Und ich bin nicht so dumm, wie du denkst.« Eva reckte das Kinn in die Höhe und straffte die Schultern. »Tex hat mir ein neues Leben ermöglicht. Ob du mir glaubst oder nicht, ich habe seitdem nichts anderes getan, als hart zu arbeiten und für meine Jungs da zu sein.«

Ich wollte glauben, dass sie Bubba und Zoey nicht hatte töten wollen und dass sie ein Gewissen hatte. Aber es war schwer zu vergessen, dass sie die beiden in einer abgelegenen Gegend in Alaska ausgesetzt und sie einfach ihrem Schicksal überlassen hatte.

Wie wäre es gewesen, wenn meine Mutter alles getan hätte, um mich zu behalten?

»Wie kommst du darauf?«, fragte ich sie.

»Was meinst du?«

»Ich habe nie gesagt, dass ich dich für dumm halte. Ich habe nie gesagt, dass es für mich keine Bedeutung hat. Und glaub mir, ich und meine Freunde wissen es zu schätzen, dass du Reue für das empfindest, was du Bubba und Zoey angetan hast. Aber warum bringst du das jetzt alles zur Sprache?«

»Weil ich dich manchmal dabei erwische, wie du mich misstrauisch ansiehst. Ich habe nichts zu verbergen. Ich habe Tex alles erzählt – jedes schmerzhafte Detail aus meinem Leben. Er hatte es verdient, alles über die Frau zu erfahren, der er helfen wollte. Und nun bist du hier und bist meinetwegen verletzt. Ich will nicht, dass noch jemand meinetwegen zu Schaden kommt. Ich kann es nicht länger ertragen. Ich befürchte, dass die Schuldgefühle und die Wut mich irgendwann auffressen, bis nichts mehr von mir übrig ist. Und was soll dann aus Liam und Eli werden? Ich rede mir ein, dass ich alles wieder genauso machen würde, um meine Jungs zu retten. Dass ich keine andere Wahl hatte. Aber das ist alles Blödsinn. Ich bin schwach. Ich habe es vorher kaum geschafft, stark zu bleiben, und jetzt habe ich Angst zusammenzubrechen. Für mich gibt es kein Licht – nur Dunkelheit. Nichts wird je wieder gut werden. Aber ich kann darauf hoffen, dass meine Jungs ein gutes Leben führen werden. Solange sie glücklich und gesund sind und zu anständigen Männern heranwachsen, ist mir völlig egal, was mit mir passiert.«

Eva Dawson glaubte jedes niederträchtige Wort, das sie über sich selbst äußerte. Ich hasste die Tatsache, dass sie überzeugt war, ihr Leben sei bedeutungslos und die einzigen beiden Menschen, die wichtig waren, seien ihre Kinder.

Doch mit dem Hass verhielt es sich seltsam. Er war eng mit der Liebe verknüpft. Und ich musste mir eingestehen, dass ich die Frau bewunderte. Sie war mit ganzem Herzen Mutter. Also ja, ich hasste es, dass sie sich nicht darum scherte, was mit ihr passierte, aber ich liebte es, wie sie ihre Jungs an erste Stelle setzte.

Eva war alles andere als schwach. Ich wusste, dass sie per Anhalter zurück nach Alaska gefahren war und dass sie als Stripperin gearbeitet hatte, um Geld zu sparen, damit sie ihre Söhne auslösen konnte. Sie tat alles, um Liam und Elijah ein gutes Leben zu bieten. Und sie verausgabte sich dabei völlig – körperlich, finanziell und moralisch. Sie würde nie zulassen, dass ihre Jungs scheiterten. Eher würde sie sich selbst ruinieren.

KAPITEL NEUN

Meine Hände zitterten, als ich die letzte Glasscherbe aus Max' Schulter herauszog. Meiner Auffassung nach sollte einer der Schnitte genäht werden. Er war jedoch anderer Meinung und reichte mir eine Flasche Hautkleber und ein paar Steristrips.

Verrückter Mann!

»Mit Sicherheit wird eine Narbe zurückbleiben«, sagte ich. »Vielleicht nicht, wenn ein Arzt die Wunde näht.«

»Baby, sieht es für dich so aus, als hätte ich keine Erfahrung mit Narben?«

Nein, ganz und gar nicht. Ausgehend von den Narben auf seinem Rücken hatte er schon alle möglichen Verletzungen erlitten. Und als er mir vorhin gegenübergestanden hatte, hatte ich den Blick nicht von seiner Brust abwenden können. Es war beeindruckend, wie muskulös der Mann war. Vor allem war mir jedoch eine lange, furchige Narbe ins Auge gestochen, die über seinem Bauchnabel ansetzte, diagonal zu seiner Hüfte verlief und dann unter seinem Hosenbund verschwand. Ich wollte mit dem Finger darüber streichen, die Linie nachzeichnen und sehen, wo sie endete. Aber ich wagte nicht, sie zu berühren.

»Wo hast du dir die Narben zugezogen?«, wollte ich wissen.

»Hier und da.«

»Während du in der Navy gedient hast?«

»Ja, einige.«

Hm, er hält sich ziemlich bedeckt. Offensichtlich wollte er nicht darüber sprechen, also ließ ich von dem Thema ab und wischte etwas Blut von seiner Haut.

»Willst du zuerst duschen, bevor ich den Schnitt zuklebe?«

Ich begegnete seinem Blick im Spiegel.

Er wirkte nachdenklich. Doch im nächsten Moment setzte er eine ausdruckslose Miene auf und betrachtete mich mit seinen eiskalten Augen. Es war verrückt. Mit nur einem Blick war er in der Lage, mich bis ins Mark mit einem eiskalten Schauer und zugleich mit sengender Hitze zu erfüllen. Es war ein seltsames Gefühl.

Heiß und kalt.

Feuer und Eis.

Obwohl ich es versucht hatte, war ich nicht imstande, ihn einzuschätzen.

Ich hatte keine Angst vor Max, obwohl ich ihn wahrscheinlich hätte fürchten sollen. Er würde mir nicht guttun, das hatte ich in dem Moment erkannt, in dem es mir wichtig wurde, was er von mir hielt. Ich konnte es mir nicht leisten, mich um etwas anderes als meine Jungs zu kümmern. Sie standen für mich an erster Stelle.

»Ja. Danke für deine Hilfe.«

»Gern geschehen.« Ich zuckte mit den Schultern und verließ hastig das Badezimmer.

Liam und Eli saßen immer noch auf der Couch. Offenbar hatte Eli mittlerweile die Kontrolle über die Fernbedienung, denn im Fernseher liefen Zeichentrickfilme. Liam tolerierte die Wahl, weil er wusste, dass sein Bruder sie liebte, aber mit seinen sechs Jahren waren sie in seinen Augen eigentlich viel zu kindisch.

»Habt ihr Hunger?«, fragte ich und setzte ein, wie ich hoffte, fröhliches Lächeln auf.

Beide antworteten mit einem lauten Ja und drehten sich zu mir um.

Meine Güte, meine Söhne waren zwei hübsche Jungen. Sie waren der Mittelpunkt meines Lebens und verkörperten das Gute in meinem Dasein. Ihnen hatte ich es zu verdanken, dass ich mich nicht einfach zusammengekauert und aufgegeben hatte. Wir mussten diese Sache durchstehen. Um ihretwillen musste ich stark sein. Ich hatte keine andere Wahl.

»Wer will mir in der Küche helfen?«, fragte ich.

»Ich!«, rief Eli und sprang auf.

Liam war etwas weniger enthusiastisch, aber er folgte seinem Bruder.

Wir kochten häufig gemeinsam. Sobald Liam groß genug gewesen war, um auf der Arbeitsplatte zu sitzen, hatte er mitgeholfen. Dann kam Elijah. Er rührte meist die Zutaten in der Schüssel, während Liam sie abmaß und hineingab. Ich war keine Meisterköchin, aber was mir an kulinarischen Fähigkeiten fehlte, machte ich mit einer vergnüglichen Stimmung wett. Wir tanzten, wir sangen, wir alberten herum. Wir genossen unsere gemeinsame Zeit zu dritt. Sie war nur uns dreien vorbehalten.

Die schönsten Momente waren immer die, in denen wir zusammen waren.

»Was sollen wir kochen?«, fragte Liam.

»Ich weiß es nicht. Lass uns in den Schränken und im Kühlschrank nachsehen, was da ist.«

»Ist dies Max' Haus?«, wollte er wissen.

»Nein, Schatz. Es gehört einem seiner Freunde«, antwortete ich. Dann beschloss ich, meinem Sohn die Wahrheit zu sagen. »Dieses Haus ist ein sogenannter sicherer Unterschlupf.«

Liam zog seine Nase kraus und legte den Kopf schief. Dabei fiel ihm eine Haarsträhne in die Stirn und erinnerte mich daran, dass er einen Haarschnitt brauchte.

»Erinnerst du dich noch, wie vor dem Restaurant etwas explodiert ist?« Liam riss die Augen auf und nickte. »Max will uns beschützen. Deshalb hat er einen seiner Freunde gefragt, ob wir hierbleiben können. So kann uns niemand finden und Max und seine Freunde können herausfinden, was im Restaurant passiert ist.«

»Werden wir sterben?«, fragte Liam.

»Auf keinen Fall!«, ertönte Max' donnernde Stimme hinter mir.

Vor Schreck zuckte ich zusammen und prallte mit dem Ellbogen gegen die Anrichte, bevor ich mich zu ihm umdrehte. Es wäre gut möglich, dass ich mich zudem vor meine Söhne gestellt hatte.

Max' finstere Miene war geradezu furchterregend. Seine blassblauen Augen hatten einen eisigen Schimmer angenommen. Er hatte die Stirn gerunzelt und eine tiefe Falte zeichnete sich zwischen seinen Augenbrauen ab. Letztlich war sein Oberkörper immer noch nackt, aber sein Haar war nicht feucht, was darauf schließen ließ, dass er noch nicht geduscht hatte.

»Max! Du hast mich erschreckt.«

Er blickte an mir vorbei und betrachtete meine Söhne. Ein warmer Ausdruck trat in seine Augen und schmolz das Eis. Plötzlich war die Luft so stickig, dass ich kaum noch atmen konnte. Ich begann zu keuchen.

»Niemand wird einem von euch wehtun«, verkündete Max.

»Aber jemand hat dir wehgetan«, entgegnete Liam.

»Das spielt keine Rolle. Wichtig ist nur, dass ihr wohlauf seid.«

»Das stimmt nicht«, warf ich ein.

»Was stimmt nicht, Eva?«, fragte Max.

»Dass es keine Rolle spielt. Du wurdest verletzt, weil du uns beschützt hast. Die Jungs sollten dankbar sein, weil du dich unseretwegen in Gefahr gebracht hast. Du solltest ihnen nicht erzählen, dass dein Wohlergehen nicht von Bedeutung ist. Das ist Blödsinn, Max. Dein Leben ist genauso wichtig wie unseres, also sag meinen Kindern bitte nicht, dass du nicht wichtig bist.«

Max zeigte keinerlei Regung.

Es war, als hätte ich nichts gesagt.

»Ist alles in Ordnung?«, fragte ich.

»Ich bin eigentlich nur gekommen, um dich daran zu erinnern, die Tür nicht zu öffnen.«

Nun, jetzt war ich ein wenig gekränkt. Ich war keine lebensmüde Idiotin und würde nicht einfach so zum Spaß aus dem Haus gehen.

»Natürlich«, murmelte ich. »Danke, dass du mich daran erinnert hast. Andernfalls hätte ich vielleicht mit den Kindern einen Spaziergang gemacht.«

»Jetzt ist nicht der richtige Zeitpunkt, um die Klugscheißerin zu spielen.«

»Aber es ist der richtige Zeitpunkt, mich wie eine Idiotin zu behandeln?«, konterte ich.

Max erwiderte nichts.

Im nächsten Moment machte er auf dem Absatz kehrt und ging davon.

Ich überdachte mein Urteil. Vielleicht sollte ich mich doch vor Max fürchten. Offenbar hatte er kein Problem damit, mich seine Wut spüren zu lassen.

Liam riss mich aus meinen Gedanken, indem er fragte: »Versucht jemand, uns wehzutun?«

Ich atmete tief durch. Obwohl Max den Raum längst verlassen hatte, fühlte ich immer noch ein Brennen in der Kehle.

»Erinnerst du dich an Tex?«

»Der Mann, der uns gerettet hat«, bestätigte Liam.

Ich wusste, dass mein Junge Tex nie vergessen würde – dafür hatte ich gesorgt.

»Ja, Schatz, genau der. Er hat immer noch ein wachsames Auge auf uns und glaubt nun, dass … nun ja … Er hat Max geschickt, damit er für unsere Sicherheit sorgen kann.«

»Aber du hast gesagt …«

»Ich weiß, was ich gesagt habe, Schatz. Ich wollte dich und deinen Bruder nicht verängstigen. Deshalb habe ich euch nicht verraten, wer Max wirklich ist.«

»Du hast gelogen.«

Allmächtiger Gott, das tat weh.

»Ja, Liam, du hast recht. Aber ich wollte dich nicht verängstigen und war mir nicht sicher, ob Tex mit seiner Vermutung richtiglag. Er mag uns sehr und deshalb beschützt er uns. Ich dachte, es sei das Beste, erst einmal abzuwarten.«

»Aber Lügen ist falsch. Das sagst du immer.«

»Das ist wahr. Es tut mir sehr leid, wenn ich deine Gefühle verletzt habe, aber es ist meine Aufgabe, dich zu beschützen. Und um das zu tun, muss ich unter anderem dafür sorgen, dass du und dein Bruder keine Angst habt und euch keine Sorgen macht, dass etwas Schlimmes passieren könnte.«

»Mommy«, murmelte Eli und ich wandte mich meinem jüngeren Sohn zu. »Wird Daddy uns wieder mitnehmen?«

»Nein, Elijah«, sagte Max hinter mir. Doch diesmal drehte ich mich nicht zu ihm um, denn die Angst, die in Elis Stimme mitschwang, ließ mich erstarren. »Niemand wird dich jemals wieder von deiner Mutter trennen.«

»Bist du sicher?«, wollte Liam wissen.

»Absolut«, bestätigte Max.

»Also sind wir nicht wirklich im Urlaub?«, hakte mein ältester Sohn nach.

»Ihr *wart* im Urlaub«, erklärte Max. »Eure Mutter wollte etwas Schönes mit euch unternehmen, während ich auf euch aufpasse.«

»Aber wir sind nicht mehr im Urlaub?«

»Elijah, Schatz?«, versuchte ich ihn zu beruhigen.

Mein Junge sah mit tränenfeuchten Augen zu mir auf. Der Anblick zerriss mir das Herz. Ich beugte mich vor und hob ihn hoch. Er schlang seine kleinen Arme um meinen Hals und seine Beinchen um meine Taille.

»Ich will nicht weggehen«, flüsterte Eli.

»Schatz, du gehst nirgendwohin. Niemand wird dich mir wegnehmen, versprochen.«

Als ich spürte, wie Eli in meinen Armen zitterte, konnte

ich meine Tränen kaum zurückhalten. »Ich schwöre es, Elijah. Niemand wird dich oder deinen Bruder mitnehmen. Nie wieder, Schatz.«

Elijah schmiegte sein Gesicht an meinen Nacken. Tränen kullerten ihm über die Wangen und benetzten meine Haut. Wieder einmal hatte mein Sohn Angst. Wieder einmal weinte er. Und wieder einmal war es meine Schuld.

Meine Brust brannte, mein Herz zersprang, mein Magen zog sich zusammen und meine Seele schmerzte.

Wann würde es endlich vorbei sein? Wann würden meine Kinder nicht mehr den Preis für meine Dummheit zahlen müssen?

»Habt ihr euch schon entschieden, was ihr essen wollt?«, fragte Max mit rauer Stimme.

Ich warf einen Blick über die Schulter. Er hatte sich frische Kleidung angezogen und sein Haar war feucht. Sein Gesicht sah etwas besser aus, allerdings immer noch sehr zerschrammt. Er hatte die Arme vor der Brust verschränkt und durchbohrte mich mit einem feurigen Blick.

Einfach großartig.

Ich wusste es zu schätzen, dass er versuchte, das Thema zu wechseln, aber seinen Zorn konnte er für sich behalten.

»Noch nicht«, antwortete Liam auf seine Frage.

Mein Sohn starrte Max an. Es war nicht zu übersehen, dass er mit der Tatsache zu kämpfen hatte, dass Max unser Leibwächter war. Genauer gesagt machte es ihm zu schaffen, dass wir überhaupt einen Leibwächter *brauchten.*

»Mom macht die besten Käsesandwiches«, erklärte Liam schließlich. »Wie wäre es damit?«

»Die besten, was?«, neckte Max und schenkte Liam ein Lächeln.

Erneut schlug Max' Stimmung schlagartig um. Bei dem ständigen Wechsel war es gar nicht so einfach mitzuhalten.

»Ja. Sie sind sozusagen weltberühmt«, verkündete Liam.

»Nun, dann sollte ich wohl eines probieren.«

Liam sah mich erwartungsvoll an.

»Natürlich, Schatz, wenn du möchtest«, stimmte ich zu.

Eli nickte an meinem Nacken. Liam lächelte. Max starrte mich nur weiter an.

Immerhin zwei von dreien. Gar nicht schlecht.

Und um ehrlich zu sein, war Max nicht mein Problem. Er konnte mich so finster ansehen, wie er wollte. Solange er nett zu meinen Jungs war, war mir das egal.

Aber es schmerzte trotzdem.

KAPITEL ZEHN

In was zum Teufel hat Tex mich da reingezogen?

Als Elijah Eva fragte, ob Jay ihn wieder mitnehmen würde, war etwas in mir zerbrochen. Die Angst in der Stimme des kleinen Jungen hatte ausgereicht, um in mir den Wunsch zu wecken, Eva und die Jungs zu schnappen und sie vor dem Rest der Welt zu verstecken, damit ihnen nie wieder jemand etwas antun konnte.

Mein Gott, der Kleine war vier. Gerade einmal vier Jahre alt und zu Tode verängstigt, dass er seiner Mutter weggenommen werden könnte. Weil er die Erfahrung bereits gemacht hatte.

Und Liam, der stets wachsame Sohn und Bruder. Das Kind war scharfsinnig, ihm entging nichts. Manchmal vergaß ich, dass er erst sechs Jahre alt war.

Dann war da noch Eva. Ich hatte nicht die leiseste Ahnung, wie ich mit ihr umgehen sollte.

Ich musste mich immer wieder selbst daran erinnern, wer sie war und was sie getan hatte. Sie war eine Lügnerin. Aber war sie das wirklich? Bei jeder Gelegenheit bestand sie darauf, die Wahrheit zu sagen oder sich zumindest so gut wie möglich an der Wahrheit zu orientieren. Sie hatte ihren Kindern sogar erzählt, wer ich war und warum ich bei ihnen war, obwohl sie genau wusste, dass Liam sie deswegen zur Rede stellen würde.

Und jetzt versuchte ich, ihre Taten zu entschuldigen und die Lügen, die sie Bubba und Zoey aufgetischt hatte, schönzureden, weil ich festgestellt hatte, dass sie gar kein so schrecklicher Mensch war, wie ich geglaubt hatte. Vielleicht war sie auch nur eine sehr raffinierte Schwindlerin. Möglicherweise war es ihre größte Stärke, andere Menschen zu manipulieren. Mich hatte sie auf jeden Fall völlig verwirrt, und das hätte eigentlich unmöglich sein sollen.

»Ich werde Max helfen, seine Schulter zu verbinden, dann kochen wir das Abendessen«, sagte Eva.

Ich nehme an, dass die Worte an ihre Kinder gerichtet waren, doch sie starrte mich währenddessen an.

Sie schien verblüfft zu sein. Offensichtlich versuchte sie, schlau aus mir zu werden – *viel Glück, Schätzchen*. Ich hatte jedoch eine ausdruckslose Miene aufgesetzt. Das beherrschte ich meisterlich.

»Ich bereite alles vor«, rief Liam aufgeregt. »Eli, lass Mom los und hilf mir.«

Da war wieder der große Bruder, der die Verantwortung übernahm. Eva runzelte die Stirn und ich fragte mich, was sie wohl dachte. Was empfand sie, wenn ihr Sechsjähriger den Beschützer für seinen kleinen Bruder spielte? War ihm der Instinkt angeboren oder war er erlernt? Ich vermutete, dass Jay es ihm auf die harte Tour beigebracht hatte.

»Möchtest du deinem Bruder helfen oder lieber fernsehen?«, murmelte Eva.

»Ich will helfen«, antwortete Elijah.

»In Ordnung.«

Eva setzte ihren Sohn ab, zerzauste ihm das Haar und zwang sich zu einem Grinsen. Noch nie hatte ich ein weniger überzeugendes Lächeln gesehen. Zum Glück bemerkte der Junge es nicht und ging zu seinem Bruder, der ihm sofort Anweisungen gab.

»Liam, stell alles auf den Tresen. Ich bin gleich wieder

da«, sagte Eva, bevor sie sich mir zuwandte. Das falsche Lächeln verblasste. »Bist du bereit?«

»Ja.«

Wortlos ging ich zurück ins Badezimmer. Eva folgte mir und ging direkt zum Waschtisch, auf dem ich alles bereitgelegt hatte. Ich zog mir das Hemd über den Kopf. Da nun kein Glas mehr in meinem Fleisch steckte, war der Schmerz zu einem erträglichen Pochen abgeebbt.

»Reinige die Wunde mit dem Alkohol«, forderte ich sie auf und drehte ihr den Rücken zu, damit sie meine Schulter besser erreichen konnte.

»Wird das wehtun?«

»Ja.«

»Es ist wohl besser, als eine Infektion zu riskieren«, murmelte sie.

Ich hörte ein Rascheln. Kurz darauf tupfte sie mit einem feuchten Wattebausch über die Wunde. *Verdammte Scheiße.* Ich biss die Zähne zusammen und bemühte mich, den Schmerz auszublenden. Dann spürte ich es. Ich fühlte Evas warmen Atem auf der Stelle, die sie gerade gereinigt hatte, dann folgte ein Augenblick der Erleichterung. In diesem Moment war es mir egal, dass sie genau das Falsche getan hatte, indem sie alle möglichen Keime in die Wunde gebracht hatte, die eine Infektion verursachen konnten. Ich konnte mich nur darauf konzentrieren, dass sie der erste Mensch in meinem ganzen Leben war, der jemals versucht hatte, meinen Schmerz zu lindern.

Da ich nicht wusste, wie ich damit umgehen sollte, schob ich den Gedanken beiseite und warf ihn auf einen Haufen mit den anderen Rätseln, die Eva Dawson mir aufgab. Ich vergrub ihn an einem Ort tief in meinem Inneren, an dem bereits so viele Informationsfetzen weilten. Irgendwann würde ich mich damit befassen müssen, wusste jedoch gleichzeitig, dass ich es nie tun würde.

Eva war wie ein Puzzle, das ich nicht zusammenfügen wollte, denn wenn ich es täte, würde sich ein überraschendes Bild ergeben. Dann wäre sie nicht mehr das verlogene Miststück, das versucht hatte, meine Freunde zu töten. Sie wäre eine verzweifelte Mutter, eine am Boden zerstörte Frau, die benutzt worden war. Sie wäre nur ein Opfer in einem Spiel, das sie nie hatte spielen wollen.

Diese Eva entzog sich meinem Verständnis.

Um mir meinen Seelenfrieden zu bewahren, musste sie in meinen Augen das Miststück bleiben.

Eva machte sich effizient ans Werk und klebte zwei der Einschnitte rasch zu.

»Alles erledigt«, verkündete sie schon nach kurzer Zeit.

»Danke.«

»Kein Problem.«

Ich hörte die Anspannung in ihrer Stimme, drehte mich aber nicht um. Stattdessen verhielt ich mich wie ein Arschloch und zeigte ihr die kalte Schulter. Ich konnte nicht anders. Ich musste den Abstand zwischen uns wahren.

Mission. Konzentriere dich auf die Mission. Eva ist nur ein Job.

»Ich komme in einer Minute nach«, sagte ich, als sie sich nicht vom Fleck rührte.

»In Ordnung.«

Ich spürte es in dem Moment, in dem sie den Raum verließ – ich konnte die Leere förmlich fühlen, die sie hinterließ. Mein guter Freund Tex hatte mich wirklich ans Messer geliefert, als er mich gebeten hatte, Eva und ihre Söhne zu beschützen.

* * *

NACH DEM ESSEN WARTETE ICH, WÄHREND EVA DIE JUNGS ZU Bett brachte. Tex hatte Zahnbürsten, Zahnpasta, Schlafanzüge und Kleidung zum Wechseln liefern lassen.

Tex dachte immer an alles.

Es war mir allerdings schleierhaft, was er sich dabei gedacht hatte, als er mich zu Evas Schutz abgestellt hatte. Zweifellos war er ein hinterhältiges Arschloch, das mich absichtlich in den Wahnsinn treiben wollte, denn Tex tat nie etwas, ohne sich vorher einen Plan zurechtgelegt zu haben.

Für das Computergenie war das Leben ein Schachspiel. Mittlerweile war ich mir zweifelsfrei sicher, dass er mich absichtlich auf Eva angesetzt hatte.

Schamlos stand ich vor dem Schlafzimmer der Jungs und lauschte. Eva ahnte nichts von meiner Anwesenheit und ich wollte es dabei belassen.

»Seid ihr bereit, eure Gebete zu sprechen?«, sagte sie zu Liam und Elijah. »Danach bringe ich euch ins Bett.«

Die Frau war mir ein Rätsel. Gebete? Ich wusste auch nicht, warum mich das so schockierte, aber das tat es. Meine Mutter hatte nie mit mir gebetet und sie hatte mich auch nie zu Bett gebracht.

»Okay«, hörte ich Elijah sagen.

»Ich fange an«, warf Liam ein. »Lieber Gott, danke für heute. Danke für Mommy und Eli und dass du uns beschützt.«

»Danke für Mommy und Liam«, fügte Elijah hinzu. »Und dafür, dass wir alle zusammen sind.«

»Was noch?«, fragte Eva.

»Bitte beschütze Tex, Mark und Zoey«, sagte Liam.

Was zum Teufel? Warum ließ Eva ihre Kinder für Mark und Zoey beten?

»Und danke, dass du uns Tex geschickt hast, der auf uns aufpasst«, warf Eli ein.

»Und wofür sind wir heute noch dankbar?«, erkundigte sich Eva.

»Für Käsesandwiches, Züge und einen schönen Tag … bis er nicht mehr so schön war«, murmelte Elijah.

»Danke, dass du uns Max geschickt hast, um uns zu beschützen«, bemerkte Liam nüchtern.

Ich atmete tief durch und ein sengendes Brennen füllte meine Lunge. Die linke Seite meiner Brust zog sich zusammen. Und in der Mauer, die ich um mich errichtet hatte, damit mir niemand zu nahe kommen konnte, klaffte plötzlich ein riesiges Loch.

»Ja, Liam, ich stimme dir zu. Wir sind gesegnet, weil Max uns hilft.«

Was zum Teufel? Eva klingt, als würde sie das ernst meinen.

»Im Namen Jesu beten wir, Amen«, beendete Elijah das Gebet.

Als Liam und Eva einstimmten, drehte ich mich um und ging durch den Flur davon. Ich hatte genug gehört. Verdammt, ich hatte zu viel gehört.

Nun hatte ich noch mehr Fragen. Mich plagten noch mehr Zweifel. Und ich hatte noch mehr Wahrheiten über eine Frau in Erfahrung gebracht, als ich je hatte wissen wollen.

* * *

ICH SAß AUF DER COUCH UND LAS EINE E-MAIL VON MEINEM Teamleiter Declan, als Eva ins Wohnzimmer kam.

»Wenn du nicht zu beschäftigt bist, würde ich gern wissen, was heute passiert ist.«

Ich hätte sie vertrösten sollen, denn ich war viel zu aufgewühlt, zu überwältigt, um mit ihr zu reden. Ich brauchte sowohl Abstand als auch Zeit, doch die Umstände machten weder das eine noch das andere möglich.

Ohne eine Antwort abzuwarten, setzte Eva sich ans andere Ende des Sofas. Sie zog die Beine an, stellte die Fersen auf der Polsterkante ab, schlang die Arme um ihre Schenkel und legte die Wange auf die Knie. In dieser Position wirkte sie so klein und zerbrechlich. So verletzlich.

»Hast du Angst?«, wollte ich wissen.

»Ja.«

»Vor mir?«

Ich wusste nicht, warum die Frage mir über die Lippen gekommen war.

»Ja.«

Wahrscheinlich sollte sie mich fürchten – ich war ein gefährlicher Mann. Ich hätte es dabei belassen sollen, aber der Gedanke schmerzte mich trotzdem. Eva stand auch ohne mich schon genügend Ängste aus.

»Ich würde weder dir noch den Jungs je wehtun.«

»Das glaube ich dir.«

»Warum hast du dann Angst vor mir?«

»Vielleicht ist Angst das falsche Wort. Aber ich weiß einfach nicht, woran ich mit dir bin. Deine Stimmung ändert sich manchmal abrupt, und der Wandel ist spürbar. Ich habe dann immer das Gefühl, dass die Luft im Raum mich fast erdrückt, während sie mich entweder wärmt oder mich bis ins Mark erschauern lässt.«

»Wie bitte?«

»Du bringst mich aus dem Gleichgewicht. Entweder du strahlst Feuer oder eine Eiseskälte aus. Aber zu Liam und Elijah bist du immer nett, und dafür muss ich dir danken. Seit eurer ersten Begegnung hat sich daran nichts geändert. Alles andere ist nicht wirklich wichtig.«

Was zum Teufel führt sie im Schilde?

»Warum lässt du deine Kinder für Bubba und Zoey beten?«

Eva riss überrascht die Augen auf, dann verengte sie sie zu schmalen Schlitzen. »Du hast gelauscht?«

»Ja.«

Es hatte keinen Sinn, sie anzulügen. Ich hatte ihr eine Frage gestellt, auf die ich eine Antwort fast so dringend brauchte wie die Luft zum Atmen. Sie würde nie verstehen, wie sehr ich mir wünschte, dass ihre Beweggründe rechtschaffen waren.

»Weil ich ihnen etwas Schreckliches angetan habe. Wir beten jeden Abend für sie. Es schmerzt mich, wie meine Jungs ihre Namen aussprechen, aber ich muss sie hören. Dadurch tue ich Buße, denn ich habe den Schmerz verdient. Außerdem glaube ich an die Kraft des Gebets und will, dass sie wohlbehalten und glücklich sind.«

Die Antwort lieferte mir so viele Informationen, dass ich nicht sicher war, wo ich anfangen sollte.

»Warum hast du es getan?«

»Das weißt du doch.«

Sie hatte recht, ich wusste warum – Jay hatte ihr die Kinder weggenommen. Aber ich war nicht imstande zu begreifen, wie zum Teufel ein Gericht jemandem wie Jay überhaupt das Sorgerecht hatte zusprechen können. Tex hatte vergeblich versucht, dieser Frage auf den Grund zu gehen.

»Okay, dann verrate mir doch, wie Jay es geschafft hat, das Sorgerecht zu bekommen.«

»Warum ist das wichtig?«

Ich war nicht bereit, die Frage zu beantworten.

Es hätte keinen Einfluss auf die Mission haben sollen und es änderte nichts daran, dass ich sie beschützen würde. Aber es war mir wichtig. Wahrscheinlich zu wichtig.

KAPITEL ELF

So hatte ich mir den Abend nicht vorgestellt.

Nachdem die Jungs eingeschlafen waren, war ich zurück ins Wohnzimmer gegangen, um mehr über die Explosion vor dem Restaurant zu erfahren. Da war auch noch die Tatsache, dass ich meinen Wagen zurückgelassen hatte. Doch dieses Detail war durch die Flucht, die Fahrt zum Unterschlupf und die Tatsache, dass Max verletzt war, völlig in den Hintergrund getreten. Der Mann war verletzt und blutete, und das nur, weil er uns beschützt hatte.

Nicht einmal ich war naiv genug zu glauben, dass eine Explosion in einem Restaurant, in dem ich gerade zu Mittag gegessen hatte, ein Zufall sein konnte. Die meiste Zeit übte ich mich in der Kunst der Verdrängung und versuchte immer, das Gute in den Menschen zu sehen. Ich achtete nicht auf mögliche Bedrohungen, selbst wenn sie mir mit einem Neon-Warnschild ins Gesicht blinkten. Aber ich war nicht dumm.

»Warum erzählst du es mir nicht einfach?«, fragte Max mit einer Lässigkeit, die mich in Rage brachte.

»Ich soll es dir einfach erzählen?«, fauchte ich. »Im Ernst? Du willst, dass ich mein Herz ausschütte, und wozu? Zu deiner Unterhaltung?«

»Es ist ganz und gar nicht unterhaltsam, wenn Kinder

von ihrer Mutter getrennt werden.« Als ich seinen ungehaltenen Tonfall hörte, versteifte ich mich. »Ich muss verstehen, wie ein Richter einem Drogendealer und Geldwäscher das Sorgerecht für zwei Jungen zusprechen konnte, von denen einer nicht einmal sein leiblicher Sohn ist.«

»Warst du schon einmal in Kenai, Alaska?«, fragte ich.

»Nein.«

»Stell dir einfach die schönste Kleinstadt vor, die du je gesehen hast. Sie liegt direkt am Cook Inlet. Der Kenai River leuchtet blaugrün, es ist unglaublich. Bei Sonnenuntergang färbt sich der Fluss rosa. In der Ferne ragt der Mount Redoubt in all seiner Pracht auf. Dort zeigt sich Mutter Natur von ihrer schönsten Seite. In strahlendem Weiß, sattem Grün und leuchtendem Gelb. Die Adler segeln durch die Lüfte, die Wale spielen im Meer und die Lachse wandern flussaufwärts. Forellen gibt es im Überfluss. Farbenfrohe Wildblumen stehen in voller Blüte, und im Hintergrund schlängeln sich die Gletscher. Der Anblick ist überwältigend.«

»Das klingt wunderschön.«

Wunderschön beschrieb nicht einmal ansatzweise die Erhabenheit der Landschaft. Und ich wäre nicht einmal ansatzweise in der Lage zu erklären, wie groß der Schmerz war, den ich verspürte, während ich inmitten all dieser Pracht gelebt hatte.

»Das ist es. Es gibt so vieles, was man an Kenai lieben kann. An Alaska.«

Doch für mich gab es noch viel mehr, was ich hasste.

»Ich verstehe nicht, was das damit zu tun hat, dass …«

»Die Einwohnerzahl beträgt nicht einmal achttausend«, unterbrach ich ihn. »Das sind nicht viele Menschen. Vor allem nicht, wenn man auf der Schattenseite der Kriminalität lebt. Jay hatte ein Händchen dafür, Gefallen einzufordern. Aber noch besser verstand er es, schmutzige Details zu sammeln. Und wenn Jay erst einmal etwas gegen dich in der Hand hatte, warst du geliefert. Dabei legte er viel Geduld an den Tag, wartete auf den richtigen Zeitpunkt und hielt seine Karten immer bedeckt.«

Und als Jay den perfekten Zeitpunkt gefunden hatte, zwang er mich in die Knie.

»Also hat er jemanden erpresst«, vermutete Max.

»Sogar mehrere Leute.«

»Was ist passiert, als du verhaftet wurdest?«

Herrje! Das war gerade ein Schlag ins Gesicht.

Es wunderte mich jedoch nicht, dass er davon wusste. Er wusste alles über mich und ich wusste nichts über ihn.

Vor allem ärgerte es mich, dass er die Frage so beiläufig stellte, als würde er nach dem Wetter fragen und nicht nach einem der schlimmsten Tage meines Lebens. Aber überraschenderweise schwang in seiner Stimme nicht der Abscheu mit, den ich selbst empfand, wenn ich an meine Verfehlungen dachte.

Selbstverachtung und Scham schienen sich wie ein roter Faden durch mein Leben zu ziehen. Ich schluckte die Demütigung hinunter, räusperte mich und erklärte mit schweißnassen Handflächen: »Jay hat mich reingelegt. Er hat von Anfang bis Ende mit mir gespielt. Es fing schon lange vor meiner Verhaftung an. Als ich Jay kennenlernte, war ich achtzehn und mit Liam schwanger. Er war Kunde in dem Sportgeschäft, in dem ich damals arbeitete. Im Nachhinein kann ich sehen, was er getan hat. Er war stets betont nett zu mir. Jedes Mal wenn er hereinkam, fragte er mich, wie es mir ging, und nachdem Liam geboren war, fragte er auch nach ihm. Aber natürlich wusste er, wer ich war – wer meine Eltern waren. Ich war zweifellos leichte Beute für ihn.«

»Wer sind deine Eltern?«

Ich spannte die Arme um meine Beine an und presste meine Knie fester an meine Brust. Mein Herz pochte so heftig, dass ich es an meinen Schenkeln spüren konnte.

Auf keinen Fall! Ich würde ihm niemals von meinen Eltern erzählen. Max hielt mich ohnehin für Abschaum, aber er hatte keine Ahnung, wie recht er damit hatte.

Verabscheuungswürdig.

Proletenabschaum.

Eine Kanalratte.

Mehr war ich nie gewesen.

»Das ist eine Geschichte für ein anderes Mal«, erwiderte ich nur. Ich konnte es kaum ertragen, mir einzugestehen, wie dumm ich war, weil ich auf Jay hereingefallen war. Da musste ich nicht auch noch über meine gestörten Eltern und die Misshandlungen reden, die ich durch ihre Hand erfahren hatte. »Wie dem auch sei, Jay gab sich zwei Jahre lang alle Mühe. Dann machte er den ersten Schritt und fragte mich, ob ich mit ihm ausgehen wolle. Damals glaubte ich, ich hätte den Jackpot geknackt. Er war freundlich, humorvoll und sah gut aus. Ich dagegen hatte keinerlei Vorzüge, ich war nur eine alleinerziehende Mutter, die versuchte, über die Runden zu kommen. Sechs Monate später erzählte er mir, jemand habe ihm einen Job in Anchorage angeboten, und er bat mich mitzukommen. Ich wollte raus aus Kenai, aber ich zögerte. Dann hielt er um meine Hand an. Er gaukelte mir vor, dass er mir ein besseres Leben ermöglichen wolle, dass er mich und Liam liebe. Er sagte, er habe nur so lange mit dem Antrag gewartet, weil er zuerst eine Freundschaft zu mir aufbauen wollte. Und ich bin darauf reingefallen. Ich war eine verdammte Idiotin.«

»Also bist du umgezogen.«

»Ich bin umgezogen, habe ihn geheiratet und bin mit Elijah schwanger geworden. Damit hatte er mich in der Hand. Und dann hat er mir sein wahres Gesicht gezeigt.«

Mein Gott, es schmerzte, nur daran zu denken, wie dumm ich war. Ich würde den Tag nie vergessen, an dem ich Jay zum ersten Mal dabei beobachtete, wie er von unserem Haus aus Drogen verkaufte. Liam hatte gerade ein Nickerchen gemacht und ich stand fassungslos da. Damals wusste ich nicht, was schockierender war. Die Tatsache, dass Jay Drogen verkaufte, oder dass er es tat, während mein kleiner Junge in seinem Zimmer lag und schlief. Ich hatte keine Ahnung, aber eigentlich hätte ich es schon vorher sehen müssen. Jay hatte mir erzählt, dass er als Tagelöhner auf Fischerbooten arbeitete und am Hafen nach Jobs suchte. Es war seine Erklärung dafür, warum er immer Bargeld bei sich hatte. Allerdings hatte er immer zu viel davon in seinen Taschen, aber ich hatte es nie infrage gestellt.

»Wessen Idee war es, dass du Pilotin wirst?«

»Seine. Jay meinte, ich müsse wieder arbeiten gehen, denn er sei es leid, uns allein zu ernähren. Ich hatte ein schlechtes Gewissen, weil er uns fast drei Jahre lang ernährt hatte. Da er anbot, die Flugstunden zu bezahlen, ließ ich mich überreden und machte meinen Pilotenschein. In Alaska werden immer Piloten gebraucht. Einen Monat nachdem ich meine Pflichtstunden absolviert hatte, nahm ich einen Job bei einer privaten Chartergesellschaft an.«

»Hat dir die Arbeit gefallen?«

»Ich habe sie gehasst. Aber ich habe nicht schlecht verdient. Dann begann ich, meine Flucht zu planen. Ich lebte in einer Hölle und wollte raus. Der Job würde mir eine Flucht ermöglichen.«

Bis ich gefeuert wurde.

»Warum hast du zugestimmt, für ihn Drogen zu schmuggeln?«

Nun hatte er es ausgesprochen. Ich war eine verurteilte Drogenhändlerin. In gewisser Weise. Ich wurde verhaftet, verurteilt und hatte meine Strafe abgesessen. Dank meines Anwalts, der ein Freund von Jay war und ihm einen Gefallen schuldete, war mein Strafmaß jedoch reduziert worden. Aber es steckte mehr dahinter, denn Jay hatte alles von Anfang bis Ende geplant.

»Ich habe keine Drogen geschmuggelt. Es war eine Falle. Ich wusste nicht, dass die Drogen sich in meinem Flugzeug befanden. Mir hat zwar niemand geglaubt, aber Jay hat sie dort platziert und dann die Behörden alarmiert. Es war gerade genug, um mich verhaften und einsperren zu lassen, aber nicht genug, um mich für lange Zeit hinter Gitter zu bringen.«

»Was zum Teufel? Ich habe die Berichte und die Prozessakten gelesen. Warum hast du dich nicht gegen die Anklage gewehrt? Du hast dich schuldig bekannt.«

»Können wir jetzt bitte das Thema wechseln?«

Max' Miene erweichte sich. Schon glaubte ich, er würde einlenken, doch dann runzelte er die Stirn und ich wusste, dass er nicht lockerlassen würde.

»Es ist wichtig.«

»Warum? Willst du unbedingt hören, was für eine Idiotin ich bin?«

»Glaubst du, du bist die erste Frau, die auf einen Betrüger hereingefallen ist?«

»Nein, aber ich bin nicht einfach nur auf ihn hereingefallen. Ich habe mich richtiggehend ins Unglück gestürzt. Die meisten Frauen wären klug genug gewesen, sich lange vorher aus dem Staub zu machen.«

»Du hast getan, was du konntest …«

»Ich blieb drei Jahre bei ihm, nachdem ich zum ersten Mal gesehen hatte, wie er mit Drogen handelte. Damals war ich mit Eli schwanger. Ich hätte mir Liam schnappen und Reißaus nehmen sollen, aber ich blieb. Das ist unentschuldbar.«

»Also hat er deine Vorstrafe genutzt, um das Sorgerecht zu bekommen?«

»Ja. Aber Jay hatte etwas gegen den Richter in der Hand, also hätte er die Kinder auf jeden Fall bekommen. Sein ganzer Plan basierte darauf, mir meine Söhne wegzunehmen. Sobald er das Sorgerecht hatte, konnte er mich voll und ganz kontrollieren.«

»Warum wollte er das tun?«

»Er und sein Partner, Novak Yazzie, verlangten von mir, dass ich viertausend Pfund Kokain für sie nach Seattle fliege.«

Max stieß einen leisen Pfiff aus und riss die Augen auf. »Im Ernst?«

Ich antwortete nicht auf seine Frage, sondern sagte stattdessen: »Eintausendachthundert Kilo. Viereinhalb Millionen

Dollar. Ich lehnte ab. Er fügte Liam Brandwunden zu. Ich ging zur Drogenbehörde, um mit ihnen einen Deal auszuhandeln. Aber sie brauchten zu lange. Dann hatte Jay plötzlich eine andere Idee. Er wollte dreihunderttausend Dollar, dann würde er mir die Kinder zurückgeben.«

»Und da hast du …«

»Ja, ich wurde angeheuert, Mark und Zoey mitten im Nirgendwo zurückzulassen.«

Ich konnte mich nicht dazu durchringen, die Wahrheit auszusprechen. Ich wurde angeheuert, um sie zu töten. Ein Durchschnittsmensch hätte in der Wildnis Alaskas den sicheren Tod gefunden. Zum Glück war Mark Wright kein Durchschnittsmensch, sondern ein hochqualifizierter SEAL, und er und Zoey hatten überlebt.

»Scheiße.« Max fuhr sich mit den Fingern durchs Haar und schüttelte den Kopf. »Du solltest Bubba und Zoey nicht nur zurücklassen. Ihr drei solltet sterben. Malcolm Wrights Plan wäre nicht aufgegangen, wenn sein Bruder nur vermisst worden wäre. Er wollte ihn tot sehen. Malcolm und Tracy Eklund hatten nicht die Absicht, dich zu bezahlen. Verdammt, Eva, sie hatten das Geld gar nicht.«

Ich bemühte mich um eine ausdruckslose Miene. Ich hatte Angst davor, was es über mich aussagen würde, wenn ich meinen Schmerz an die Oberfläche dringen ließ. Schließlich hatte ich versucht, Mark Wright und Zoey Knight umzubringen. Warum hätte ich nicht mit ihnen sterben sollen?

»Du wusstest es nicht?«, fragte Max.

»Dass ich sterben sollte? Doch, das wusste ich. Als ich in Seattle ankam und ihr meldete, dass ich den Auftrag ausgeführt hatte, teilte sie mir mit, dass sie das Geld nie hatte. Es hätte mich nicht überraschen sollen. Kriminelle Arschlöcher wie sie halten ihr Wort normalerweise nicht.«

»Was hat sie noch gesagt?«

»Das reicht jetzt, Max. Ich habe genug gesagt. Ich will endlich wissen, was im Restaurant passiert ist.«

Ich würde ihm auf keinen Fall erzählen, wie ich allein in

diesem verdammten Hotelzimmer in Seattle gesessen hatte und wusste, dass mein Leben vorbei war. Ich hatte es *gewusst.* Der Handel, den Jay eingefädelt hatte, würde nun nicht in Kraft treten. Und ich hatte das Geld nicht bekommen, um ihn auszuzahlen. Ich war am Boden zerstört und an meinem absoluten Tiefpunkt angelangt. Damals hatte ich noch keine Ahnung, was Jay meinen Kindern antun würde, aber ich war überzeugt davon, dass ich sie nie wiedersehen würde. Weder vor Max noch vor sonst irgendjemandem würde ich zugeben, was ich in diesem Zimmer in Betracht gezogen hatte.

»Es ist wichtig, Eva. Ich brauche alle Fakten, jedes Detail. Ganz sicher ist es schwer für dich, aber ...«

»Du hast ja keine Ahnung, Max. Du kannst dir nicht ansatzweise vorstellen, wie es sich anfühlt, wenn einem das Herz aus dem Leib gerissen wird. Meine Kinder waren in Gefahr und ich war machtlos. Ich war Hunderte von Kilometern weit weg, während sie sich in den Klauen eines Monsters befanden. Ich konnte weder schlafen noch essen. Immerzu musste ich daran denken, dass meine Babys von einem skrupellosen Mann gefoltert wurden, der mich so sehr hasste, dass er alles tun würde, um mir wehzutun. Also nein, du weißt nicht, was ich durchgemacht habe, und du kannst dir nicht vorstellen, was ich auch jetzt noch durchmache. Es vergeht kein Tag, an dem ich mich nicht daran erinnere, was ihnen widerfahren ist. Es vergeht keine Nacht, in der ich nicht in meinem Bett liege und tief in meiner Seele weiß, dass meine Kinder meinetwegen gelitten haben. Jedes Mal wenn ich Liam beim Anziehen helfe, sehe ich die Spuren, die Jay auf den Armen meines Sohnes hinterlassen hat. Ich *sehe sie.* Mein kleiner Junge wird für den Rest seines Lebens an diese Qualen erinnert werden.

Und ich werde nie vergessen, dass ich Mark und Zoey fast getötet hätte. Gott sei Dank hatte Mark seine Taschen voll mit ...«

»Was ist mit Bubbas Taschen?«, unterbrach Max meine Tirade.

»Die Taschen seiner Cargohose waren vollgestopft mit allerlei Sachen. Ich sah ihn am Verkaufsautomaten, als ich mich auf den Weg machte, um vor dem Flug die Instrumente zu checken. Er zog einen Kompass und einen Feuerstein heraus. Ich glaube, er suchte nach Kleingeld. Auf jeden Fall wusste ich, dass er ein SEAL war, und ich betete, dass alles, was er sonst noch in diesen Taschen hatte, ihn und Zoey so lange am Leben erhalten würde, bis jemand sie finden würde.«

»Du wusstest, dass er ein SEAL war?«, fragte Max ungläubig.

»Ich habe im Internet recherchiert und einen Artikel über Heritage-Kunststoffe gefunden. In einem Interview prahlte Colin Wright damit, dass sein Sohn Mark Wright ein Navy SEAL war und dessen Zwillingsbruder Malcolm als seine rechte Hand in der Firma arbeitete. Colin war stolz auf seine beiden Söhne.«

Der Gedanke war zwar schrecklich, aber glücklicherweise war Colin gestorben, bevor er herausfinden konnte, dass es sein Sohn Malcom war, der versucht hatte, Mark zu töten. Andererseits hatte Malcom Colin getötet, also war meine Überlegung vielleicht nicht ganz richtig. In einer perfekten Welt wäre Colin noch am Leben und Malcom wäre kein gieriges, niederträchtiges Schwein gewesen.

»Was weißt du über Malcom und Tracy?«, fragte Max.

»Nichts.«

»Hat jemand aus Alaska Kontakt mit dir aufgenommen, seit du nach Florida gezogen bist?«

»Nein. Erzähl mir jetzt bitte von der Explosion.«

»Es war dein Wagen«, sagte er ohne Umschweife.

»Wie bitte?«

»Dein Pkw ist in die Luft geflogen. Tex vermutete, dass jemand einen Peilsender angebracht haben könnte, und bat mich, es zu überprüfen. Deshalb bin ich nach draußen gegangen.«

Ruckartig stand ich von der Couch auf und sah mich

panisch um. Ich wusste zwar nicht, wohin ich gehen sollte, aber ich konnte nicht mehr still sitzen. Ich konnte das alles nicht länger ertragen.

»Ganz ruhig!« Max sprang auf und packte mich am Arm, bevor ich fliehen konnte. Ich wäre ohnehin nicht weit gekommen, denn ich war in einem sicheren Unterschlupf eingesperrt und meine Jungs schliefen nebenan. Wir alle waren in Gefahr.

»Lass mich los«, schrie ich.

»Beruhige dich.«

»Ich kann mich nicht beruhigen, Max. Jemand hat meinen Wagen in die Luft gejagt. Meine Jungs …« Ich versuchte vergeblich, mich seinem Griff zu entziehen. »Sie hätten …«

»Aber ihnen ist nichts passiert. Im Moment schlafen sie friedlich in ihrem Zimmer. Aber wenn du weiter so schreist, wirst du sie aufwecken.«

Ich presste die Lippen zusammen und starrte Max an. Er hatte die Kiefermuskeln angespannt und die Augen zu schmalen Schlitzen verengt. Ich war es leid, dass er mich ständig mit diesem finsteren Blick bedachte.

»Herrje, ständig bist du wütend auf mich«, platzte ich heraus.

»Wie bitte?«

»Vergiss es, es spielt keine Rolle«, murmelte ich. Er runzelte die Stirn. *Weiter im Text.* »Warum hat Tex vermutet, dass an meinem Wagen ein Peilsender angebracht war?«

»Eva?« Max drückte meinen Bizeps, bevor er seine Hand an meinem Arm hinuntergleiten ließ. Er ergriff meine Hand und zog mich zu sich. Ich taumelte vorwärts und stützte mich mit einer Hand an seiner muskulösen Brust ab, um nicht mit ihm zusammenzuprallen. »Warum denkst du, ich bin wütend auf dich?«

Meine Gedanken überschlugen sich. Es hatte mich aufgewühlt, ihm meine Geschichte zu erzählen. Ich war verängstigt und jetzt auch noch völlig verwirrt. Warum um alles in der Welt interessierte er sich dafür, was ich dachte? Max war nicht hier, um mit mir Freundschaft zu schließen. Er war mein Leibwächter – nicht zuletzt, um seinem Freund einen Gefallen zu erweisen.

Ich sollte meine Worte wirklich mit Bedacht wählen.

Ein Leibwächter. Mehr würde er nie sein.

KAPITEL ZWÖLF

Ich war mir Evas Hand an meiner Brust nur allzu sehr bewusst. Ihre andere Hand lag immer noch in meiner, während mein Körper auf ihre Berührung auf eine mir unerklärliche Weise reagierte. Sie sah mit großen Augen zu mir auf und ich wollte ihr nur noch ihre Angst nehmen.

Wahrscheinlich hätte ich nicht so schroff sein sollen. Mir wurde schon hundertmal gesagt, dass mir das Feingefühl fehle. Ich redete nicht gern um den heißen Brei herum, in meinen Augen war es reine Zeitverschwendung.

Das Leben spielt einem manchmal übel mit. Aber man findet einen Weg, um damit zurechtzukommen, und blickt nach vorn.

Als ich jedoch Evas blasses Gesicht und den verängstigten Ausdruck in ihren Augen sah, drehte sich mir der Magen um. Ich hätte ihr die Nachricht schonender beibringen sollen. Allein diese Erkenntnis ließ mich an mir selbst zweifeln. Ich war kein komplettes Arschloch, aber ich ließ mich von Fakten, nicht von Gefühlen leiten. Und es war nun mal eine Tatsache, dass ihr Wagen als Bombe in die Luft geflogen war. Es war jedoch schrecklich, mit anzusehen, wie sie diese Information aufnahm und versuchte, sie zu verarbeiten.

Natürlich dachte sie sofort an ihre Jungs. Keine dreißig

Minuten vor der Explosion hatten sie noch in dem Fahrzeug gesessen.

Der Gedanke nagte an mir. Warum zum Teufel hatte ich das Fahrzeug nicht überprüft, bevor wir Georgia verlassen hatten? Ich hätte es besser wissen müssen, doch ich hatte die Kontrolle aus der Hand gegeben. Ich hatte mich zu sehr darauf konzentriert, Evas Wünschen gerecht zu werden, und war unachtsam geworden. Und diese Fahrlässigkeit hätte sie umbringen können.

Das musste ein Ende haben.

Von nun an hatte ich das Sagen. Keine Spielchen mehr.

»Das ist nicht wichtig, Max«, flüsterte sie. »Bitte sag mir nur, warum Tex dachte, dass mein Wagen mit einem Peilsender ausgestattet war.«

»Du behauptest immerzu, es sei nicht wichtig, aber ich will es wissen. Du sagtest, du hättest keine Angst vor mir, aber warum glaubst du, ich bin stets wütend auf dich?«

»Weil du mich immer so finster ansiehst. Ich weiß, dass du mich nicht magst, und ich kann es dir nicht einmal verübeln. Ich habe schreckliche Dinge getan, für die ich mich schäme, und ich habe viele falsche Entscheidungen getroffen. Aber ich bin kein schlechter Mensch. Ich habe nur versucht, meine Kinder zu beschützen. Das ist alles, Max. Jay hat sich in mein Leben geschlichen, und als er sich einmal eingenistet hatte, konnte ich ihn nicht mehr loswerden. Er war wie ein Krebsgeschwür, das sich durch meine Seele fraß. Ich hasste alles an ihm, und ich hasste mich für alles, was ich tun musste, um meine Jungs zurückzubekommen. Aber seit Tex … habe ich nichts mehr getan, worauf ich nicht stolz wäre.«

Ihre Hand in meiner verkrampfte sich und ihre Finger krallten sich in meine Brust. Wieder wurde mir bewusst, dass ich sie an mich gezogen hatte. Aber ich hatte es nicht getan, um sie an der Flucht zu hindern, sondern um ihre Aufmerksamkeit auf mich zu lenken. Und wenn ich ehrlich war, hatte ich sie berühren wollen, seit ich ihr Wohnzimmer betreten hatte. Obwohl ich mir vor Augen geführt hatte, was sie Bubba und Zoey angetan hatte, war ich machtlos gegen diese Anziehungskraft gewesen. Ich hatte mich wie ein untreues Arschloch gefühlt, denn Mark Wright war ein Freund und Zoey auch.

Ich sollte diese Frau nicht berühren wollen, ihre Nähe nicht spüren wollen und sie nicht trösten wollen. Schon gar nicht sollte ich sie leidenschaftlich küssen wollen. Aber ich verspürte einen fast ungesunden Drang, all das zu tun.

Vielleicht blickte ich deshalb so finster drein. Denn ich konnte mir beim besten Willen nicht erklären, warum ich mich von Eva Dawson so in den Bann ziehen ließ.

Aber mein Interesse war nicht zu leugnen. Und das Verrückte daran war, dass es dabei um mehr ging als nur Lust. Eva faszinierte mich. Man musste kein Genie sein, um zu erkennen, dass ich einen Mutterkomplex hatte. Meine Mutter war alles andere als fürsorglich gewesen, doch Eva war das genaue Gegenteil. Wahrscheinlich war ich deshalb so vernarrt in sie.

Ja, Arschloch, rede dir das ruhig ein.

»Ich bin nicht wütend auf dich«, sagte ich zu ihr.

Sie bedachte mich mit einem ungläubigen Blick und verzog missbilligend die Lippen. »Sicher.«

»Ganz ehrlich, Eva, was du Bubba und Zoey angetan hast, war schrecklich. Aber ob du es glaubst oder nicht, sie verstehen deine Beweggründe und haben dir verziehen. Ich gebe zu, ich war schockiert. Für mich war es unbegreiflich, wie sie dir vergeben konnten. Aber das war, bevor ich dich getroffen habe. Und Tex sah das Gute in dir. Ich weiß, dass du ihn nicht so gut kennst wie ich, deshalb will ich es dir erklären. Tex ist einer der loyalsten Menschen, die ich kenne. Wenn er nicht überzeugt wäre, dass du ein guter Mensch bist, der gezwungen wurde, etwas Grauenhaftes zu tun, hätte er dich im Gefängnis verrotten lassen. Weil er ein guter Mensch ist, hätte er zweifellos deine Söhne gerettet, aber er hätte sich sicher nicht den Arsch aufgerissen, um dich zu beschützen.

Damit will ich Folgendes sagen: Ich verstehe, warum du es getan hast. Ich respektiere deine Liebe zu deinen Jungs und bewundere deinen Willen, sie um jeden Preis zu beschützen. Ich hatte keine gute Mutter. Sie war das genaue Gegenteil von dir. Du kannst mir also glauben, wenn ich dir sage, dass ich nicht böse auf dich bin. Ich schaue dich nicht finster an, es gibt einfach nichts, worüber ich lächeln könnte. Deine Situation ist nicht zum Lachen. Und wenn ich dir persönliche Fragen stelle, dann nicht, weil ich neugierig bin, sondern weil ich so viele Informationen wie möglich sammeln will, um den Mistkerl zu schnappen, der hinter dir her ist. Nur so kann ich dich und die Jungs beschützen.«

Eva schwieg, entweder aus Trotz oder aus Ungläubigkeit. Aber ich hatte keine Zeit, ihr zu beweisen, dass ich es ernst meinte. Ich hielt mich im Allgemeinen nicht damit auf, andere von meiner Aufrichtigkeit zu überzeugen. Entweder vertrauten die Leute meinem Wort oder nicht. Die Ironie daran entging mir nicht. Ich war jedem gegenüber so lange skeptisch, bis er seine Vertrauenswürdigkeit unter Beweis gestellt hatte. Und selbst dann konnte ich mich nur selten dazu durchringen, ihm die gleiche Ehre zu erweisen.

»Tex hat ein Team geschickt, um den Mann abzufangen, der dich töten soll.« Mein Gott, diese Worte hinterließen einen üblen Geschmack in meinem Mund. »Laut unseren Informationen befindet Chris Peters sich in einem Flugzeug nach Florida. Ein Mann ist am Flughafen, um ihn abzupassen. Die anderen sind zu deinem Haus gefahren. Als sie die Haustür öffneten, rochen sie Gas.« Ich hielt inne und wartete, bis sie die Information verdaut hatte.

Doch ich kam nicht dazu fortzufahren, denn Eva stiegen Tränen in die Augen und kullerten ihr über die Wangen. »Warum?« Ihre Stimme war kaum mehr als ein ängstliches Flüstern, ein warmer Atemhauch, der mich benetzte und so tief in mich eindrang, dass ich dieses Gefühl wohl nie vergessen würde.

»Ich weiß es nicht, Baby, aber ich verspreche dir, dass ich es herausfinden werde.«

»Einen Moment mal.« Eva runzelte die Stirn. Ich erkannte den Moment, in dem es ihr klar wurde. Ihre Hand an meiner Brust verkrampfte sich, dann krallte sie sich in mein T-Shirt. »Wenn dieser Chris noch nicht in Florida ist, warum roch es dann in meinem Haus nach Gas? War da ein Leck?«

»Nein, Eva. Jemand wollte dein Haus in die Luft jagen.«

»Aber … aber Tex hat gesagt …«

Ich wusste, dass sie mir gleich wieder entgleiten würde. Sie presste die Lippen zu einer dünnen Linie zusammen, in ihre Augen trat ein gehetzter Ausdruck und Tränen strömten ihr über die Wangen. Ich konnte nicht mit ansehen, wie Eva zusammenbrach, also tat ich etwas unglaublich Dummes. Ich zog sie in meine Arme und hielt sie fest.

Dabei lernte ich zwei Dinge. Zum einen war es ein verdammt gutes Gefühl, als Eva ihren zierlichen Körper an meinen presste, ihre Arme um mich schlang und ihre Wange an meine Brust schmiegte. Aber viel beunruhigender war, dass sie perfekt zu mir passte. Es fühlte sich so richtig an, als sei sie geschaffen worden, um von mir gehalten und beschützt zu werden.

»Baby, es wird alles wieder gut.«

»Das hast du schon einmal gesagt«, erwiderte sie und hickste.

»Und ich werde es so lange wiederholen, bis du es glaubst.«

»Wann?«

»Wann, was?«

»Wann wird dies vorbei sein? Wann können meine Jungs und ich endlich ein normales Leben führen? Mehr will ich gar nicht, Max. Nur ihre Sicherheit und ihr Glück. Ich habe das Gefühl, dass jedes Mal, wenn ich kurz davor stehe, ihnen das Leben zu geben, das sie verdient haben, wieder etwas passiert.«

Auf all diese Fragen hatte ich keine Antwort, also schwieg ich. Lange standen wir schweigend da. Mit jeder Sekunde entspannte Eva sich etwas mehr, bis ihre Atmung sich irgendwann beruhigt hatte. Sie hob den Kopf und begegnete meinem Blick. Verdammt, ihr Mund war nur eine Haaresbreite von meinem entfernt, so nahe, dass ich ihren Atem auf meinen Lippen spüren konnte.

So falsch.

So wunderschön, dass es wehtat.

»Max«, flüsterte sie und bevor ich mich beherrschen konnte, hatte ich meine Lippen auf ihre gepresst.

Eva hielt sich nicht zurück. Sie öffnete sich mir und ließ ihre Zunge über meine gleiten. Ich war verloren. Das Salz ihrer Tränen vermischte sich mit dem Apfelsaft, den sie zum Abendessen getrunken hatte. Salzig und süß – eine tödliche Kombination, von der ich nicht genug bekommen konnte. Ich verschlang sie, bis sie ein Wimmern ausstieß, mit dem sie meine Selbstbeherrschung endgültig zunichtemachte. Ich ließ meine Hände an ihren Hintern gleiten und hob sie hoch. Ohne zu zögern, schlang sie ihre Schenkel um meine Taille.

Der Kuss war alles andere als zärtlich. Er war ungestüm und leidenschaftlich. Unsere Zungen führten einen wilden Tanz auf und unsere Zähne schlugen aufeinander. Die Lust siegte über die Vernunft, und so trug ich sie durch den Flur ins Schlafzimmer. Ich wartete darauf, dass Eva protestierte, um diesen Wahnsinn zu beenden. Aber als ich die Tür geschlossen und verriegelt hatte und sie mit dem Rücken an die Wand drückte, schob sie mir das Hemd hoch und rieb sich an meinem Schwanz.

Scheiß drauf. Wenige Meter von uns entfernt stand ein Bett und ich wollte ihren nackten Körper unter mir spüren. Noch nie hatte ich ein so heftiges Verlangen verspürt.

Ich setzte sie neben dem Bett ab und zog mir das Hemd über den Kopf. Sie tat es mir gleich. Wir rissen uns die Kleider vom Leib und warfen sie achtlos zu Boden. Eva presste ihre Lippen an meine Brust und umfasste mit einer Hand meinen Schaft. Ein Schauer ungezügelter Lust durchströmte mich. *Gütiger Gott.*

»Eva«, stöhnte ich, als sie mit ihrer Zunge meine Brustwarze umkreiste, während sie meinen Schwanz immer schneller massierte.

Dann wanderte sie mit ihrem Mund tiefer und leckte

über meinen Bauch. Ohne Vorwarnung umschloss sie meine Männlichkeit mit ihren warmen, feuchten Lippen.

Ich drückte die Knie durch und ergab mich den berauschenden Empfindungen, die mich durchströmten.

»Verdammt, Baby.«

Mit einer Hand packte ich ihr Haar und sah zu, wie mein Schwanz zwischen ihren Lippen verschwand. Dann ließ sie ihn herausgleiten, nur um ihn tiefer in sich aufzunehmen. Es war der beste Blowjob aller Zeiten. Nicht nur, weil sie ihr Handwerk meisterlich beherrschte, sondern weil sie sich mir hemmungslos hingab. In kürzester Zeit hatte Eva mich an den Rand der Ekstase gebracht.

»Du musst aufhören, Eva, ich komme gleich.«

Sie summte beifällig, krallte sich mit ihren Fingernägeln in meinen Hintern, zog mich noch näher zu sich und schluckte meinen Schwanz bis zum Anschlag. *Verdammte Scheiße.*

»Ernsthaft, Eva, ich komme gleich, Baby. Zieh ihn raus, wenn du nicht willst, dass ich in deinem Mund abspritze.«

Eva hörte nicht auf mich, sondern verdoppelte ihre Anstrengungen, bis ich mit beiden Händen ihr Haar packte und die Führung übernahm. Und, mein Gott, sie ließ mich gewähren. Sie kniete vor mir und blickte mit weit aufgerissenen Augen zu mir auf. Sie löste ihre Hand von meinem Schaft, sodass ich das Tempo bestimmen konnte. *Einfach perfekt.* Ich fickte ihren Mund härter und beobachtete sie genau. Ich wollte ihr nicht wehtun, aber ich wollte auch sehen, wie viel sie ertragen konnte.

»Berühre dich selbst«, forderte ich sie auf.

Sie ließ eine Hand zwischen ihre Schenkel wandern und umfasste mit der anderen meine Hoden, um sie unsanft zu drücken. Meine Sicht verschwamm und ich ließ den Kopf nach vorn fallen.

»Bist du feucht für mich, Baby?«

Eva stieß ein beifälliges Summen aus, das auf meinem empfindsamen Schwanz vibrierte und mich immer weiter an den Rand der Ekstase trieb.

»Verdammt, ja. Kannst du noch mehr vertragen?« Sie nickte und schloss die Augen. Auf keinen Fall, das würde nicht reichen. »Sieh mich an. Ich will dir in die Augen blicken.«

Langsam schlug sie die Lider auf und sah durch einen Nebel der Lust zu mir auf. Pures Verlangen erfüllte ihre wunderschönen gelbgrünen Augen. Ich konnte nicht mehr an mich halten. Ein heißer Blitz durchzuckte mich und ich ergoss mich in ihrem Mund, bis mein Sperma von ihren Lippen tropfte. So verdammt sexy. Ich verlangsamte meine Stöße und überließ Eva die Kontrolle. Sie schluckte meinen Lustsaft und leckte über meine Eichel, bevor sie den Kopf zurückzog.

Ich schob meine Hände unter ihre Achseln und hob sie hoch, um sie aufs Bett zu werfen. Sie stieß ein überraschtes Quietschen aus, das sofort einem Stöhnen wich, als ich meinen Mund an ihr Geschlecht presste.

Verdammt, ja, sie war nass. Ihr Honig triefte regelrecht an ihren Schenkeln herunter. Wenn ich es nicht so eilig gehabt hätte, hätte ich sie sauber geleckt und den Geschmack ihrer Erregung genossen. Aber ich hatte nur eine Mission, und die bestand darin, sie so schnell wie möglich zum Orgasmus zu bringen, damit ich sie ficken konnte.

Offenbar dachte sie ähnlich wie ich, denn sie hob die Hüfte an und presste ihr Geschlecht an meinen Mund, wobei sie ihre Hände in meinem Haar vergrub und mich an sich zog.

Verdammt, ja.

Ich konnte nicht genug bekommen, weder von ihrem Geschmack noch von der Hitze ihrer Weiblichkeit noch von ihrer Begierde. Ich wollte mehr, mehr von allem, aber vor allem wollte ich, dass sie genauso verrückt vor Verlangen war wie ich.

Sie war absolut berauschend.

»Max.« Als ich hörte, wie sie meinen Namen stöhnte, erwachte mein erschlaffter Schwanz wieder zum Leben.

Ich verlangsamte das Tempo. Es würde viel mehr Spaß

machen, sie zu reizen und sie betteln zu hören, bevor ich sie auf den Gipfel der Lust katapultierte.

»Ja, Baby?«, fragte ich und ließ meine Zunge über ihre Klitoris gleiten.

»Mehr.«

»Mehr was?«

»Mehr von deinem Mund«, forderte sie.

Ich spreizte ihre Beine noch weiter und betrachtete sie ausgiebig. Es dauerte nicht lange, bis sie begann, sich zu winden.

»Max«, wimmerte sie und ich sah sie an. »Bitte.«

Ich war am Ende. Ein Blick in ihre wollüstigen Augen genügte und ich wusste, dass ich Eva Dawson alles geben würde, was sie wollte, solange sie mir versprach, mich immer wieder auf diese Weise anzusehen.

Verdammt, ja, ich steckte in Schwierigkeiten.

Ich sollte nicht einmal darüber nachdenken. Es war besser, mich nur von meinem Verlangen leiten zu lassen.

Es war an der Zeit, dem ein Ende zu setzen. Verheißungen und Emotionen hatten weder im Bett noch in meinem Leben etwas zu suchen.

Ich konnte nichts anderes tun, als ihr Verlangen zu befriedigen. Mehr hatte ich ihr nicht zu geben. In mir war nichts als Leere.

Ich schob einen Finger in ihren heißen, feuchten Unterleib und stöhnte: »Verdammt, bist du eng.«

Als ihre Hüfte zuckte, schob ich einen zweiten Finger hinein und presste meine Lippen auf ihre Klitoris. Ja, das konnte ich tun. Ich konnte sie zum Orgasmus lecken und sie dann bis zur Erschöpfung ficken.

Darin bin ich gut – schmutziger, emotionsloser Sex.

Es dauerte nicht lange, bis Eva sich aufbäumte und ihre bebenden Schenkel um meinen Kopf herum anspannte. Im nächsten Moment zuckten die Muskeln in ihrem Unterleib und sie stöhnte meinen Namen.

Da war er wieder, mein Name aus ihrem Mund. Der Klang erfüllte mich mit Wärme.

Nein, Lust. Das war alles. Alles, was es sein konnte.

Das sagte ich mir, als ich den Kopf zurückzog und den Saft ihrer Erregung von meinen Lippen leckte. Während ich den süßen, würzigen Geschmack auf meiner Zunge genoss, nahm ich mir die Zeit, den Blick langsam über ihren Körper schweifen zu lassen. Ich betrachtete jeden Zentimeter, während ich langsam nach oben kroch – ihren flachen Bauch, ihre hervorstehenden Hüftknochen, ihre festen Brüste und steifen Brustwarzen und ihr hübsches, leicht gerötetes Gesicht.

»Max.« Ich begegnete ihrem Blick. Ich hatte ihr nichts zu bieten, nichts zu geben außer dem Hier und Jetzt. Einen Augenblick der Befriedigung, der in dem Moment vergehen würde, in dem ich von ihr herunterrollte. Obwohl ich genau wusste, dass ich es nicht sollte, musste ich sie haben. Es war ein tiefes Bedürfnis, dem ich mich nicht entziehen konnte.

Ich presste meinen Schaft an ihren Unterleib und eine leise Stimme in meinem Hinterkopf flüsterte mir zu, dass ich in mein Verderben lief – ich würde mich nie wieder davon erholen.

»Bitte«, flehte sie.

Und ich ließ mich fallen.

Mit einem kräftigen Stoß drang ich tief in sie ein und ließ mich von ihrer seidigen Hitze umhüllen. Dann begegnete ich ihrem Blick und erstarrte. Ihre Augen schimmerten glasig und ihre Lippen waren leicht geöffnet, als sie den Atem ausstieß.

Scheiße, verdammt, was habe ich getan?

Ich schmiegte mein Gesicht an ihren Hals und verdrängte sämtliche Emotionen, die mich zu zerreißen drohten.

Verdammt, warum fühlt Eva Dawson sich so richtig an?

KAPITEL DREIZEHN

Ich verlor mich ganz und gar in Max.

In seiner Wärme.

Seinem männlichen Duft.

Er trug kein Eau de Cologne und roch nur nach Seife und Mann – *köstlich.*

Atemlos starrte ich zu ihm auf.

Max bewegte sich nicht. Jeder Muskel in seinem Körper war angespannt.

Was zum Teufel ist passiert?

»Max?«

Es war mir zuwider, wie schwach und verunsichert meine Stimme klang. Er hob den Kopf und unsere Blicke trafen sich. Ich schnappte nach Luft, als ich den warmen Ausdruck in seinen blauen Augen sah, während er mit langsamen Stößen immer wieder in mich eindrang.

Ich spannte die Schenkel an, verschränkte die Knöchel hinter seinem Rücken und stieß ein tiefes Stöhnen aus.

Heilige Mutter Gottes.

Ich ließ die Hände über seinen Rücken gleiten. Seine Haut war warm und seine Muskeln hart wie Stahl.

In Max' Augen flammte ein Feuer auf und die Muskeln in seinem Nacken spannten sich an. Dann beugte er sich vor und strich mit seinen Lippen über die meinen. Ein Schauer durchfuhr meinen erhitzten Körper.

Nur. Eine. Berührung.

Was zum Teufel ist das? Wie war es möglich, dass er mich nur mit einer zärtlichen Liebkosung seiner Lippen in den Wahnsinn treiben konnte?

Mit einer Hand packte er meinen Oberschenkel und vergrub seine Finger in meinem Fleisch, als seine Stöße härter wurden. Immer wieder stieß er bis zum Anschlag in mich hinein.

Dabei blickte er mir direkt in die Augen. Wie gebannt starrte ich ihn an.

Und verlor mich in dem Blau seiner Iriden.

Max verlagerte sein Gewicht, stützte sich auf einen Ellbogen und ließ seine Hand von meinem Schenkel zu meiner Brust wandern. Mit dem Daumen umkreiste er eine Brustwarze und kniff hinein. Ein Schauer der Lust durchfuhr mich.

Die ganze Zeit über starrte er mir in die Augen und durchbohrte mich mit seinem Blick. Das Gefühl war überwältigend, beunruhigend, so real, so echt. Ich fühlte mich völlig entblößt und schloss die Augen, bevor meine Emotionen an die Oberfläche steigen konnten.

»Nein«, knurrte Max. »Sieh mich an.«

Ich riss die Augen auf und blickte in ein stürmisches ozeanblaues Meer der Leidenschaft.

»Lass die Augen offen«, forderte er und drang immer wieder mit kraftvollen, gleichmäßigen Stößen in mich ein, während er meine Seele mit seinem Blick gefangen hielt.

Es war zu viel für mich.

Und doch nicht genug. Stoß für Stoß kam ich ihm entgegen und trieb immer weiter auf den Gipfel der Ekstase zu. Er ließ seine Hand von meiner Brust zwischen meine Schenkel gleiten und umkreiste mit dem Daumen meine Klitoris. Ich bäumte mich auf. Max war kein sanfter Liebhaber, der mit zärtlichen Liebkosungen begann und sich langsam steigerte. Er nahm sich, was er wollte.

»Max.« Ich wollte noch mehr sagen, aber mir stockte der Atem, als er noch tiefer in mich eindrang.

Es war unglaublich. Ich hatte das Gefühl zu vergehen.

Seine Augen blitzten auf, während er mich weiter anstarrte. Noch nie hatte mich jemand so durchdringend angesehen.

Ich konnte nichts weiter tun, als mich festzuhalten, also spannte ich die Schenkel an, grub meine Fersen in seinen Rücken und zog ihn an mich. Obwohl ich es kaum verkraften konnte, sehnte ich mich nach seiner Nähe. Ich wusste, dass es mich brechen würde, und doch war ich machtlos dagegen. Ich hätte mich mit dem Orgasmus zufriedengeben sollen, den er mir abrang, aber ich wollte, ja brauchte mehr. Nur für diesen Moment wollte ich mich nicht so allein fühlen.

Es war falsch. Dennoch benutzte ich Max, um die Leere in meinem Inneren zu füllen.

»Küss mich«, stöhnte ich.

Er zögerte, dann stieß er mit unsicheren Bewegungen und einem unsteten Rhythmus in mich hinein.

Das Herz schlug mir bis zum Hals und meine Selbstzweifel nahmen überhand. Als Max langsam blinzelte, konnte ich ganz deutlich sehen, wie sehr ich es vermasselt hatte. Ich hätte es besser wissen müssen. Ich hatte kein Recht, etwas zu verlangen.

Ich war ein Niemand.

Und ich hatte rein gar nichts verdient.

»Eva, Baby, sieh mich an«, sagte Max mit leiser, aber fordernder Stimme.

Er hatte den Daumen immer noch auf meine Klitoris gepresst, aber er verlangsamte seine Bewegungen und der Gipfel der Ekstase rückte in weite Ferne.

»Nein, bitte«, flehte ich.

Ich war so nahe dran. Wenn ich ihn schon nicht haben konnte, dann wollte ich zumindest das Vergnügen genießen, das er mir bescherte.

»Ich gebe dir alles, was du willst, wenn du die Augen öffnest und mich ansiehst.«

»Aber du wirst mich nicht küssen.«

Gütiger Gott, das klingt so erbärmlich.

Max stieß seinen Schwanz so tief in mich hinein, dass mir der Atem stockte. Dann hielt er inne. Ich konnte spüren, wie er am ganzen Leib mit einer sowohl beängstigenden als auch unglaublich erregenden Kraft vibrierte.

»Sieh mich an.«

Ein Beben durchfuhr seinen Körper, bevor ich gehorchte.

Mit einem wütenden, ungehaltenen und kalten Blick starrte er mich an.

Feuer und Eis.

Max richtete sich auf, setzte sich auf seine Knie und zog mich mit sich. Im nächsten Moment drehte er sich um und rollte sich auf den Rücken, während er seinen Schwanz noch tief in mir vergraben hatte. Ich war so beeindruckt von diesem Manöver, dass mir der Atem stockte und ich fast nicht bemerkt hätte, wie er sich aufrichtete und mit dem Rücken gegen das Kopfteil lehnte.

»Max! Deine Schulter«, rief ich.

»Alles in Ordnung.«

»Ich habe Glassplitter aus der Wunde gezogen, da kann wohl kaum alles in Ordnung sein. Dreh dich wieder um.«

»Ich sagte, mir geht es gut«, beharrte er.

Ich betrachtete sein schönes Gesicht, das von Schürfwunden gezeichnet war, und mir schnürte sich die Kehle zu. Nichts war in Ordnung, er war meinetwegen verletzt worden.

»Eva, Baby.« Max strich mir eine Haarsträhne aus dem Gesicht und ließ seine Fingerknöchel über meinen Hals zu meiner Brust gleiten. »Es geht mir gut, glaub mir.«

»Ich will dir nicht wehtun.«

Er verzog die Lippen zu einem anzüglichen Lächeln und umkreiste mit dem Finger meine Brustwarze. »Baby, das Letzte, woran ich im Moment denke, ist die Schnittwunde an meiner Schulter.« Ich wölbte den Rücken, als Max in meinen

Nippel kniff. »Nicht, solange du auf mir sitzt und ich meinen Schwanz in deiner Muschi vergraben habe.«

»Oh Gott«, stöhnte ich und hob die Hüfte an.

Max packte mit beiden Händen meinen Hintern und gebot mir Einhalt. »Zuerst will ich dir erklären, warum ich dich nicht geküsst habe.«

Oh Scheiße.

»Wenn ich dich küsse, kann ich dich nicht beobachten. Du gibst kaum einen Ton von dir, aber deine Augen verraten mir alles, was ich wissen muss.« Ich spürte, wie mir die Hitze in die Wangen stieg. »Nicht doch, Baby. Ich will mich gar nicht beschweren. Es wäre nicht gerade vorteilhaft, wenn du das ganze Haus zusammenschreien und die Jungs wecken würdest.«

Oh mein Gott. Das alles war mir so peinlich. Ich hätte nicht von ihm verlangen sollen, mich zu küssen. Nun hatte er mitten im Rausch der Leidenschaft innegehalten, um darüber zu diskutieren. Wie ernüchternd. Ich war eine verdammte Idiotin.

Ich hätte erst gar nicht damit anfangen sollen. Aber ich hatte mich ihm in die Arme geworfen und ihn geküsst. Und dann war ich wie eine billige Schlampe vor ihm auf die Knie gegangen und hatte ihm einen geblasen.

Was hatte ich getan?

Verflucht.

Max presste seine Lippen auf meine und drang mit der Zunge in meinen Mund ein, während er seine Finger in meinem Hintern vergrub.

Statt mich wie erwartet stürmisch zu verschlingen, küsste er mich viel sanfter als zuvor. Mit seiner Zunge liebkoste er die meine, bis ich mich entspannte und begann, seine stahlharte Brust zu streicheln.

Er ließ seine Hände von meinem Hintern an meine Hüfte wandern und hob mich an.

»Lass dich von dem Rhythmus treiben, Baby«, murmelte er an meinen Lippen.

Unser Atem vermengte sich und ich begann, mich anzuheben und wieder abzusenken, wobei ich bei jeder Abwärtsbewegung meine Lustperle an ihm rieb.

»Oh Gott«, keuchte ich, als Max eine meiner Brustwarzen mit seinen Lippen umschloss, sie mit seiner Zunge umspielte und daran knabberte.

»So ist es gut, Baby, reite mich.« Er ließ seinen Mund zu meiner anderen Brustwarze gleiten und leckte und liebkoste sie. »Härter, Eva.«

Meine Selbstzweifel hatte ich hinter mir gelassen und unser kurzes Gespräch war vergessen, denn ich trieb erneut mit rasender Geschwindigkeit auf den Höhepunkt zu.

»Verdammt, du fühlst dich so gut an«, knurrte Max und biss in meine Brust.

Ein stechender Schmerz durchzuckte mich, kurz bevor ich mit Wucht auf den Gipfel der Ekstase katapultiert wurde.

»Mein Gott«, stöhnte Max. Er festigte seinen Griff um meine Hüfte, als sein Schwanz anschwoll und er immer härter und schneller in mich stieß. Ich ließ es einfach geschehen, denn ich konnte mich nicht bewegen, während jede Zelle meines Körpers mit berauschender Glückseligkeit erfüllt war.

Ich hielt mich an ihm fest, während ich auf einer scheinbar nicht enden wollenden Welle der Ekstase trieb und alles in mir zu explodieren schien.

»Scheiße, Eva. Scheiße.«

Im nächsten Moment hob er mich hoch, zog seinen Schwanz aus mir heraus und ergoss sich auf seinem Bauch. Mein Gott, ich wünschte, ich hätte mich darauf konzentrieren können, denn der Anblick war verdammt sexy. Max zog mich an sich. Ich spürte die klebrige Wärme zwischen uns, während sein Herz heftig in seiner Brust pochte. Der Sex mit Max war der beste meines Lebens gewesen. Und das Gefühl, in seinen Armen zu liegen, war sogar noch besser.

Für einen kurzen Moment war meine Einsamkeit verflogen. Statt mich wie ein Niemand zu fühlen, war ich vom Glück beseelt.

Doch alles war vergänglich. Denn ich war Eva Dawson

und er war Max Brown und ich hatte kein Recht, etwas für einen Mann zu empfinden, der nichts mit mir zu tun haben wollte.

Verdammt noch mal, was habe ich getan?

Ich wusste, dass dieser winzige Funke der Glückseligkeit erloschen war, als Max' raue Stimme an mein Ohr drang.

»Ich habe kein Kondom benutzt«, sagte er in einem unterkühlten Tonfall und ich zuckte innerlich zusammen.

Verflucht. Ich bin so dumm.

»Du musst dir keine Sorgen machen. Ich nehme die Pille und bin gesund.«

»Geht es dir gut?«, fragte er nur und schien sich nicht zu seinem Gesundheitszustand äußern zu wollen. Wenn ich nicht so verdammt beschämt gewesen wäre, hätte ich ihn danach gefragt.

»Ja, tut mir leid. Ich sollte aufstehen.«

Max machte keine Anstalten, mich aufzuhalten. Er ließ einfach die Hände sinken und blieb ruhig sitzen.

Ja, ich hatte es wirklich vermasselt. Völlig entblößt musste ich nun von ihm herunterklettern und mich aus seinem Zimmer schleichen. Es war beschämend.

Mit all der Anmut und Gelassenheit, die ich aufbringen konnte, rollte ich mich von Max herunter. Ich drehte mich auf die Seite und versuchte, die Bettdecke an mich zu raffen, doch es gelang mir nicht, da er darauf lag.

Dann würde ich eben nackt aufstehen und meine Kleidung vom Boden aufsammeln müssen. Obwohl Max mich aus nächster Nähe gesehen hatte, brachte es mich in Verlegenheit, mich vor ihm zu zeigen.

Ich ging um das Bett herum und begann, meine Kleidung zusammenzusuchen. Ich fand mein T-Shirt und meine Jeans und zog beides an. Meine Unterwäsche konnte ich nirgendwo finden. Dann warf ich einen Blick aufs Bett. Max lag immer noch mit ausgestreckten Beinen auf der Matratze und sein dicker, schwerer Schwanz ruhte auf seinem Bauch. Selbst halb erschlafft war er immer noch beeindruckend.

Es erstaunte mich nicht, dass er so ungeniert war.

Immerhin sah der Mann aus wie ein Gott, der auf einem Polster aus zerknitterter Bettwäsche thronte.

»Geht es dir gut, Baby?«

Scham, brennende Scham, überkam mich.

»Ja. Und dir?« Ich zwang mich zu einem Lächeln, das offenbar nicht echt genug wirkte, denn er kniff die Augen argwöhnisch zu dünnen Schlitzen zusammen.

Nein, es ging mir nicht gut. Nichts war in Ordnung. Wahrscheinlich war ich die dümmste Frau auf diesem Planeten.

»Okay«, murmelte er. »Ich gehe jetzt duschen.«

Kein Wunder. Je schneller er meinen Duft von seiner Haut waschen konnte, desto besser.

»Alles klar. Gute Nacht.«

»Gute Nacht, Eva.«

Er nannte mich Eva. Nicht Baby.

Nur Eva. Wieder einmal wurde ich daran erinnert, dass ich ein Niemand war.

Die Einsamkeit übermannte mich von Neuem und erfüllte mich mit Kälte.

Dann drehte ich mich um und ging.

KAPITEL VIERZEHN

Seit Stunden lag ich wach und wälzte mich unruhig hin und her. Deshalb hörte ich das leise Knarren der Tür, gefolgt von gedämpften Schritten auf dem Flur.

Eva war noch wach. Das war das zweite Mal in dieser Nacht, dass ich hörte, wie sie aufstand.

Beim ersten Mal hätte ich zu ihr gehen und mich vergewissern sollen, dass es ihr gut ging. Aber nachdem ich ihr die kalte Schulter gezeigt hatte, nahm ich an, dass sie nicht sonderlich erfreut wäre, mich zu sehen. Also war ich im Bett geblieben, während der Duft von Äpfeln und Sex mich umhüllte. Die Dusche hatte den süßen Geruch nicht von meiner Haut waschen können. Ich wollte ihn eigentlich nicht wegwaschen, aber mein Sperma hatte an meinem Bauch geklebt. Das war das erste Mal, dass ich von einer Frau so berauscht gewesen war, dass ich sogar das Kondom vergessen hatte.

Zumindest redete ich mir das ein, statt mir einzugestehen, dass ich sie ganz und gar hatte spüren wollen. Ich konnte es nicht glauben, ich hatte absichtlich ungeschützt mit ihr geschlafen.

Ich war ein feiges Arschloch. Ich wusste, dass ich mich von Anfang bis Ende falsch verhalten hatte, vor allem weil ich sie nicht aufgehalten hatte. Ursprünglich hatte ich sie in meine Arme ziehen und nicht mehr loslassen wollen, doch ich wusste, dass ich meine Emotionen in den Griff bekommen musste.

Verdammt, ich hatte sie nicht einmal zum Abschied geküsst. Das Schlimmste war jedoch, dass ich sie hatte gehen lassen, obwohl ich gewusst hatte, dass es ihr nicht gut ging.

Verdammt! Ich rieb mir mit beiden Händen übers Gesicht und atmete tief durch.

Es war an der Zeit, mich dem zu stellen, was ich getan hatte. Ich konnte mich nicht noch länger in diesem verdammten Zimmer verstecken, während Eva durch das Haus geisterte und aufgewühlt war.

Ich schlug die Bettdecke zurück, schlüpfte in meine Jeans und verließ das Zimmer. Dabei hoffte ich inständig, dass Eva nicht irgendwo saß und weinte.

Ich ging den Flur hinunter ins Wohnzimmer. Eva stand in der Küche und hatte sich an die Anrichte gelehnt. Sie hielt ein Glas in der Hand. Der Inhalt sah aus wie Apfelsaft. Aber statt ihn zu trinken, starrte sie ins Leere.

Verdammt, daran war ich schuld.

Ich räusperte mich, um sie nicht zu erschrecken, und durchquerte den Wohnbereich. Sie drehte sich mir zu, begegnete meinem Blick und runzelte die Stirn.

»Ich hoffe, ich habe dich nicht geweckt«, sagte sie. »Ich habe mich bemüht, leise zu sein.«

Ich hätte lügen sollen, doch stattdessen gestand ich: »Du hast mich nicht geweckt, ich war wach.«

Sie nickte, als könnte sie voll und ganz verstehen, warum ich nicht zur Ruhe gekommen war. Und ihrem müden Blick nach zu urteilen tat sie das tatsächlich.

»Nun, da wir beide um …« Eva warf einen Blick auf die Uhr an der Mikrowelle, »… halb vier Uhr morgens wach sind, sollten wir das jetzt wahrscheinlich hinter uns bringen.«

»Was hinter uns bringen?«

Bitte sag es nicht.

»Es war ein Fehler.«

Verdammt, nun hatte sie es ausgesprochen. Die erwartete Erleichterung stellte sich jedoch nicht ein, vielmehr verspürte ich einen schmerzhaften Stich im Herzen.

»Was genau?«

Sie riss die Augen auf, bevor sie sie zu schmalen Schlitzen zusammenkniff und die Lippen zu einer dünnen Linie zusammenpresste.

Ja, ich war ein Arschloch – und noch dazu mit Absicht. Alles nur, weil sie behauptete, wir hätten einen Fehler gemacht. In gewisser Weise stimmte ich ihr zu, aber nicht aus denselben Gründen.

»Was soll das heißen?«, zischte sie. »Alles. Und du musst mich nicht erst darauf hinweisen, dass ich diejenige bin, die damit angefangen hat.«

Ich ging auf sie zu und stellte mich dicht vor sie. Sie hob sofort abwehrend die Hände.

»Meiner Meinung nach war es kein Fehler, dass du mir einen geblasen hast.«

»Das kann ich mir denken.«

»Dein Mund ist das Paradies auf Erden.« Ich war ihr so nahe, dass ich förmlich spüren konnte, wie sie nach Luft schnappte. »Ich glaube nicht, dass es ein Fehler war, als du meinen Schwanz in deinen heißen, feuchten …«

»Hör auf damit.«

»Und es war ganz sicher kein Fehler, als du mit deiner engen Muschi meinen …«

»Ich sagte, du sollst aufhören.«

»Warum? Offenbar hast du es gern gehört, als ich dir gesagt habe, dass du mich härter reiten sollst. Du kannst von mir aus versuchen, es zu leugnen, aber dein Körper hat nicht gelogen. Und als ich mit meinem Mund deine Brüste liebkost und mit den Händen deinen Hintern geknetet habe, während der Saft deiner Erregung nur so …«

»Warum tust du das?«

»Was meinst du? Ich versuche nur herauszufinden, was deiner Meinung nach ein Fehler war.«

»Du bist ein Arsch. Ich meine, dass du mich absichtlich in

Verlegenheit bringst. Schließlich war ich dabei und brauche keine detaillierte Schilderung der Ereignisse. Sie haben sich in mein Gedächtnis eingebrannt. Ich weiß, dass ich mich wie eine notgeile Schlampe verhalten habe, aber so bin ich normalerweise nicht. So etwas habe ich noch nie getan.«

»Was hast du noch nie getan? Sex gehabt? Jemandem einen geblasen? Denn, Baby, ich muss dir sagen, wenn das dein erster Blowjob war, bist du ein verdammtes Naturtalent. Das war der beste Blowjob, den ich je hatte. Keine Frage.«

»Meine Güte, würdest du bitte aufhören, ständig das Wort Blowjob in den Mund zu nehmen?«

»In Ordnung. Dann reden wir doch darüber, warum du dich selbst als Schlampe beschimpfst. Sagst du das, weil du gern Sex hast?«

»Ich habe nicht gern Sex.«

»Wirklich nicht? Den Eindruck hatte ich aber nicht.« Ich musste mich beherrschen, um nicht über ihren entsetzten Gesichtsausdruck zu lachen.

Verdammt, war sie süß.

»Warum lächelst du?«

»Weil du verdammt niedlich bist, wenn du aufgebracht bist.«

»Ich bin weder niedlich noch aufgebracht.«

»Und ob du das bist. Du ziehst deine Nase kraus.« Und bevor ich mich eines Besseren besinnen konnte, tippte ich ihr auf die Nase. Was zum Teufel war nur los mit mir? Wann hatte ich jemals einer Frau auf die Nase getippt? *Ach, was soll's, wer A sagt ...* Ich ließ meinen Finger an ihre Stirn wandern und glättete ihre Sorgenfalten. »Du hast die Stirn gerunzelt und beißt dir auf die Unterlippe ...« Ich strich mit dem Daumen über ihren Mund, um ihre Unterlippe zwischen ihren Zähnen hervorzuziehen.

Plötzlich strömten unzählige unanständige Erinnerungen auf mich ein. Ich dachte daran, wie sich diese prallen Lippen um meinen Schwanz angefühlt hatten. Ich sollte den Gedanken aus meinem Kopf verbannen, aber ich hatte nicht gelogen, als ich gesagt hatte, dass es der beste Blowjob meines Lebens gewesen war.

»Warum tust du das?«, wiederholte Eva, und ich begegnete ihrem Blick. Inzwischen sah sie nicht mehr wütend, sondern traurig aus.

Mein Gott, ich war wirklich ein Arschloch.

Ich ließ die Hand sinken und trat einen Schritt zurück, um etwas Abstand zwischen uns zu schaffen.

»Nur damit das klar ist: Ich mag es überhaupt nicht, wenn du dich als Schlampe bezeichnest. Denn das bist du nicht. Du bist eine wunderschöne, erwachsene Frau, die gern Sex hat. Keiner von uns hat etwas getan, wofür er sich schämen müsste. Und was deine Meinung angeht, dass es ein Fehler war …« Ich zuckte nur mit den Schultern, denn ich wollte eigentlich gar nicht darauf eingehen. »Es tut mir leid, dass du so denkst, aber ich kann dir nicht vorschreiben, wie du dich fühlen sollst. Ich kann dir nur versichern, dass ich es nicht bereue. Um ehrlich zu sein, ich habe es nicht nur genossen, sondern ich hoffe, dass es wieder passiert.«

»Du bereust es nicht? Aber …«

»Nur zwei Dinge bereue ich: Zum einen habe ich mir nicht genügend Zeit für dich genommen, und zum anderen gefiel es mir nicht, wie es geendet hat.«

»Wie bitte?« Eva schnappte nach Luft. Offenbar hatte sie mich missverstanden.

»Baby, ich denke, du weißt, dass ich voll und ganz auf meine Kosten gekommen bin. Was ich meinte, war die Art und Weise, wie du dich zurückgezogen hast. Ich habe es vermasselt und hätte dich nicht so gehen lassen dürfen.«

»Warum hast du es dann getan?«

Auf eine derart direkte Frage war ich nicht vorbereitet gewesen.

Ich war so verwirrt, dass meine Antwort viel zu ehrlich ausfiel. »Weil ich von meinen Emotionen völlig überwältigt war. Ich bin kein Mann für eine Beziehung. Wenn ich mit einer Frau zusammen bin, gehen meine Gefühle normalerweise nicht über die körperliche Anziehung hinaus. Und willst du die ganze Wahrheit hören? Ich war nicht gerade begeistert, als Tex mich bat, nach Florida zu kommen und mich um dich und deine Kinder zu kümmern. Bevor ich dich traf, hatte ich mir ein Bild von dir gemacht. Ich traue Frauen nicht, und da ich wusste, was du getan hast, traute ich dir auch nicht.«

Mit Entsetzen sah ich, wie sich Evas Augen mit Tränen füllten und sie die Schultern hängen ließ. Es schmerzte, ihr wehzutun, aber ich musste ehrlich sein. »Während der letzten Tage musste ich mir eingestehen, dass ich mich geirrt habe. Ich irre mich nicht gern und ärgere mich über mich selbst, wenn ich den Charakter eines Menschen falsch einschätze. Aber ich war dir gegenüber nicht fair, und es fällt mir schwer, damit umzugehen. Ich hatte nicht erwartet, dass wir im Bett landen würden, und war völlig verwirrt über meine Gefühle für dich, deine Situation und die Tatsache, dass ich mich zu dir hingezogen fühle. Kurz gesagt, ich war emotional nicht im Reinen mit mir, als wir miteinander schliefen. Ich war noch dabei, alles zu verarbeiten, was ich über dich erfahren hatte. Über dich als Frau und Mutter, die ihre Kinder über alles liebt. Ganz ehrlich, Eva, ich konnte das Sexuelle nicht von meinen Gefühlen für dich trennen, und das hat mich völlig durcheinandergebracht. Deshalb habe ich dich danach einfach gehen lassen, weil ich wieder einen klaren Kopf bekommen musste. Das war falsch, und es tut mir leid. Ich hätte Manns genug sein sollen, gleich mit dir zu reden, statt zuzulassen, dass du dich schlecht fühlst. Es ist alles meine Schuld. Du hast nichts falsch gemacht.«

»Doch, ich habe etwas falsch gemacht«, murmelte sie.

»Wovon redest du?«

»Es war falsch von mir, dich zu bitten, mich zu küssen. Ich war so berauscht und wollte nur für ein paar Minuten so tun, als sei die Einsamkeit nicht mein ständiger Begleiter. Für einen Moment wollte ich vergessen, dass ich ein Niemand bin. Es war unfair von mir, dich so auszunutzen. Ich konnte sehen, dass dir unbehaglich zumute war.«

Verdammte Scheiße.

Ihre Offenheit traf mich wie ein Schlag. Ich hatte mich in vielerlei Hinsicht geirrt. Und zwar so sehr, dass ich mich am liebsten selbst dafür geohrfeigt hätte.

»Darf ich dich etwas Persönliches fragen?«, warf Eva ein.

»Was willst du wissen?«

»Warum vertraust du Frauen nicht?«

Es wunderte mich nicht, dass Eva ausgerechnet darauf zu sprechen kam.

»Weil ich die Erfahrung gemacht habe, dass Frauen nur auf ihren eigenen Vorteil bedacht sind. Ich habe früh gelernt, dass ich nichts weiter bin als eine Geldquelle. Und ich will verdammt sein, wenn ich mich noch einmal von einer Schlampe übers Ohr hauen lasse, die in mir nichts weiter als ein Mittel zum Zweck sieht.«

»Kommt mir bekannt vor«, murmelte sie.

»Ach ja?«

»Es ist ein Jammer, dass wir beide diese Erfahrung machen mussten. Wir wurden beide benutzt. Allerdings war ich wohl zu dumm, um mich dagegen zu wehren.«

»Und wie kommst du auf die Idee, dass ich nicht zu dumm war?«

»Weil ich mir nicht vorstellen kann, dass du jemals so naiv sein könntest. Du hast doch sicher die Warnsignale erkannt und der betreffenden Person den Rücken gekehrt. Aber ich habe einfach Scheuklappen aufgesetzt und so getan, als hätte ich nichts bemerkt.«

»Dummheit hat viele Gesichter, Eva. Man kann in vielerlei Hinsicht ausgenutzt werden. Beim ersten Mal war ich noch zu jung, um mich dagegen zu wehren. Beim zweiten Mal war ich nicht alt genug, um zwischen körperlicher Anziehung und Liebe unterscheiden zu können.«

»Es tut mir leid, dass du das durchmachen musstest.«

Verdammt, sie meint die Worte wirklich ernst.

»Mir nicht, es hat mich gelehrt, vorsichtig zu sein. Ich achte sehr genau darauf, wen ich an meinem Leben teilhaben lasse und wem ich vertraue.«

»Das ist wohl wahr.« Ihre Miene erweichte sich und sie senkte den Blick. »Ich gehe jetzt besser zurück ins Bett.«

»Geht es dir gut?«

»Ja.« Eva hob den Kopf. Der sanfte Ausdruck und die Offenheit waren aus ihren Augen gewichen.

Wenn es mich nicht so aufgewühlt hätte, wäre ich beeindruckt gewesen, wie schnell sie eine neutrale Miene aufsetzen konnte.

»Also schön. Vorhin war ich nicht sonderlich nett und habe nichts gesagt. Aber ich weiß, dass du lügst, Baby.«

Sie straffte die Schultern und hob trotzig das Kinn an.

»Und? Willst du dich jetzt weiterhin wie ein Arsch verhalten und darauf rumhacken? Du könntest es auch einfach auf sich beruhen und mich in mein Zimmer gehen lassen, damit ich in Ruhe meine Wunden lecken kann.«

»Nein, Eva. Wir sollten darüber reden, was dich bedrückt. Es ist besser, es aus der Welt zu schaffen.«

»Du kannst es nicht einfach aus der Welt schaffen. In mir ist zu viel zerbrochen. Ich werde immer mit den Sünden meiner Vergangenheit leben müssen. Falls du befürchtest, dass du mich heute Abend verletzt haben könntest, mach dir keine Sorgen.«

»Eva …«

»Gute Nacht, Max.«

Eva wollte sich an mir vorbeidrängen, doch ich packte sie am Arm. »Warte.«

»Lass. Mich. Los.«

»Nicht, bevor wir das geklärt haben«, erwiderte ich.

»Warum?«

Verdammt, das war eine gute Frage. Warum drängte ich sie? Warum war es mir wichtig? Warum zum Teufel verlangte ich von ihr, dass sie mir gegenüber ehrlich war, wenn ich nicht die Absicht hatte, noch mehr von mir preiszugeben?

»Weil ich nicht will, dass du aufgebracht zu Bett gehst.«

Eva stieß ein trauriges Lachen aus und schüttelte den Kopf. »Du verstehst das nicht, Max. Ich gehe jeden Abend aufgebracht zu Bett. Du denkst, ich irre hier morgens um halb vier umher, weil ich deinetwegen nicht schlafen kann? Du kannst ganz beruhigt sein, denn das hat nichts mit dir zu tun. Das ist für mich leider normal, es ist meine Strafe und meine Art, Buße zu tun. Wenn ich die Augen schließe, sehe ich den Schrecken in Zoeys Augen und die Verwirrung und Wut in Marks Gesicht. Ich sehe sie so lebhaft vor mir, als würden die Geschehnisse sich wiederholen. Jede Nacht sitze ich in Gedanken in diesem Flugzeug und bete, dass sie schnell gefunden werden. Ich hadere mit mir selbst und zwinge mich, das Steuer loszulassen, um nicht abzuheben, während das Leben von vier Menschen in meinen Händen liegt. Zwei von ihnen sind Fremde, die keine Schuld an der Situation trifft. Und die anderen beiden sind die wertvollsten Menschen in meinem Leben. Also nein, es geht mir nicht gut. Es wird mir nie wieder gut gehen. Aber nach allem, was ich getan habe, habe ich es nicht anders verdient.«

Eva riss ihre Hand los, durchquerte das Wohnzimmer und ging durch den Flur davon. Erzürnt sah ich ihr nach. Doch ausnahmsweise war ich nicht wütend auf sie, sondern auf die Menschen, die dafür verantwortlich waren, dass Eva in diesem Flugzeug gesessen hatte und gezwungen war, das Undenkbare zu tun.

Bubba und Zoey, Elijah und Liam.

Ich ging zurück in mein Schlafzimmer. Ohne mich auszuziehen, kletterte ich ins Bett und dachte an Eva.

Nicht einmal der süße Duft von Äpfeln und Sex konnte mich in den Schlaf wiegen.

Verdammte Scheiße.

Ich musste mich zusammenreißen und wieder einen klaren Kopf bekommen.

KAPITEL FÜNFZEHN

Sieben Uhr morgens war viel zu früh, wenn man die halbe Nacht wach gelegen hatte. Zum Glück stand im großen Schlafzimmer ein Doppelbett, sodass die Jungs und ich ausreichend Platz hatten. Allerdings war Elijah schon immer unruhig gewesen, wenn er erwachte. Er rutschte hin und her, trat um sich und quengelte. Das bedeutete, dass ich heute Morgen als Boxsack herhalten musste.

»Hör auf«, forderte Liam und rollte sich von seinem Bruder weg.

Liam war das genaue Gegenteil. Er liebte es, morgens zu kuscheln, und erwachte träge und sanft.

»Guten Morgen, meine Süßen«, murmelte ich.

Eli brummte. Liam seufzte lautstark.

»Good morning, good morning«, sang ich. »Sunbeams will soon shine through.«

»Good morning, good morning«, stimmte Liam ein.

»Good morning, my darlings, to you«, beendete ich das Lied.

Eli kuschelte sich an meine Seite, legte seinen kleinen Arm auf meinen Bauch und seinen Kopf auf meine Brust. Ich seufzte zufrieden.

Es gab nichts Schöneres, als neben meinen Jungs aufzuwachen.

Ich küsste Eli auf den Kopf und atmete den Geruch seines Shampoos ein. Es war scheinbar unbedeutend, doch ich wusste die kleinen Dinge zu schätzen. *Sie bedeuten alles.* Das hatte ich gelernt, nachdem ich eine Weile ohne die beiden hatte leben müssen.

»Was machen wir heute?«, fragte Liam und setzte sich auf. »Ist Max noch hier?«

»Ja, Schatz, er ist noch da. Und ich bin mir nicht sicher, was wir machen.«

»Können wir Pfannkuchen zum Frühstück essen?«, wollte Eli wissen.

»Wenn es in der Küche die nötigen Zutaten gibt, sicher.«

»Können wir nachsehen?«

»Aber natürlich«, stimmte ich zu.

Die Jungs kletterten aus dem Bett. Ich fragte mich, ob wir Kaffee im Haus hatten. Falls nicht, würde ich Max vielleicht dazu überreden können, welchen zu holen.

Zum Glück erhielt ich sofort eine Antwort auf meine Frage, als ich die Schlafzimmertür öffnete und in den Flur trat. Der Duft des göttlichen Nektars stieg mir in die Nase und hob sofort meine Stimmung.

Max stand in der Küche. Er hatte sich mit dem Hintern gegen die Anrichte gelehnt und die Beine an den Knöcheln gekreuzt. Barfuß und in der zerknitterten Kleidung, die er gestern getragen hatte, sah er so verdammt gut aus, dass ich einen Moment innehielt.

Er blickte jedoch direkt in meine Richtung und konnte meine Reaktion sehen. Das sexy Grinsen auf seinen Lippen zerrte an meinen Nerven. Aber als sein Blick auf Liam und Elijah fiel, verwandelte es sich sofort in ein Lächeln. Auch das war irritierend, denn sein Lächeln war umwerfend.

Im Grunde war alles an ihm umwerfend. Das wusste ich mit absoluter Sicherheit, weil ich jeden Zentimeter seines muskulösen Körpers gesehen hatte. Er war durchtrainiert, hatte schöne Augen, seidiges Haar, ein markantes Kinn, ein schönes Gesicht, einen dicken, langen …

Herrje! Ich verdrängte den Gedanken. Ich musste meinen

Kindern etwas zu essen machen, statt über seine beeindruckende Männlichkeit zu fantasieren.

»Morgen«, brummte Max und ich erschauerte.

Ich erinnerte mich daran, wie sich die Vibration seiner tiefen, rauen Stimme auf meiner Haut angefühlt hatte.

Liam lief in die Küche, doch Eli blieb dicht bei mir. Er war immer noch zurückhaltend und misstrauisch gegenüber Max. Es überraschte mich jedoch, dass Liam sich in seiner Nähe so wohlfühlte. Liam hatte am meisten unter Jay gelitten und hatte seinen Bruder so gut er konnte beschützt. Deshalb war er eigentlich sehr argwöhnisch und wachsam.

Aber aus irgendeinem unerklärlichen Grund entspannte sich Liam in Max' Gegenwart.

Er plapperte in der Küche fröhlich drauflos und ich beugte mich vor, um Elijah auf den Arm zu nehmen. Mein Sohn schlang sofort seine Beinchen um mich und ich drückte ihn fest an mich.

»Geht es dir gut?«, flüsterte ich ihm ins Ohr.

Eli nickte und schmiegte sich noch enger an mich.

»Hast du Angst vor Max?«, flüsterte ich.

Wieder nickte Eli.

Verdammt.

»Das ist völlig in Ordnung«, versicherte ich ihm. »Lass dir Zeit. Jetzt backen wir erst einmal Pfannkuchen.«

Elijah stimmte mir weder zu noch widersprach er mir. Als ich mit ihm in die Küche ging, hatte er seinen Kopf fest an meine Schulter gedrückt.

Max beobachtete mich, als ich mit meinem Sohn auf dem Arm zur Kaffeemaschine ging. Ich konnte sehen, dass er über etwas nachgrübelte, aber ich hatte keine Ahnung, was er dachte. Aber ich hatte noch keinen Kaffee getrunken und nur zwei Stunden geschlafen, daher würde ich noch etwas warten, bis ich mir darüber den Kopf zerbrach. Vielleicht sollte ich auch einfach aufhören, Max' Launen zu interpretieren, und mich lieber auf die Gefahr konzentrieren, in der wir uns befanden.

»Eli will Pfannkuchen. Mom macht die besten Pfannkuchen«, sagte Liam zu Max.

»Sind sie besser als ihre Käsesandwiches?«

»Ja. Viel besser.«

»Nun, dann kann ich es kaum erwarten, sie zu
probieren.«

Wer hat gesagt, dass ich welche für dich mache?

»Ich bin am Verhungern«, fügte Max hinzu.

*Ich wette, das bist du. Letzte Nacht hast du dich ziemlich
verausgabt.*

»Zuerst brauche ich einen Kaffee«, meldete ich mich zu
Wort.

»Ich habe gerade eine Kanne aufgebrüht«, sagte Max mit
einem leisen Lachen und zeigte mit einem Nicken auf die
Kaffeemaschine. »Brauchst du Hilfe?«

»Nein.« Ich schenkte mir mit einer Hand ein. Selbst wenn
ich beide Hände gebraucht hätte, wäre Elijah nicht zu Boden
gefallen, denn er hatte sich wie ein Äffchen an mich geklammert. »Wie geht es deiner Schulter?« Ich bereute die Frage
sofort, als ein Lächeln Max' Lippen umspielte und ein
verschmitztes Funkeln in seine Augen trat.

»Gut.« Er lächelte.

Ich beschloss, die funkelnden Augen, das Grinsen und
den belustigten Tonfall zu ignorieren. Stattdessen konzentrierte ich mich darauf, wie dankbar ich war, dass ich Eli im
Arm hielt. Wenn wir allein gewesen wären, hätte er sicher
etwas gesagt, was mich in Verlegenheit gebracht hätte.

»Schön. Das freut mich zu hören«, murmelte ich,
woraufhin Max noch breiter lächelte.

Mein Gott, er sah so gut aus.

Nächstes Thema.

»Hat Tex angerufen?«, fragte ich.

»Ja, ich habe vor etwa einer Stunde mit ihm gesprochen«,
antwortete er und schüttelte wissend den Kopf.

»Und?«

»Nach dem Frühstück.« Max hob kurz das Kinn an und
wandte sich dann Liam zu. »Möchtest du etwas Apfelsaft?«

»Ja bitte.«

Max schenkte meinem Sohn ein Grinsen und erfüllte ihm seinen Wunsch, wobei er ihn von mir weg durch die Küche führte.

Ja, die letzte Nacht war ein großer Fehler.

* * *

»Du bist also ein Fan von Singin' in the Rain.«

»Wie bitte?«

»Das Musical.«

Ich wusste, dass *Singin' in the Rain* ein Musical war, ich verstand nur nicht, warum Max danach fragte.

Wir hatten bereits gefrühstückt und die Jungs saßen noch im Schlafanzug auf der Couch und schauten fern. Ich spülte in der Küche das Geschirr. Max war zwischenzeitlich in seinem Zimmer verschwunden, um einen Anruf entgegenzunehmen, doch jetzt stand er hinter mir und stellte mir diese Frage. Selbst nach zwei Tassen des stärksten Kaffees, den ich je getrunken hatte, wurde ich nicht schlau daraus.

Vor allem aber wunderte es mich, dass Max zu den Männern gehörte, die wussten, dass *Singin' in the Rain* ein Musical war.

»Ich weiß, was es ist, ich verstehe nur nicht, warum du fragst«, erwiderte ich.

»Ich habe heute Morgen gehört, wie du für die Jungs gesungen hast. Das Lied *Good Morning*.«

»Hast du wieder gelauscht?«

»Nein, Baby«, lachte er. »Ich bin an eurem Zimmer vorbeigegangen, um mir ein Hemd zu holen. Ich dachte mir, dass du nicht sonderlich erfreut wärst, wenn deine Söhne mich mit nacktem Oberkörper in der Küche stehen sehen.«

Nein, es hätte mir nicht gefallen, wenn meine Söhne ihn halb nackt gesehen hätten. Aber ich ärgerte mich, dass mir der Anblick entgangen war.

Verdammt, dass er ausgerechnet zu dem Zeitpunkt vorbeigehen musste, als ich für die Jungs gesungen hatte.

»Ja, wir mögen den Film. Früher haben wir ihn uns ständig angesehen.«

»Das ist schön. Sie werden sich immer daran erinnern können, dass sie den Film mit dir gesehen haben und du für sie singst.«

Ich stützte mich an der Anrichte ab, drückte meine Handflächen in die scharfe Kante der Resopalplatte und schloss die Augen. Mein Gott, ich hoffte, dass sie sich daran erinnern würden, und nicht an die fünfhundert schrecklichen Fehler, die ich begangen hatte.

»Wir müssen darüber reden, wie es heute weitergehen wird.«

Sofort verflog der wunderbare Gedanke, dass meine Kinder sich später einmal an unsere gemeinsamen Morgen erinnern würden, und ich wappnete mich für den Schmerz. Mir drehte sich jedes Mal der Magen um, wenn ich mir vor Augen führte, dass ich eine Versagerin war und meine Kinder meinetwegen in Gefahr waren.

»Eva«, hakte Max nach. Als ich immer noch nichts erwiderte, spürte ich die Wärme seiner Brust an meinem Rücken. Er streckte die Arme zu beiden Seiten meines Körpers aus und legte seine Hände auf meine. »Alles wird gut.«

»Sag das nicht. Nichts wird jemals gut sein.«

»Ich werde nicht zulassen, dass dir oder den Jungs etwas zustößt.«

»Ich glaube dir, dass du versuchen wirst, uns zu beschützen.«

»Ich werde es nicht nur versuchen, Eva. Ich werde das wieder in Ordnung bringen.«

»Sicher. Bring es in Ordnung.«

Plötzlich durchströmte mich ein kalter Schauer, obwohl ich zwischen Max und der Anrichte gefangen war, obwohl er eine wohlige Wärme ausstrahlte, obwohl er seine Finger mit meinen verschränkte.

Ich war zwar nicht allein in der Küche, dennoch war ich *allein.*

Wieder einmal brauchte ich jemanden, der das Chaos in meinem Leben beseitigte.

»Eins nach dem anderen«, sagte er. »Heute fahren wir nach Maryland.«

»Einverstanden.«

»Wirklich?«

»Ja.« Ich zuckte mit den Schultern. »Danke.«

»Eva …«

»Was denn? Hast du erwartet, dass ich mich deshalb mit dir streite? Ich bin kaum in einer Position, in der ich mir aussuchen könnte, wohin wir fahren. Du bist der Leibwächter und ich bin dir ausgeliefert.«

»Du bist niemandem ausgeliefert, Eva.« Sein Knurren vibrierte über meine Haut und jagte mir einen Schauer über den Rücken.

»Sicher. Weil ich ein Wörtchen mitzureden habe.«

»Natürlich hast du das«, erwiderte er.

»Wenn ich also beschließen würde, dass ich zurück nach Florida will, würdest du uns dorthin bringen?«, fragte ich.

»Nein. Wenn es dein Wunsch wäre, nach Florida zurückzukehren, würde ich dir zuhören und dir dann erklären, warum es keine gute Idee ist. Dann würde ich dir alle Gründe nennen, warum Maryland die bessere Lösung ist. Und ich würde so lange auf dich einreden, bis ich dich davon überzeugt hätte, dass es in deinem besten Interesse ist. Aber ich werde nicht zulassen, dass du dich abschottest und mir einen Vortrag darüber hältst, dass du mir ausgeliefert bist.«

Frustration und Angst stiegen in mir auf, bis ich die Tränen nicht mehr zurückhalten konnte.

»Wir werden nie wieder nach Florida zurückkehren, nicht wahr?«

»Wahrscheinlich nicht«, bestätigte Max in sanfterem Tonfall. »Tex will, dass ihr an einem anderen Ort einen Neuanfang macht, wenn das alles vorbei ist.«

Einen Neuanfang. Nun, wie oft musste ich noch neu anfangen?

Ich nickte, erwiderte aber nichts. Es gab nichts mehr zu sagen.

»Wenn du nach Hause zurückkehren willst, können wir sicher mit Tex reden, um zu sehen, ob …«

»Ich habe kein Zuhause.«

Max versteifte sich und festigte den Griff um meine Finger, bis es schmerzte. Plötzlich war die Atmosphäre im Raum erdrückend und Max' Stimmung schlug um.

»Auch das werden wir in Ordnung bringen«, knurrte er und löste sich von mir. »Mach dich und die Jungs fertig. Wir brechen in einer Stunde auf.«

Dann ging er davon. Ich stand wie erstarrt da. Allein und bis auf die Knochen durchgefroren.

KAPITEL SECHZEHN

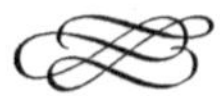

Zehn Stunden in einem Wagen mit zwei Kindern waren verdammt lang. Entgegen dem Rat meiner Teamkameraden, allen voran mein Teamleiter Declan, beschloss ich, auf halber Strecke in North Carolina zu übernachten.

Eigentlich hätte die Fahrt nur fünf Stunden dauern sollen, aber durch die vielen Pausen und das Mittagessen näherten wir uns eher sieben. Mein Hintern schmerzte, meine Augen wurden schwer und mein Schädel pochte, weil ich ständig an Evas Worte denken musste. Sie hatte gesagt, sie hätte kein Zuhause.

Was zum Teufel?

Dazu kam noch ihr Eingeständnis, dass sie einsam war. Und nun drehten sich meine Gedanken im Kreis.

Auch das hatten wir gemeinsam. Doch das würde ich ihr gegenüber niemals zugeben. Ich hatte bereits zu viel preisgegeben und hätte ihr beinahe all die Gründe genannt, warum ich Frauen nicht traute.

Und als wollte ich mich selbst in meiner Überzeugung bestärken, dass alle Frauen nur auf ihren eigenen Vorteil aus waren, hatte ich danach im Bett gelegen und über Eva und Pam nachgedacht. Die beiden Frauen wurden von völlig unterschiedlichen Beweggründen angetrieben. Eva versuchte, ihre Kinder zu schützen. Pam war einfach eine intrigante Schlampe gewesen. Und doch verglich ich die beiden immer noch miteinander.

Mehr als zehn Jahre später erinnerte ich mich noch gut an die Lektionen, die ich von Pam gelernt hatte. Für sie war ich nur ein netter Zeitvertreib gewesen. Ein Junge aus dem falschen Viertel – denn damals wohnte ich bei meiner Tante und meinem Onkel – ohne vielversprechende Zukunft und zu nichts zu gebrauchen, außer für ein prickelndes Abenteuer. Sie hatte mir meine Jungfräulichkeit genommen, befriedigte mich regelmäßig und scheute sich nicht, mir überall und jederzeit einen zu blasen. Damals dachte ich nur mit dem Schwanz. Und weil ich es genoss, dass sie für mich die Beine spreizte oder mich mit ihrem Mund verwöhnte, wann immer ich wollte, merkte ich nicht, dass sie ein intrigantes Miststück war.

Sie war ein anständiges Mädchen aus einer Mittelklassefamilie, die kein Problem damit hatte, sich mit einem Jungen aus ärmeren Verhältnissen einzulassen, und die den Nervenkitzel dabei genoss. Aber als wir unseren Abschluss machten und ich sie heiraten wollte, sagte sie mir ganz offen, dass ich nicht gut genug für sie sei. Schließlich hatte ich eine Karriere bei der Navy angestrebt, die keine Zukunft hatte. Sie hatte große Pläne, zu denen ein schönes Haus, schicke Autos und Designerklamotten gehörten. Sie machte mir unmissverständlich klar, dass ich es mir mit meinem Gehalt als Matrose nicht leisten könne, ihr all das zu bieten.

Mein heutiger Kontostand bewies das Gegenteil. Aber in einem Punkt hatte sie recht gehabt – ich war nichts weiter als ein Mann, mit dem man ein bisschen Spaß haben konnte. Ein schnelles, wildes Abenteuer.

»Das Hotel ist viel zu schick«, murmelte Eva und riss mich aus meinen Gedanken.

Ich ließ den Blick durch die Empfangshalle des Greensboro Marriott schweifen und betrachtete den weißen Marmorboden und die breite, mit Teppich ausgelegte Treppe. Etwa auf halber Höhe teilte sie sich und führte in zwei verschiedene Richtungen zu den Gästezimmern. Das

Hotel war elegant, aber nicht übermäßig luxuriös. Doch Eva hatte wahrscheinlich noch nie in einem Hotel übernachtet, in dem ein Zimmer zweihundert Dollar pro Nacht kostete.

Mein Magen verkrampfte sich.

»Komm schon. Lass uns hochgehen und dann entscheiden, ob wir den Zimmerservice bestellen oder im Restaurant etwas essen.«

»Wir hätten bei McDonald's essen sollen. Das wäre billiger gewesen.«

Verdammt, noch ein Schlag in die Magengrube.

»Baby, wir hatten Fast Food zum Mittagessen. Mein Magen verträgt nur eine bestimmte Menge an Fett. Und wenn man bedenkt, dass wir morgen mindestens weitere fünf Stunden Fahrt vor uns haben und unterwegs fettige Snacks essen werden, werden wir heute Abend ganz sicher nichts bei McDonald's holen.«

»Nun, das sehe ich ein. Aber die Jungs und ich können doch …«

»Du und die Jungs, ihr werdet eine richtige Mahlzeit zu euch nehmen.«

»Aber …«

Ich beugte mich vor und führte meinen Mund dicht an Evas Ohr. Dann flüsterte ich: »Baby, dein Körper ist zum Anbeißen. Straff, durchtrainiert, mit einem prallen Hintern, der perfekt in meine Handflächen passt. Aber du bist zu dünn. Du musst etwas essen und ich werde dafür sorgen, dass du eine gesunde Mahlzeit verspeist. Wir sind zwar nur auf der Durchreise, aber ich kann dich zumindest in ein Restaurant ausführen, in dem Gemüse serviert wird. Auf jeden Fall wirst du etwas essen.«

Eva geriet ins Stolpern und ich packte ihren Unterarm, bevor sie vornüberfallen konnte.

»Ich … ich …«, stammelte sie.

»Ich weiß, warum du so dünn bist«, bemerkte ich. »Du hast alle Hände voll damit zu tun, dich um deine Söhne zu kümmern, und sorgst sicher dafür, dass sie gut essen. Aber du selbst kommst dabei zu kurz. Da du aufs Geld achten musst, nehme ich an, dass du dein Abendessen häufig ausfallen lässt. Aber heute wirst du etwas essen, und zwar etwas Gesundes.«

»Es gefällt mir nicht, dass du so etwas über mich weißt.«

Manchmal machte Eva mich sprachlos mit ihrer Ehrlichkeit. Sie spielte keine Spielchen und nannte die Dinge beim Namen. Sie aß nicht genug, weil sie dafür sorgte, dass ihre Jungs immer satt wurden, und weil das Geld knapp war. Sie versuchte nicht einmal, es zu leugnen.

»Das kann ich mir denken. Und ich habe es nicht angesprochen, weil ich dich in Verlegenheit bringen will. Aber vielleicht sollte ich noch etwas hinzufügen: Ich wünschte, ich hätte als Kind eine Mutter gehabt, die mich genug geliebt hätte, um dafür zu sorgen, dass ich nie hungrig war und mich gesund ernährte. Du tust alles für deine Jungs. Vielleicht ist ihnen das jetzt nicht klar, aber eines Tages werden sie es zu schätzen wissen.«

»Ich möchte nicht, dass sie jemals erfahren, dass wir so arm waren, dass ich sie und mich selbst nicht ernähren konnte.«

»Warum nicht?«, warf ich ein und blieb stehen, während ich ein Auge auf Liam und Elijah hatte.

»Weil es mir peinlich ist. Weil …«

»Es ist überhaupt nicht peinlich, seine Kinder zu lieben, Eva.« Und aus irgendeinem mir unerfindlichen Grund platzte ich mit der Wahrheit heraus. »Mein Vater war stinkreich, aber ich war das ärmste Kind in meinem Viertel. Wir hatten nichts, denn hinter den Mauern dieser schönen Fassade lebte ein gewalttätiges Arschloch, das meine Mutter tagein, tagaus verprügelte. Und wenn er genug davon hatte, seine Frau zu schlagen, dann musste eben der Nächstbeste herhalten – nämlich ich.«

»Max«, flüsterte sie.

»Geld bedeutet gar nichts, wenn böses Blut daran klebt. Lieber wäre ich obdachlos gewesen, solange ich liebende Eltern gehabt hätte. Deine Kinder wachsen nicht in Armut auf, Eva, sondern umgeben von deiner Güte. Und das ist viel mehr wert als dein Kontostand und das, was auf dem Esstisch steht.«

Eva bedachte mich mit einem sanften Ausdruck in den Augen, den ich kaum ertragen konnte. Also setzte ich mich wieder in Bewegung und führte sie zu den Aufzügen, vor denen Liam und Elijah geduldig warteten. Schweigend fuhren wir nach oben. Vor unseren Zimmern angekommen, reichte ich Eva ihren Schlüssel und wartete, bis sie mit den Jungs hinter ihrer Tür verschwunden war, bevor ich mich in mein Zimmer begab.

Bevor ich die Verbindungstür öffnete, wartete ich noch eine Minute. Ich war noch zu aufgewühlt und brauchte noch einen Moment, um mich zu sammeln.

* * *

»Danke fürs Abendessen«, sagte Eva, als wir vor ihrem Zimmer ankamen.

Sie hatte sich bereits dreimal bei mir bedankt, und so langsam zerrte es an meinen Nerven. Ich verstand, dass sie auch die Jungs gedrängt hatte, Danke zu sagen, denn sie wollte ihnen Manieren beibringen. Aber meine Güte, es war nur ein schickes Essen, kein Urlaub in den Alpen.

»Du hast dich bereits bedankt, Baby«, erinnerte ich sie.

»Ja, nun, ich weiß wirklich zu schätzen, was du alles für uns tust. Ich will …«

»Ich weiß, Eva. Nun, geht in euer Zimmer. Die Jungs sehen aus, als würden sie gleich im Stehen einschlafen.«

»In Ordnung«, flüsterte sie und öffnete die Tür.

Wieder wartete ich, bis sie dahinter verschwunden war, bevor ich in mein Zimmer ging. Die Verbindungstür war geschlossen, aber nicht verriegelt. Sobald sie alle schliefen, würde ich sie öffnen, bevor ich ins Bett ging.

Doch bevor ich das tat, musste ich mich noch bei meinem Team melden. Aber zuerst musste ich mit Tex sprechen.

Ich holte mein Handy heraus und warf einen Blick auf die

Uhr. Es war noch früh, also würde ich weder Melody noch die Kinder wecken.

»Ich wollte dich gerade anrufen«, begrüßte Tex mich.

Das wunderte mich nicht. Der Mann hatte sich der Rettung der Welt verschrieben. Zumindest wenn er nicht gerade damit beschäftigt war, seine hübsche Frau glücklich zu machen.

»Was gibt es Neues?«, fragte ich.

»Wir haben Chris Peters in Gewahrsam genommen. Er war nur ein Handlanger und ein Amateur. Das bestätigt meine Theorie, dass ein zweiter Auftragskiller am Werk ist.«

»Also denkst du, dass Peters reingelegt wurde?«

»Das wäre meine Vermutung. Ich nehme an, dass derjenige, der ursprünglich mit dem Mord an Eva beauftragt wurde, Peters angeheuert hat, um uns auf eine falsche Fährte zu locken. Das Ganze war von Anfang bis Ende zu schlampig und viel zu leicht aufzuspüren. Aber die Quelle kann ich nicht zurückverfolgen.«

»Was zum Teufel soll das heißen?«

»Das bedeutet, dass der eigentliche Attentäter verdammt schlau ist und sich abgesichert hat, während Chris Peters den Kopf hinhalten muss. Die Polizei hatte keine Probleme, den Auftrag zu finden, den Peters angenommen hat, aber den Auftraggeber konnte sie nicht aufspüren. Und da Chris Peters derzeit singt wie ein Kanarienvogel, aber nicht den leisesten Schimmer hat, wer ihn angeheuert hat, würde ich sagen, dass er nur ein Sündenbock ist.«

Verfluchte Scheiße.

»Hast du in ihrem Haus sonst noch etwas finden können?«

»Nein. Nicht das Geringste. Wer auch immer es verdrahtet hat, hat gute Arbeit geleistet.«

»So gut nun auch wieder nicht. Er hat nicht gewartet, bis sie und die Kinder im Wagen saßen, bevor er ihn in die Luft gejagt hat«, erinnerte ich ihn.

»Ich glaube nicht, dass das ein Fehler war«, erwiderte

Tex. »Aber wer auch immer den Auslöser gedrückt hat, hat deine Entfernung zu dem Fahrzeug falsch eingeschätzt.«

»Du denkst, er hatte es auf mich abgesehen?«

»Ja. Wenn er dich aus dem Weg geräumt hätte, hätte er sich Eva leicht schnappen können.«

»Verdammte Scheiße, Tex. Willst du damit sagen, dass jemand sie lebend will?«

»Bevor ihr Wagen zu einer Bombe wurde, dachte ich noch, jemand wolle sie tot sehen. Mittlerweile bin ich mir ziemlich sicher, dass er sie lebend will. Allerdings glaube ich nicht, dass sie am Ende noch atmen wird, wenn derjenige mit ihr fertig ist.«

»Niemand wird sie oder die Jungs in die Finger bekommen.«

»Warum glaubst du, habe ich dich geschickt?«

»Ja, was das angeht, Tex. Warum hast du mich geschickt und nicht Dec oder einen der anderen Jungs?«

»Hast du es immer noch nicht begriffen?«

Was zum Teufel?

»Nein, habe ich nicht. Aber ich muss dir sagen, dass ich viel darüber nachgedacht habe.«

»Weil ich wusste, dass du es verstehen würdest, sobald du sie ein bisschen besser kennst.«

Er sprach wirklich in Rätseln.

»Was würde ich verstehen, Tex?«

»Warum sie all diese Dinge getan hat. Warum sie niemandem vertraut. Warum sie so ist, wie sie ist.«

»Mir scheint, sie vertraut mir. Ich bin sicher …«

»Wenn sie dir bereits vertraut, dann war es die richtige Entscheidung, dich mit ihrem Schutz zu beauftragen.«

»Das ergibt keinen Sinn. Sie hätte auch jemandem vertraut, der …«

»Wenn du das wirklich glaubst, bist du ein verdammter Idiot, Maximus. Sie vertraut niemandem. Genau wie du. Bisher habe ich in meinem ganzen Leben noch nie jemanden getroffen, der so misstrauisch ist wie ihr beide.«

Maximus? Herrgott, niemand nennt mich je bei meinem vollen Namen – niemals.

»Ich glaube, du irrst dich«, bemerkte ich.

»Und ich weiß, dass ich mich nicht irre. Wenn das alles vorbei ist, setzen wir uns auf ein Bier zusammen, dann kannst du mir erzählen, dass ich die ganze Zeit über recht hatte.«

Offensichtlich hatte Tex den Verstand verloren.

»Soll das etwa eine Einladung nach Pennsylvania sein, um mit dir einen zu trinken?«, fragte ich.

In all den Jahren hatte ich Tex nur wenige Male persönlich getroffen. Er lud nur selten jemanden ein, etwas mit ihm zu unternehmen.

»Ganz richtig. Aber die Einladung gilt nur, wenn du Eva und die Jungs mitbringst.«

»Wie bitte?«

»Ich habe viel über Liam und Elijah gehört.«

»Sie sind gute Jungs«, erklärte ich.

»Auch das habe ich gehört. Bring diese Mission hinter dich und komme mit dir ins Reine. Dann besucht ihr mich und wir trinken ein Bier zusammen. Du kannst mein Ego streicheln, indem du mir erzählst, wie scharfsinnig ich bin …«

»Ich werde überhaupt nichts streicheln, mein Freund.«

»Natürlich nicht«, lachte Tex. »Pass auf dich auf.«

Er beendete das Gespräch, bevor ich ihm erklären konnte, dass ich Eva und ihre Kinder nirgendwohin mitnehmen würde. Sie würden sich irgendwo ein neues Leben aufbauen und ich würde sie nie wiedersehen.

Verdammt.

Ich fuhr mir mit der Hand über den Oberkörper, als ich bei dem Gedanken einen stechenden Schmerz in der Brust verspürte.

Dann rief ich Declan an.

»Hallo«, meldete er sich.

»Bist du beschäftigt?«

»Nein.«

Hoffentlich hieß das, dass er nicht gerade eine Frau besuchte, bei der er nichts zu suchen hatte. Nein, verdammt, hoffentlich bedeutete es, dass er sich überhaupt nicht mehr mit dieser Frau traf, bevor alle anderen davon erfuhren. Denn dann würde die Hölle losbrechen.

Declan war der Inbegriff einer tickenden Zeitbombe. Ich wusste kaum etwas von seiner Vergangenheit, da der Mann verschwiegen war wie ein Grab. Das, was ich über seine Kindheit wusste, ließ meine normal erscheinen. Dann hatte er beim Militär gedient und danach lange als verdeckter Ermittler für die CIA gearbeitet. Ich hatte keine Ahnung, was während dieser Mission vorgefallen war, aber alles in allem vereinte Declan sämtliche Zutaten für eine Katastrophe in sich. Daher überraschte es mich eigentlich nicht, dass er scheinbar willentlich sein Leben aufs Spiel setzte. Denn wenn Thad und unser Chef Zane Lewis herausfanden, was er tat, dann würden sie Declan an den Eiern aufhängen.

Zane würde ihn wahrscheinlich wegen seiner Dummheit erwürgen und Thad würde an die Decke gehen, weil dessen Frau Emerson den Verstand verlieren würde.

»Hast du von Tex gehört?«, fragte ich.

»Ja, er hat vor etwa einer Stunde angerufen und uns auf den neuesten Stand gebracht. Alles in Ordnung bei dir?«

Diese Frage konnte ich mit einem klaren Nein beantworten. Was Eva betraf, wusste ich nicht mehr, wo mir der Kopf stand.

»Ja. Wir sind im Hotel. Ist alles für unsere Ankunft morgen vorbereitet?«

»Ich wünschte wirklich, du …«, begann Declan.

»Wir haben das doch schon besprochen«, fiel ich ihm ins Wort. »Ich werde diese Kinder auf keinen Fall zehn oder mehr Stunden im Wagen sitzen lassen. Es ist schlimm genug, dass wir heute sieben Stunden unterwegs waren. Ich habe dich schon beim ersten Mal verstanden, aber es wäre unmöglich gewesen, die ganze Strecke durchzufahren. Also komm drüber hinweg, Dec. Ich habe alles im Griff.«

»Sicher, aber wer passt auf dich auf? Gestern wärst du fast in die Luft geflogen.«

»Das war gestern. Heute hat niemand versucht, mich umzubringen. Wir fahren gleich morgen früh los. Übrigens, schick mir bis neun Uhr einen Mietwagen zum Hotel. Auf keinen Fall setze ich sie in einen Geländewagen, der die Nacht über unbeaufsichtigt auf einem Hotelparkplatz gestanden hat.«

»Verstanden.«

»Und sieh zu, dass der Mietwagen auch ein Geländewagen ist.«

»Natürlich, Eure Hoheit. Sonst noch etwas?«

Ich musste grinsen, als ich Declans verärgerten Tonfall hörte.

»Nein, das wäre dann alles, mein treuer Diener.«

»Verpiss dich.«

Dec beendete das Gespräch, und ich schüttelte den Kopf. Er war innerhalb von fünf Minuten schon der zweite, der einfach aufgelegt hatte.

Verdammt, meine Freunde wissen wirklich, wie sie mir schmeicheln können.

* * *

ICH HÖRTE DIE LEISEN SCHRITTE, DEN FLACHEN ATEM, DAS Zögern, bevor eine Hand sanft meine Schulter berührte.

Eva stieß einen schrillen Schrei aus, als ich ihre Hand packte, sie auf die Matratze zog und sie unter mich rollte.

»Max«, hauchte sie.

Mehr sagte sie nicht, aber mein Name aus ihrem Mund genügte, um meine Selbstbeherrschung zunichtezumachen.

»Wenn du das nicht willst, dann höre ich sofort auf. Du musst es nur sagen.«

Sie sagte kein Wort. Stattdessen schlang sie ihre Beine um meine Taille und presste ihre Fersen in meinen Rücken.

Mit einer Hand packte ich ihr Haar, um sie festzuhalten, während ich sie küsste. Die andere Hand ließ ich tiefer gleiten, schob ihr Höschen zur Seite und stieß mit zwei Fingern in sie hinein.

Verdammt, sie war nass.

Ich machte mir nicht die Mühe, ihr den Slip auszuziehen, sondern schob den Stoff noch weiter zur Seite und drang in sie ein.

Mein Gott, dies war besser als in meiner Erinnerung. Heiß, feucht und so verdammt eng.

Unsere Zungen vollführten einen leidenschaftlichen Tanz, während ich versuchte, irgendwie Herr über meine Begierde zu werden und unser Tempo zu verlangsamen. Ich wollte mir Zeit lassen, ihren Körper erkunden und herausfinden, was sie an den Rand des Wahnsinns brachte. Aber als sie ihre Fingernägel über meinen Rücken gleiten ließ und ihre Schenkel um mich anspannte, warf ich meine Selbstkontrolle über Bord.

Eva löste ihre Lippen von meinen, neigte den Kopf nach hinten und keuchte: »Härter.«

So perfekt.

»Sch, Baby«, ermahnte ich sie, als ihr Stöhnen immer lauter wurde.

Sie vergrub ihr Gesicht an meinem Hals und bäumte die Hüfte auf. Die Muskeln in ihrem Unterleib umklammerten meinen Schaft so fest, dass ich von zehn rückwärts zählen musste, um nicht auf der Stelle zu explodieren.

Mit jedem Stoß versank ich tiefer im Paradies.

Jedes Stöhnen war ein süßer Klang.

»Max, bitte.«

Ja, ein *wunderbarer* Klang.

»Was willst du, Baby?«

»Mehr.«

»Willst du meine Hand an deiner Muschi spüren, Eva?«

»Ja.«

»Entspanne deine Beine, Baby«, forderte ich und drückte ihren Oberschenkel.

Sie tat wie geheißen, winkelte die Beine an und stemmte die Fersen in die Matratze. Ich drang immer wieder in sie ein und sie kam jedem meiner Stöße entgegen. Verdammt, ja, Eva fühlte sich an wie das Paradies.

Ich wollte meine Hand zwischen ihre Schenkel gleiten lassen, doch dann besann ich mich eines Besseren, packte ihre Hand und führte sie an ihr Geschlecht.

Dann begann ich, ihren Finger über ihre Klitoris zu reiben.

»Ich will fühlen, wie du dich selbst zum Höhepunkt bringst.« Eva schüttelte den Kopf, doch ich übte noch mehr Druck auf ihre Lustperle aus. »Komm schon, Baby. Übernimm du die Führung«, flüsterte ich.

Nach einem weiteren Moment des Zögerns begann sie, ihren Finger zu bewegen. Ich wünschte, das Zimmer wäre hell erleuchtet, denn ich hätte liebend gern zugesehen.

»Nächstes Mal lassen wir es langsam angehen«, raunte ich.

»Max.«

»Genau so, Baby, fester«, befahl ich.

Ihr Honig triefte über ihre Schenkel und die Muskeln in ihrem Unterleib begannen zu zucken.

»Mein Gott, Eva«, knurrte ich. »Komm für mich.«

»Ich komme, Max.«

Ja, sie wurde von einer Welle der Ekstase mitgerissen und umklammerte meinen Schwanz wie eine heiße, geschmeidige Faust.

Ich verlor die Kontrolle, ließ mich gehen und stieß hemmungslos in sie hinein. Schnell, hart, rau, bis ich mich völlig entfesselt in ihr ergoss.

Ich hatte meinen Schwanz so tief wie möglich in ihr vergraben, während Evas Hand noch immer zwischen uns eingeklemmt war und ihr Geschlecht um meinen Schaft zuckte. Mit meinem Gesicht an ihrem Hals konnte ich nicht anders, als meine Zähne in dem zarten Fleisch zwischen ihrer Schulter und ihrem Nacken zu versenken.

»Oh mein Gott, Max«, stöhnte sie, schlang ihre Arme und Beine um mich und hielt mich fest.

Eva presste ihre Lippen an meine Brust und schmiegte

sich enger an mich. Die Geste löste in mir eine Flut von Emotionen aus. Sie verwirrte mich und weckte in mir zugleich den Wunsch, sie für immer festhalten zu wollen. *Woher kommt dieser Gedanke?* Ihr Keuchen kühlte meine erhitzte Haut und holte mich in die Realität zurück. Widerwillig löste ich mich von ihr und stützte mich auf die Ellbogen, um mit einer Hand die seidigen braunen Strähnen aus ihrem hübschen Gesicht zu streichen.

Im Gegensatz zum ersten Mal machte sie keine Anstalten, sich mir zu entziehen, sie musterte mich auch nicht mit einem schockierten oder panischen Blick. Stattdessen sah ich nichts als träge Zufriedenheit. Unwillkürlich überkam mich ein Anflug von Stolz, weil ich derjenige war, der diesen Ausdruck auf ihr Gesicht gezaubert hatte. Die Erkenntnis traf mich tief in meiner Seele, die ich normalerweise fest verschlossen hatte.

Vielleicht war nicht nur der Sex mit Eva das Paradies auf Erden, sondern sie selbst – und zwar alles von ihr. Die Art, wie sie meinen Namen aussprach, wie sie mich festhielt, wie sie sich mir hingab und mir mit absoluter Offenheit begegnete, selbst wenn sie sich selbst damit in Verlegenheit brachte.

Sie streichelte meinen Rücken und fragte mich mit einem Lächeln: »Wie geht es deiner Schulter?«

»Gut, Baby. Es ist alles in Ordnung.«

Ich drehte mich auf die Seite und tat etwas, was ich noch nie getan hatte – ich zog sie an mich, weil ich mich nicht von ihr lösen wollte. Noch nicht, denn zuerst musste ich dieses verrückte Bedürfnis nach Nähe stillen und sie noch eine Weile halten.

Eva ließ ihre Hand ungeniert über meine Brust wandern und zum ersten Mal seit Jahren genoss ich die sanfte Berührung einer Frau. Sie war nicht beseelt von dem Wunsch, mich zu verführen, sondern von dem Bedürfnis, mehr über mich zu erfahren. Ich konnte spüren, wie sie ihre Finger über meinen Bauch gleiten ließ und kurz verharrte, bevor sie meine Narbe nachzeichnete.

Nicht einmal ihre sanfte Berührung konnte die Erinnerungen auslöschen, und bevor sie fortfahren konnte, packte ich ihr Handgelenk und gebot ihr Einhalt. Sie hob ihren Kopf von meiner Brust und im schwachen Licht sah ich den fragenden Ausdruck in ihren Augen.

»Tu es nicht.«

»Was soll ich nicht tun? Sie berühren oder dich danach fragen?«

»Beides.«

Eva schenkte mir ein trauriges Lächeln, bevor sie den Kopf wieder senkte und sich an mich schmiegte.

»In Ordnung, Max, ich werde das Thema nicht anschneiden.«

Ich ließ ihr Handgelenk los, woraufhin sie ihre Finger wieder höher wandern ließ. Aber der innige Moment war vorbei und Eva war nicht mehr entspannt.

»Es ist nur …«

»Sch, Max. Ich verstehe. Wir alle haben mit Dingen zu kämpfen, über die wir nicht sprechen wollen. Du musst es mir nicht erklären.«

Mein Gott, sie verstand es wirklich. Sie wusste besser als die meisten Menschen, dass manche Dinge besser begraben blieben. Und die Geschehnisse, die zu dieser Narbe geführt hatten, gehörten dazu. Das Problem war nur, dass ich den Drang verspürte, vollkommen ehrlich zu sein, solange sie ihren warmen, geschmeidigen Körper an mich schmiegte. Ich wollte keine Geheimnisse vor ihr haben. Ich wollte ihr erklären, warum diese Narbe eine visuelle Erinnerung daran war, immer wachsam zu sein. Aber wenn ich ihr das sagte, würde ich ihr auch erklären müssen, was mit der Person passiert war, die versucht hatte, mich zu töten.

Und während all diese verrückten Gedanken in meinem Kopf herumschwirrten und Eva sich eng an mich kuschelte, wurde mir klar, dass mir das alles ein wenig über den Kopf wuchs.

KAPITEL SIEBZEHN

»Warum wechseln wir den Wagen?«, wollte ich wissen, als ein Angestellter des Hotels beim Frühstück an unseren Tisch kam und Max einen Schlüssel überreichte.

Statt meine Frage zu beantworten, wandte Max sich dem Mann im Anzug zu. »Steht der Wagen vor dem Hotel?«

»Ja, Sir.«

»Gut. Ich möchte, dass er dort bleibt, bis wir auschecken.«

»Aber …«

Max streckte die Hand aus, um die des Mannes zu schütteln, doch zuvor sah ich den gefalteten Geldschein in seiner Handfläche.

»Kein Problem«, lenkte der Mann ein. Er nickte kurz und ging davon.

»Hast du ihm Geld gegeben?«, fragte ich.

»Ja.«

»Warum?«

»Weil ich will, dass der Wagen vor dem Gebäude parkt, damit niemand auf die Idee kommt, sich ihm zu nähern. Falls es doch jemand versucht, wird er von der Kamera erfasst. Um den Mann zu überzeugen, habe ich etwas nachgeholfen.«

»Warum hast du …«

»Ich will kein Risiko eingehen«, unterbrach Max mich und warf einen Blick auf Liam und Elijah.

Beide waren damit beschäftigt, die Kindermenüs auszumalen, und achteten gar nicht auf uns.

»Welches Risiko?«

Max schüttelte den Kopf und fragte: »Bist du mit deinem Frühstück fertig?«

Ich wusste, dass meine Antwort ihm nicht gefallen würde. Dieselbe hatte ich ihm schon vor fünf Minuten gegeben. »Ich habe morgens keinen großen Appetit«, hatte ich ihm mitgeteilt. Wahrscheinlich saßen wir deshalb immer noch an dem Tisch, weil er hoffte, dass ich meine Meinung ändern könnte. Da ich ihm den Wunsch jedoch nicht erfüllt hatte, hatte er mich wieder einmal mit einem eisigen Blick bedacht.

»Morgens bringe ich einfach nicht viel herunter«, beteuerte ich.

»Du musst essen.«

»Und du musst aufhören, mich zwangsernähren zu wollen. Gestern Abend hast du mir schon ein viel zu großes Steak bestellt. Und ich wusste, dass ich das nicht alles aufessen würde.« Bei diesen Worten deutete ich auf die Eier, die Pfannkuchen und den Toast, die noch auf meinem Teller lagen. Aber die vier Scheiben Speck hatte ich verschlungen – weil es nun einmal Speck war. »Ich verschwende nicht gern Lebensmittel, und da wir unterwegs sind, kann ich es nicht einpacken und mitnehmen.«

»Es ist mir egal, ob …«

»Mir nicht, Max. Ich weiß deine Fürsorge zu schätzen, aber gestern Abend war ich schon so vollgestopft …« Ich verstummte und errötete, als Max seine Lippen zu einem verschmitzten, sinnlichen Grinsen verzog.

»Du warst vollgestopft?«

»Das konntest du dir jetzt nicht entgehen lassen, nicht wahr?«

Haben denn alle Männer den Verstand eines Teenagers?

Max neigte den Kopf zur Seite und grinste.

Und ich musste wieder an die vergangene Nacht denken.

Ich war zu ihm gegangen.

Meine Jungs hatten längst geschlafen und ich hatte stundenlang wach gelegen. Schließlich war ich in Max' Zimmer gegangen in der Absicht, mit ihm zu schlafen. Das war nicht besonders klug gewesen. Wahrscheinlich war es sogar das Dümmste, was ich je getan hatte, und das wollte etwas heißen, wenn man bedachte, dass ich mich mit Jay eingelassen und ihn dann geheiratet hatte.

Der Sex war phänomenal gewesen, noch besser als beim ersten Mal.

Das war nicht das Dumme daran. Das kam erst später, als ich mich nicht von Max löste. Als er immer noch auf mir lag, mich träge küsste und dann begann, meinen Hals zu liebkosen. Er war erschlafft, doch sein Schaft war noch immer in mir vergraben.

Ich schlang meine Beine um ihn, streichelte seinen Rücken und prägte mir die Narbe an seiner Seite ein. Ich fühlte die rauen Kanten des Hautklebers, der die Wunden zusammenhielt, die er sich zugezogen hatte, als er mir das Leben gerettet hatte. All das hätte ich nicht tun dürfen. Vor allem aber war es dumm, mir vorzumachen, Max sei jemand, der er nicht war.

Für einen Moment war Max in meiner Fantasie nicht mein Leibwächter, sondern einfach nur Max. Und ich war einfach nur Eva – keine alleinerziehende Mutter auf der Flucht, die viel Ballast und eine Vergangenheit voller Lügen und Verbrechen mit sich herumschleppte.

Das Schlimmste war, dass Max mich hatte gewähren lassen. Er hatte mich nicht von sich gestoßen oder sich von mir abgewandt. Statt sich von mir zu lösen, hatte er mir die Möglichkeit gegeben, diesen intimen Moment zu genießen.

Es war eine so liebevolle Geste und vielleicht sogar das Netteste, was jemals jemand für mich getan hatte. Er hatte mich nicht wie eine dumme Schlampe behandelt, weil ich mich ihm mitten in der Nacht an den Hals geworfen hatte. Nein, er hatte mir einen Augenblick liebevoller Hingabe geschenkt. Das hatte nicht einmal Jay geschafft, als er mir zu

Beginn unserer Beziehung noch vorgegaukelt hatte, ein anständiger Mensch zu sein und nicht das widerliche Stück Scheiße, das Drogen verkaufte. Aber dann hatte ich den Moment ruiniert, als ich Max' Narbe berührt hatte. Ich hatte sie betasten wollen, seit ich sie das erste Mal gesehen hatte, aber offensichtlich war das ein wunder Punkt, den ich in Zukunft meiden würde. Ich kannte mich mit wunden Punkten aus. Also würde ich ihm den gleichen Respekt erweisen, den er mir gestern Abend entgegengebracht hatte, und das Thema nie wieder ansprechen.

Max saß mir immer noch mit einem selbstzufriedenen Grinsen gegenüber. Offensichtlich wusste er, dass er allen Grund dazu hatte. Gestern Abend hatte er mich in der Tat vollgestopft. Zuerst mit einer gesunden Mahlzeit. Ich selbst hätte mir niemals ein Steak für fünfzig Dollar bestellt. Zum einen war ich noch nie in einem Restaurant gewesen, in dem ein Stück Fleisch so viel kostete, und zum anderen hätte ich mich zurückgehalten, damit meine Söhne alles von der Speisekarte haben konnten, was ihr Herz begehrte. Max hatte mir beides gegeben. Das beste Steak, das ich je genießen durfte, und den Jungs, was immer sie wollten, einschließlich je zwei Shirley Temples.

Während des Essens hatte er dann mein Herz anschwellen lassen, indem er aufrichtiges Interesse an meinen Söhnen gezeigt hatte. Er hatte ihnen alle möglichen Fragen gestellt und ihnen aufmerksam zugehört. Max hatte sogar das Unmögliche möglich gemacht und den schüchternen Elijah aus seinem Schneckenhaus gelockt. Zum einen hatte mein jüngerer Sohn beobachtet, wie Liam sich in Max' Nähe verhielt, und seinen älteren Bruder nachgeahmt. Aber dann hatte Max Eli nach dem Zeichentrickfilm gefragt, den er gestern im Unterschlupf gesehen hatte. Mir war nicht bewusst gewesen, dass Max darauf geachtet hatte. Am Ende des Abends hatte Eli genauso viel geplappert wie Liam.

Als ich dann gestern Abend mit vollem Magen, vollem Herzen und mit überschäumenden Emotionen zu Max ging, war es das Dümmste, was ich je getan hatte.

Ich wusste, dass die Sache eines Tages im Kummer enden würde.

Und trotzdem bin ich zu ihm gegangen.

»Mom«, rief Liam.

»Ja?«

»Eli hat gefragt, wann wir gehen«, sagte er.

»Entschuldige, ich war in Gedanken.« Ich ließ den Blick von Elijah zu Max wandern. »Sollen wir aufbrechen?«

Max lächelte mittlerweile nicht mehr. Da ich ihm direkt gegenübersaß, konnte ich mich seinem kalten Blick nicht entziehen. Ich hatte keine Ahnung, wie er es fertigbrachte, doch das Eis in seinen Augen schien in Flammen zu stehen und brannte sich in mich hinein.

»Ja, wir sollten uns auf den Weg machen.« Ich starrte Max direkt an, um genau zu beobachten. Er versuchte nicht einmal zu verbergen, wie er seine Gesichtszüge entspannte, als er sich an die Jungs wandte. »Möchtet ihr noch irgendetwas, bevor wir gehen?«

Seine Frage hätte mich kränken sollen. Er wollte wissen, ob meine Jungs noch etwas brauchten, als sei ich nicht in der Lage, mich um sie zu kümmern. Stattdessen hatte ich das Gefühl, dass er sich aufrichtig um ihr Wohlergehen sorgte. Auch in dieser Hinsicht hatte ich mir in meiner Fantasie gestern Abend ein Bild zusammengesponnen und offenbar beim Frühstück immer noch daran festgehalten.

Wir bedeuteten Max nicht so viel, wie ich es mir erhofft hatte. Er war einfach nur nett. Ich hatte gelernt, dass hinter dieser Schale aus Feuer und Eis ein gutherziger Mann steckte. Er sorgte sich zwar um uns, aber es war seine Aufgabe, uns zu beschützen, und das würde er nach besten Kräften tun.

Doch wenn das alles vorbei war, würden wir uns von ihm verabschieden müssen. Ich konnte nicht zulassen, dass meine Söhne sich emotional an ihn banden. In nicht allzu ferner Zukunft wäre er nur ein weiterer Mensch, den wir in unsere Gebete einschließen würden.

Meine Jungs antworteten beide mit einem »Nein danke«.

Max betrachtete sie noch einen Augenblick und wandte sich wieder mir zu.

»Wir checken aus und fahren dann los.«

Zehn Minuten später saßen wir in einem neuen, voll ausgestatteten Geländewagen. In den Kopfstützen waren kleine Fernsehbildschirme. Auch Kopfhörer standen zur Verfügung, und so konnten die Jungs sich ansehen, was sie wollten, ohne den ganzen Innenraum zu beschallen.

Ich saß schweigend da, als er das Ungetüm von einem Fahrzeug auf die Autobahn lenkte. Liam und Elijah hatten die Kopfhörer aufgesetzt und waren in ihre Sendung vertieft, als Max einen Mann namens Declan anrief. Er stellte das Gespräch auf Lautsprecher, damit ich es auch hören konnte.

Es fühlte sich seltsam persönlich an, Max beim Telefonieren zu belauschen. Fast hatte ich den Eindruck, dass er kein Problem hatte, mir das Gesagte anzuvertrauen. Allerdings sprachen die Männer über mich, also hatte ich wohl ein Recht zuzuhören.

Die beiden unterhielten sich nur kurz und kamen gleich zur Sache. Declan informierte Max, dass Tex bisher noch nichts Neues herausgefunden hatte und dass in dem Haus, in dem die Jungs und ich wohnen würden, alles für unsere Ankunft vorbereitet war. Declan berichtete außerdem, dass eine Frau namens Anaya die Sachen, die Max für die Jungs angefordert hatte, bereits gekauft und ins Haus gebracht hatte.

Ich wusste nicht, wer Anaya war, aber Max' Miene erhellte sich, als Declan ihren Namen erwähnte. Zwar hätte ich Max nicht als einen Mann eingeschätzt, der gleich zweimal mit mir schlafen würde, wenn er eine Frau zu Hause hatte, aber er hatte mir auch deutlich zu verstehen gegeben, dass er nicht für eine Beziehung geschaffen war. Vielleicht hatte er einfach nur eine Freundin, mit der er ganz unverbindlich hin und wieder etwas Spaß hatte. Der Gedanke behagte mir nicht. Um ehrlich zu sein, drehte sich mir der Magen um. Und bei der Vorstellung, dass Max die

Frau gebeten hatte, Sachen für meine Kinder zu kaufen, wurde mir sogar ein wenig übel.

»Was ist los?«, fragte Max nach ein paar Minuten des Schweigens.

Statt ihm die Frage zu stellen, die mir unter den Nägeln brannte, beschloss ich, das Thema auf sicheres Terrain zu lenken. Zumindest konnte ich mir so vielleicht Klarheit verschaffen, ohne gleich wie eine verrückte, eifersüchtige Furie zu klingen, die den Unterschied zwischen Sex und aufrichtiger Zuneigung nicht verstand.

»Du hättest den Jungs nichts kaufen sollen.«

»Wie bitte?«

»Was auch immer du deiner *Freundin* aufgetragen hast, für die Jungs zu besorgen. Du solltest ihnen nichts kaufen. Wenn sie etwas brauchen, dann hole ich es.«

»Meine Freundin?«

»Anaya.«

Ich bemühte mich *wirklich* um einen neutralen Tonfall, doch als ich den Namen der Frau aussprach, war mir mein Unmut deutlich anzuhören.

Max verzog die Lippen zu einem Lächeln.

»Anaya.«

Mehr sagte er nicht. Er sprach den Namen aus, als würde er ihm etwas bedeuten. Die Pfannkuchen von heute Morgen lagen mir wie ein Backstein im Magen und drohten mir hochzukommen.

Da wusste ich mit hundertprozentiger Sicherheit, dass die letzte Nacht ein großer Fehler gewesen war. Ich war eifersüchtig und konnte es nicht verbergen.

»Ja, sie«, bestätigte ich. »Du kannst doch nicht …«

»Wir wissen nicht, wie lange wir in dem Unterschlupf bleiben werden. Liam ist sechs und Elijah ist vier. Sie werden sich zu Tode langweilen, wenn sie untätig in einem Haus herumsitzen, das sie nicht verlassen dürfen. Ich habe die Verlobte meines Teamkameraden Kyle gebeten, ins Einkaufszentrum zu fahren – oder wo auch immer ihr Frauen einkauft – und ein paar Sachen für die Jungs zu besorgen, um sie bei Laune zu halten. Wohlgemerkt habe ich ihr nicht aufgetragen, das Haus bis unters Dach mit Spielsachen zu füllen, aber ich habe für Liam eine Eisenbahn und für Elijah das Stofftier bestellt, von dem er gesprochen hat. Und das Buch, das sie so mögen. Ich habe keine Ahnung, was sie sonst noch anschleppen wird, vielleicht wird sie die Jungs bescheren wie an Weihnachten. Aber ich weiß, dass Liam und Elijah schon genug durchgemacht haben und sich ständig an eine neue Umgebung gewöhnen müssen. Wenn ich ihnen die Sache also etwas erleichtern kann, indem ich sie auf andere Gedanken bringe, dann ist es mir scheißegal, ob du deshalb wütend wirst, so leid es mir tut.«

Nach dem Stofftier und dem Buch hatte ich kaum noch auf das geachtet, was Max gesagt hatte. Ich konnte kaum glauben, dass Max so aufmerksam war und erkannt hatte, wie traurig mein Kind war, weil es sein liebstes Kuscheltier verloren hatte. Wahrscheinlich wäre es ein Wunder, wenn jemand den Stoffpapageien *Blu* aus Rio tatsächlich auftreiben könnte.

Seine Rücksichtnahme rührte mich zu Tränen und ich versuchte nicht, meine Dankbarkeit zu verbergen.

»Danke.«

»Baby.«

»Wirklich, Max, ich danke dir. Elijah ist traurig, weil er Blu verloren hat. Ich weiß, es klingt albern, aber er hat seit seiner Geburt fast jede Nacht mit diesem Papageien geschlafen. Es bedeutet mir sehr viel, dass du gesehen hast, wie traurig er war, und dass du ihn glücklich machen willst. Und es tut mir leid, dass ich so kratzbürstig war. Aber ich weiß, dass ich meinen Kindern keine schicken Hotels und eleganten Abendessen bieten kann. Vielleicht kann ich ihnen ein paar zusätzliche Spielsachen kaufen, aber ich könnte das Haus niemals bis unters Dach damit füllen und sie wie an Weihnachten bescheren. Zum einen bin ich neidisch, weil ich nicht in der Lage bin, sie so reich zu beschenken. Und zum anderen will ich nicht, dass sie sich daran gewöhnen, weil sie in Zukunft nur enttäuscht sein werden. Außerdem habe ich ein schlechtes Gewissen, weil du so viel Geld für sie ausgibst, obwohl wir doch nur drei Fremde für dich sind, mit deren Schutz du beauftragt wurdest. Und dieser Auftrag wird in ein paar Tagen beendet sein.

Aber trotz alledem will ich dich wissen lassen, wie unendlich dankbar ich dir dafür bin, dass du so gut zu ihnen bist. Sie haben viel durchgemacht und bisher hat kein Mann etwas Nettes für sie getan. Ich werde dafür sorgen, dass sie deine Großzügigkeit nie vergessen werden, das verspreche ich dir. Sie werden sich daran erinnern, dass es auch gute Männer gibt, die sie beschützen wollen. Ich hoffe, dass sie in dir ein Vorbild sehen werden.«

»Mein Gott«, presste Max hervor.

»Was ist los?«

»Du hast ja keine Ahnung«, sagte er mit heiserem Tonfall. Genauso hatte er geklungen, als er letzte Nacht in mich gestoßen hatte.

»Keine Ahnung wovon?«

»Wie tief du mich triffst, wenn du so offen zu mir bist. Wenn du so etwas zu mir sagst, meinen Namen flüsterst und mir deine Ängste offenbarst, dann wünschte ich, ich wäre ein anderer Mann. Ich wünschte, ich wäre ein unbeschriebenes Blatt, das nicht so viel Ballast mit sich herumschleppt. Ich wünschte, ich könnte der Mann sein, den du irgendwann treffen wirst. Tatsächlich bin ich eifersüchtig auf diesen Kerl, der nicht mehr ist als eine Ausgeburt meiner Fantasie. Denn wenn er dich findet und du ihm das gibst, was du mir gerade geschenkt hast, wird er dir zu Recht die Welt zu Füßen legen. Und ich wünschte, ich könnte dieser Mann sein.«

Ich schnappte so tief nach Luft, dass ich schon glaubte, den ganzen Sauerstoff aus dem Innenraum eingesaugt zu haben. Aber niemand war tot umgefallen und Max fuhr fort.

»Ihr drei seid keine Fremden für mich. Ihr seid nicht nur ein Auftrag, wobei du dir sicher sein kannst, dass ich die Bedrohung ernst nehme und nicht zulassen werde, dass euch etwas zustößt. Aber du bist nicht nur ein Job, Eva, du bist viel mehr als das.«

Diesmal glaubte ich, jeden Moment ersticken zu müssen, weil ich kaum noch atmen konnte. Mein Herz hämmerte wild in meiner Brust, meine Lunge brannte und ich wurde von einer Sehnsucht erfüllt, die sicher nicht gesund war.

Es zerriss mir fast das Herz, als Max sagte, er *wolle* der Mann sein, den ich eines Tages treffen würde, und mir im nächsten Moment erklärte, dass er nie dieser Mann sein könnte.

Und letztendlich wusste ich, dass ich den Mann fürs Leben nie finden würde. Ich war eine alleinerziehende Mutter, die ihren Kindern viel Leid zugefügt hatte, weil sie einige falsche Entscheidungen getroffen hatte. Ich würde alles daransetzen, ihren Schmerz zu lindern und selbst etwas Frieden zu finden. Dabei blieb kein Raum für einen Partner. Eigentlich hatte ich mich damit abgefunden, dass ich allein bleiben würde. Doch nun hatte Max in mir Hoffnung aufkeimen lassen.

Nun schwirrten alle möglichen Ideen durch meine Gedanken.

Einige waren auf den Sex zurückzuführen. Andere basierten auf der Tatsache, dass ich Max schlichtweg mochte. Und wieder andere kreisten um die Güte, die er mir und meinen Kindern entgegengebracht hatte, obwohl ich seine Freundlichkeit nicht verdient hatte.

Aber nichts davon spielte eine Rolle.

Es waren alles nur Wunschträume, die sich nie erfüllen würden.

Max würde nie mir gehören.

Niemals.

Und das tat nicht nur weh, es war vernichtend.

KAPITEL ACHTZEHN

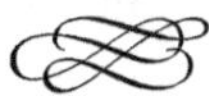

Anaya hatte es nicht nur ein wenig übertrieben. Sie hatte scheinbar einen ganzen Spielzeugladen aufgekauft.

Elijah war vor etwa einer Stunde eingeschlafen, nachdem wir bereits sechs Stunden Fahrt und einen Zwischenstopp zum Abendessen hinter uns gebracht hatten. Die Fernseher in den Kopfstützen waren ein Geschenk des Himmels und hatten die Jungs beschäftigt. Aber nicht nur deshalb war es im Wagen still.

Eva hatte sich in ihr Schneckenhaus zurückgezogen. Sie gab einsilbige Antworten, summte zustimmend oder brummte verneinend.

Ich hätte dankbar sein sollen, denn ich musste etwas Abstand zu ihr gewinnen. Doch durch die Stille hatte ich viel Zeit, um mich in meinen Gedanken zu verlieren. Leider gelang es mir dabei nicht, diese zu sortieren und wieder einen klaren Kopf zu bekommen.

Vielmehr dachte ich darüber nach, warum ich so verkorkst war. Ich begann ganz am Anfang und fragte mich, was meine Mutter dazu bewogen hatte, ein gewalttätiges Arschloch mehr zu lieben als ihr eigenes Kind. Ich würde es nie erfahren, weil ich sie nie gefragt hatte. Und ich würde nie herausfinden, warum sie mich weggegeben hatte, statt sich für mich zu entscheiden und meinen Vater zu verlassen.

Ich war eine unliebsame Last gewesen.

Ich grübelte darüber nach, was mit mir nicht gestimmt hatte, denn meine Tante und mein Onkel hatten mich auch nicht lieben können. Sie hatten mich nicht bei sich aufgenommen, weil ich der Sohn der Schwester meiner Tante war, sondern weil sie jeden Monat dafür bezahlt wurden. Ich war noch ein Kind, aber ich erinnerte mich noch genau an das Gespräch. Vor meinen Augen hatten sie wissen wollen, wie hoch die Bezahlung sein würde. Mein Vater war stinkreich, also hatten sie den Jackpot geknackt. Aber sie verwendeten das Geld nicht für meine Fürsorge oder um in ein besseres Haus in einer schöneren Gegend zu ziehen. Sie sparten es auch nicht für mein Studium. Mir kauften sie nur das Nötigste und gaben den Rest für einen neuen Wagen, elegante Kleider und Urlaubsreisen aus. Und sie bezahlten davon den Babysitter. Im Laufe der Jahre hatte ich mehrere, die viel Zeit mit mir verbrachten, während sie irgendwo Urlaub machten.

Ich war nichts weiter als ein Goldesel.

Als meine Gedanken schließlich um Pam kreisten, hatte ich endlich herausgefunden, warum niemand in der Lage zu sein schien, mich zu lieben.

Ich musste derjenige sein, der verkorkst und nicht gut genug war.

Ich war der gemeinsame Nenner.

Und selbst wenn ich etwas ändern wollte und an mir arbeiten würde, damit irgendwann einmal eine Frau bereit wäre, mir ihr Herz zu schenken, hatte ich nicht die geringste Ahnung, wie ich das anstellen sollte.

Noch nie hatte ich so gründlich über mein Leben nachgedacht.

Die ganze Zeit über hatte ich mich aus reinem Selbstschutz so gut wie möglich vor allen abgeschottet und niemandem vertraut.

Aber als ich sah, wie Eva die hintere Wagentür öffnete, Eli aus seinem Kindersitz hob und ins Haus trug, fragte ich mich, was mir alles entgangen war.

Gab es noch mehr im Leben?

Mit diesen Gedanken schloss ich die Tür zum Unterschlupf auf. Mitten im Wohnzimmer standen nicht weniger als zwanzig Tüten. Da wurde mir klar, dass ich gar nicht wusste, wie es war, an Weihnachten beschert zu werden, weil ich noch nie ein richtiges Weihnachten hatte.

Ja, mir war wirklich eine Menge entgangen.

Nachdem Eva Elijah ins Bett gebracht und Liam seinen Schlafanzug angezogen hatte, kamen Mutter und Sohn zurück ins Wohnzimmer. Ich ließ den Blick von den Tüten zu Liam und dann zu Eva wandern. Aber ich hatte keine Ahnung, was sie dachten, denn sie starrten nur mit ausdrucksloser Miene auf die Tüten.

»Was ist da drin?«, wollte Liam wissen.

»Ich habe eine Freundin gebeten, ein paar Sachen für dich und deinen Bruder vorbeizubringen«, begann ich.

»Ist das für uns?«, fragte er.

»Ja, aber bevor du dich darauf stürzt, sollte deine Mutter sich den Inhalt wahrscheinlich erst ansehen.«

Das waren doch die richtigen Worte, nicht wahr?

Schließlich wäre es angebracht, Eva das letzte Wort zu geben, wenn es darum ging, welche der Sachen ihre Söhne behalten durften. Aber Evas Gesichtsausdruck verriet mir immer noch nicht, was in ihrem Kopf vorging.

»Mom?«, hakte Liam nach.

»Das sind eine Menge Tüten, Schatz. Wir schauen sie uns morgen früh an. Aber ich möchte nicht, dass du dir zu große Hoffnungen machst. Wir werden nicht lange hier sein, also denke ich nicht, dass wir all das brauchen werden«, sagte sie.

In diesem Moment verstand ich, was sie damit gemeint hatte, dass sie die Jungs nicht enttäuschen wollte. Liam senkte den Blick und ließ die Schultern hängen. Ich hätte mich am liebsten selbst geohrfeigt, weil ich nicht zuerst mit Eva über meine Pläne gesprochen hatte. Außerdem hätte ich Anaya ein begrenztes Budget geben sollen. Natürlich traf sie keine Schuld, denn sie hatte nur getan, worum ich sie gebeten hatte. Ich war ganz allein dafür verantwortlich.

»Ich glaube, in einigen Tüten befindet sich auch Kleidung«, versuchte ich mich zu rechtfertigen.

»Sicher«, murmelte Eva. »Es war ein langer Tag, warum gehen wir nicht zurück ins Schlafzimmer und ruhen uns aus? Dort steht auch ein Fernseher.«

Liam nickte nur und wandte sich mir zu. »Danke noch mal für das Abendessen.«

»Gern geschehen, Kleiner. Schlaf gut.«

»Bist du … äh … morgen früh noch hier?«, fragte der Junge.

»Ja. Ich werde hier sein.«

»Gute Nacht, Max.«

»Nacht, Kumpel.«

Eva drehte sich wortlos um und ging mit ihrem Sohn davon. Ihr Schweigen sagte mehr aus, als mir lieb war. Ich hatte wirklich Mist gebaut.

Verdammt.

Ich fischte mein Handy aus der Tasche und rief Kyle an.

»Seid ihr gut angekommen?«, fragte er, als er das Gespräch annahm.

»Ja. Ich wollte mich nur kurz melden und mich für Anayas Einsatz bedanken.«

»Sie hat schon befürchtet, dass sie ein bisschen zu viel eingekauft hat. Aber sie wusste, dass sie nicht viele Sachen bei sich haben. Also hat sie ein paar Klamotten und Toilettenartikel für die Kinder und Eva besorgt. Sie hat sogar Schuhe in die Tüten gepackt, aber sie musste die Größen schätzen.«

Nun, das erklärte, warum es so viele Tüten waren.

»Ich bin ihr sehr dankbar.«

»Wenn es dir recht ist, kommen wir morgen um zehn vorbei. Wir haben einiges zu besprechen, und wir wollten nicht, dass du das Haus verlassen musst.«

»Das könnte die Jungs vielleicht überfordern. Elijah, der Jüngste, ist schüchtern und sehr ängstlich. Mit Liam verhält es sich ähnlich, aber er ist wachsamer. Ich werde später mit Eva darüber sprechen, falls sie noch wach ist, nachdem sie

Liam zu Bett gebracht hat. Morgen früh können wir dann mit den Kindern reden und sehen, wie sie reagieren. Eli hat endlich begonnen, sich mir zu öffnen, und ich will vermeiden, dass er sich wieder in sein Schneckenhaus zurückzieht. Und Liam hat viel durchgemacht und war zwei Tage lang in einem Wagen eingepfercht. Wir müssen einfach abwarten und dann entscheiden.«

Am anderen Ende der Leitung herrschte Schweigen. Als ich nach einer Weile immer noch nichts hörte, sagte ich: »Kyle?«

»Ja, ich bin noch hier. Melde dich einfach morgen früh.«

»Wer übernimmt die erste Schicht bei der Bewachung des Hauses?«

»Dec. Er ist vor fünf Minuten aufgebrochen und sollte bereits um den Häuserblock fahren.«

»Alles klar. Ich rufe ihn an.«

»Freut mich, dass du zurück bist. Ich hoffe, ich werde Eva und die Jungs morgen kennenlernen.«

Mit diesen Worten beendete Kyle das Gespräch. Ich verdrängte seine letzte Bemerkung und wählte Declans Nummer.

»Hallo«, begrüßte Dec mich. »Ich bin fast da. Ich fahre nur kurz vorbei, um mir einen Überblick zu verschaffen. Dann wollte ich dich ohnehin anrufen, um zu verhindern, dass du mich erschießt, wenn ich das Haus patrouilliere.«

»Komm bitte vorher vorbei.«

»Alles in Ordnung?«

Verdammt, nein, nichts ist in Ordnung.

»Ja. Ich will nur kurz unter vier Augen mit dir reden. Kyle hat erwähnt, dass ihr morgen alle hierherkommen wollt.«

»Ich bin in fünf Minuten da.«

»Verstanden.«

Ich steckte mein Handy zurück in die Tasche, als Eva ins Wohnzimmer zurückkehrte.

»Schläft Liam schon?«, fragte ich.

»Nein, er hat Durst. Ich wollte gerade in der Küche nachsehen.«

Das waren die meisten Worte, die sie in den vergangenen Stunden mit mir gewechselt hatte. Doch ihr Tonfall war emotionslos.

»Alles in Ordnung?«

»Mir geht nur einiges durch den Kopf.«

Zumindest hatte sie mir nicht vorgegaukelt, dass es ihr gut ging, sondern mir eine ehrliche Antwort gegeben.

»Hör zu, mein Team will morgen früh hier vorbeikommen. Ich habe den Jungs gesagt, dass ich vorher mit dir darüber sprechen muss.«

»Warum?«

»Ich will Liam und Eli nicht verschrecken. Brooks, Thad, Kyle und Declan sind …« Verflucht, wie sollte ich meine Kameraden beschreiben? »Verdammt, Eva, ich weiß auch nicht. Sie sind alle mindestens so groß wie ich. Als Eli mir zum ersten Mal begegnet ist, hat er es mit der Angst zu tun bekommen. Ich weiß nicht, wie er auf vier fremde Männer im Haus reagieren wird. Und Declan kann manchmal ziemlich ruppig sein. Ganz zu schweigen davon, dass er eine Narbe am Hals hat. Wenn Liam das sieht, könnte er versuchen, mit seinem Bruder Reißaus zu nehmen.«

Eva biss sich auf die Unterlippe, runzelte die Stirn und starrte mich mit ihren schönen gelb gesprenkelten Augen an. Aber sie sagte nichts.

»Woran denkst du?«

»Diese Männer sind deine Freunde.«

»Ja, das sind sie. Und sie sind alle gute Menschen …«

»Sie sind deine Freunde«, wiederholte sie. »Natürlich sind sie gute Menschen. Ich vertraue dir.«

Ihre Worte trafen mich tief in meiner Brust und aus irgendeinem mir unerfindlichen Grund auch in meinem Schwanz.

»Du vertraust mir?«

»Natürlich vertraue ich dir.«

»Was bedeutet das im Hinblick auf mein Team?«, wollte ich wissen.

»Es bedeutet, dass ich darauf vertraue, dass du meine

Kinder nicht in Gefahr bringst. Ich werde mit Eli und Liam sprechen und ihnen erklären, dass deine Freunde vorbeikommen. Natürlich werden sie beide argwöhnisch und zurückhaltend sein. Aber nach einer Weile werden sie sich entspannen. Wenn deine Freunde geduldig sind, werden meine Jungs sich auch für sie erwärmen.«

Ja, mir war vieles im Leben entgangen, aber Eva wollte ich nicht so einfach an mir vorbeiziehen lassen. Ich war mir nicht sicher, was das langfristig bedeutete, aber im Hier und Jetzt wollte ich mehr von ihr.

»Erzähl mir, was im Wagen passiert ist.«

»Wie bitte?«

»Auf der Fahrt, Baby. Nachdem du mir zu Recht die Leviten gelesen hast, weil ich Anaya ohne dein Wissen gebeten habe, Sachen für die Jungs zu kaufen.«

»Ich habe dir nicht die Leviten gelesen«, entgegnete sie. Doch sie verriet mir immer noch nicht, warum sie sieben Stunden lang so schweigsam gewesen war.

»Doch, Eva, das hast du. Und zwar auf eine Art und Weise, die mich tief berührt hat. Du hast dich weder aufgeregt noch mich zur Schnecke gemacht, sondern du hast es mir sachlich erklärt. Und ich habe jedes Wort verstanden. Als ich Liams enttäuschtes Gesicht sah, wurde mir klar, warum du ungehalten warst. Es war falsch von mir, dich nicht vorher um Rat zu fragen. Es wird nicht wieder vorkommen. Anaya ist eine gute Frau und hat das Herz am rechten Fleck. Ich habe mit Kyle gesprochen und er hat mir gesagt, dass unter den Sachen auch Kleidung, Schuhe und Toilettenartikel sind. Aber sie hatte schon Angst, dass sie es übertrieben haben könnte.«

»Ich war nicht ungehalten wegen der Spielsachen«, murmelte Eva.

»Warum warst du dann plötzlich so verschlossen?«

»Ich … äh …«

In diesem Moment ertönte ein Klopfen an der Tür. Eva zuckte zusammen und versteifte sich. Dann riss sie vor Angst die Augen auf.

»Das ist nur Declan«, beruhigte ich sie.

Eva nickte, wirkte aber immer noch verunsichert.

»Ich wünschte, ich wüsste, was in dir vorgeht«, murmelte ich und ging zur Tür.

»Wie bitte?«

»Nichts. Ich würde dich am liebsten in meine Arme ziehen und dir die Angst nehmen«, sagte ich und hielt inne. »Aber solange ich nicht weiß, wo du stehst, sollte ich dich nicht berühren.«

Ich zog meine Waffe aus dem Holster und warf einen Blick durch den Türspion, als Declan erneut klopfte.

Ich zog den Riegel zurück und öffnete die Tür.

»Das ging aber schnell«, sagte ich.

»Kein Verkehr auf den Straßen«, erklärte Declan. »Ich dachte, wir machen zuerst einen Rundgang, danach fahre ich einmal um den Block.«

Ich trat beiseite, um Declan hereinzulassen. Nachdem ich die Tür geschlossen und verriegelt hatte, steckte ich meine Waffe zurück ins Holster.

Ich folgte Declans Blick. Eva stand an derselben Stelle wie zuvor und war nach wie vor angespannt.

»Du bist also Eva«, sagte Dec und ging auf sie zu.

Und genau wie an dem Tag, an dem ich sie zum ersten Mal getroffen hatte, fuhr Eva ihren Schutzwall hoch. Sie zeigte keine Angst, sondern straffte die Schultern und ballte die Hände zu Fäusten. Ihre sanften Gesichtszüge, an die ich mich mittlerweile gewöhnt hatte, wichen einer Maske der Gleichgültigkeit.

Ich hasste es.

Eva war sich dessen zwar nicht bewusst, aber ihre Haltung und ihr Auftreten verrieten, wie verunsichert sie war.

»Und du musst Declan sein«, erwiderte sie.

Dec bedachte mich mit einem flüchtigen Blick und wandte sich dann wieder Eva zu. Der Mann war kein Dummkopf, er sah es auch. Sie hatte Angst vor ihm. Wahrscheinlich befürchtete sie nicht, dass er ihr körperlich etwas antun könnte, aber emotional könnte er sie vernichten.

»Haben deine Kinder sich gut eingelebt?«, fragte er.

Und als hätte Declan den Jungen mit seiner Frage heraufbeschworen, erschien Liam im Flur.

»Mom?« Sein zögerlicher Ton veranlasste mich, einen Schritt vorzutreten, um Liam die Sicht auf Declan zu versperren.

»Komm her, Kumpel«, forderte ich ihn auf, bevor Eva ihrem Sohn antworten konnte. »Ich möchte dir meinen Freund Declan vorstellen.«

»Deinen Freund?«

Als ich Liams zitternde Stimme hörte, wünschte ich, Jay Dawkins würde noch unter den Lebenden wandeln, weil ich ihn am liebsten eigenhändig unter die Erde befördert hätte.

»Ja. Declan und ich arbeiten zusammen. Er ist vorbeigekommen, um nach uns zu sehen.«

Liam trat vor, blieb aber an der Seite seiner Mutter stehen. Eva legte einen Arm um seine Schultern und drückte ihn an sich.

»Declan ist hier, um Max dabei zu helfen, auf uns aufzupassen«, erklärte Eva ihrem Sohn.

»Hallo, Liam«, begrüßte Dec den Jungen.

Erschrocken zuckte ich zusammen und starrte meinen Freund an. Noch nie hatte ich einen so sanften Tonfall aus seinem Mund gehört.

»Hi«, erwiderte Liam.

»Ich wette, du bist froh, nicht mehr im Wagen sitzen zu müssen.« Dec verblüffte mich auch weiterhin.

»Ja. Es war eine lange Fahrt.«

»Sieht so aus, als hätte Max dir und deinem Bruder ziemlich viele Sachen besorgt.« Dec deutete auf die Tüten auf dem Boden. Am liebsten hätte ich ihm meine Faust ins Gesicht gerammt, weil er nun alle daran erinnert hatte.

»Mom sagt, wir sehen sie uns morgen an. Wir dürfen behalten, was wir brauchen. Aber es ist nicht nett, Max' Geld für Sachen zu verschwenden, die wir nicht benutzen, weil wir nicht lange hier sein werden.«

»Das klingt ganz danach, als sei deine Mutter ziemlich schlau. Es ist wirklich nicht gut, so verschwenderisch zu sein.«

Wie bitte?

»Eva. Liam. Es war schön, euch beide kennenzulernen. Tut mir leid, dass ich euch gestört habe.« Dann deutete Dec mit dem Kinn in Richtung Terrasse. »Max, können wir uns unter vier Augen unterhalten?«

Ich wollte Dec zu der Glasschiebetür im Esszimmer folgen, als Liam sagte: »Gehst du weg?«

Ich blieb abrupt stehen. »Nein, Kumpel. Ich gehe nur mit Declan auf die Terrasse.«

»Aber du gehst nicht …«

»Liam, ich gehe nirgendwo hin. Ich bleibe bei dir, deinem Bruder und deiner Mutter. Versprochen.«

Liam nickte und schlang seine Arme um Eva. Der angespannte Ausdruck in ihrem Gesicht war nicht zu übersehen. Sie spürte, dass ihr Sohn bereits an mir hing, sich meiner aber nicht sicher war. Und diese Erkenntnis lastete sichtlich auf ihr.

* * *

DEC UND ICH TRATEN NACH DRAUSSEN. NOCH BEVOR ICH DIE Schiebetür geschlossen hatte, sagte er: »Zu schade, dass dieser Mistkerl schon unter der Erde liegt.«

Ich war derselben Meinung, aber ich war überrascht, dass Declan seinen Gedanken Ausdruck verliehen hatte.

»Wie bitte?«

»Der Junge ist schreckhaft wie ein Reh. Er will dich nicht aus den Augen verlieren. Ein Kind verhält sich nur so, wenn es traumatisiert, verängstigt oder beides ist. Ich denke, auf Liam trifft beides zu.«

»Damit hast du recht«, bestätigte ich.

Declan hatte mit seinen eigenen Kindheitstraumata zu

kämpfen. Obwohl er nicht über seine Vergangenheit sprach, wussten wir alle, dass er und seine Zwillingsschwester Violet nach dem Tod ihrer Eltern getrennt und in verschiedenen Pflegefamilien untergebracht worden waren. Durch eine grausame Wendung des Schicksals hatte Violet irgendwann vergessen, dass sie einen Bruder hatte.

»Er scheint ziemlich an dir zu hängen«, bemerkte er.

Ich erwiderte nichts, weil es nichts zu sagen gab. Declan war klug und aufmerksam. Es war nicht nötig, dass ich seine Vermutung bestätigte.

»Wolltest du mich unter vier Augen sprechen, um dich über den Jungen zu unterhalten?«

»Toms Leute haben Landry zum Reden gebracht.«

»Toms Leute?«

Tom Anderson war der Präsident der Vereinigten Staaten. Er war außerdem ein persönlicher Freund von Zane. Tatsächlich waren die beiden so eng miteinander befreundet, dass sie sich beim Vornamen nannten. Auch nach mehreren Jahren konnte ich mich kaum dazu durchringen, den Mann mit Tom anzureden, doch er bestand darauf. Tatsächlich wurde er ziemlich mürrisch, wenn meine Kameraden oder ich seinem Wunsch nicht nachkamen. Und ein mürrischer Tom Anderson war alles andere als angenehm.

Harry Landry war ein ausgesprochener Scheißkerl. Er handelte so ziemlich mit allem, was Geld einbrachte. Dabei konzentrierte er sich vor allem auf den Verkauf von Menschen. Er war damit äußerst erfolgreich gewesen, bis Anaya und Emerson ihn zur Strecke gebracht hatten. Allein der Gedanke ließ meine Brust vor Stolz anschwellen. Diese beiden mutigen Frauen hatten geschafft, was uns nicht gelungen war. Sie hatten eines der mächtigsten Mitglieder von Omni gefunden und dingfest gemacht.

Declans Miene verdüsterte sich, als er fortfuhr: »Tom hat Zane keine Einzelheiten genannt, sondern ihm nur mitgeteilt, dass Landry angefangen hat zu singen. Wir sollten schon bald weitere Informationen erhalten.«

»Du weißt so gut wie ich, dass Informationen, die jemand unter Zwang preisgibt, nicht immer zuverlässig sind.«

»Unter Zwang?« Declan stieß ein schroffes Lachen aus. »Du meinst Folter. Wir alle wissen, dass Landry uns an der Nase herumführen könnte. Offenbar hat Ashaki Maloof bestätigt …«

»Ernsthaft? Ashaki Maloof? Wer weiß, ob diese Schlampe die Wahrheit sagt.«

Ashaki war angeblich eine verdeckt ermittelnde CIA-Agentin. Als wir die Frau zum ersten Mal beobachteten, gab sie sich als die vermeintliche Tochter eines Antiquitäten-händlers aus, dem Brooks' Frau Tatiana sich damals an die Fersen geheftet hatte. Ashakis Tarnung war glaubwürdig, bis Tatiana und Brooks die Agentin in einer kompromittie-renden Situation mit ihrem »Vater« vorfanden. Und seitdem hatte Ashaki Maloof nichts getan, was mich dazu verleitet hätte, ihr oder den von ihr gelieferten Informationen zu trauen. Entweder fühlte die Frau sich ihrer Arbeit so verpflichtet, dass sie sich dafür bereitwillig von Terroristen, Menschenhändlern und anderem kriminellen Gesindel vögeln ließ, oder sie war übergelaufen. Ich wurde aus der Frau nicht schlau, also glaubte ich ihr kein verdammtes Wort.

»Sie hat Emilio Ruiz zum Reden gebracht«, informierte Declan mich.

Offenbar war viel passiert, während ich sozusagen nicht im Büro war. Ruiz war ein Mitglied von Omni, aber nachdem seine Tochter beinahe von deren Mitgliedern entführt worden wäre, war er der Organisation plötzlich gar nicht mehr so zugetan.

»Ach wirklich? Und was hat Ruiz ausgeplaudert?«

»Er hat bestätigt, dass Icon Fashions eine bedeutende Rolle bei Omni spielt. Laut Ruiz gehört Icon zur absoluten Spitze.«

»Also hatte Garrett recht?«

Unser hauseigener Computerspezialist Garrett war fest davon überzeugt, dass Icon Fashions mit Omni zusammenarbeitete. Ich vertraute den Informationen von Garrett genauso wie denen von Tex – und zwar uneingeschränkt. Keiner der beiden Männer hatte uns jemals in die Irre geführt. Allerdings hatte Garrett der Firma lediglich aufgrund einer Vermutung auf den Zahn gefühlt. Das war nicht ungewöhnlich, denn wir alle hatten gelernt, auf unser Bauchgefühl zu hören. Aber weder Garrett noch Tex waren bisher in der Lage gewesen, eine Verbindung herzustellen.

»Ja. Zane hat ihm grünes Licht gegeben, mit dem Graben zu beginnen.«

»Als hätte Garrett Icon nicht schon längst unter die Lupe genommen.«

»Nun, ja, und plötzlich sind die Jungs von der CIA ziemlich freigiebig. Sie haben Agenten bei Icon eingeschleust und Garrett ein paar Informationen zukommen lassen.«

»Die Zusammenarbeit mit diesen Arschlöchern wird nicht einfacher«, murmelte ich. »Nichts für ungut.«

»Schon gut. Es ist einer von vielen Gründen, warum ich aus dem Verein ausgestiegen bin.«

Declan hatte uns nie die ganze Geschichte von seiner Arbeit bei der CIA erzählt. Wir wussten, dass er in Brasilien verdeckt ermittelt hatte und die Mission schiefgelaufen war. Und zwar so sehr, dass Declan ausgestiegen war, aber mehr hatte er nie preisgegeben. Zumindest hatte er mit mir nie darüber gesprochen. Und falls Zane Lewis wusste, was passiert war, würde er es uns nie verraten.

»Das Wichtigste zuerst«, fuhr Dec fort. »Zane hat deutlich gemacht, dass Eva oberste Priorität hat. Omni wird auch morgen noch da sein. Wir kümmern uns um Evas Problem, bringen die drei in Sicherheit und irgendwohin, wo sie ein neues Leben beginnen können. Dann erledigen wir Omni.«

Irgendwohin, wo sie ein neues Leben beginnen können. Bei diesen Worten drehte sich mir der Magen um.

»Ich bin überrascht, dass Zane Omni für Eva erst einmal auf Eis legt«, bemerkte ich.

Wir befanden uns im Krieg mit Omni. Die Operation hatte ziemlich geradlinig begonnen, bis sie zu einer persönlichen Angelegenheit für uns alle geworden war. Emerson, Thads Frau, war entführt worden und die Frauen der Männer auf Zanes Gehaltsliste waren bedroht worden. Darunter auch die Tochter des Präsidenten, Erin Anderson-Doyle.

Nun wollten Zane, Tom Anderson und sämtliche Mitglieder von Z Corps die Männer, die für Omni verantwortlich waren, in Stücke reißen.

»Es sollte dich nicht überraschen, wenn man bedenkt, was Tex über die Jahre für Zane getan hat – ohne jemals eine Gegenleistung zu verlangen. Wenn Tex ihn nun zum ersten Mal selbst um einen Gefallen bittet, ist es kein Wunder, dass Zane alles stehen und liegen lässt und ihm hilft.«

»Das überrascht mich auch nicht. Aber du weißt, was Eva Bubba angetan hat. Zanes Loyalität gegenüber der Bruderschaft ist unerschütterlich. Für Zane spielt es keine Rolle, dass er nie an Bubbas Seite gedient hat – Bruderschaft ist Bruderschaft.«

»Und du bist Teil derselben Gemeinschaft. Einmal ein SEAL, immer ein SEAL.« Declan hielt inne und kniff die Augen zu schmalen Schlitzen zusammen. »Hast du etwa ein Problem mit dieser Mission?«

»Nein.«

»Warum reitest du dann darauf rum? Wir alle wissen, wer Eva ist und was sie getan hat. Und da wir die Berichte gelesen haben, kennen wir auch ihre Beweggründe. Bubba, Zoey und Tex waren sich einig, dass sie Hilfe braucht. Du musst ihr nicht vertrauen, um sie zu beschützen.«

»Wie bitte?«

»Jetzt reiß mir nicht gleich den Kopf ab, Bruder. Ich kenne dich. Du vertraust niemandem außer Brooks, Thad und Kyle. Du ...«

»Du weißt schon, dass du ebenfalls auf dieser Liste stehst. Und ich vertraue Anaya, Emerson und Tatiana.«

Declan verschränkte die Arme vor der Brust und schüttelte den Kopf. »Du hast Tatiana mit einer Waffe bedroht ...«

»Wir befanden uns mitten in einer verdammten Mission,

als sie plötzlich dazwischenfunkte. Und am selben verdammten Tag wurde mir fast der Kopf weggeblasen. Was zum Teufel hätte ich denn denken sollen?« Ich versuchte zwar, mein Handeln von damals zu verteidigen, aber heute bereute ich es.

»Du hast Anaya vor der ganzen Firma bloßgestellt«, erinnerte er mich.

Zum Glück hatte ich keine Waffe auf die Frau gerichtet. Aber ich hatte mich trotzdem wie ein Arsch verhalten.

»Ja, Dec. Und sie tauchte ebenfalls mitten in einer Mission auf und hatte Verbindungen zu einem der Männer, gegen die wir ermittelten.«

»Sie hat sich für Kyle und mich verdammt noch mal eine Tracht Prügel eingefangen«, blaffte Dec und ich zuckte zusammen.

»Das ist einer der Gründe, warum ich ihr vertraue«, räumte ich ein. »Und nur um das klarzustellen, ich habe Emerson von Anfang an unterstützt. Ich habe verstanden, warum sie Thad verlassen hatte, und habe ihr den Rücken gestärkt. Nur weil ich misstrauisch bin, bin ich noch lange nicht dumm oder uneinsichtig. Ich kenne Evas Beweggründe und darüber hinaus verstehe ich sie sogar. Diese Frau liebt ihre Kinder und sie würde alles tun, um sie zu beschützen.«

»Gibt es da etwas, was ich über dich und Eva wissen sollte …«

»Wie wäre es damit, Dec? Ich erzähle dir alles, was mir durch den Kopf geht, wenn du mir erklärst, wie zum Teufel du auf die Idee kommst, Autumn Pierce zu vögeln.«

Declan zuckte zusammen, dann versteifte er sich. »Was zum Teufel?«

»Du hast mich schon verstanden.«

»Ja, das habe ich. Und woher weißt du …«

»Ich bin dir gefolgt. Du hast dich wiederholt aus dem Staub gemacht und ich habe mir Sorgen gemacht …«

»Sorgen worüber? Dachtest du, ich würde dich und das Team hintergehen?«

Ich wich angewidert zurück, weil mein Kamerad tatsächlich glaubte, ich würde seine Loyalität anzweifeln.

»Nein, du Arschloch. Ich habe mir Sorgen um *dich* gemacht. Nach deiner und Kyles Rückkehr aus Timor-Leste warst du noch verschlossener als sonst. Als Ivy und Violet dann ihre Kinder zur Welt brachten, hast du dich noch weiter abgeschottet. Ich weiß nichts über dich, bis auf die Tatsache, dass du eine schwere Last mit dir herumschleppst und dir scheinbar nicht helfen lassen willst. Ich wollte nur sichergehen, dass es dir gut geht.«

Declan rührte sich nicht und schwieg.

»Deine Vergangenheit geht mich nichts an. Aber was du mit Autumn tust, wird viele Menschen verletzen. Emerson wird am Boden zerstört sein, wenn sie herausfindet, dass ihre Schwester ganz in der Nähe wohnt und sie nichts davon weiß. Thaddeus wird deshalb stinksauer sein und Brooks wird ihm den Rücken stärken. Du riskierst den Zusammenhalt des Teams, und das nur für einen schnellen …«

»Wenn du den Satz beendest, haben wir beide ein Problem«, knurrte er.

»So ist das also?«

»Das geht dich …«

»Da liegst du falsch. Es ist auch mein Team, also geht es mich durchaus etwas an. Ich verstehe dich, Bruder. Du hast das Bedürfnis, Dampf abzulassen, deine Probleme zu begraben, auch wenn es nur für ein paar Stunden ist. Aber du solltest das nicht ausgerechnet mit Autumn Pierce tun.«

»Tust du das etwa mit Eva? Begräbst du deine Probleme für ein paar Stunden?«

Ich musste zugeben, dass seine Frage berechtigt war. Darüber hatte ich auch schon nachgedacht. Ich glaubte zwar nicht, dass das der Fall war, aber die Umstände waren außergewöhnlich. Jemand versuchte, sie zu töten – und jetzt auch mich –, und ich versuchte, das zu verhindern. Ich wusste nicht, ob ich meinen Gefühlen trauen konnte, aber ich wusste, dass es sich verdammt gut anfühlte, mit ihr zusammen zu sein.

»Vielleicht«, gab ich zu. »Aber Eva ist nicht Autumn – bei Weitem nicht. Autumn bedeutet diesem Team etwas. Sie bedeutet mir etwas, weil sie dir dein elendes Leben gerettet hat. Jedes Mal wenn ich diese Narbe an deinem Hals sehe, erinnere ich mich daran, dass keiner von uns rechtzeitig bei dir gewesen wäre, als dieser Mistkerl dir die Kehle aufgeschlitzt hat. Ich bin dankbar, dass sie ihn getötet hat.«

Als Declan wieder das Wort ergriff, war sein Tonfall genauso schroff wie zuvor. Aber er tat etwas Überraschendes.

Er öffnete sich ein wenig.

»Sie ist der einzige Mensch, der mich versteht. Ich muss ihr nichts erklären, weil sie es einfach weiß. Sie kann meinen Verlust nachfühlen, ohne dass ich ihr irgendwelche Einzelheiten erzählen muss, und sie kennt die Dämonen, die in mir leben, weil sie sie auch hat. Sie versucht nicht, mich zu heilen oder mit mir darüber zu reden, weil sie genau weiß, dass das, was in mir zerbrochen ist, nie wieder zusammengesetzt werden kann. Und ich bringe ihr dasselbe Verständnis entgegen. Ich weiß, wer sie ist, ich verstehe, warum sie tut, was sie tut. Wir wissen genau, wer wir sind – aber wenn wir zusammen sind, fällt alles von uns ab. Wir müssen uns nicht verstellen und können einfach wir selbst sein – zwei verlorene Seelen, die emotional bankrott und innerlich tot sind. Aber Autumn ist auf keinen Fall nur ein schneller Fick.«

»Und von welchem Verlust redest du, Declan?«

»Von einem Verlust, der dich bei lebendigem Leib auffrisst – und sich jeden Tag noch tiefer bohrt. Er wird immer allgegenwärtig sein. Er ist ein Teil von dir und bestimmt dein Leben. Du denkst, dass jeder dir etwas Böses will, aber in Wirklichkeit bist du selbst derjenige, der dich daran hindert, ein Leben zu führen, in dem du nicht jeden auf Herz und Nieren prüfen musst, bevor du ihn an dich heranlässt.«

Declan ging zur Schiebetür. Doch bevor er sie öffnete, hielt er noch einmal inne.

»Ich werde dich das nur einmal fragen, aber wenn du von

der Mission zurücktreten musst, um einen klaren Kopf zu bekommen, kann ich …«

»Es geht mir gut«, fiel ich ihm ins Wort.

»In Ordnung. Dann werde ich jetzt einen Rundgang durch das Viertel machen.«

Declan ging ins Haus, aber ich blieb draußen stehen.

Ich brauchte noch eine Minute, um meine Gedanken zu ordnen.

Ich hätte über den Omni-Fall und die neuen Informationen nachdenken sollen, die wir erhalten hatten, während ich in Florida war. Oder ich hätte mir überlegen können, warum zum Teufel ich mich so sehr zu Eva hingezogen fühlte. Aber das tat ich nicht.

Stattdessen stand ich allein in der Dunkelheit und dachte über Decs Worte nach. Er hatte recht. Ich war misstrauisch und ließ niemanden an mich heran. Es war reiner Selbstschutz. Denn wie er gesagt hatte, glaubte ich wirklich, dass jeder mir nur Böses wollte.

Aber so war es doch auch, oder nicht?

Jeder hatte ein Motiv, sogar ich. Einige waren verkorkster als andere, aber jeder benutzte jeden für irgendetwas.

Die Frage war, wofür benutzte Eva mich?

Was wollte sie?

Und die noch bedeutendere Frage war, wofür benutzte ich sie?

KAPITEL NEUNZEHN

»Tust du das etwa mit Eva? Begräbst du deine Probleme für ein paar Stunden?«

»Vielleicht. Aber Eva ist nicht Autumn – bei Weitem nicht. Autumn bedeutet diesem Team etwas. Sie bedeutet mir etwas.«

Ich hatte gehört, wie Max und Declan sich unterhielten.

Eva ist nicht Autumn.

Autumn bedeutet mir etwas.

Ich hatte Liam schnell wieder ins Schlafzimmer gebracht, nachdem ich in der Küche eine Flasche Wasser ausfindig gemacht und gehört hatte, wie Max zu Declan sagte, dass ich ihm nichts bedeute. Und danach hatte ich mich die ganze Nacht hin und her gewälzt, war immer wieder kurze Zeit eingeschlafen, um dann aufzuwachen und erneut nachzugrübeln. Immer wieder ließ ich Max' Worte Revue passieren, bis irgendwann die Sonne durch das Fenster fiel.

Nun war ich wach und dachte immer noch darüber nach.

Alles, was er mir während der Fahrt erzählt hatte, war Schwachsinn.

Er war ein Lügner.

Allerdings konnte ich nicht verstehen, warum er mich anlügen sollte.

Wenn ich ihm wirklich nichts bedeutete, warum wollte er

mir weismachen, dass er sich wünschte, der Mann sein zu können, mit dem ich mein Leben verbringen würde?

Aber du bist nicht nur ein Job, Eva, du bist viel mehr als das.

Ich war vielleicht mehr als nur eine Fremde, aber das war alles.

Irgendwann verwarf ich den Gedanken an Schlaf. Da ich Liam und Eli nicht wecken wollte, stand ich so leise wie möglich auf und schlich mich in die Küche.

Nachdem ich den Kaffee aufgesetzt hatte, ging ich ins Esszimmer und blickte in den Garten hinaus.

Er war viel größer als mein Garten in Florida. Außerdem stand hier eine Schaukel, die ich mir für meine Jungs nicht hätte leisten können.

»Du bist früh auf.«

Max' tiefe Stimme klang rau und heiser.

Diesmal lief mir jedoch kein erregender Schauer den Rücken hinunter, vielmehr wurde mir flau im Magen.

»Ich habe daran gezweifelt, dass Brooks ein Haus mit einem Garten und einer Schaukel finden würde, aber er hat es fertiggebracht.«

Ich versteifte mich noch mehr. Dann wirbelte ich herum, ging auf Max zu und baute mich dicht vor ihm auf. Diesmal ließ ich mich nicht von seinen blauen Augen oder seinem attraktiven Gesicht blenden. Sogar seine nackte Brust konnte mich nicht aus der Fassung bringen.

»Hör einfach auf damit.«

»Womit soll ich aufhören?«, fragte er ungläubig.

»Mit dem Schwachsinn«, blaffte ich.

Etwas aufmerksamer, als nötig gewesen wäre, beobachtete ich das Spiel seiner Muskeln, als er die Arme vor der Brust verschränkte.

»Von welchem Schwachsinn redest du?«

»Weißt du, ich hätte nicht gedacht, dass du Spielchen spielst. Da habe ich mich wohl geirrt.«

Seine blauen Augen blitzten zornig auf. Damit konnte ich umgehen. Es war leichter für mich, ihn einzuschätzen, wenn er mich finster ansah und Feuer spie.

»Ganz im Ernst, ich habe keine Ahnung, wovon zum Teufel du sprichst. Aber ich spiele keine Spielchen.«

»Weißt du, was ich nicht verstehe? Ich hatte dir bereits bewiesen, dass ich leicht zu haben bin, also musstest du mich nicht erst umschmeicheln, um mich ins Bett zu kriegen. Der ganze Mist, den du mir im Wagen erzählt hast, war bedeutungslos. Du hättest dir die Mühe gar nicht machen müssen, ich hätte dich ohnehin gefickt.«

»An dir ist überhaupt nichts leicht«, knurrte Max und trat näher. »Und ich habe noch nie eine Frau mit Schmeicheleien umgarnt, um sie ins Bett zu kriegen.«

»Nein, da hast du recht. Du raspelst Süßholz, nachdem du mich gevögelt hast. Und säuselst mir etwas davon vor, dass du dir wünschst, du könntest der Mann sein, mit dem ich mein Leben verbringen werde. Dabei wissen wir beide, dass das Blödsinn ist. Ich bin ein Niemand. Nur eine Frau, in der du deine Probleme für ein paar Stunden begraben kannst. Und weißt du, was das Schlimmste daran ist, Max? Ich wusste es und war damit einverstanden. Nachdem ich eine Weile darüber nachgedacht hatte, verstand ich, was wir getan hatten und warum wir es getan hatten. Aber dann hast du es ruiniert. Du hast mir einen Haufen Scheiße erzählt und gelogen.«

Ja, oh ja, Max war wütend.

Feuer und Eis.

Ich machte auf dem Absatz kehrt, um in die Küche zu gehen. Ich brauchte jetzt wirklich eine Tasse Kaffee und um ehrlich zu sein, tat es weh, ihn anzusehen.

Aber ich kam jedoch nicht weit.

Max packte mich an der Schulter und trat vor mich.

»Eva ...«

»Lass mich los.«

»Wir müssen darüber reden«, beharrte er.

»Ich sagte, lass mich los. Und zwar sofort, Max.«

Er tat wie geheißen und starrte mich an. Seine Augen waren so blau, dass ich nicht anders konnte, als einen Moment in sie hineinzustarren. Ich musterte die dunkelblauen Sprenkel darin und wusste, dass ich nie wieder Gelegenheit haben würde, sie aus nächster Nähe zu betrachten.

Obwohl ich wütend und verletzt war, konnte ich mich einfach nicht zurückhalten, und das ärgerte mich. Noch schlimmer war, dass Max offenbar ein Lügner war. Ich hatte zwar nicht erwartet, dass wir gemeinsam in den Sonnenuntergang segeln würden, aber ich hatte an ihn geglaubt, war mit ihm ins Bett gegangen, und für einen kurzen Augenblick hatte ich sogar gehofft, ich könnte ihn vielleicht haben. Doch es stellte sich heraus, dass ich immer noch dieselbe dumme, leichtgläubige Frau war, die ich nie wieder sein wollte.

»Das hast du dir alles zusammengesponnen, weil du einen Teil meiner Unterhaltung mit Declan gehört hast«, vermutete er. »Weißt du, du hättest mich einfach darauf ansprechen können. Aber stattdessen hast du dich in dein Zimmer zurückgezogen und deiner Fantasie freien Lauf gelassen. Hättest du mich gefragt, hätte ich dir erklärt, wie ich Declan gesagt habe, dass ich möglicherweise mit dir geschlafen habe, um meine Probleme zu begraben. Und zwar weil ich verwirrt und nicht bereit bin, darüber nachzudenken, was ich für dich empfinde. Aber du hast nicht mit mir darüber geredet, und jetzt stehst du vor mir und nennst mich einen Lügner.«

»Und das soll ich dir glauben? Ich habe gehört, wie du ihm gesagt hast, dass diese Frau dir etwas bedeutet, ich aber nicht.«

»Ja, Eva, du solltest es glauben, weil es die Wahrheit ist. Außerdem habe ich Dec nicht erzählt, dass du mir nichts bedeutest«, erwiderte er. »Ich habe nur gesagt, dass du nicht Autumn bist. Hätte ich die Gelegenheit dazu gehabt, hätte ich dir erklärt, dass ihr euch grundlegend unterscheidet. Zum einen bist du nicht die Schwägerin einer meiner Kameraden. Und zum anderen wurdest du nicht entführt, in den Sexhandel verkauft und dazu gezwungen, mit Männern zu schlafen, was in dir den Drang ausgelöst hat, dich über Jahre hinweg auf einen Rachefeldzug zu begeben.

Und ich hätte dir gesagt, dass Autumn Pierce mir etwas

bedeutet, weil sie Declan das Leben gerettet hat. Aber ich hege keinerlei romantischen Gefühle für sie und ich fühle mich auch nicht zu ihr hingezogen. Ich bin ihr einfach nur dankbar. All das konnte ich dir jedoch nicht erklären, weil du einfach falsche Schlüsse gezogen und all den Mist, den du in der Vergangenheit erlebt hast, auf mich projiziert hast.«

Verdammte Scheiße. Er hatte recht. Vollkommen. Ich hatte falsche Schlüsse gezogen und mich im Schlafzimmer versteckt, um meine Wunden zu lecken.

»Es stimmt. Ich hätte dich fragen sollen«, erwiderte ich. »Und es tut mir leid, was Autumn durchmachen musste. Das ist schrecklich.«

Max starrte mich weiter mit unnachgiebiger Miene an. Plötzlich bemerkte ich, dass sich außer Verärgerung noch etwas anderes in seinem Gesicht abzeichnete.

»Es tut dir leid, was Autumn widerfahren ist, aber es tut dir nicht leid, dass du mich einen Lügner genannt hast?«

»Das tut mir auch leid«, räumte ich ein.

Max schüttelte den Kopf und ein Teil der Wut fiel von ihm ab. »Weißt du, wenn irgendeine andere Frau mir zu einem anderen Zeitpunkt so einen Mist an den Kopf geworfen hätte, wäre ich einfach gegangen. Gestern Abend hast du noch behauptet, dass du mir vertraust. Du bist sogar so weit gegangen, mir zu sagen, dass du mir in Bezug auf deine Kinder vertraust. Dann hörst du einen Teil eines Gesprächs und plötzlich bin ich der Böse. Das ist kein Vertrauen, Eva, das ist Schwachsinn.« Max hielt inne und in diesem Moment sah ich, dass hinter seiner Frustration auch Schmerz lauerte. »Ich gehe jetzt unter die Dusche«, erklärte er und ging davon.

»Max?«, rief ich, als er sich dem Flur näherte.

»Ja?«

»Ich bin …« Ich verstummte, denn ich wusste nicht, was ich sagen sollte.

»Was bist du, Eva?«, hakte er nach.

»Verwirrt. Verängstigt. Ich weiß nicht, was ich glauben soll. Du weißt bereits, dass ich kein guter Menschenkenner

bin. Und ja, ich ziehe voreilige Schlüsse. Das war scheiße und
…«

»Ja, es war scheiße. Aber weißt du, was noch viel
schlimmer ist? Dass du mich mit den Arschlöchern aus
deiner Vergangenheit in einen Topf wirfst. Ich habe nichts
mit ihnen gemein – nicht einmal annähernd. Vielleicht solltest du an den Anfang zurückdenken. Ich habe dich nie ange-
logen, kein einziges Mal. Auch wenn die Wahrheit dir
wahrscheinlich nicht gefallen hat, habe ich damit nicht
hinter dem Berg gehalten. Und ich will dir noch etwas sagen,
Eva. Ich habe noch nie jemandem offen und ehrlich gesagt,
was ich für ihn empfinde. Und ich habe nie innegehalten und
darüber nachgedacht, dass mir vielleicht etwas im Leben
entgangen ist, weil ich noch immer eine Last mit mir herum-
schleppe, die ich vor zehn Jahren geschultert habe. Aber
wenn ich darüber nachdenke, was du mir gerade an den Kopf
geworfen hast, dann hatte ich vielleicht doch recht. Es ist die
Mühe einfach nicht wert.«

Und mit diesen einschneidenden Worten ging er davon.

Er hatte sich emotional zurückgezogen, und darauf sollte
ich es beruhen lassen.

Es war sicherer.

Ich schenkte mir eine Tasse Kaffee ein, ging zurück zu
der Schiebetür und starrte in den Garten hinaus.

Max hatte seinen Freund damit beauftragt, einen Unterschlupf mit einer Schaukel für uns zu finden. Und eine
Freundin hatte er gebeten, für die Jungs einkaufen zu gehen,
um es ihnen hier so bequem wie möglich zu machen. Er war
von Anfang an ehrlich zu mir gewesen – selbst wenn es
manchmal wehtat.

Um meiner Söhne willen hatte er eingewilligt, so zu tun,
als würden wir in Urlaub fahren. Er hatte die Scharade so
lange mitgespielt, bis es nicht mehr möglich war. Und selbst
nachdem die Wahrheit ans Licht gekommen war, hatte er die
Situation heruntergespielt, um meine Beziehung zu den
Jungs nicht zu gefährden.

Er hatte Eli einen blauen Papageien und beiden ihr Lieblingsbuch gekauft.

Und ich hatte mich revanchiert, indem ich mich zurückgezogen hatte, statt den Mut aufzubringen, ihn einfach auf seine Unterhaltung mit Declan anzusprechen.

Jetzt zeigte Max mir die kalte Schulter. *Ich sollte es dabei bewenden lassen und mich damit abfinden, dass er wütend auf mich war.*

Es wäre das Klügste.

Aber allein bei dem Gedanken wurde mir übel, mein Herz schmerzte und mein Schädel pochte.

Mir war bewusst, dass Max und ich nie eine gemeinsame Zukunft haben würden. Aber ich musste die Sache trotzdem wieder geradebiegen. Ich musste ihm verständlich machen, warum ich so reagiert hatte, selbst wenn es dabei um meinen Seelenfrieden ging.

Ich musste mich ändern, mich mehr anstrengen und die Verantwortung für meine Taten und die Frustration und den Schmerz, den ich verursacht hatte, übernehmen.

Aber ich hatte keine Ahnung, wie ich das anstellen sollte.

Und nachdem meine Jungs aufgewacht waren, gefrühstückt und sich angezogen hatten, war ich der Lösung immer noch keinen Schritt näher.

Als Max sich mit ihnen zusammensetzte, um sie darauf vorzubereiten, dass Declan, Brooks, Kyle und Thad vorbeikommen würden, verschlimmerte der sanfte, fürsorgliche Unterton in seiner Stimme den Schmerz in meiner Brust.

Ich war verloren.

KAPITEL ZWANZIG

Eva machte einen großen Bogen um mich und schaffte eine Kluft zwischen uns, die mich langsam in Rage brachte.

Ich verstand ihr Bedürfnis nach körperlicher Distanz.

Doch die emotionale Distanz weckte in mir den Wunsch, sie zu packen und in meinem Zimmer einzusperren, damit sie mir nicht mehr aus dem Weg gehen konnte.

»Wir sollten Bubba anrufen«, schlug Declan vor. Mein Team hatte sich um den Tisch versammelt, während Eva auf und ab ging. Sie riss die Augen auf, dann senkte sie den Blick.

»Ich denke, das ist eine gute Idee«, stimmte Kyle zu. »Alles andere haben wir bereits durchgesprochen.«

Kyle hatte recht. Während der letzten zwei Stunden hatten wir Evas Leben auseinandergenommen. Wir hatten Jay Dawkins und seinen Komplizen Novak durchleuchtet, über die Eva erst sprechen wollte, als Liam und Elijah im Schlafzimmer waren und fernsahen.

Ich hatte nichts Neues über die Beziehung zwischen Jay und Eva erfahren, aber meine Kameraden wussten nun mehr über Eva und über das, was sie und ihre Söhne durchgemacht hatten.

Wir hatten zudem Liams leiblichen Vater angesprochen, den sie im Alter von siebzehn kennengelernt hatte. Er war einige Jahre älter gewesen und hatte ihr das Blaue vom

Himmel versprochen, und sie war darauf hereingefallen. Nachdem er sie geschwängert hatte, machte er sich aus dem Staub und zog in die zusammenhängenden Staaten, wie sie es nannte. Seitdem hatte sie nichts mehr von ihm gehört.

Tex hatte den Kerl gründlich überprüft und herausgefunden, dass er gerade eine fünfjährige Haftstrafe wegen Betrugs und Identitätsdiebstahls absaß. Also konnten wir ihn von der Liste der Verdächtigen streichen.

Wir hatten alle anderen Möglichkeiten ausgeschöpft. Nachdem Eva nach Florida umgesiedelt war, hatte sie ein zurückgezogenes und anständiges Leben geführt. Es gab keine Anzeichen dafür, dass es dort jemanden gab, der ihr schaden wollte. Daher war es an der Zeit, Bubba anzurufen.

Keiner von uns wollte es tun. Der Mann war durch die Hölle gegangen und hatte seinen Vater und seinen Zwillingsbruder verloren. Wir wollten ihn nicht in diesen Schlamassel hineinziehen, aber wir hatten keine andere Wahl, wenn wir herausfinden wollten, was in Alaska passiert war.

Und er war der Einzige, der sich zu Tracy Eklund äußern konnte. Sie und ihr Partner hatten Eva angeheuert, um Bubba und Zoey zu töten. Im Gegensatz zu ihrem Partner lebte Tracy noch.

»Verdammt«, murmelte ich und sah Eva an. »Wir würden ihn nicht anrufen, wenn …«

»Vielleicht sollte ich besser den Raum verlassen«, flüsterte sie.

»Warum?«, dröhnte Tex' Stimme aus meinem Handy, das in der Mitte des Tisches lag.

»Vielleicht …« Eva hielt einen Moment inne, bevor sie fortfuhr: »Ich denke nicht, dass ihr Mark anrufen solltet. Eigentlich wäre es mir lieber, wenn ihr ihn nicht damit belästigen würdet.«

»Wir brauchen seine Hilfe«, erklärte Thad behutsam.

Eva warf einen Blick auf meinen Freund und presste die Lippen zu einer dünnen Linie zusammen.

»Nein, *wir* brauchen gar nichts. *Ich* brauche Hilfe. Aber

das ist völlig inakzeptabel. Ich will ihn da nicht mit hineinziehen …«

»Es ist nicht …«, begann Thad.

»Du weißt es«, blaffte Eva. »Du weißt, was ich getan habe. Und jetzt, da das Blatt sich gewendet hat und jemand mich tot sehen will, soll ich Mark Wright um Hilfe bitten? Wer hat ihm geholfen, als ich ihn und Zoey mitten im Nirgendwo ausgesetzt habe, hm? Wer hat ihn beschützt, als ich ihn mit nichts als einer Tasche voller Kleinkram zurückließ? Ich werde Mark nicht um Hilfe bitten. Der Mann sollte meinen Namen nie wieder hören müssen. Er hat es nicht verdient, mit meinen Problemen behelligt zu werden.«

»Eva …« Ich wollte sie warnen, dass Tex Bubba vielleicht schon zugeschaltet hatte, aber sie redete einfach weiter.

»Nein. Einfach nein. Ich will nicht, dass ihr Mark anruft.« Eva schüttelte den Kopf und ließ den Blick nacheinander über jeden meiner Kameraden schweifen. »Ich kann ihn nicht um Hilfe bitten.«

»Jemand versucht, dich umzubringen«, erinnerte Kyle sie. »Derjenige hätte Max fast gerötet. Wenn Bubba …«

»Ich würde lieber tausend Tode sterben, als Mark um Hilfe zu bitten. Es ist nicht richtig. Ich habe kein Recht, ihn um etwas zu bitten.«

»Ich denke, ich darf entscheiden, was richtig ist und was nicht«, warf Bubba ein.

Eva schnappte hörbar nach Luft. Ihre Brust hob sich, als ihre Lunge sich mit Sauerstoff füllte.

»Ich kann nicht …«, stammelte sie. Ich hatte den verzweifelten Wunsch, sie in meine Arme zu ziehen, doch ich blieb sitzen.

»Tex hat mich bereits letzte Woche informiert, Eva. Du brauchst jede Hilfe, die du bekommen kannst.«

Ich konnte Evas Unbehagen regelrecht spüren. Es gab keinen Mann in diesem Raum, der ihre Angst nicht riechen konnte. Sie verströmte sie mit jeder Pore.

»Bubba, hast du in letzter Zeit etwas von Sean Kassamali gehört?«, wollte Declan wissen.

Sean war Colin Wrights Geschäftspartner und nun der alleinige Eigentümer von Heritage-Kunststoffe, einem Unternehmen, das Sean und Colin zu einem der größten in Alaska ausgebaut hatten. Bubba hatte nie etwas mit der Firma zu tun haben wollen, weder zu Lebzeiten seines Vaters noch nach dessen Tod. Leider hatte Bubbas Zwillingsbruder Malcom das anders gesehen. Er war bereit gewesen zu töten, um das an sich zu reißen, was seiner Meinung nach ihm gehörte.

Hätte Malcolm sich nicht mit Tracy Eklund verschworen, um Bubba zu töten, hätte er herausgefunden, dass Bubba vorhatte, seine Anteile an der Firma für einen Dollar an seinen Zwillingsbruder zu verkaufen.

Aber Malcolm war ein gieriger Scheißkerl und ermordete seinen Vater. Möglicherweise wäre er ungestraft davongekommen, hätte er Eva nicht angeheuert.

»Nicht seit ich das letzte Mal in Alaska war, um den Verkauf der Häuser abzuwickeln. Ich habe mich mit Sean getroffen, um ihm meine Anteile an der Firma meines Vaters zu übertragen. Warum?«

Declan fasste die letzten zwei Stunden in fünf Minuten zusammen, um Bubba einen Überblick zu verschaffen. Während Dec sprach, versteifte Eva sich immer mehr, bis ich befürchtete, sie könnte zusammenbrechen. Sie sah aus wie ein Häufchen Elend.

»Die Theorie besagt also, dass Chris Peters angeheuert wurde, um den Kopf hinzuhalten. Oder war er der Plan B?«, fragte Bubba.

»Was meinst du mit Plan B?«, wollte Kyle wissen.

»Die Frage ist, ob jemand versucht, sie zu töten oder zu entführen. Ihr Haus war so verdrahtet, dass es explodiert wäre, wenn sie es betreten hätte. Das deutet darauf hin, dass jemand versucht, sie ins Jenseits zu befördern. Die Tatsache, dass jemand einen Auftragskiller angeheuert hat, bestätigt diese Vermutung. Aber ihr Wagen ist explodiert, als sie im Restaurant war. Wenn ihr mit eurer Vermutung richtigliegt, dann sollte Max damit aus dem Weg geräumt werden. Das deutet eher darauf hin, dass sie entführt werden soll. Aber ich glaube, dass ihr falschliegt, was den Wagen angeht. Ich denke, die Explosion war ein Fehler. Vielleicht hat der Kerl Angst bekommen und ist abgehauen. Vielleicht wusste er, dass Max ihn gesehen hat, und hat auf den Auslöser gedrückt, um für eine Ablenkung zu sorgen und zu entkommen. Wenn jemand Eva entführen wollte, hätte er sie sich auf dem Heimweg von der Arbeit oder auf dem Weg zum Supermarkt geschnappt. Verdammt, er hätte auch einfach in ihr Haus einbrechen und sie mitnehmen können.«

»Scheiße«, murmelte Thad. »Ich glaube, Bubba hat recht.«

»Was uns wieder zu der Frage bringt, wer ihren Tod will«, fuhr Bubba fort. »Und ihr glaubt, es hat etwas mit dem Debakel in Alaska zu tun?«

»Das ist nicht richtig«, flüsterte Eva.

»Wie war das, Eva?«, fragte Brooks.

»Das ist nicht richtig«, wiederholte sie etwas lauter. »Mark sollte nicht …«

»Eva, vorhin wolltest du wissen, wer mir geholfen hat«, fiel Bubba ihr ins Wort. »Die Antwort lautet: mein Team. Die Jungs wussten, dass ich vermisst wurde, und haben sich sofort auf die Suche nach mir gemacht. Sie haben nicht aufgegeben, bis sie Zoey und mich aus dem Lake-Clark-Nationalpark herausgeholt hatten. Und die Männer in diesem Raum werden jetzt für deinen Schutz sorgen. Lass sie ihre Arbeit machen.«

»Ich habe es nicht verdient, dass ein Team mich beschützt«, murmelte Eva.

»Nun, zu deinem Glück glaubt Tex aber, dass du es durchaus verdient hast. Also hat er einige der besten Männer in der Branche geschickt, die dir den Rücken freihalten werden. Benutze ihre Dienste weise.«

»Das ist es ja, ich bin es leid, andere zu benutzen. Es ist einfach nicht richtig. Ich will nicht, dass meinetwegen noch jemand verletzt wird. Schon gar nicht du. Ich habe dir wahrhaft genug geschadet. Ich verstehe nicht, wie du es überhaupt erträgst, meinen Namen zu hören. Ich hätte fast …«

»Ich weiß, was du getan hast, Eva. Zoey und ich sind eine Woche lang durch die Hölle gegangen. Aber weißt du was? Ich lebe. Und Zo auch. Und das Gute daran ist, dass Zoey und ich wieder zueinandergefunden haben. Du warst in einer schrecklichen Situation und hattest keine Wahl. Deshalb musstest du eine Entscheidung treffen, auf die du sicher nicht stolz bist. Aber du hast mir Zoey gegeben. Ich bin dir nicht wirklich dankbar, dass du versucht hast, mich zu töten, doch ich weiß auch, dass du uns an einem anderen Ort hättest aussetzen können, und es hätte viel schlimmer kommen können. Aber ich kann dir versichern, dass Zoey und ich deine Beweggründe verstehen und die Vergangenheit hinter uns gelassen haben. Wir schauen nach vorn und sehen nur das Positive. Ich schlage vor, dass du das Gleiche tust.«

Das war mit das Verrückteste, was ich je gehört hatte, aber er hatte recht. Zudem war es gütig und barmherzig. Wenn ich in Bubbas Schuhen gesteckt hätte, wäre ich nicht in der Lage gewesen, die positive Seite zu sehen. Aber das war der Unterschied zwischen mir und den anderen. In meinem Leben gab es keine positive Seite.

»Ich bin ganz sicher nicht stolz auf das, was ich getan habe«, bestätigte Eva. »Ich bereue die Entscheidungen, die ich getroffen habe, die letztlich zu diesem Tag geführt haben. Aus diesem Grund kann ich euch nicht um Hilfe bitten. Ich habe anderen Menschen schon viel genommen.«

»Dazu kann ich nichts sagen, außer dass du darüber hinwegkommen musst«, erklärte Mark. »Wenn nicht um deiner selbst willen, dann um deiner Kinder willen. Wenn sie dich verlieren, haben sie nichts mehr. Ich biete dir unsere Hilfe an – nimm sie an.«

»Es tut mir leid«, sagte Eva mit Tränen in den Augen. »Es tut mir alles so leid, Mark.«

»Mehr musste ich nicht hören. Jetzt lass uns wieder über Sean reden«, forderte Bubba. »Als ich ihn das letzte Mal sah, hatte er alle Hände voll zu tun. Seit mein Vater und Malcolm nicht mehr am Leben sind, liegt die Verantwortung für den täglichen Betrieb von Heritage-Kunststoffe bei ihm. Sean ist fest entschlossen, das Unternehmen über Wasser zu halten. Um das zu erreichen, arbeitet er Tag und Nacht. Zoey hat mir erzählt, dass Seans Frau Vivian die Firma hasst und offenbar schon seit Jahren versucht, Sean dazu zu überreden, seine Anteile zu verkaufen. Falls das wahr ist, und ich glaube Zoey, dann nehme ich an, dass Vivian nicht glücklich darüber ist, dass ihr Mann zusätzliche zwanzig Stunden pro Woche am Schreibtisch sitzt. Ich weiß zwar nicht, was das mit Evas Situation zu tun hat, aber ich sage euch, was ich weiß.«

»Und Tracys Mann Kenneth?«, fragte Brooks. »Hattest du Kontakt zu ihm?«

»Nein«, antwortete Bubba knapp. »Ich habe ihn zuletzt an dem Tag gesehen, an dem ich mich mit der Staatsanwaltschaft getroffen habe. Er hatte für seine Frau den besten Anwalt engagiert, den er in Anchorage finden konnte. Aus offensichtlichen Gründen hat Sean ihn gefeuert und den Kontakt abgebrochen. Das ist nicht anders zu erwarten, wenn die Frau deines persönlichen Anwalts plant, mehrere Menschen zu ermorden, darunter auch deinen Geschäftspartner, und schließlich mit Hilfe seines korrupten Sohnes die Firma zu übernehmen.«

Es war keine Überraschung, dass Sean nichts mehr mit Kenneth zu tun haben wollte. Aber es verblüffte mich, dass Letzterer seiner Frau beistand, obwohl sie zu allem Übel eine Affäre mit Malcolm gehabt hatte.

Oh, welch verschlungenes Netz wir weben, wenn wir Gier und Mord verquicken.

»Kenneth hält zu seiner Frau?«, schnaubte Kyle. »Das soll wohl ein Witz sein.«

»Ich wünschte, es wäre so«, murmelte Bubba. »Ich kenne den Mann schon lange, mein Vater hat ihm vertraut, Sean hat ihm vertraut. Ich hätte nie gedacht, dass ich den Tag erleben würde, an dem Kenneth Eklund die Frau verteidigt, die für den Tod meines Vaters verantwortlich ist.«

Der traurige Unterton in Bubbas Stimme war nicht zu überhören. Eva hatte in einer Hinsicht recht – wir gruben Dämonen aus, die begraben bleiben sollten.

»Warte.« Ich stand auf, denn ich konnte besser denken, wenn ich mich bewegte. »Du hast dich mit dem Staatsanwalt getroffen. Hat er dich nach Eva gefragt?«

»Scheiße«, murmelte Tex. Der Mann war so schweigsam gewesen, dass ich ganz vergessen hatte, dass er noch in der Leitung war. »Ich verstehe, worauf du hinauswillst.«

»Das hat er«, bestätigte Bubba. »Aber da Zo und ich bereits beschlossen hatten, keine Anklage gegen Eva zu erheben, habe ich ihn auch nicht korrigiert, als er sie Eve Dane nannte. Genauso wenig habe ich ihm verraten, dass ich wusste, wo sie war.«

»Also sucht er nach ihr«, vermutete ich. »Aber er sucht nach Eve Dane.«

»Und wenn der Staatsanwalt nach Eve Dane sucht, um den Fall abzuschließen und möglicherweise Anklage zu erheben, dann würde Kenneth Eklund auch nach ihr suchen«, beendete Thad den Gedankengang.

»Verdammt …«, begann Tex und hielt dann inne. »Ihr habt recht. Die Staatsanwaltschaft fahndet nach Eve Dane.«

Ich hatte schon vor langer Zeit gelernt, dass es besser war, Tex nicht zu fragen, woher er seine Informationen hatte und wie er sie so schnell beschaffen konnte. Es schien nichts zu geben, was der Mann nicht ausgraben konnte.

»Wenn der Staatsanwalt das Flugzeug findet, hat er ihre Fingerabdrücke«, gab Kyle zu bedenken.

»Um das Flugzeug habe ich mich gekümmert. Niemand wird es finden, weil es nichts zu finden gibt«, erklärte Tex. »Der Staatsanwalt ist weit davon entfernt, Eva aufzuspüren. Er ist nicht einmal auf der richtigen Spur, aber für alle Fälle habe ich Evas neue Identität gelöscht. Eva, Liam und Elijah Dawson existieren nicht mehr. Eva Dawkins übrigens auch nicht.«

Ich warf einen Blick auf Eva, der eine Träne über die Wange kullerte.

Vorhin hatte Eva mir gesagt, sie sei ein Niemand. Und nun, da sie im Esszimmer eines sicheren Unterschlupfes stand und Tex ihre Identität ausgelöscht hatte, war sie noch weniger als ein Niemand. Sie existierte nicht einmal mehr.

Das konnte ich so nicht stehen lassen.

Bevor unsere Wege sich trennten, würde ich ihr zumindest eines geben. Ich würde ihr verständlich machen, dass sie jemand war.

Jemand Besonderes.

KAPITEL EINUNDZWANZIG

Ich stand wie erstarrt da und hörte zu, wie eine Gruppe von Männern mein Leben auseinandernahm. Die meisten von ihnen hatte ich noch nie getroffen. Max kannte ich vor allem im biblischen Sinne und mit Tex hatte ich bisher nur am Telefon gesprochen.

Brooks hatte Notizen auf einen Block gekritzelt. Kyle hatte sein Tablet gezückt. Thad, Declan und Max hatten weder einen Schreibblock noch ein Tablet zur Hand, aber sie diskutierten angeregt mit den anderen.

Es war zum Verrücktwerden. Diese Fremden wussten so ziemlich alles über mein Leben.

Tex kannte bereits jedes kleinste Detail, weil ich es ihm erzählt hatte, bevor er sich bereit erklärt hatte, mir zu helfen.

Mark Wright wusste ebenfalls eine ganze Menge und hatte mir trotzdem geholfen.

Ich konnte es einfach nicht glauben.

Und nun unterstützte Tex mich auch weiterhin, und das beeinträchtigte das Verfahren gegen Tracy Eklund.

Das Ganze war nicht richtig. Ich sollte im Gefängnis sitzen.

Ich gehörte hinter Gitter.

»Kenneth hat einen Privatdetektiv angeheuert«, verkündete Tex. »Einen guten.«

»Also hat er sie gefunden«, vermutete Max, der mittlerweile im Raum auf und ab ging.

»Ja. Er hat sie gefunden«, bestätigte Tex.

»Das ist gut«, sagte Max. Ich sah zu ihm auf und mir wurde bewusst, dass er mit mir gesprochen hatte. »Jetzt wissen wir, wer den Auftrag erteilt hat. Damit sind wir schon einen Schritt weiter.«

»In Ordnung«, stimmte ich zu.

Obwohl ich mich immer noch schlecht fühlte.

»Gebt mir ein paar Stunden und ich rufe euch zurück«, dröhnte Tex' Stimme durch die Leitung. »Bubba, danke für alles. Ich weiß, wie schwierig es ist, die Vergangenheit auszugraben.«

»Schön, dass ich helfen konnte. Eva, pass auf dich auf.«

»Danke … äh … du auch.«

»Ist das Mark?«, rief Liam hinter mir.

Verdammt. Ich war so in mein Elend vertieft gewesen, dass ich ihn gar nicht bemerkt hatte.

»Liam, Schatz, was machst du hier?«, fragte ich, als mein Sohn auf mich zukam.

»Ist das *der* Mark Wright? Ich will Hallo sagen«, fuhr mein Sohn fort.

Okay, das ist gar nicht gut.

»Hier ist Mark, mit wem spreche ich?«

Oh, Mist.

»Hier ist Liam. Stimmt es, was Mom uns über dich erzählt hat, dass du ein Navy SEAL bist?«

»Ja, das stimmt.«

»Wow. Mom sagt, du bist der mutigste Mensch, den sie je getroffen hat. Sie sagt, du bist ein Held. Mom sagt, dass Navy SEALs besser sind als Superhelden, weil sie echt sind. Ich habe ihr gesagt, dass Captain America viel cooler ist, aber sie hat mir geantwortet: ›Mark Wright kann es jederzeit mit Captain America aufnehmen.‹ Hat sie recht? Kannst du Captain America schlagen?«

Am anderen Ende der Leitung war Marks dröhnendes Lachen zu hören und ich schloss die Augen.

»Ich weiß nicht, ob ich Captain America schlagen könnte. Aber ich könnte es definitiv mit Spiderman aufnehmen.«

Oh Gott, Mark spielte sogar mit. Das Gelächter der anderen Männer erfüllte den Raum.

»Wirklich? Spiderman?«, schnaubte Tex. »Du meinst wohl eher Captain Underpants.«

»Tex, Bruder, ich weiß nicht einmal, wer das ist, aber …«

»Ist Tex auch da?«, fiel Liam Mark ins Wort. »Wow. Das ist so cool. Mom sagt, du bist auch ein Held. Ich muss dich nicht fragen, ob du Captain America besiegen kannst, weil du jeden besiegen kannst. Mom sagt, sie dankt Gott jeden Tag dafür, dass es dich gibt. Und das ist die Wahrheit, das tut sie wirklich. Jeden Abend beten wir für dich, und für Mr. Mark und Miss Zoey auch. Ihr habt uns gerettet.«

Schweigen legte sich über den Raum. Es war sogar so still, dass ich mein Keuchen hören konnte, während ich mir wünschte, mein Sohn hätte das alles für sich behalten.

Mark räusperte sich. »Das ist wirklich nett von dir, Liam.«

»Ich habe noch was zu erledigen«, sagte Tex knapp. »Liam, bis bald.«

Bevor Liam oder ich fragen konnte, was er damit meinte, beendete Tex das Gespräch. Da er Mark zugeschaltet hatte, brach die Verbindung zu ihm ebenfalls ab.

»Wow, Mom, das war so cool«, schwärmte Liam.

»Ja, mein Schatz, das war es. Warum bist du hier?«

»Ich weiß, du hast gesagt, wir sollen im Zimmer bleiben, aber Eli und ich, wir haben Hunger.«

»Geh und mach ihnen etwas zu essen«, sagte Max. »Wir reden später weiter.«

Ich riskierte einen Blick und sah, dass vier Augenpaare auf mich gerichtet waren. Die Männer musterten mich alle mit einem ähnlichen Ausdruck im Gesicht, aber ich hatte keine Ahnung, was sie dachten.

Verdammt, verdammt, verdammt.

Sie halten mich sicher für eine Idiotin, weil ich meine Kinder für die Menschen beten lasse, denen ich Schaden zufügen wollte.

Es war nicht das erste Mal, dass ich mich wie eine Närrin fühlte, und ich bezweifelte, dass es das letzte Mal sein würde.

»Komm schon, Liam. Wir holen dir und deinem Bruder etwas zu essen.«

Zum Glück war mein Sohn sich der angespannten Stimmung im Raum nicht bewusst und hüpfte fröhlich in die Küche.

»Möchtet ihr auch etwas essen? Ich könnte ein paar Sandwiches machen.«

»Nein danke«, antwortete Declan. »Wir werden in ein paar Minuten aufbrechen.«

»In Ordnung«, murmelte ich und folgte meinem Sohn.

Erst nachdem ich den Jungs ein paar Sandwisches geschmiert und mich neben sie aufs Bett gesetzt hatte, während sie aßen, dachte ich darüber nach, was Tex gesagt hatte. Er hatte meine Identität ausgelöscht.

Ich war offiziell ein Niemand, und das bedeutete, dass meine Jungs auch nicht existierten – zumindest nicht auf dem Papier. Die beiden hatten keinen blassen Schimmer von alledem und waren sich auch nicht der Tragweite der Situation bewusst. All die falschen Entscheidungen, die ich im Leben getroffen hatte, hatten letztendlich dazu geführt.

Verdammt.

* * *

»Entschuldige, dass ich einfach unangemeldet hereinplatze.« Ich war gerade im Schlafzimmer und faltete die neuen Kleider der Jungs, während sie auf dem Bett saßen und die Videospiele spielten, die Max ihnen gekauft hatte, als ich im Nebenraum eine Frauenstimme hörte. »Schön, dich zu sehen, Max.«

Ich versteifte mich und mein Magen revoltierte. Die Spaghetti, die ich zum Abendessen gegessen hatten, drohten wieder hochzukommen.

»Ich wollte dich anrufen, um mich für all die Sachen zu

bedanken, die du besorgt hast, aber es war so viel los heute«, antwortete er.

Das war nicht übertrieben, heute war tatsächlich allerhand passiert.

Zuerst die Teambesprechung, die etwa zur selben Zeit endete, als die Kinder mit dem Mittagessen fertig waren. Dann durchforstete ich mit den Jungs sämtliche Tüten. Wir stellten fest, dass nicht nur Spielsachen, Bücher und Videospiele darin waren, sondern auch jede Menge Kleidung und Schuhe. Wer auch immer die Größen erraten hatte, hatte ins Schwarze getroffen, denn die Sachen passten. Die Schuhe für Eli saßen wie angegossen und die für Liam waren eine halbe Nummer zu groß, aber er konnte sie ohne Probleme tragen.

Und dann war da noch eine ganze Wagenladung Hygieneartikel für mich.

»Ich hoffe, ich habe es nicht übertrieben.«

Dann ist die Frau im Wohnzimmer also Anaya.

»Nicht doch. Du hast das großartig gemacht. Ich weiß es wirklich zu schätzen.« Für einen Moment herrschte Schweigen, dann fuhr Max fort: »Warum bist du hier, Anaya?«

In seiner Stimme schwang ein belustigter Unterton mit.

Ich verspürte ein seltsames Gefühl von Eifersucht, weil er ihr gegenüber einen so humorvollen Ton an den Tag legte. Die Stimmung zwischen ihm und mir war schon den ganzen Tag über angespannt. Das war auch Liam und Elijah nicht entgangen, obwohl Max wie immer sehr nett zu ihnen war.

Er hatte ihnen beim Auspacken der Spielsachen geholfen und sich kein einziges Mal wegen der Unmengen an Plastikverpackungen beschwert. Ich fragte mich, wer um alles in der Welt die Actionfiguren mit Kabelbindern in den Schachteln befestigte, und war dankbar, dass ich den Job nicht machen musste.

Aber in meiner Nähe war Max abweisend gewesen.

Die Atmosphäre zwischen uns ließ sich am besten als unterkühlt beschreiben.

»Ich hatte gehofft, Eva und die Jungs kennenzulernen«, hörte ich Anaya sagen.

»Anaya.«

»Was ist denn? *Meine Güte*, Max, sei nicht so überfürsorglich. Ich wollte sie nur in Maryland willkommen heißen und Eva fragen, ob sie noch etwas braucht. Ich weiß genau, wie es ist, in einem Haus eingesperrt zu sein und bewacht zu werden. Für die Jungs habe ich allerhand eingekauft, aber für sie war nicht so viel in den Tüten.«

Anaya weiß, wie es ist, bewacht zu werden?

»Du warst nicht im Haus eingesperrt«, entgegnete Max.

»Du hast recht. Ich wurde in einem Keller festgehalten«, korrigierte sie.

»Was auch immer.« Max lachte leise. »Aber du meinst wohl eher, du hast dich mit Kyle in seiner unterirdischen Liebeshöhle eingeschlossen.«

»Nenn es, wie du willst«, erwiderte Anaya, die sich von der Anspielung auf die »Liebeshöhle« nicht beeindrucken ließ. »Aber du kannst nicht leugnen, dass ich weiß, wie schwer es ist, sich plötzlich in der Gesellschaft von Fremden wiederzufinden. Je früher wir sie und die Jungs in die Gruppe integrieren, desto besser. Eva soll wissen, dass sie viele Frauen um sich hat, die für sie da sein werden.«

»Eva ist anders«, erwiderte Max. »Sie befindet sich nicht in derselben Situation wie du damals. Außerdem hat sie Kinder. Ich glaube nicht, dass ...«

»Max, du und die Jungs, ihr leistet hervorragende Arbeit. Aber wie wäre es, wenn du dich um den Schutz und die Missionsplanung kümmerst und es mir überlässt, Eva und ihre Kinder emotional zu unterstützen? Sie ist nicht allein. Ich will sie nur wissen lassen, dass sie sich außer auf dich auch noch auf andere stützen kann.«

»Und was ist, wenn ich nicht will, dass sie sich auf jemand anderen als auf mich verlässt?«

Moment mal, was hat das denn zu bedeuten?

»Mom, ist jemand da draußen?«, fragte Liam. Ich zuckte zusammen und machte mir Vorwürfe, weil ich gelauscht hatte. Nun, vielleicht fühlte ich mich nicht ganz so schlecht, immerhin hatte Max auch mitgehört, als ich den Jungs etwas vorgesungen hatte.

»Ja, Schatz, es hat den Anschein, als sei eine Freundin von Max hier«, antwortete ich.

»Können wir sie begrüßen?«

»Äh, vielleicht warten wir besser hier drin«, erwiderte ich und legte die gefalteten T-Shirts in eine Schublade.

»Aber …«, begann Liam.

Max unterbrach ihn, als er den Kopf ins Zimmer streckte. »Hey. Meine Freundin Anaya ist hier. Sie würde euch gern kennenlernen.«

»Cool«, murmelte Liam und kletterte aus dem Bett.

Elijah krabbelte nur zögerlich an die Kante. Mein süßer, schüchterner Junge hatte für einen Tag schon genügend Leute kennengelernt.

»Komm schon, mein Kleiner.« Ich nahm Eli auf den Arm. Momentan konnte ich ihn noch problemlos auf meiner Hüfte absetzen, aber es würde nicht mehr lange dauern, bis er zu groß sein würde.

Ich freute mich nicht auf den Tag, an dem es so weit sein würde.

Wir folgten Max ins Wohnzimmer. Ich wusste nicht, was ich erwartet hatte, aber eine große, schöne Frau mit glänzendem braunen Haar war es sicher nicht gewesen. Als sie die Lippen zu einem Lächeln verzog, kam ein Grübchen auf ihrer rechten Wange zum Vorschein und sie wirkte wie das sexy Mädchen von nebenan.

»Hallo! Ich bin Anaya«, stellte sie sich vor.

Na großartig. Sie war nicht nur schön, sondern auch freundlich. Und während sie stilvoll gekleidet war, trug ich eine Trainingshose und ein T-Shirt.

Ein wunderbarer Abschluss eines wunderbaren Tages.

»Hallo Anaya«, begrüßte ich sie. »Ich bin Eva und das sind meine Söhne Liam und Elijah.«

Liam winkte ihr zu und brachte ein »Hallo« heraus, während Eli seinen Kopf an meine Schulter schmiegte und sie keines Blickes würdigte.

»Elijah ist schüchtern«, erklärte Max.

»Ah.« Anayas Lächeln wurde noch breiter. »Das kann ich gut verstehen. Ich bin auch schüchtern.«

Ist das ihr Ernst? Die Frau machte wahrlich keinen schüchternen Eindruck.

»Heute war ein schöner Tag, habt ihr Jungs auf der Schaukel gespielt?«, fragte sie.

»Ja«, antwortete Liam. »Eli wollte, dass Mom ihn ganz lange auf der Schaukel anschubst.«

Elijah liebte die Schaukel tatsächlich. Ich hatte fast eine Stunde lang hinter ihm gestanden und ihn angeschubst.

»Cool.«

»Danke für deine Mühe«, warf ich ein. »Es ist sehr nett, dass du für uns einkaufen warst.«

Anaya machte eine abwinkende Geste. »Gar kein Problem. Außerdem ist das unter uns Mädels ganz normal. Als ich hier ankam, waren Tatiana und Emerson für mich da.«

Ich hatte keine Ahnung, wer Tatiana war, und wollte es auch gar nicht wissen. Ich war mir nicht sicher, ob ich es ertragen könnte, von noch einer Frau zu hören, die Max etwas bedeutete.

Als sich unangenehmes Schweigen ausbreitete, ergriff Anaya erneut das Wort.

»Wie auch immer, ich wollte nur vorbeischauen, um euch kennenzulernen und dich zu fragen, ob du noch etwas brauchst. Ich kann dir gern noch ein Paar Schuhe oder etwas zum Anziehen im Einkaufszentrum besorgen.«

»Danke, aber wir haben alles. Du hast die Jungs gut ausgestattet.«

Anayas Lächeln verblasste und sie neigte den Kopf zur Seite. »Aber für dich war nicht viel in den Tüten. Kyle sagte, dass du …« Sie hielt inne und ich betete, dass sie die Explosion nicht erwähnen würde, bei der auch mein Koffer in Flammen aufgegangen war.

Um kein Risiko einzugehen und die Jungs vielleicht aufzuwühlen, fiel ich ihr ins Wort. »Wirklich, ich brauche nichts. Wir haben auf der Fahrt angehalten und ich habe ein paar Sachen gekauft. Wir werden ohnehin nicht lange hier sein. Außerdem gibt es im Haus eine Waschmaschine und einen Trockner, sodass ich meine Sachen einfach waschen kann.«

Ich folgte Anayas besorgtem Blick, als sie Max ansah.

Zur Abwechslung blickte er nicht finster drein, sondern hatte eine ausdruckslose Miene aufgesetzt. Vielleicht wirkte er sogar ein wenig nachdenklich, aber nicht wütend.

»Okay. Nun, wenn du dir sicher bist«, lenkte Anaya ein.

»Ich weiß das Angebot zu schätzen, aber ich brauche nichts.«

»Falls du deine Meinung änderst, kann Max Kyle oder mich anrufen. Ich gehe gern noch mal für dich einkaufen.«

Das war wirklich nett von ihr.

»Danke, Anaya. Und danke noch mal für all die Sachen, die du mitgebracht hast.«

»Gern geschehen. Dann gehe ich jetzt wieder. Es war schön, euch kennenzulernen«, sagte sie zum Abschied.

»Es hat mich auch gefreut«, erwiderte ich.

Liam winkte ihr zu, Eli rührte sich nicht und Max folgte Anaya zur Tür.

»Ich bringe dich raus«, hörte ich ihn murmeln.

»Wollt ihr Jungs einen Snack?«, fragte ich meine Söhne.

Elijah nickte an meiner Schulter und Liam sagte: »Ja. Ich habe Hunger.«

»Du hast immer Hunger.« Ich schenkte ihm ein Lächeln.

»Ich bin im Wachstum«, scherzte er.

»Das stimmt.«

Ich war gerade in der Küche und durchsuchte die Vorräte, als ich hörte, wie die Haustür geöffnet und wieder geschlossen wurde. Ich war mir nicht sicher, was schlimmer wäre: wenn Max direkt in sein Zimmer ging und mich und die Jungs ignorierte, oder wenn er sich zu uns in die Küche gesellte.

Aber ich wusste mit Sicherheit, dass ich es vermasselt hatte, und hatte keine Ahnung, wie ich es wiedergutmachen konnte. Tatsächlich fragte ich mich, ob ich es überhaupt versuchen sollte.

Wenn die Distanz zwischen uns jetzt schon schmerzte, war das ein verdammt gutes Zeichen dafür, dass mir die Sache über den Kopf wuchs.

Das Problem war, dass ich Max vermisste.

KAPITEL ZWEIUNDZWANZIG

Ich saß mit einem Bier in der einen und einem Tablet in der anderen Hand auf der Couch und las einen Bericht, den Garrett geschickt hatte, als ich eine Tür knarren hörte. Kurz darauf folgten Schritte. Ich warf einen Blick auf die rechte untere Ecke meines Bildschirms und stellte fest, dass es nach Mitternacht war.

Der gestrige Tag war furchtbar gewesen.

Er begann damit, dass Eva mich als Lügner beschimpfte, und er wurde noch schlimmer, als wir Bubba anriefen. Danach wurde er auch nicht besser. Eva war verschlossen und so verdammt distanziert, dass mein Kiefer mittlerweile schmerzte, weil ich frustriert die Zähne zusammengebissen hatte.

Einige Male hatte ich sogar Blut geschmeckt, weil ich mir so fest auf die Zunge gebissen hatte, statt das auszusprechen, was ich hatte sagen wollen.

Eva ging schweigend an mir vorbei in die Küche. Ich täuschte Desinteresse vor und hielt den Kopf gesenkt. Erst als ich hörte, wie die Kühlschranktür lauter als nötig zugeschlagen wurde, blickte ich auf und sah, wie sie sich ein Glas Apfelsaft einschenkte.

Verdammter Apfelsaft.

Bei dem Anblick legte ich mein Tablet beiseite und

stand auf, denn ich erinnerte mich unwillkürlich daran, dass Eva nach Äpfeln geschmeckt hatte. Also ging ich in die Küche.

Und ich verlor die Fassung.

»Bist du endlich fertig damit?«, knurrte ich.

Eva zuckte zusammen. »Fertig?« Sie straffte die Schultern und kniff die Augen zu schmalen Schlitzen zusammen.

Ja, Baby, ich bin auch sauer.

»Fertig mit Schmollen.«

»Ich habe mich wohl verhört.«

»Nein, ganz und gar nicht. Den ganzen Tag über habe ich deine Laune ertragen müssen. Bist du jetzt fertig?«, blaffte ich.

»*Meine* Laune?«

»Ich spreche deine Sprache, Eva. Du musst nicht alles wiederholen.«

»Ich bin nicht diejenige, die den ganzen Tag schlecht gelaunt war«, entgegnete sie.

»Sicher.«

»Was soll das denn heißen?«

»Heute Morgen war ich noch guter Dinge. Wir sind endlich in einem Haus, in dem die Jungs einen Anflug von Normalität haben und wir uns etwas entspannen können. Aber stattdessen muss ich mich von dir als Lügner beschimpfen lassen. Den ganzen Tag über strafst du mich mit Schweigen oder ich bekomme nur einsilbige Antworten. Und als sei das nicht genug, hast du darauf geachtet, dass immer mindestens drei Meter Abstand zwischen uns sind. Also ja, Baby, ich war schlecht gelaunt. Ich habe sogar verdammt schlechte Laune, weil du dich aufführst wie ein kleines Kind, statt dich wie eine erwachsene Frau zu benehmen.«

Eva zuckte so heftig zusammen, dass etwas Saft über den Rand ihres Glases schwappte. Sie sah mich an, als hätte ich ihr eine Ohrfeige verpasst, obwohl ich mindestens einen Meter vor ihr stand.

»Ich habe mich entschuldigt.« Sie stellte das Glas auf die

Anrichte und zeigte mit dem Finger auf mich. »Ich habe dir gesagt, dass ich verwirrt und verängstigt bin.«

»Denkst du, du bist die Einzige, die verwirrt ist? Willkommen im Klub.«

»Warum bist du verwirrt?«, fragte sie und beugte sich leicht zu mir vor. »Du bist doch derjenige, der …«

»Weil du mir eine Scheißangst einjagst«, gestand ich, bevor ich mich eines Besseren besinnen konnte. »Du treibst mich in den Wahnsinn und bringst mich dazu, alles infrage zu stellen, was ich zu wissen glaubte. Deinetwegen denke ich ständig über mein Leben nach und fühle Dinge, die ich nicht fühlen will. Du machst mich verdammt noch mal verrückt.«

Eva riss die Augen auf und richtete sich auf, dann taumelte sie rückwärts, bis sie mit dem Hintern gegen die Anrichte stieß.

»Ich … was?«

»Du bringst mich völlig durcheinander. Ich habe keine Ahnung, warum das so ist, und obwohl ich es besser wissen sollte, will ich dir nahe sein.«

»Das ist verrückt.«

»Wem sagst du das«, murmelte ich. »Aber es ist die verdammte Wahrheit. Und ich sage dir noch etwas, ich will nicht mehr dagegen ankämpfen.«

»Wogegen willst du nicht ankämpfen?«

»Ist das dein verdammter Ernst?«

Ich konnte die Distanz zwischen uns nicht länger ertragen. Eva riss erneut die Augen auf, als ich auf sie zuging, mich vorbeugte und meine Hände zu beiden Seiten ihrer Hüfte auf der Anrichte abstützte.

»Jetzt sag mir die Wahrheit. Du fühlst es doch auch.«

Ich konnte ihren stoßweißen Atem an meinem Hals spüren. Sofort drängte sich mir die Erinnerung auf, wie sie gekeucht hatte, während ich mit kraftvollen Stößen in sie eingedrungen war. Das würden wir schon bald wiederholen.

»Ich weiß nicht, was ich fühle«, hauchte sie.

»Versuch nicht, mich zu verarschen, Eva. Du hast es in Georgia gespürt, als ich dir beim Mittagessen gegenübersaß.

Ich weiß, dass du es gespürt hast, als ich dich geküsst habe. Und ganz sicher hast du es gefühlt, als ich dich gefickt habe. Du fühlst es genauso wie ich. Die Frage ist, warum wir dagegen ankämpfen.«

»Weil es nicht klug wäre, uns unseren Gefühlen hinzugeben«, schnaubte sie. »Ich bin nur vorübergehend hier.«

»Was, wenn nicht?«, fragte ich.

»Und was, wenn Schweine fliegen …«

»Ich meine es ernst, du Klugscheißer.«

Eva presste die Lippen zusammen und das herausfordernde Funkeln in ihren Augen wich einer traurigen Miene.

»Dies alles ist ohnehin schon so schwer, Max. Bitte mach es mir nicht noch schwerer.«

»Was ist schwer?«

»Dies alles. Die Flucht mit meinen Kindern. Die Erinnerungen, die hochkommen. Die Tatsache, dass Tex mir erneut helfen muss. Und jetzt kommt auch noch Mark Wright ins Spiel.«

»Es war richtig, Bubba um Hilfe zu bitten. Er hat uns einen Schritt weiter gebracht.«

»Aber es war nicht fair.«

»Baby, ganz ehrlich, du musst darüber hinwegkommen. Es ist Zeit, dass du das alles hinter dir lässt. Die anderen haben es auch getan.«

»Wie kann ich einfach darüber hinwegkommen?«, fragte Eva mit schriller, unwirscher Stimme.

»Du streichst es aus deinen Gedanken und blickst nach vorn. Du hast dich entschuldigt, sie haben dir vergeben. Es ist an der Zeit, dein Leben weiterzuleben.«

»Ich kann nicht glauben, dass du das zu mir sagst.«

»Wirklich nicht? Seit wir uns kennen, bin ich immer ehrlich und direkt. Ich weiß nicht, wie du auf die Idee kommst, ich könnte um den heißen Brei herumreden.«

»Das musst ausgerechnet du sagen. Du hast kein Problem damit, mir gegenüber ehrlich zu sein und zuzugeben, dass du ein Mann mit mehr als nur ein paar Problemen bist. Du

versteckst dich hinter einer Maske emotionaler Gleichgültigkeit und nennst das Ehrlichkeit.«

»Ein paar Probleme? Baby, ich bin total verkorkst. Daraus
habe ich keinen Hehl gemacht. Ich habe dir auch erklärt, dass
ich noch nie jemandem davon erzählt habe. Ich bin, wer ich
bin, und ich weiß genau, warum ich so bin und wem ich das
zu verdanken habe. Aber weißt du, was ich erst gestern
erkannt habe, als wir dieses Haus betraten? Dass ich diesen
Mann, der ich geworden bin, nicht mag. Ich wusste nicht,
was mir alles entgeht, denn ich habe mich abgeschottet.
Eigentlich war es reiner Selbstschutz, um zu vermeiden, dass
jemand mich ausnutzt und dann fallen lässt. Ich hatte Angst,
etwas zu empfinden, das mich vielleicht verletzen könnte. Ist
das ehrlich genug für dich oder willst du noch mehr hören?«

»Damit machst du es mir noch schwerer«, flüsterte sie.
»Das hätte nicht passieren dürfen.«

»Was meinst du?«

»Das. Wir. Was auch immer das zwischen uns ist. Ich
sollte nichts für dich empfinden. Für mich ist es nicht so
einfach, über das Geschehene hinwegzukommen. Das liegt
einfach nicht in meiner Natur. Die Vergangenheit nagt an
mir und ich mache mir über alles Mögliche Gedanken. Ich
mache mir sogar Sorgen um Mrs. Wyman in Florida und
frage mich, ob ihr jemand die Lebensmittel bringt. Ständig
zerbreche ich mir den Kopf. Was passiert, wenn du meiner
überdrüssig wirst? Wenn du einfach gehst, was wird dann
aus mir?«

Endlich öffnete sie sich mir ein wenig und gab zu, was sie
wirklich beschäftigte.

»Ich kann die Zukunft nicht vorhersagen und ich will
nichts versprechen, was ich nicht halten kann. Ich weiß
nicht, was morgen, nächste Woche oder in einem Monat
passieren wird. Aber ich weiß, dass ich dich jetzt, in diesem
Moment, besser kennenlernen möchte. Ich möchte mich mit
dir auf einen Weg begeben, den ich noch nie zuvor betreten
habe. Vielleicht endet er in einer Sackgasse oder er wird zu

einer wunderschönen Reise. Was auch immer passieren wird, ich will ihn mit dir gemeinsam beschreiten.«

»Ich glaube, ich habe zu viel Angst, diesen Weg mit dir zu gehen.«

»Dann trage ich dich.«

»Sag das nicht.« Eva schloss die Augen und senkte den Kopf.

»Eva, versuch dein Glück mit mir.« Ich hob die Hände, strich über die zarte Haut an ihrem Hals und umfasste schließlich ihr hübsches Gesicht. Dann wartete ich, bis sie die Augen öffnete.

»Max, ich weiß nicht, wie ich das anstellen soll. Ich hatte noch nie eine gesunde Beziehung. Ich hatte noch nicht einmal eine Freundschaft, die nicht von Lügen geprägt war.«

»Sag mir, wovor du am meisten Angst hast«, forderte ich sie auf.

»Wie bitte?« Eva riss die Augen auf und begegnete meinem Blick. »Ich verstehe nicht.«

»Ich will wissen, wovor du dich tief im Inneren am meisten fürchtest. Was ist deine größte Angst?«, fragte ich, dann wartete ich auf ihre Antwort.

»Dass ich so werde wie meine Mutter«, flüsterte sie schließlich.

»Was an ihr schreckt dich ab?«, hakte ich nach.

»Alles. Sie ist eine Trinkerin. Sie und mein Vater sind beide Alkoholiker. Deshalb bin ich mit fünfzehn von zu Hause ausgezogen. Aber sie haben es wohl nicht einmal bemerkt. Die beiden hatten einander und die Flasche, ich habe ihnen nichts bedeutet. Für sie war ich ein Niemand.«

Irgendwann hatte Tex mir gesagt, dass ich, wenn ich Eva irgendwann besser kennenlernte, feststellen würde, dass wir viel gemeinsam hatten. Aber er lag falsch. Wir hatten nicht nur viel gemeinsam, uns verband fast dieselbe Geschichte. Ihre war von Alkohol geprägt, meine von Gewalt, doch das Ergebnis war dasselbe. Wir beide waren das Produkt einer schrecklichen Kindheit und waren beide von den Menschen vernachlässigt worden, die uns hätten lieben sollen.

»Du willst mir also sagen, dass deine Mutter ein Stück Scheiße ist.«

»Das ist noch milde ausgedrückt. Warum hast du gefragt, wovor ich Angst habe?«

»Weil ich mehr über dich erfahren wollte.« Ich zuckte mit den Schultern. »Und die Ängste der Menschen sagen mehr über sie aus, als sie glauben. Deine Antwort verrät mir eine ganze Menge. Du sagtest, du weißt nicht, wie man eine gesunde Beziehung zu einem Mann führt, weil du noch nie eine hattest. Aber du bist eine großartige Mutter, obwohl deine Mutter nie für dich da war. Es hat also rein gar nichts zu bedeuten, dass du nie ein gutes Vorbild hattest.«

»Wir sind beide ziemlich verkorkst«, bemerkte Eva.

»Ja.«

Dann kam mir meine Unterhaltung mit Declan wieder in den Sinn und mir wurde plötzlich klar, warum er sich mit Autumn traf. Er hatte gesagt, wenn er mit ihr zusammen war, könne er er selbst sein. Aber es steckte noch mehr dahinter.

»Vielleicht sind wir füreinander geschaffen«, sagte ich. »Zwei Menschen, die wissen, dass das Leben grausam und herzlos sein kann. Zwei Menschen, die viel durchgemacht und überstanden haben. Zwei Menschen, die genug gelernt haben, um den Wert von Ehrlichkeit und Frieden zu würdigen.«

»Das klingt alles ziemlich weise, Max.«

Ich wusste nicht, ob es weise war oder nicht. Aber es war die verdammte Wahrheit.

»Gib mir eine Chance, Eva, gib mir die Chance, zu lernen zu vertrauen.«

Sie verzog die Lippen und lachte schnaubend. »Meinst du das etwa so wie: Hilf mir dabei, dir zu helfen?«

»Wie bitte?«

»*Jerry Maguire.*«

»Wer ist das?«

Evas Augen leuchteten auf und sie lächelte. »*Jerry Maguire* ist ein Film mit Tom Cruise in der Hauptrolle.«

»Ich habe nicht viel Zeit, um Filme zu schauen, also sehe ich mir nur einen an, wenn etwas in die Luft fliegt, eine Verfolgungsjagd darin vorkommt oder mir vor Lachen der Bauch wehtut.«

»Oh, nun, nichts davon passiert in *Jerry Maguire*.«

»Also was sagst du, Eva? Willst du herausfinden, wohin diese Sache zwischen uns führen kann?«

»Was ist mit den Jungs?«, fragte sie.

»Was ist mit ihnen, Baby?«

»Sie ... wir ... wir gehören zusammen.«

Ich musste unwillkürlich lächeln. Doch ich war mir nicht sicher, wie ich es ihr erklären sollte, ohne herablassend zu klingen.

»Auch auf die Gefahr hin, meinen Mutterkomplex durchblicken zu lassen, weiß ich besser als die meisten, was die Art und Weise, wie eine Frau ihre Kinder behandelt, über sie aussagt. Und die Liebe, die du deinen Söhnen entgegenbringst, verrät mir, dass du jemand bist, mit dem ich zusammen sein will. Ich weiß, dass du und deine Kinder eine Einheit bilden, und ich kann dir versprechen, dass unsere Beziehung keine Auswirkungen auf sie haben wird. Zumindest keine negativen. Aber das muss ich dir nicht erst erklären, denn ich weiß, dass du mir die Hölle heißmachen würdest, bevor so etwas passieren könnte.«

»Du hast mir nie erzählt, ob deine Mutter dich genommen und deinen Vater verlassen hat.«

»Nein. Die blauen Flecke, die Knochenbrüche, die Schläge und die Prügeleien – ich glaube, das war alles, was sie kannte, also blieb sie, und nichts konnte sie dazu bringen, ihn zu verlassen. Nicht einmal, als selbst die Lehrer meine Blutergüsse nicht mehr ignorieren konnten und die Behörden verständigten. Nicht einmal, als die Polizei bei uns zu Hause auftauchte. Nicht einmal, als der Sozialarbeiter mit meiner Mutter ein ernstes Gespräch führte und ihr erklärte, dass das Jugendamt mich mitnehmen würde, wenn sie meinen Vater nicht verlässt. Als sie vor die Wahl gestellt wurde, ihr Kind an eine Pflegefamilie zu verlieren oder zu gehen und mich zu behalten, hat sie sich für ihren Peiniger und gegen ihren Sohn entschieden.«

Eva wurde blass und ihre Miene erweichte sich. Aber in ihrem Gesicht lag kein mitleidiger Ausdruck, sondern ein verständiger.

Ja, genau das hatte Declan gemeint. Hätte ich meine Geschichte jemand anderem erzählt, hätte er oder sie Mitleid mit mir gehabt. Doch sie verstand, was ich durchgemacht hatte, weil sie selbst durch die Hölle gegangen war.

»Hat der Sozialarbeiter ein gutes Zuhause für dich gefunden?«

»Gut?« Ich schnaubte. »Wenn man bedenkt, dass ich nicht die Faust meines Vaters zu spüren bekam, sondern stattdessen von meiner Tante und meinem Onkel als Geldquelle benutzt wurde, dann war es wohl gut. Die beiden ignorierten mich, aber das Geld, das mein Vater an sie zahlte, haben sie in vollen Zügen genossen.«

»Das klingt alles andere als gut, Baby«, flüsterte Eva, und ich ließ mich von der Wärme in ihrer Stimme umhüllen. »Nichts davon ist gut, aber ich würde lieber ignoriert als geschlagen werden.«

Ja, Eva verstand es.

Nichts davon war gut. Aber nur jemand, der etwas Ähnliches durchgemacht hatte, konnte verstehen, dass man manchmal für das kleinere Übel dankbar war und dann alles daransetzte, um sich daraus zu befreien.

»Das war das einzig Positive an dem Leben mit den Geldgeiern«, bestätigte ich.

»Ich hoffe wirklich, deine Arme sind stark genug, Max«, sagte Eva mit sanfter Stimme. »Ich weiß nicht, wie weit ich noch gehen kann, bevor du mich tragen musst.«

Verdammt. Sie würde den Sprung wagen und ihr Glück mit mir versuchen.

Und was nun?

Dies war nicht der richtige Zeitpunkt für Scherze, also sparte ich mir eine Bemerkung darüber, wie stark meine Arme waren. Stattdessen wollte ich ihr versichern, dass sie die richtige Entscheidung getroffen hatte. Aber für mich war das auch alles Neuland. Ich wusste nichts über Romantik und offene, innige Gespräche.

Ich wollte ihr sagen, dass ich breite Schultern hatte und sie kilometerweit tragen könnte, ohne ins Schwitzen zu geraten. Aber das schienen mir auch nicht die richtigen Worte zu sein.

Also sagte ich nur: »Wenn du stolperst, werde ich dich auffangen. Versprochen.«

KAPITEL DREIUNDZWANZIG

Wenn ich gestern Abend nach unserem Gespräch erwartet hatte, dass Max mich mit in sein Zimmer nehmen, mir die Kleider vom Leib reißen und sich mit mir stundenlang auf dem Bett wälzen würde, dann hatte ich mich geirrt.

Nicht dass ich mir das erhofft hätte.

Den bedächtigen, zärtlichen Kuss hatte ich auf jeden Fall nicht erwartet. Ich war nicht auf seine sanfte Berührung vorbereitet gewesen, als er mit beiden Händen mein Gesicht umfasste und mit den Daumen über meine Wangen streichelte. Und als er mich dann mit einem Blick aus seinen eisblauen Augen durchbohrt hatte, hatte ich mich so entblößt gefühlt wie noch nie in meinem Leben.

Er sprach es zwar nicht laut aus, aber ich konnte erkennen, dass er in meinen Iriden nach etwas suchte.

Eine ganze Weile standen wir in der Küche und starrten uns an, während ich nicht glauben konnte, was gerade passiert war. Ich hatte mich auf etwas eingelassen, das ich noch nicht ganz verstand. Max wollte mit mir zusammen sein und herausfinden, ob mehr hinter dieser gegenseitigen Anziehung steckte. Wenn ich ehrlich war, kannte ich die Antwort bereits, denn mein Herz hatte mir längst signalisiert, dass diese Sache zwischen uns nicht nur körperlich war. Und das machte mir eine Heidenangst.

Ich hatte diesen Weg schon zweimal beschritten. Und zweimal war ich ins Stolpern geraten und gefallen.

Entweder würde ich beim dritten Mal das Glück finden oder ich würde mich nie wieder auf dieses Terrain wagen.

Ich war mir vollauf bewusst, wie verrückt es war, sich darauf einzulassen.

Aber Max war anders als alle Männer, denen ich je begegnet war. Seine Ehrlichkeit war zuweilen brutal, aber erfrischend – und tröstlich. Ich wusste genau, woran ich bei ihm war. Er nahm kein Blatt vor den Mund und hielt sich nicht mit sinnlosem Geplänkel auf. Max Brown war aufrichtig – durch und durch.

Das gefiel mir.

Gestern Abend hatte Max mich zärtlich geküsst und dann ins Bett geschickt – allein.

Nun ja, die Jungs hatten neben mir im Bett geschlafen, während ich stundenlang wach gelegen und Max noch auf der Zunge geschmeckt hatte. Ich hatte unser Gespräch noch einmal Revue passieren lassen und mir den Kopf darüber zerbrochen, worauf ich mich da eingelassen hatte.

Inzwischen war der Morgen angebrochen und ich saß mit meinen Söhnen auf der Couch. Der Fernseher lief, doch ich hatte die Lautstärke heruntergedreht, da Max noch schlief und ich ihn nicht wecken wollte.

Außerdem genoss ich die Zeit allein mit den Kindern. Es kam mir wie eine Ewigkeit vor, seit wir es uns das letzte Mal gemütlich gemacht hatten, obwohl wir Florida erst vor ein paar Tagen verlassen hatten.

Ich musste über so vieles nachdenken, aber ich sträubte mich dagegen. Ausnahmsweise wollte ich mich einen Tag lang nicht mit Auftragskillern, Explosionen oder Mordanschlägen auseinandersetzen. Ich wollte mir keine Gedanken über einen Umzug, einen Autokauf, die Jobsuche oder Liams bevorstehende Einschulung machen.

Und dann war da noch das Problem, dass Eva Dawson nicht mehr existierte. Was geschah mit der bescheidenen

Summe, die ich gespart hatte? Sie lag auf einem Bankkonto, das niemandem mehr gehörte. War das Geld einfach weg?

Nein, ich brauchte keinen Tag, sondern ein ganzes Jahr.

»Baby?«, ertönte Max' Stimme hinter mir.

Ich drehte mich um. »Meine Güte, du hast mich erschreckt.«

»Entschuldige, ich dachte, du hättest mich gehört.« Verdammt, der Mann hatte wirklich eine sexy Stimme.

Tief. Kehlig. Verschlafen.

Angenehm.

»Nein, ich war in Gedanken versunken.«

»Das dachte ich mir schon. Du sahst aus, als seist du kilometerweit weg«, erwiderte er.

»Ja, in Florida«, bestätigte ich.

Der träge, verschlafene Ausdruck in Max' Gesicht verschwand, und er war plötzlich hellwach. »Was ist mit Florida?«

Ich schüttelte kaum merklich den Kopf, um ihm zu verstehen zu geben, dass ich diese Unterhaltung nicht in Gegenwart der Jungs führen wollte.

Als er nur schweigend die Zähne zusammenbiss, wandte ich mich Elijah zu. »Bist du bereit fürs Frühstück?«

»Rührei?«, fragte mein Sohn.

»Wenn du möchtest.« Eli nickte und ich sah Liam an. »Hast du auch Lust darauf, Schatz?«

»Gibt es auch Speck?«, fragte er lächelnd.

»Klar doch«, antwortete ich und erwiderte sein Grinsen.

»Morgen, Jungs«, begrüßte Max die beiden.

»Morgen, Max«, rief Liam fröhlich.

»Morgen, Max«, plapperte Eli nach.

Ich drückte meinen Söhnen einen Kuss auf den Kopf, stand auf und machte mich auf den Weg in die Küche. Max folgte dicht hinter mir, und ich wurde nervös.

»Alles in Ordnung?«, fragte er, sobald wir außer Hörweite der Kinder waren.

»Das wollte ich dich auch gerade fragen«, antwortete ich.

»Warum?«

Ich holte eine Tasse aus dem Schrank und schenkte ihm Kaffee ein. Auf der Anrichte stand eine Dose Kaffeeweißer, von dem ich etwas in die dampfende Flüssigkeit gab, bevor ich sie Max reichte.

»Was ist los?«, fragte ich, als er die Tasse nicht entgegennahm, sondern sie nur anstarrte.

»Du weißt, wie ich meinen Kaffee trinke«, bemerkte er und ergriff endlich die Tasse.

»Äh, ja, ich habe dir jetzt schon einige Male zugesehen, wenn du dir einen Kaffee machst.«

Max starrte mich weiter an, als hätte ich gerade eine Rakete gebaut, statt einfach nur eine Flüssigkeit in eine andere gegeben.

»Warum hast du an Florida gedacht?«, wollte er wissen.

»Mir gingen nur alle möglichen Dinge durch den Kopf, an die ich heute eigentlich *nicht* denken wollte«, seufzte ich.

»Wie bitte?«

»Es wäre schön, mich einen Tag lang nicht mit Auftragsmördern, Explosionen oder Mordanschlägen herumschlagen zu müssen«, erklärte ich. »Aber ich musste daran denken, dass Tex meine Identität gelöscht hat, und ich frage mich, was jetzt wohl passiert. Was ist mit dem Geld, das auf der Bank liegt? Ist das weg? Außerdem muss Liam in ein paar Wochen eingeschult werden und ich habe keine Ahnung, wo das sein wird. Und was ist mit meiner Arbeit? Wahrscheinlich sollte ich meine Chefin anrufen und kündigen. Dann ist da noch der Mietvertrag für …«

»Langsam Eva, beruhige dich.« Max trat einen Schritt auf mich zu und sein frischer, sauberer Duft stieg mir in die Nase. Offenbar hatte er geduscht. »Baby?«

»Ja?« Blinzelnd sah ich zu ihm auf.

»Du warst wieder in Gedanken.«

»Wirklich?«, fragte ich.

»Ja. Du hast die Nase kraus gezogen und hattest diesen entfernten Ausdruck in den Augen.«

»Ich habe gerade gedacht, dass du geduscht hast.« Max

stieß ein tiefes Knurren aus und ich fühlte mich genötigt hinzuzufügen: »Ich habe mir nicht vorgestellt, wie du unter der Dusche stehst, aber du riechst gut, also musst du geduscht haben.«

Max lachte. »Danke – schätze ich. Ich bin mir nicht sicher, ob du mir damit sagen willst, dass ich nur gut rieche, wenn ich frisch geduscht bin, oder ob ich mich geschmeichelt fühlen soll, weil du an mich unter der Dusche gedacht hast.«

»Warum sollte dir das schmeicheln?«

»Weil mir die Vorstellung gefällt, dass du über mich fantasierst, wie ich nackt, nass und eingeseift bin.«

Ich lief hochrot an. So weit war ich in meiner Fantasie noch gar nicht gekommen. Aber nun, da er die Worte ausgesprochen hatte, beschwor ich unwillkürlich ein Bild von ihm unter der Dusche herauf. Ich fragte mich, ob es zu verrucht wäre, ihn später zu bitten, mit mir gemeinsam zu duschen.

»Meine Güte, du bist wirklich niedlich.«

»Wie bitte?«

Max beugte sich vor, drückte mir zuerst einen Kuss auf die Wange und dann auf meine Stirn, bevor er seine Lippen sanft über meine gleiten ließ. Dann flüsterte er: »Du siehst verdammt niedlich aus, wenn dir schmutzige Gedanken durch den Kopf gehen.«

»Das stimmt nicht«, widersprach ich.

»Dann hast du dir also nicht gerade vorgestellt, wie wir zusammen unter der Dusche stehen?«

»Also schön, du hast recht«, gab ich zu, »aber in meiner Vorstellung hast du mich eingeseift, deshalb sind meine Gedanken nicht schmutzig, sondern sauber.«

Ich hatte die Hände an seine Brust gelegt und spürte, dass er am ganzen Körper bebte, während er sich bemühte, ein Lachen zu unterdrücken.

»Nun, das stimmt doch«, fügte ich hinzu. Seine Lippen waren nur wenige Zentimeter von meinen entfernt. Es bedurfte nur einer winzigen Bewegung und sie würden sich berühren.

Aber ich rührte mich nicht und genoss einfach nur den innigen Moment.

»Ja, Baby. Ich würde dich erst sauber waschen, bevor ich mit dir schmutzige Sachen anstelle.«

Ein erregendes Kribbeln durchfuhr meinen Unterleib und ich erinnerte mich nur mit Mühe daran, dass ich aus einem bestimmten Grund in die Küche gekommen war.

»Ich muss den Jungs Frühstück machen«, brachte ich hervor.

Max presste seine Lippen auf meine und verweilte dort einen Moment, bevor er einen Schritt zurücktrat.

»Also, Florida«, begann er und ich stöhnte auf. Zurück zur Realität. »Wir werden Tex später anrufen, aber es wäre mir lieb, wenn du etwas in Erwägung ziehst.«

»Und das wäre?«, hakte ich nach.

Max warf einen Blick in Richtung Wohnzimmer, bevor er sich wieder mir zuwandte. Das belustigte Funkeln in seinen Augen war verflogen und er wirkte verunsichert.

»Tex besteht darauf, dass du nicht nach Florida zurückkehren sollst, und ich stimme ihm zu. Ich möchte, dass du darüber nachdenkst hierzubleiben.«

»In Maryland?«

Wie heißt es noch? Die Hoffnung stirbt zuletzt.

Da stand ich nun und dachte ernsthaft darüber nach, wieder einmal eine schwerwiegende Entscheidung zu treffen. Sie würde nicht nur mich, sondern auch meine Söhne betreffen. Entweder sie wäre ein Schritt in die richtige Richtung oder sie würde katastrophale Folgen nach sich ziehen.

»Hier in diesem Haus«, erklärte Max.

»Ich kann mir dieses Haus nicht leisten«, erwiderte ich.

»Z Corps hat das Haus gemietet.«

»Z Corps? Was ist das?«

»Das ist die Firma, für die ich arbeite.«

Dieser eine Satz brach über mich herein wie ein Eimer kaltes Wasser, der mich daran erinnerte, dass ich nichts über den Mann wusste, mit dem ich eine Beziehung eingehen wollte.

»Warum siehst du mich so an?«, fragte Max.

Er streckte die Hand aus und befreite mit dem Daumen meine Unterlippe, die ich zwischen den Zähnen eingeklemmt hatte. Als ich ein Brennen spürte, wurde mir bewusst, wie fest ich zugebissen hatte.

»Ich weiß nichts über dich.«

»Was würdest du gern wissen?«, fragte er, während er seine Hand an meine Wange gelegt hatte und mit dem Daumen mein Kinn streichelte.

»Alles.« Ich zuckte mit den Schultern.

»Das wird eine Weile dauern.«

»Hast du heute etwas Besseres zu tun?«, fragte ich.

»Mir fallen durchaus ein paar Dinge ein, die besser wären.«

Da bin ich mir sicher.

»Ich glaube …«, begann ich.

»Eva, das war nur ein Scherz. Wenn du etwas wissen willst, frag mich. Aber ich muss dich warnen, einige Dinge kann ich dir nicht erzählen.«

»Was zum Beispiel?«

»Zum Beispiel darf ich dir nichts über meine Arbeit in der Navy verraten. Nichts über die Missionen, an denen ich teilgenommen habe.«

Ich nickte, als hätte ich genau verstanden, wovon er sprach.

Aber ich war nicht dumm. Ich hatte genügend Actionfilme gesehen und verfolgte die Nachrichten, sodass ich ein allgemeines Verständnis dafür hatte, was einen Kampfeinsatz ausmachte. Mir war bewusst, dass die daran beteiligten Soldaten zur Verschwiegenheit verpflichtet waren, aber ich hatte noch nie jemanden gekannt, der tatsächlich beim Militär war.

Dann drängte sich mir ein Gedanke auf. »Woher kennst du Tex?«

»Ich habe ihn in der Navy kennengelernt.«

»Oh. Ich wusste nicht, dass er gedient hat.«

»Das hat er. Er war einer der besten Soldaten, den die Teams je ausgebildet haben.«

»Die Teams? Ist das ein Spitzname für die Navy?«

Max neigte den Kopf zur Seite und sah mich verwirrt an.

»Nein, Eva. Die SEAL-Teams.«

»Richtig. Du warst ein SEAL.« Max verzog die Lippen zu einem Lächeln. Plötzlich wirkte er nicht mehr verwirrt, sondern regelrecht belustigt. »Warum starrst du mich so an?«

»Nur du kannst so etwas sagen«, lachte er.

»Was meinst du?«

»Als ich noch in der Navy war, bin ich immer wieder Frauen begegnet, die bestimmte Kneipen frequentierten mit der Absicht, sich einen SEAL zu angeln. Sie waren in der Lage, uns schon von Weitem zu erkennen.«

»Und?«

»Und nichts. Ich finde es lustig, dass du nicht im Geringsten beeindruckt bist.«

»Es tut mir leid. Ich wollte dich nicht …«

»Nicht doch, Eva.« Max brachte mich zum Schweigen, indem er mit dem Daumen über meine Lippe strich. »Du hast mich nicht gekränkt. Mir gefällt die Tatsache, dass es dir egal ist.«

»Warum?«, fragte ich, bevor ich mich eines Besseren besinnen konnte.

»Weil ich in meiner Vergangenheit zu viele Frauen getroffen habe, die sich *nur* für meinen Job interessierten. Sie wollten nichts weiter als den rauen und wilden Schurken, den sie aus irgendwelchen Hollywood-Filmen kannten.«

»Sie wollten also nur mit dir ins Bett, weil du ein SEAL warst?«, fragte ich verärgert.

»So in der Art.« Max lachte leise.

»Das ist nicht lustig, Max. Diese Frauen haben dich benutzt.«

»Doch, Baby, es ist zum Totlachen.«

»Ich verstehe nicht, warum dich das so sehr amüsiert. Das

ist irgendwie widerlich. Was für eine Schlampe steigt mit einem Mann ins Bett, nur weil er ein SEAL ist?«

»Keine Sorge, Eva, wir haben sie ebenfalls benutzt. Wir wussten, wozu sie gut waren.«

»Das ist genauso widerlich.«

Max' belustigte Miene wich einem ernsten Ausdruck und ich fragte mich, ob ich ihn nun doch gekränkt hatte. Mir war klar, dass Max in der Vergangenheit kein Kind von Traurigkeit war. Wahrscheinlich hatte er sich mit unzähligen dieser Flittchen im Bett herumgewälzt.

Bei dem Gedanken von Max mit einer anderen Frau im Bett wurde mir übel und ein Anflug von Eifersucht überkam mich.

»Ich sollte den Kindern jetzt ihr Frühstück machen«, murmelte ich, um das Thema zu wechseln.

»Verrate mir zuerst, warum du die Stirn runzelst.«

»Nur so«, log ich.

»Wenn du eine Frage hast, frag. Wenn du etwas zu sagen hast, sag es. Aber versteck dich nicht vor mir.«

»Weißt du, nicht alle Menschen müssen ihren Gedanken immer Ausdruck verleihen«, entgegnete ich.

»Ich spreche nicht von *allen Menschen*. Ich spreche von dir und mir. Und wenn dir etwas auf dem Herzen liegt, dann verheimliche es mir nicht. Ich selbst sage auch immer offen, was ich denke, falls du es noch nicht bemerkt hast.«

Oh doch, ich hatte es bemerkt.

»Also schön«, schnaubte ich. »Ich habe daran gedacht, dass ich in meinem Leben bisher mit drei Männern geschlafen habe.«

»Und?« Max fuhr seine Schutzmauern hoch und bedachte mich mit einem eiskalten Blick.

»Und du hast offensichtlich mit mehr als drei Frauen geschlafen.«

»Und?«, wiederholte er.

»Und nichts. Du wolltest wissen, was ich dachte, das war alles.«

Max musterte mich immer noch eindringlich und ich

musste mich beherrschen, um nicht nervös von einem Fuß auf den anderen zu treten.

»Sie haben mir nichts bedeutet. Weniger als nichts. Sie wollten nur das Eine von mir, und das Gefühl beruhte auf Gegenseitigkeit. Es war nur Sex.«

»Max, das muss ich nicht wissen.«

»Doch, ich glaube schon, Eva. Du musst verstehen, dass sie mich benutzt haben und ich sie. Und ich habe nie zugelassen, dass eine von ihnen sich an mich kuschelt. Ich habe keine von ihnen je an mich gezogen und festgehalten, weil mir allein der Gedanke, sie könnte mein Bett verlassen, körperliche Schmerzen bereitet hat.«

Das Herz schlug mir plötzlich bis zum Hals und in mir keimte erneut Hoffnung auf. Nein, sie keimte nicht nur auf, sie sprießte hervor und überschattete meine Zweifel.

»Und noch etwas, keine von ihnen ist mit dir vergleichbar. Du unterscheidest dich völlig von ihnen, ganz und gar. Glaub mir, ich hätte dich nicht gebeten, uns eine Chance zu geben, wenn ich nicht mit absoluter Sicherheit wüsste, dass du das genaue Gegenteil dieser Frauen bist. Vertrau mir.«

Ich vertraute ihm. Noch nie im Leben hatte ich einen Mann wie Max kennengelernt. Er war kein Lügner. Er war kein Betrüger und auch kein Drogendealer. Und obwohl ich mir ständig Sorgen machte, dass er mir das Herz brechen könnte, wusste ich tief in meinem Inneren, dass er meinen Jungs nie wehtun würde – und sie waren das Wichtigste.

Außerdem vertraute Tex ihm. Das bedeutete mir sehr viel. Tex war der beste Mensch, den ich kannte. Ich wusste nicht viel über Max, aber ich wusste, dass er ein guter, anständiger und ehrlicher Mann war. Im Moment war das besser als nichts.

»Ich vertraue dir«, gestand ich, »aber ich habe immer noch Angst.«

»Ich verrate dir ein Geheimnis, Baby.« Max beugte sich vor. Sein Atem an meinem Hals bescherte mir eine Gänsehaut, als er mir ins Ohr flüsterte: »Ich auch.«

Meine Knie wurden weich und ich schmiegte mich an ihn.

»Wirst du mir auch vertrauen?«, fragte ich.

Es folgte eine bedeutungsschwangere Pause. Erst nachdem mir die Frage über die Lippen gekommen war, wurde mir bewusst, wie viel mir seine Antwort bedeutete.

»Ja, Baby, dank dir lerne ich zu vertrauen.«

Das war nicht unbedingt die Antwort, die ich hatte hören wollen, aber es war ein verdammt guter Anfang.

KAPITEL VIERUNDZWANZIG

Zurückziehen und neu formieren.

Das klang besser, als zu fliehen und sich zu verstecken. Aber genau das hatte ich getan. Beim Frühstück hatte ich durch Abwesenheit geglänzt. Aber nicht nur aus Feigheit, denn ich dachte mir, dass Eva ein wenig Zeit allein mit Eli und Liam genießen würde, ganz zu schweigen davon, dass ich mich bei Zane melden musste.

Vor allem musste ich jedoch einen klaren Kopf bekommen. Als Eva wissen wollte, ob ich ihr vertraute, war ich nicht auf die Frage vorbereitet gewesen. Ich wusste, dass meine Antwort nicht die war, die sie hören wollte, aber sie hatte trotzdem gelächelt und dann Frühstück gemacht, als sei mein »Ich lerne zu vertrauen« zufriedenstellend gewesen. Vielleicht war es das. Ich misstraute ihr nicht. War das nicht dasselbe?

Eva sah niedlich aus, wenn sie um meinetwillen wütend wurde. *Wann hat das jemals jemand für mich getan?* Und dann war da noch der Ausdruck von Eifersucht, der über ihr hübsches Gesicht gehuscht war, auch wenn sie es nicht zugeben wollte. Bei dem Gedanken krampfte sich mir der Magen zusammen. Ich wollte nicht, dass sie wegen der vielen namenlosen Frauen in meiner Vergangenheit misstrauisch wurde. Es war nicht das erste Mal, dass jemand meinetwegen eifersüchtig wurde, aber es war das erste Mal, dass es mir etwas ausmachte. Und es war das erste Mal, dass ich sogar einen Hauch von Scham empfand, weil ich mich damals nicht gescheut hatte, all die Angebote dieser Frauen anzunehmen.

Diese Groupies gab es wie Sand am Meer. Man konnte ihnen nicht aus dem Weg gehen, wenn man in San Diego oder Virginia Beach in eine Kneipe ging. Sie waren in der Lage, einen SEAL schon aus einem Kilometer Entfernung zu wittern. Und wenn sie die Fährte aufgenommen hatten, stürzten sie sich auf ihre Beute.

Sie interessierten sich nur für den Dreizack an deiner Brust. Und diese Schlampen waren gerissen, sie wussten genau, auf wen sie es abgesehen hatten. Sie kannten den Unterschied zwischen einer Farbe und einer Nummer und fragten dich ohne Umschweife, ob du zur regulären Truppe oder zur Spezialeinheit gehörtest. Aber nicht Eva. Mein Dreizack und die Tatsache, dass ich in einer solchen Einheit gedient hatte, waren ihr völlig egal. Wenn sie mich ansah, sah sie nur mich. Eva wusste nicht einmal, dass die Teams mit Nummern markiert waren, während die Spezialeinheit, auch bekannt als SEAL Team Six, ihre Mitglieder mit Farben kennzeichnete.

In dieser Spezialeinheit lernte ich meinen heutigen Chef Zane Lewis kennen. Er war damals Teamleiter des Red Teams, das die besten Männer aus Team Six in sich vereinte und als die Speerspitze der Navy galt. Es war die Einheit, der jeder SEAL angehören wollte, und so war es nur folgerichtig, dass Zane bei der Gründung von Z Corps seinen Teams Farben gab: Rot, Gold und Blau. Es war schon die Rede davon, noch ein viertes Team zu gründen, denn die Nachfrage war groß. Und leider lief das Geschäft gut, solange es Scheißkerle und Kriminelle gab, die wir in die Hölle schicken mussten.

Ich saß auf meinem Bett und überlegte, wie ich meinem Chef beibringen sollte, dass ich den Mietvertrag für den

Unterschlupf auf mich überschreiben wollte, als mein Handy klingelte.

Wenn man vom Teufel spricht. Als hätte ich ihn mit meinen Gedanken heraufbeschworen.

»Hallo«, begrüßte ich ihn. »Ich wollte dich gerade anrufen.«

»Darauf wette ich«, lachte Zane. »Lass mich raten, du willst mir mitteilen, dass du dich verliebt hast.«

Was zum Teufel?

»Hast du dir den Kopf gestoßen? Ich bin doch nicht Brooks.«

»Ja, er war kaum zu ertragen, als Tatiana ihn sich geschnappt hat.«

Ihn sich geschnappt?

»Jetzt redest du wirres Zeug. Bitte sag mir, dass du nicht plötzlich weich wirst auf deine alten Tage.«

»Wenn du nicht mit mir sprechen wolltest, um mir zu erzählen, dass du verliebt bist«, sagte er und ignorierte meine Bemerkung, »dann stört es dich sicher nicht, dass ich gestern Abend mit Tex gesprochen habe. Und auch wenn er anderer Meinung ist, denke ich, dass Eva Dawson sich an die Staatsanwaltschaft wenden sollte.«

»Auf keinen Fall«, knurrte ich.

»Meine Güte. Es ist also wahr.«

»Was ist wahr?«

»Als Dec mir sagte, dass du dich verliebt hast, wollte ich es nicht glauben. Er hat mich angerufen, um mir mitzuteilen, dass ich mich auf etwas gefasst machen sollte. Gerade eben habe ich dir nur einen Bären aufgebunden, als ich ...«

»Wie bitte? Declan hat was getan?«

»Tu nicht so schockiert, Bruder. Du warst dabei, als Brooks Tatiana angeschleppt hat. Du hast versucht, die Frau zu erschießen.« *Warum zum Teufel bringen das alle immer wieder zur Sprache?*

»Tatiana und ich haben ein gutes Verhältnis zueinander«, erinnerte ich ihn.

»Ja, heute schon. Aber damals war das anders.«

»Was hat das damit zu tun, dass Dec dich angerufen und wie ein verdammtes Waschweib getratscht hat?«

»Du bist doch nicht erst seit gestern dabei. Du weißt genau, dass Dec nicht angerufen hat, um zu tratschen, sondern um mich zu warnen.«

Verdammter Heuchler. Dec hatte vor allen im Team Geheimnisse, aber meinen Chef rief er an, um ihn zu »warnen«.

»Sicher, weil Dec auch in einer Position ist, dich vor anderen zu warnen«, blaffte ich.

»Gibt es etwas, das ich über Declan wissen sollte?«

»Nein. Ich will damit nur sagen, dass er dich nicht hätte anrufen sollen, weil er im Unrecht ist«, antwortete ich.

»Dann vögelst du Eva Dawson also nicht?«

Verdammt, seine Frage war wie ein Schlag ins Gesicht. Ich *vögelte* Eva, aber das war nicht alles. Unsere Beziehung ging weit über das Schlafzimmer hinaus, doch ich war nicht bereit, mit Zane oder sonst irgendjemandem darüber zu reden.

Nach einer kurzen Pause fuhr Zane fort: »Ich werte dein Schweigen als ein Ja.«

Verdammt.

»Es ist mir egal, wie du es wertest, aber ich werde später mit Dec ein Hühnchen rupfen.«

»Weißt du noch, als Kyle Anaya mit nach Hause gebracht hat?«

Wie konnte ich das vergessen? Ich hatte mich ihr gegenüber wie ein Arsch verhalten. Allerdings hatte sie mir die Stirn geboten und mir vor den Augen meiner Kameraden und den Mitgliedern des Red Teams zu Recht die Leviten gelesen. Seitdem genoss die Frau meinen Respekt und mein Vertrauen.

»Ja«, antwortete ich und fragte mich, worauf Zane eigentlich hinauswollte. Allerdings war ich mir nicht sicher, ob ich es überhaupt wissen wollte.

»Das trifft sich hervorragend«, murmelte er. »Ich habe es euch Arschlöchern versprochen, dass ich den nächsten von euch, der eine Frau nach Hause bringt mit der Absicht, sie zu behalten, in die Wüste schicke. Es ist nicht zu glauben. Nie hätte ich gedacht, dass ich den Tag erleben würde, an dem der mächtige Maximus Brown mit all seinem Argwohn einer feindlichen Übernahme zum Opfer fällt, während er zweifellos einen Schlachtplan ausarbeitet, mit dem er sein Misstrauen stärken kann. Mein Plan ist perfekt.«

Hätte ich gehört, wie Zane diese Worte einem meiner Kameraden an den Kopf warf, hätte ich laut gelacht. Aber da sie an mich gerichtet waren, war ich nicht sehr erfreut. Trotzdem ignorierte ich seine bissige Bemerkung und konzentrierte mich auf den Teil, der mir noch weniger gefiel, nämlich seinen Plan.

»Welcher Plan?«

»Der Plan, bei dem du Eva nach Alaska begleitest.«

»Auf gar keinen Fall …«

»Ich weiß«, seufzte Zane. »Das ist der Moment, in dem du vergisst, dass du auf meiner Gehaltsliste stehst, und mir drohst, mit Eva durchzubrennen, wenn ich meine Meinung nicht ändere. Aber wenn du die Sache nüchtern betrachtest und nicht mit dem Schwanz, sondern mit dem Herzen denkst, wirst du einsehen, dass ich recht habe. Wenn Eva nach Alaska geht, wird das Problem sich rasch lösen, und zwar zu unseren Bedingungen.«

Selbst wenn ich in der Lage gewesen wäre, klar zu denken, was Eva betraf – was ich offen gestanden nicht konnte –, war ich mir nicht sicher, ob ich Zane zustimmen würde. Sein Plan klang einfach, war es aber nicht.

»Du übersiehst ein paar Dinge. Selbst wenn ich mich bereit erklären würde, mit Eva nach Alaska zu fliegen, hast du Liam und Elijah nicht bedacht. Und obwohl Bubba und Zoey keine Anzeige erstattet haben, bin ich mir ziemlich sicher, dass die Alaska State Troopers anders darüber denken.«

»Und genau da kommen Tex und Bubba ins Spiel«, erwiderte Zane und ich stöhnte auf.

Eva würde einen Nervenzusammenbruch erleiden, wenn

sie herausfände, dass Zane sich erneut an Bubba gewandt hatte. Sie hatte darauf bestanden, dass sie ihn nicht mit in die Sache hineinziehen wollte. Und obwohl ich ihr gestern erklärt hatte, dass wir seine Hilfe brauchten, verstand ich ihre Beweggründe.

»Bruder, Eva wird ausrasten, wenn sie erfährt, dass du Bubba angerufen hast.«

»Ich verstehe nicht …«

»Wirklich nicht?«, unterbrach ich ihn. »Glaubst du, sie hat vergessen, was sie ihm und Zoey angetan hat? Sie schämt sich so sehr für das, was sie gezwungen war zu tun, dass sie es für den Rest ihres Lebens mit sich herumtragen wird. Denkst du, dass sie ausgerechnet den Mann, den sie versucht hat zu töten, um Hilfe bitten will? Die Antwort lautet nein. Eva will Bubba und Zoey nicht noch mehr verletzen, als sie es bereits getan hat. Das schließt auch seelische Verletzungen mit ein, denn sie würde alte Wunden aufreißen, indem sie Bubba daran erinnert, was in Alaska passiert ist. Er ist überhaupt erst in das Flugzeug gestiegen, weil sein Vater von seinem Bruder ermordet wurde. Und als sei das nicht schlimm genug, musste Bubba auch noch mit ansehen, wie sein Zwillingsbruder Selbstmord beging. Also nein, sie will nicht, dass jemand Bubba einschaltet. Und von jetzt an werden wir das alle respektieren und Bubba aus unseren Ermittlungen heraushalten.«

»Das wird ein Problem sein.«

»Warum? Du musst ihn nur anrufen, ihm für seine Hilfe danken, aber höflich ablehnen.«

»Da muss ich dich leider enttäuschen. Ich habe vergessen, dir zu erzählen, dass Bubba gestern Abend Tex noch einmal angerufen hat, nachdem er mit Eva und einem ihrer Jungs gesprochen hatte. Er sagte, er würde alles in seiner Macht Stehende tun, um Eva zu helfen.«

Verdammte Scheiße. Mark »Bubba« Wright setzte sich für Eva ein.

Meine Güte. Wenn ich es nicht besser wüsste, würde ich

denken, dass Bubba es darauf anlegte, heiliggesprochen zu werden.

»Warum sollte er das tun?«, murmelte ich.

»Ob du es glaubst oder nicht, Max, es gibt etwas, das man Vergebung nennt. Sie wird jemandem zuteil, wenn er aufrichtige Reue und Bedauern für das Unrecht zeigt, das er anderen angetan hat.«

»Im Ernst? Willst du jetzt den Klugscheißer spielen?«

»Ich spiele nicht den Klugscheißer.«

»Warum zum Teufel redest du dann mit mir über Vergebung? Ich bin nur überrascht, dass Bubba so großzügig ist.«

»Erstens würde Mark Wright eine alleinerziehende Mutter niemals leiden lassen, egal was sie ihm angetan hat. Er mag vielleicht einen Groll hegen, weil Zoey dabei war, aber das tut nichts zur Sache.« Fast sah ich Zane vor mir, wie er mit einer lässigen Geste abwinkte. »Damit will ich sagen, dass manche Menschen anderen vergeben. Sie bauen keine Mauern und Türme …«

»Und das aus dem Mund des Mannes, der in einem Penthouse hoch über allen anderen lebt. Wenn das kein Turm ist, dann weiß ich auch nicht.«

»Der Punkt geht an dich. Aber immerhin gewähre ich anderen Menschen Zutritt zu meinem Turm. Du hast dich entschieden, die Welt zu hassen und niemandem zu vertrauen.«

»Ich vertraue dir«, betonte ich. »Und außerdem schweifen wir vom Thema ab. Die Tatsache, dass Bubba Eva vergibt, spielt für …«

»Ich wette, für Eva spielt es eine Rolle.«

Nun, er hatte verdammt recht, für Eva war es von Bedeutung, und wenn ich ehrlich war, war es auch mir wichtig. Allerdings war mein Motiv rein egoistischer Natur. Wenn Bubba und Zoey Eva vergeben würden, könnte ich meine Beziehung zu Eva ohne Schuldgefühle vertiefen. Ich hätte sie zwar nicht aufgegeben, wenn er ihr nicht verziehen hätte, aber es wäre ein Problem gewesen, für das ich eine Lösung hätte finden müssen.

Und ich war mir nicht sicher, ob mir gefiel, was das über mich aussagte. Ich war meinen Freunden gegenüber loyal, doch die Tatsache, dass ich Eva Bubba vorgezogen hätte, gab mir zu denken. Aber ich wollte mich nicht damit auseinandersetzen. Uns erwarteten noch genügend Hindernisse, die wir überwinden mussten.

»Du hast recht, das tut es. Aber zurück zum Thema. Eva wird nicht nach Alaska fliegen.«

»Wie kommst du darauf, dass ich nach Alaska fliege?«

Verdammte Scheiße. Eva stand offensichtlich hinter mir und hatte mein Gespräch mit Zane mitgehört. Ich drehte mich nicht zu ihr um, sondern ließ den Kopf hängen, legte die freie Hand um meinen Nacken und drückte zu, um meine Anspannung zu lösen.

»Verdammt«, murmelte ich.

»Du hast die Tür nicht abgeschlossen, oder? Wie ich sehe, hat die Liebe *dich* weich werden lassen.«

Arschloch.

»Max?«, fragte Eva mit verunsichertem Tonfall.

»Ich werde mich jetzt verabschieden. Sprich mit Eva über den Plan. Ich bin in ein paar Stunden bei euch.«

Bevor ich etwas erwidern konnte, legte der Mistkerl auf. Typisch Zane Lewis, er hatte immer das letzte Wort.

Aber diesmal nicht. Nur weil er aufgelegt hatte, bedeutete das noch lange nicht, dass ich einlenken würde.

Auf gar keinen Fall würde Eva nach Alaska fliegen.

Ich warf mein Handy aufs Bett und drehte mich um.

Eva stand in der Tür. Sie hatte die Stirn gerunzelt und die Nase kraus gezogen, doch diesmal sah sie nicht niedlich aus, sondern niedergeschlagen.

Verflucht.

»Baby …«

»Mit wem hast du gesprochen und was war das über Alaska?«

»Wo sind Liam und Eli?«

»Am Tisch und essen. Jetzt sag mir, was los ist.«

»Ich habe mit meinem Chef gesprochen. Er hat die

Möglichkeit in Betracht gezogen, dass du nach Alaska fährst und mit dem Staatsanwalt sprichst.« Ich beobachtete, wie die Farbe aus ihrem Gesicht wich, und bemerkte erst gar nicht, dass ihre Beine nachgaben. Als ich sah, wie sie sich am Türrahmen festhielt, sprang ich auf.

»Ich habe ihm gesagt, dass du nicht mitkommst«, versicherte ich ihr, als ich sie in meine Arme zog. Als sie ihr Gesicht an meine Brust schmiegte, wusste ich, dass ich alles in meiner Macht Stehende tun würde, damit Zane seinen Plan nicht in die Tat umsetzte. »Du gehst nirgendwo hin.«

»Warum will er, dass ich mitkomme?«

»Das spielt keine Rolle.«

Eine Weile standen wir nur da und ich hielt Eva in meinen Armen, bis sie nicht mehr zitterte. Dann spannte sie sich an und versuchte, sich von mir zu lösen.

»Nein, Eva. Entspann dich einfach«, murmelte ich und hielt sie fest. »Nach Zanes Besuch könnten wir uns mit den Jungs einen Film ansehen und ein bisschen entspannen. Und später setzen wir uns zusammen und du kannst mich alles fragen, was du wissen willst. Wie wäre das?«

Statt sich wie erhofft zu entspannen, versteifte Eva sich erneut. Sie ballte ihre Hände vor meiner Brust zu Fäusten und versuchte, mich von sich wegzuschieben.

»Dein Chef kommt hierher?«, krächzte sie.

»Du brauchst keine Angst zu haben, Baby.«

»Wird er …?« Sie verstummte.

Nach einem Moment des Schweigens fragte ich: »Wird er was?«

»Das ist nicht wichtig.«

Ich hob den Kopf und zog ihn zurück, um ihr Gesicht sehen zu können. Bei dem Anblick überkam mich der unbändige Drang, Eva und die Jungs zu packen und mit ihnen zu fliehen. Der Wunsch war so stark, dass ich mich nicht gewundert hätte, wenn meine Knie nachgegeben hätten.

Mein Gott, ich war nicht besser als meine Brüder. Als sie die Partnerin fürs Leben getroffen hatten, hatte ich mich noch über sie lustig gemacht. Diese Männer hatten geschwo-ren, die Frauen, die sie liebten, um jeden Preis zu beschützen. Aber ich liebte Eva nicht. Das konnte ich nicht. Ich glaubte nicht an die ewige Liebe und all diesen Schwachsinn. Ich lebte im Hier und Jetzt und genoss lediglich Momente der gegenseitigen Befriedigung. Dennoch hatte ich Eva regel-recht angefleht, uns eine Chance zu geben. War das Liebe?

Je länger wir eng umschlungen dastanden und ich sie nicht mehr loslassen wollte, desto wütender wurde ich, weil Zane dieses verdammte Wörtchen überhaupt in den Mund genommen hatte.

»Was wird er tun, Baby?«, hakte ich nach.

»Wird er mich und die Jungs mitnehmen? Wird er uns zwingen zu gehen?«

»Auf keinen Fall!«, rief ich aufgebracht, bevor ich Gele-genheit hatte, mich zu beruhigen. »Niemand wird dich oder die Jungs irgendwohin mitnehmen.«

Der Gedanke, dass sie mich verlassen könnte, entfachte in mir eine heftige Mordlust.

Eva Dawson gehörte mir, und ihre Jungs auch.

Ich hatte keine Ahnung von Liebe, aber ich war ein verdammt guter SEAL. Ich blühte auf im Chaos und in der Schlacht. Ich wäre doch sicher in der Lage, eine Frau und zwei kleine Jungen zu erobern.

Oder etwa nicht?

Dieser verdammte Zane Lewis und seine große Klappe.

KAPITEL FÜNFUNDZWANZIG

Zane, Max' Chef, sah ganz anders aus, als ich ihn mir vorgestellt hatte. Der Mann war genauso umwerfend wie die Männer, die er beschäftigte. Groß, dunkle Haare und durchdringende blaue Augen, die fast so schön waren wie die von Max.

Und er machte den Eindruck, als könnte er einen Menschen in zwei Hälften zerreißen und die Leiche ohne Gewissensbisse entsorgen. Mit anderen Worten, er jagte mir eine Heidenangst ein. Offenbar hatte Max meine Nervosität gespürt, denn er war während der letzten fünf Minuten nicht von meiner Seite gewichen.

Liam machte er jedoch keine Angst. Mein Sohn hatte einen Blick auf den imposanten Zane Lewis geworfen und ihn gefragt, ob er auch mit Tex befreundet sei. Nachdem Zane das bejaht hatte, hatte Liam ihm eine Million Fragen gestellt. Schockiert hatte ich beobachtet, wie Zane alle geduldig beantwortete und dann seine Miene absichtlich erweichte, bevor er sich Elijah zuwandte.

Ich war drauf und dran, ihn zu fragen, ob er selbst Kinder hatte, doch da Liam den Mann ausgequetscht hatte, glaubte ich nicht, dass er weitere Fragen beantworten wollte.

Nachdem Liam die Fragen ausgegangen waren, hatten er

und sein Bruder sich ins Schlafzimmer zurückgezogen, um mit ihren neuen Spielsachen zu spielen, die Max für sie gekauft hatte. Wir hatten sie alle behalten.

Was soll ich sagen? Ich kann einfach nicht Nein sagen.

»Hat Max mit dir über den Plan gesprochen?«, wollte Zane wissen.

Das nervöse Kribbeln in meinem Bauch verdichtete sich, bis es mir wie ein Stein im Magen lag. Ich streckte die Hand nach Max aus, damit er mich erdete.

»Nein. Er sagte, wir würden darüber reden, wenn du hier bist.«

Ich hatte vergeblich versucht, etwas aus ihm herauszubekommen, aber er hatte mich nur mit einem Stirnrunzeln und einem eisig feurigen Blick betrachtet. Als er mir dann erklärte, dass er wütend sei und einen Moment brauche, um sich zu sammeln, ließ ich es auf sich beruhen. Schließlich war er immer ehrlich und versuchte nicht, etwas vor mir zu verbergen.

Zane und Max tauschten einen Blick aus. Eisblaue Augen starrten in stahlblaue Iriden. Es hatte den Anschein, als seien die beiden in eine Art telepathische Unterhaltung vertieft.

»Es ist ein solider Plan«, unterbrach Zane die Stille. »Tex und Bubba sind damit einverstanden.«

»Mark?«, fragte ich.

Max wandte den Blick von Zane ab, sah mich an und zog mich an sich.

»Ich habe darum gebeten, dass Bubba in Zukunft aus der weiteren Kommunikation ausgeschlossen wird«, bemerkte ich.

»Wirklich?«, fragte Zane.

»Du hast gesagt, dass du dich unwohl dabei fühlst, wenn er in die Sache involviert wird«, erinnerte Max mich unnötigerweise.

»Ganz genau, ich fühle mich unwohl dabei«, bestätigte ich.

»Ich fürchte, das tut jetzt nichts mehr zur Sache«, erklärte Zane. »Offenbar hat dein Sohn einen gewaltigen

Eindruck bei Bubba hinterlassen. Letzterer hat uns zu verstehen gegeben, dass er auf jede erdenkliche Weise helfen wird.«

»Das will ich nicht«, protestierte ich.

»Manchmal bekommt man nicht das, was man will.«

»Vorsicht, Zane«, knurrte Max.

»Ich hasse diesen Teil auch«, schoss Zane mit einem ebenso schroffen Tonfall zurück, doch das breite Grinsen in seinem Gesicht strafte seine Worte Lügen. Dann verblasste sein Lächeln und er wandte sich mir zu. »Ich will dich etwas fragen, Eva. Ist es dir wichtig, was Bubba will?«

»Natürlich.«

»Dann musst du einen Weg finden, damit klarzukommen, dass er uns hilft. Sein Job hindert ihn zwar daran, einfach Urlaub zu nehmen und mit dir nach Alaska zu gehen, aber er kann uns wertvolle Informationen liefern. Er kennt die beteiligten Personen besser als wir. Deshalb schlage ich vor, dass wir sein Angebot annehmen, um ihn nicht vor den Kopf zu stoßen.«

Mit dir nach Alaska zu gehen.

Das Herz schlug mir bis zum Hals. Ich hatte mir geschworen, nie wieder dorthin zurückzukehren. In Alaska hatte ich furchtbare Dinge erlebt und getan. Der ganze Staat war verflucht.

»Aber …«, begann ich.

»Eva«, seufzte Zane ungeduldig. »Bubba will uns unbedingt helfen.«

»Ich weiß«, erwiderte ich schroff. »Ich wollte eigentlich sagen, dass ich mitkommen will.«

»Wie bitte?«

»Scheiße.«

Beide Männer sprachen gleichzeitig, sodass ich nicht genau verstehen konnte, wer was gesagt hatte, doch ich nahm an, dass der Fluch von Max kam.

»Aber werde ich dann nicht verhaftet?«, wollte ich wissen.

»Darüber haben wir bereits nachgedacht. Tex kümmert sich darum«, antwortete Zane.

»Eva …«, warf Max ein.

»Ich will es hinter mich bringen, bevor Liam in die Schule kommt.«

»Nein!«, rief Max.

Zane nickte. »Max hat die Jungs bereits erwähnt. Ich dachte …«

»Das reicht«, unterbrach Max seinen Chef. »Du gehst nicht nach Alaska.«

»Aber ich muss es tun.«

»Was soll der Mist, Eva? Du musst gar nichts tun«, entgegnete er.

Vielleicht war das der Moment, in dem ich mich in Maximus Brown verliebte. Oder es war der Augenblick, in dem ich mir eingestand, dass ich mich in einen Mann verliebt hatte, den ich kaum kannte.

Es war nicht die Empörung oder die Schärfe in seinem Ton. Es war nicht die Art, wie er mich schützend an sich drückte.

Es war die Angst, die ich in seinen Augen sah.

Er hatte Angst um mich. Der große, starke Max Brown machte sich Sorgen um mich. Noch nie hatte mich jemand so angesehen.

Seine Fürsorge gab mir die nötige Kraft, um das zu tun, was ich tun musste. Ich musste nach Alaska gehen, das war ich Bubba und Zoey schuldig.

»Bitte hör mir zu, Max.«

Er schüttelte den Kopf. Als er den Mund öffnete, um etwas zu erwidern, legte ich die Hände an seine Wangen und zog sein Gesicht zu mir.

»Bitte, Max«, flüsterte ich. »Weißt du noch, dass du mir gesagt hast, ich solle die Vergangenheit hinter mir lassen? Ich solle aufhören, darüber nachzudenken, und nach vorn blicken? Nun, das ist meine Chance. Der Staatsanwalt sucht mich aus einem bestimmten Grund und wenn er will, dass ich aussage, dann werde ich das tun. Da ist etwas, was ich dir noch nicht erzählt habe.«

Ich atmete tief durch. Es war an der Zeit, reinen Tisch zu machen.

»Ich habe die Gespräche mit Tracy Eklund und Malcolm Wright aufgezeichnet.«

»Wie bitte?«, rief Max.

»Ach du heilige Scheiße«, keuchte Zane.

Ich konnte Zane aus dem Augenwinkel sehen, aber ich starrte Max weiterhin an.

»Ich bin keine Idiotin und dachte, die Aufnahmen könnten sich als nützlich erweisen. Allerdings verlangte Malcolm Wright, dass ich ihn und Tracy während der Gespräche als meine Chefs bezeichnete.«

»Du bist per Anhalter nach Alaska gefahren.« Max' Stimme vibrierte vor Wut.

Damit hatte er recht. Aber irgendwie musste ich ja dorthin gelangen, nachdem alles schiefgelaufen war und Malcolm und Tracy mich nicht bezahlten.

»Du brauchtest Geld. Du hättest …«

»Was hätte ich? Ich hatte keine andere Wahl. Ich musste in Liams und Elijahs Nähe sein. Irgendwie musste ich sie zurückbekommen, also legte ich mir einen Plan zurecht.«

»Warum hast du Kenneth Eklund nicht gesagt, dass du die Aufnahmen hast?«

»Wie bitte? Warum sollte ich das tun?«

»Um ihn zu erpressen.« Ich ließ die Hände fallen und wich zurück, als mein Herz in tausend Stücke zerbrach. »Das kam falsch rüber«, stammelte er.

»Nein, ich glaube nicht«, flüsterte ich.

Er streckte die Hand nach mir aus, doch ich entzog mich seinem Griff und lief so schnell ich konnte den Flur hinunter. Ich konnte nicht in mein Schlafzimmer gehen, in dem die Jungs spielten, also eilte ich in Max' Zimmer und schloss die Tür hinter mir.

Es sollte mich nicht wundern, dass Max das Schlimmste von mir dachte.

Ich lehnte mich mit dem Rücken an die Tür, ließ mich an

dem glatten Holz hinabgleiten und landete unsanft auf dem Hintern.

Es tat weh, aber der Schmerz, der mich innerlich zerfraß, war größer.

KAPITEL SECHSUNDZWANZIG

»So kann man auch ins Fettnäpfchen treten«, bemerkte Zane und warf einen Blick auf sein Handy.

»Leck mich!«

»Ich muss zugeben, ich war skeptisch. Aber jetzt nicht mehr.«

»Großartig«, blaffte ich. »Ich rufe die …«

»Herrgott, du bist eine Nervensäge. Du solltest dich beruhigen, bevor du ein Magengeschwür bekommst. Gib ihr eine Minute, dann kannst du zu ihr gehen und vor ihr zu Kreuze kriechen. Du kannst ihr erklären, wie dumm und gedankenlos deine Bemerkung war.«

»Die Worte kamen falsch rüber.«

»Das hast du bereits gesagt. Aber ich kenne dich, es hat dich wirklich schockiert, dass sie Kenneth Eklund nicht mit den Aufnahmen erpresst hat, die sie von seiner Frau hatte. Ich muss zugeben, ich bin beeindruckt, dass sie es nicht getan hat. Wenn man bedenkt, dass sie sich in einer schwierigen Lage befand und ihre Kinder von ihrem Ex-Mann zurückhaben wollte, hätte sie es durchaus tun können.

Aber du und ich, wir sind nun einmal zynische Arschlöcher. Obendrein bist du überzeugt, dass alle Frauen Lügnerinnen und Opportunistinnen sind. Und da ich weiß, wie deine Mutter, deine Tante und diese Schlampe von einer Ex-

Freundin dich behandelt haben, kann ich dir das nicht verübeln. Aber es scheint, dass Eva Dawson nichts mit diesen Frauen gemein hat. Sie ist eine Mutter, die ihre Kinder liebt und alles tun würde, um sie zu beschützen.

Und du weißt, wie sehr ich Bubba respektiert habe. Aber aus der Sicht eines Vaters kann ich Eva verstehen. Es ist schrecklich, dass Bubba und Zoey in Evas Schlamassel verwickelt wurden, aber wenn jemand Eric entführen würde, würde ich, wenn nötig, die ganze Erde niederbrennen, um ihn zu finden. Und ich würde mich bei niemandem entschuldigen, den ich dabei versengen würde.«

Ich hatte die Zähne so fest zusammengebissen, dass mein Kiefer mittlerweile krampfte. Es war nicht meine Absicht gewesen, Eva zu verletzen. Und Zane irrte sich, ich war nicht schockiert, weil sie Kenneth nicht erpresst hatte. Ich wusste, dass sie zu so etwas nicht fähig war. Und ich wusste auch, dass sie sich schlecht fühlte wegen dem, was sie Bubba und Zoey angetan hatte.

Doch sie hatte ihr Leben in Gefahr gebracht, als sie von Seattle nach Alaska getrampt war. Jeder hätte sie mitnehmen und ihr Schreckliches antun können. Sie hätte getötet werden können. Als Tex sie fand, lebte sie in einem schäbigen Motel direkt an einer Schnellstraße und arbeitete in einem verdammten Stripklub, um dreihundert Riesen zusammenzukratzen. Als sei so etwas je möglich.

»Nein, Z, du verstehst das völlig falsch. Ich vertraue Eva.«

Wenn ich nicht so wütend gewesen wäre, hätte ich über Zanes überraschten Gesichtsausdruck gelacht. Ihm fiel die Kinnlade herunter und die Augen traten ihm fast aus dem Kopf.

»Was hast du gesagt?«

»Nur, damit ich das richtig verstehe. Vorhin hast du mir noch weismachen wollen, dass ich verliebt bin, aber jetzt siehst du mich an, als sei ich verrückt geworden, weil ich ihr vertraue?«, fragte ich.

»Äh, ja.«

»Sollte man jemandem nicht vertrauen, wenn man ihn liebt?«

»Auf einen normalen Menschen trifft das zu, ja«, antwortete Zane.

»Jetzt bringst du mich wirklich in Rage«, blaffte ich.

Mein Chef, der im Laufe der Jahre ein enger Freund geworden war, starrte mich immer noch verblüfft an. Und obwohl ich verstand, warum er derart schockiert war, war es an der Zeit, wieder zur Sache zu kommen.

»Hast du Tex eine Nachricht geschickt?«, fragte ich.

»Ja. Er sagte, er wolle die Aufnahmen hören«, erklärte Zane.

»Dann sollte ich wohl besser zu Eva gehen und zu Kreuze kriechen.«

»Ja, das solltest du wohl.« Zane lächelte. »Soll ich Rena bitten, einen Jet zu chartern?«

Rena war Zanes Assistentin und überaus effizient. Bevor Zane Ivy getroffen hatte, hatte Rena jeden Aspekt von Zanes Leben geregelt, sowohl privat als auch beruflich. Heute teilten sich die beiden Frauen die Herkulesaufgabe, Zane in der Spur zu halten.

»Solange Tex den Weg für Eva ebnen kann. Ich will keine Überraschungen erleben. Wir fliegen nach Alaska, treffen uns mit dem Staatsanwalt und fliegen zurück. Eva muss keine Sekunde länger als nötig dort bleiben.«

»Ich hätte nicht gedacht, dass es so einfach sein würde«, murmelte Zane.

»Wie bitte?«

»Alle anderen haben sich dagegen gewehrt, nur du nicht. Ich hätte nie gedacht, dass ich den Tag erleben würde, an dem eine Frau dein Herz erobert. Allerdings habe ich erwartet, dass wir uns in einen Luftschutzkeller zurückziehen müssen, wenn es so weit ist. Ich weiß nicht, ob ich erleichtert oder enttäuscht bin. Denn nun kann ich dir nicht mehr androhen, dir in den Hintern zu treten und dich zu feuern.«

»Was soll ich sagen, Chef? Ich bin schlauer als die anderen. Warum zum Teufel sollte ich mich dagegen wehren, wenn ich dafür kämpfen sollte? Musste sie sich in ihrem Leben nicht schon mit genügend Arschlöchern herumschlagen? Haben diese Kinder nicht schon genug durchgemacht? Sie versteht mich wie kein anderer, weil sie es selbst erlebt hat. Sie weiß, wie es ist, nichts zu haben und dann noch mehr zu verlieren.«

»Verdammt, Tex hatte recht.«

Bevor ich Zane fragen konnte, wovon er sprach, kam Elijah den Flur entlang.

»Hey, Kumpel.«

»Wo ist Mom?«, fragte er.

»Ich glaube, sie ist im Badezimmer«, log ich.

Auf keinen Fall würde ich dem Jungen erzählen, dass ich die Gefühle seiner Mutter verletzt hatte und sie vor mir weggelaufen war.

»Ich habe Durst.«

»Komm schon, dann holen wir dir etwas zu trinken.«

Es war reine Glückssache, ob Eli mir in die Küche folgte oder sich ins Schlafzimmer zurückzog. Der Vierjährige hatte sich mir gegenüber zwar erwärmt, war aber im Gegensatz zu seinem älteren Bruder immer noch sehr zurückhaltend. Es war erstaunlich, dass Liam nach all dem Missbrauch durch einen Mann, der ihn hätte lieben und beschützen sollen, so kontaktfreudig war. Dass er solche Fortschritte gemacht hatte, hatte er Eva zu verdanken, denn sie war beiden gegenüber offen und liebevoll. Sie hatte großartige Arbeit geleistet, um ihr Leben wieder in die richtigen Bahnen zu lenken.

Ich fand die Plastikbecher der Jungen und schenkte Eli Apfelsaft ein. Der süße Duft stieg mir in die Nase und verstärkte den Schmerz in meiner Brust. Ich würde Äpfel für immer mit Eva verbinden – der Geruch, der Geschmack auf ihrer Zunge, als ich sie zum ersten Mal küsste.

»Max?«

»Ja?«

»Werden wir jetzt hier leben?«

Ich blickte auf Eli hinab und lächelte.

Hätte jemand mir vor einer Weile erzählt, dass ich eines

Tages mit einem kleinen Jungen in einer Küche stehen und ihm etwas zu trinken einschenken würde, während ich mich auf unbekanntes Terrain voller Landminen begab, die mir das Herz zerreißen könnten, hätte ich ihn für dumm gehalten. Und wenn jemand mir gesagt hätte, ich würde eine Frau finden, der ich zutrauen würde, mich durch die Minen zu navigieren, und die mir beibringen würde, zu lieben und geliebt zu werden, hätte ich ihn einen Lügner genannt – kurz bevor ich die Sehnsucht nach all dem verspürt hätte.

Eva war all das, was ich mir selbst immer verwehrt hatte.

»Das liegt bei deiner Mutter«, antwortete ich und fragte: »Gefällt es dir hier?«

Der Junge zuckte mit den Schultern.

»Weißt du es denn nicht?«, hakte ich nach.

»Ich mag die Schaukeln.«

Eli stellte seine Tasse auf die Anrichte und eilte davon, bevor ich ihm anbieten konnte, mit ihm in den Garten zu gehen. Wahrscheinlich war es besser so, denn ich musste mich noch mit Zane unterhalten und mit Eva reden.

Danach würde ich ihr den Tag ermöglichen, den sie sich wünschte – einen Tag ohne Dramen, Auftragskiller und bevorstehende Reisen nach Alaska.

Ich war immer noch nicht damit einverstanden, sie mit den Behörden sprechen zu lassen. Die Vorstellung, sie an einen Ort zurückzubringen, der schmerzhafte Erinnerungen in ihr hervorrufen würde, jagte mir einen Schauer über den Rücken. Aber hier ging es nicht um mich und es war nicht wichtig, was ich wollte. Es ging um Eva und darum, was sie tun musste. Ich konnte nur darauf vertrauen, dass sie sich ihrer Sache sicher war, und ihr beistehen. Ich würde sie beschützen, während sie tat, was sie tun musste, um endlich nach vorn blicken zu können und ihr Leben weiterzuleben.

Ich hoffte nur, dass sie ihr Leben mit mir teilen wollte.

KAPITEL SIEBENUNDZWANZIG

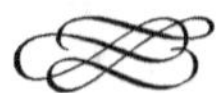

Jemand klopfte an die Tür. Da ich immer noch schmollend auf dem Boden saß, spürte ich die Vibration an meinem Rücken.

»Eva. Ich bin es, Zane.«

Zane?

So schnell wie möglich stand ich auf und trat von der Tür weg. Da ich nicht wusste, was ich tun sollte, starrte ich sie nur an.

Ich hatte nicht unbedingt Angst vor Zane. Auf den ersten Blick wirkte er bedrohlich, und ich nahm an, dass er es darauf anlegte. Aber nachdem ich den ersten Schock überwunden hatte, schien er mir ein Mann zu sein, der gern die Oberhand behielt.

Ich ließ mich auch nicht von dem sanften Tonfall täuschen, den er gegenüber den Jungs angeschlagen hatte. Zane strahlte dieselbe tödliche Selbstsicherheit aus wie Max.

Die Tür wurde geöffnet und ich wurde wütend.

»Kann ich dir helfen?«, blaffte ich.

Ich habe dich nicht hereingebeten.

»Bist du fertig?«, wollte Zane wissen.

Meine Güte, das kam mir bekannt vor.

»Fertig womit?«

»Mit deinem …«, begann er.

»Meinem was?«, drängte ich.

»Ich weiß nicht, wie ich es nennen soll, vielleicht einen Trotzanfall. Aber meine Frau hat mich darauf aufmerksam gemacht, dass ich an meinen zwischenmenschlichen Fähigkeiten arbeiten muss. Sie sagt, ich benehme mich meistens wie ein Arsch.« Zane zuckte mit den Schultern und trat tiefer in den Raum. »Da ich meine Frau liebe und Ivy für gewöhnlich recht hat, versuche ich … *nett* zu sein.« Das schien ihm sichtlich schwerzufallen.

»Und du versuchst jetzt auch, nett zu sein? Indem du uneingeladen hier hereinplatzt und mich fragst, ob ich meinen Trotzanfall überwunden habe?«

»So ziemlich.«

»Und du bist wirklich verheiratet?«, fragte ich verblüfft.

»Ja.«

Zane verzog die Lippen zu einem Lächeln, und plötzlich veränderte sich der ganze Mann. In seinen blauen Augen lag ein Ausdruck, den man nur als Liebe bezeichnen konnte. Und er hatte Grübchen. Heilige Scheiße.

»Deine Frau hat sich ziemlich viel vorgenommen, wenn sie vorhat, dich in einen umgänglichen Menschen zu verwandeln.«

Leider hatte mein Seitenhieb nicht den beabsichtigten Effekt, denn Zane warf den Kopf in den Nacken und lachte schallend.

»Ich verstehe nicht, was daran so lustig ist«, schnaubte ich.

»Nein, du würdest es nicht verstehen«, sagte er, als sein Lachen verklungen war.

Zane starrte mich an. Während Max die Kunst des prüfenden Blickes zwar perfekt beherrschte, schlug Zane ihn trotzdem um Längen. Er machte mich nervös, als er mich so durchdringend ansah, als könnte er direkt in meine Seele blicken. Ich war mir ziemlich sicher, dass er übermenschliche Kräfte besaß und nun alle meine Geheimnisse kannte.

Nach einer Weile nickte er seltsamerweise und sagte:

»Max hatte nicht vor, dich mit seiner Bemerkung zu verletzen.«

»Das hat er aber«, entgegnete ich.

»Er vertraut dir«, erklärte Zane.

»Das klang aber nicht so.«

Plötzlich geriet Zanes selbstsichere Haltung ins Wanken. »Sei nachsichtig mit ihm, Eva.«

»Ich soll nachsichtig sein?«, fragte ich ungläubig.

»Ich hintergehe Max nicht, wenn ich dir sage, dass er niemandem vertraut.«

»Das ist mir schmerzlich bewusst.«

»Nein, das glaube ich nicht. Er vertraut dir. Und für einen Mann, der sein ganzes Erwachsenenleben damit verbracht hat, genau das zu vermeiden, was er von dir will, würde ich sagen, ist das ein verdammtes Kompliment. Es sagt auch viel über dich aus, dass er bereit ist, sich dir zu öffnen und für dich sein Herz zu riskieren. Das hat er noch nie, wirklich *niemals*, getan. Und weil er es noch nie getan hat, wird er hin und wieder ins Stolpern geraten und Mist bauen. Also sei nachsichtig – er ist es wert.«

Mir stockte der Atem und all meine Selbstzweifel kamen an die Oberfläche. »Aber was ist, wenn ich es nicht wert bin? Er sollte …«

»Das zu entscheiden liegt nicht bei dir. Das muss Max selbst tun. Er glaubt, dass du es wert bist, und deshalb hat er beschlossen, den Sprung zu wagen. Enttäusche ihn nicht, Eva. Wenn du erst einmal all seine Widerhaken und Dornen überwunden hast, wirst du feststellen, dass du nie einen besseren Mann finden wirst.«

»Davon hat er nicht viele«, flüsterte ich.

»Nein, Eva, Maximus Brown hat den Missmut zur Kunstform erhoben. Allein die Tatsache, dass du diese Seite von ihm noch nie gesehen hast, sagt mir alles, was ich wissen muss. Also bitte, sei nachsichtig.«

Natürlich wusste ich bereits, wer Max war, Zane hatte mir nichts Neues erzählt. Trotzdem schlug mein Herz höher.

»Ich war nicht wütend auf Max«, gebe ich zu. »Ich

brauchte nur eine Minute, um meine Gedanken zu ordnen. Ich weiß, dass er nur wissen wollte …«

»Nein, Eva. Ich glaube, Max war aufgebracht, weil du im Besitz von Informationen bist, mit denen du viel Geld hättest verdienen können. Aus irgendeinem Grund liebt Kenneth Eklund seine Frau immer noch, obwohl sie ihn betrogen und einen Mord geplant hat. Diese Frau ist durch und durch böse. Aber er hätte dich bezahlt, damit du diese Aufnahmen vor den Behörden geheim hältst.«

»Warum um alles in der Welt sollte Max aufgebracht sein, weil ich niemanden erpresst habe?«

»Weil es ihn innerlich zerreißt, dass du ohne deine Kinder gelitten hast. Ganz zu schweigen davon, dass wir alle wissen, wo du gearbeitet hast, um zu überleben. Du gehörst jetzt zu Max, und obwohl er dich damals nicht kannte, weckt allein die Vorstellung, dass du in einem schäbigen Motel gelebt und dich für Geld ausgezogen hast, in Männern wie uns eine Mordlust.«

»Das ist verrückt.«

»Möglicherweise, aber so sind wir nun mal gestrickt.«

Bevor ich etwas erwidern konnte, erschien Max in der Tür.

»Ich dachte, du wolltest ein Flugzeug chartern.«

Zane verzog den Mund zu einem Lächeln. Seine Grübchen kamen zum Vorschein und seine Augen funkelten verschmitzt.

Oh nein.

»Ich kann mehrere Dinge gleichzeitig tun«, erwiderte Zane.

»Dann tu sie woanders.«

»Aber dann würde ich nicht gleichzeitig einen Jet chartern und obendrein deinen Arsch retten können, nicht wahr?«

Einen Jet chartern?

»Geh und chartere deinen Jet woanders. Ich will jetzt mit meiner Frau allein sein.«

Bevor ich darüber nachdenken konnte, dass Max mich

gerade seine Frau genannt und damit eine Vielzahl von Gefühlen in mir ausgelöst hatte, lachte Zane schallend. Dann zwinkerte er mir zu, und ich war hin und weg.

Jetzt verstehe ich vollkommen, warum seine Frau ihn und seine mürrische Art erträgt.

»Der Gladiator hat gesprochen, ich werde jetzt besser gehen«, scherzte Zane.

Er schlenderte scheinbar völlig unbekümmert aus dem Raum. Im Gegensatz dazu kam Max mit schweren Schritten auf mich zu. Seine Schultermuskeln und sein Bizeps waren angespannt, und seitlich an seinem Hals pochte eine Vene.

»Warum lächelst du?«, fragte er.

»Ich war mir nicht bewusst, dass ich lächle. Aber wahrscheinlich liegt es daran, dass Zane lustig ist.«

»Lustig? Du meinst wohl eher, er ist ein neugieriger Arsch.«

Diesmal grinste ich bewusst. Aber selbst, wenn ich nicht gespürt hätte, wie ich die Muskeln in meinem Gesicht anspannte, wäre mir nicht entgangen, wie Max' Blick auf meine Lippen fiel. Und das Verlangen in seinen Augen war nicht zu übersehen.

Ein leidenschaftlicher Blick von ihm genügte, und mein Höschen stand in Flammen. Ich war machtlos dagegen.

»Gladiator?«, kicherte ich.

»Wegen meines Namens«, murmelte er verärgert.

»Das dachte ich mir.«

»Mir wurde gesagt, dass mein Vater mir einen mächtigen Namen geben wollte, der des Erbens würdig wäre, der eines Tages sein Geschäft übernehmen würde. Tatsächlich hat er mir keinen Gefallen getan, denn jedes Arschloch in der Schule hat sich darüber lustig gemacht.«

Der finstere Ausdruck, der über sein Gesicht huschte, tat mir in der Seele weh. Ich verstand nur allzu gut, wie seine Stimmung so plötzlich umschlagen konnte. Wenn ich an meine Eltern dachte, ging es mir genauso.

»Wie heißt du?«, wollte ich wissen.

»Maximus.«

»Ich meine deinen vollständigen Namen«, drängte ich.

»Maximus Brown.«

»Jetzt stellst du dich absichtlich dumm«, seufzte ich. »Wie lautet dein zweiter Vorname?«

Je länger Max schwieg, desto schwieriger wurde es, ein Lachen zu unterdrücken. Sein Gesichtsausdruck machte es nicht besser. Er sah aus, als hätte er literweise Zitronensaft getrunken und hasste den herben Geschmack.

»Bitte sag mir, dass es nicht Spartacus ist.«

Max schüttelte den Kopf, antwortete aber immer noch nicht.

Ich versuchte, mich an den Klassiker *Gladiator* mit Russell Crowe zu erinnern, aber es gab so viele römische Namen, von denen ich die meisten nicht aussprechen, geschweige denn mich daran erinnern konnte. Also hatte ich keine weiteren Vorschläge.

»Komm schon, spuck es einfach aus«, flehte ich.

»Ragnar.«

»Maximus Ragnar?«

»Ja«, stieß er hervor. »Ich bin nach einem römischen Kaiser und einem Wikinger benannt, der in einer Schlangengrube den Tod fand. Ich Glückspilz.«

»Ganz ehrlich, ich lache nicht über deinen Namen«, sagte ich und wedelte mit den Händen vor meinem Gesicht, während ich mich kaum noch halten konnte. »Es ist nur … du siehst aus, als würdest du dir lieber die Fußnägel ausreißen lassen, als deinen Namen auszusprechen.«

»Das würde ich auch. Es ist ein blöder Name. Aber wenn du meinen Vater kennen würdest, dieses aufgeblasene Arschloch, würdest du verstehen, warum er so stolz darauf war, mich seinen Bekannten als Maximus Ragnar vorzustellen. Ich konnte kaum laufen, da brüstete er sich schon damit, mir den Namen eines Königs gegeben zu haben. Natürlich war ein gewöhnlicher Name wie John oder Peter nicht gut genug für seinen Sohn.«

Meine Belustigung verflog schlagartig. In Max' Stimme schwang keine Wut mit, sondern ein tiefer Schmerz.

»Scheiß auf ihn«, platzte ich heraus. »Er mag dir deinen Namen aus reiner Arroganz gegeben haben, aber in einem hat er recht: Der Name ist stark und passt zu dem Mann, zu dem du herangewachsen bist. Du bist ein Anführer, ein treuer Freund und ein Beschützer. Und du bist zu diesem Mann geworden, nicht er. Du hast es aus eigener Kraft geschafft, trotz seiner Bemühungen, dich in den gebrochenen und bösartigen Mann zu verwandeln, der er ist.«

Ich beobachtete, wie Max sich versteifte. Alles an ihm schien zu erstarren, und in seinen eiskalten Augen flammte ein gequälter Ausdruck auf.

Und als ein tiefes Grollen in ihm aufstieg, das sich schließlich in einem einzigen Wort Ausdruck verschaffte, dachte ich, ich hätte einen großen Fehler gemacht.

»Verdammt.«

»Es tut mir …«

Max hob eine Hand, um mir eine Haarsträhne hinters Ohr zu streichen, während er die andere um meinen Nacken schlang. Er zog mich an sich und drückte mich fest an seine Brust.

»Es tut mir so leid, dass ich deine Gefühle verletzt habe. Ich wollte nicht herablassend klingen. Ich weiß, dass du ein guter Mensch bist.«

Rückblickend war das der Moment, in dem ich mich bis über beide Ohren in Maximus Ragnar Brown verliebte. In einen misstrauischen, missmutigen, launischen, starken, schönen Mann. Einen Mann, der trotz meiner Verfehlungen wirklich daran glaubte, dass ich ein guter Mensch war. Einen Mann, der zwar niemandem vertraute, aber mir sein Vertrauen schenkte.

Ja, ich liebte Max.

KAPITEL ACHTUNDZWANZIG

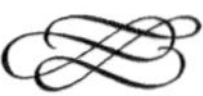

Nicht Evas Worte entfachten ein Feuer in meinem Inneren, sondern ihr entrüsteter Tonfall. Sie war um meinetwillen erzürnt.

Niemand, nicht einmal meine Kameraden, hatten sich je mit so leidenschaftlicher Empörung auf meine Seite geschlagen.

Ich fand nicht die richtigen Worte, um ihr verständlich zu machen, was ihre Reaktion mir bedeutete. Sie hatte etwas in meiner Seele erweckt, von dessen Existenz ich nichts gewusst hatte. Doch allein mit ihren Worten hatte sie ihr Schicksal besiegelt.

Eva Dawson gehörte mir.

Und ich gehörte ihr.

Während ich sie in meinen Armen hielt, erwartete ich schon, dass die Erkenntnis Furcht oder Besorgnis in mir auslösen würde, doch nichts davon geschah. Ich spürte nur Verlangen und Sehnsucht, die mich ganz und gar ausfüllten, bis ich nichts anderes mehr fühlte.

»Entschuldigt die Störung«, ertönte Zanes Stimme.

Ich umklammerte Eva fester und wollte sie nicht mehr loslassen.

»Ja?«, fragte ich verärgert.

»Tex hat angerufen.«

Verdammte Scheiße.

»Er hat den Weg für Eva geebnet, sie kann ungehindert mit dem Staatsanwalt sprechen. Aber er würde trotzdem gern erfahren, welche Informationen sie hat.«

»Jetzt gleich?«, fragte ich ungläubig.

»Der Anwalt würde sich gern schon morgen mit ihr treffen.«

Herrgott noch mal.

Mein Kinn ruhte auf Evas Kopf und sie klammerte sich noch fester an mich. Es war das Einzige, was die Situation erträglich machte – dass Eva sich an mich schmiegte und Trost suchte.

»Die Jungs«, flüsterte sie.

»Ich dachte, Anaya könnte euch begleiten, um auf die Kinder aufzupassen«, bot Zane an.

»Baby?« Ich drückte Eva leicht und wartete, bis sie den Kopf hob und meinem Blick begegnete. »Anaya hat früher für eine Organisation für vermisste und ausgebeutete Kinder gearbeitet. Du hast sie zwar nur flüchtig kennengelernt, aber ich kann dir versichern, dass sie mit heiklen Situationen umgehen kann. Sie wird gut auf die Jungs achtgeben.«

»Ich gehe nicht …«

»Nein, Schatz, wir lassen sie nicht hier zurück. Aber Anaya kann uns begleiten. Entweder sie bleibt mit Liam und Elijah im Hotel oder sie alle kommen mit uns zum Büro des Staatsanwalts und warten dort auf uns. Aber ich weiche nicht von deiner Seite, also muss jemand während unseres Treffens auf sie aufpassen.«

Ich wünschte wirklich, mein Team könnte ebenfalls mit uns fliegen. Zwar glaubte ich nicht, dass wir dort in Gefahr sein würden, aber ein wenig Unterstützung konnte nie schaden.

»Okay. Wir werden mit Liam und Eli sprechen.«

Eva löste sich von mir, und ich ließ sie widerwillig gewähren. Als sie nach meiner Hand griff und unsere Finger miteinander verschränkte, überkam mich ein Frieden, den nur sie in mir auslösen konnte.

»Ich gebe dir das Passwort zu meiner Cloud, damit du es an Tex weiterleiten kannst.«

Zane gab ein Schnauben von sich. Als ich den Blick von Eva löste und mich ihm zuwandte, sah er tatsächlich aus, als müsse er ein Lachen unterdrücken.

Es gab mehrere Gründe, die für das Grinsen in seinem Gesicht verantwortlich sein könnten. Zum einen war da die Tatsache, dass ich mit Eva Händchen hielt. Zum anderen hatte Eva angeboten, Tex ihre Login-Daten zu übermitteln. Das war nett gemeint, aber Tex brauchte ihr Passwort nicht, um auf ihren Datenspeicher zuzugreifen.

Zane warf einen Blick auf unsere ineinander verschränkten Hände, dann sah er wieder zu mir auf. Sein Lächeln verblasste und ich wappnete mich.

»Wir werden diese Sache so schnell wie möglich hinter uns bringen.« Mit diesen Worten nickte er uns zu und wandte sich zum Gehen um. Dann hielt er jedoch inne und warf einen Blick über die Schulter. »Kyle hat deine Sachen in eurem Haus zusammengepackt. Er und Anaya kommen später vorbei und bringen alles mit. Dieses Haus steht dir so lange zur Verfügung, wie du bleiben willst.«

»Genau deswegen habe ich dich heute Morgen angerufen. Ich wollte den Mietvertrag …«

»Nicht nötig. Nenne es eine berufliche Vergünstigung.«

»Danke, das weiß ich zu schätzen.«

»Keine Ursache.«

Zane war bereits zur Tür hinaus, als Eva seinen Namen rief.

»Ja?«, fragte er und streckte noch einmal den Kopf in den Raum.

»Richte deiner Frau aus, sie leistet gute Arbeit«, sagte Eva.

Und da wusste ich, dass der knallharte Zane Lewis Eva mochte. Seine harte Schale schmolz dahin, er legte den Kopf in den Nacken und lachte. Der Anblick überraschte mich immer noch, obwohl es inzwischen Jahre her war, seit er seine Frau kennengelernt hatte. Sie hatte das Unvorstellbare möglich gemacht und den Beweis erbracht, dass mein Chef ein Mensch war und nicht nur ein emotionsloser Kriegsheld.

»Ja, Eva, ich werde es ihr ausrichten.«

»Was hatte das zu bedeuten?«, fragte ich.

»Ich sehe mal nach den Jungs, dann erzähle ich es dir«, erwiderte Eva.

Sie stellte sich auf die Zehenspitzen und drückte mir einen allzu flüchtigen Kuss auf die Lippen. Dann ließ ich ihre Hand los und sie stolzierte zur Tür.

Ich folgte ihr nicht, denn ich brauchte einen Moment für mich.

Aber ich empfand immer noch keine Angst, keine Besorgnis. Und mich überkamen auch keine Zweifel.

Ich konnte es kaum glauben, aber so war es.

* * *

GLÜCKLICHERWEISE VERABSCHIEDETE ZANE SICH, KURZ nachdem Tex angerufen hatte. Letzterer teilte uns mit, dass er sich Evas Aufnahmen von ihren Gesprächen mit Tracy und Malcolm angehört hatte. Wahrscheinlich hatte ich Tex noch nie so aufgeregt erlebt, aber er klang geradezu euphorisch, als er verkündete: »Tracy ist geliefert.« Er hatte zudem mit den Behörden in Alaska gesprochen, die Eva Immunität gewährt hatten.

Die zweite gute Nachricht war, dass Tex den Privatdetektiv gefunden hatte, den Kenneth Eklund engagiert hatte. Und da Kenneth ein Anwalt und kein Weltklasse-Hacker wie Tex war, war Eklunds Netzwerksicherheit meinem Freund nicht gewachsen. Tex hatte eine Liste von Kenneths Klienten gefunden.

Abgesehen von Heritage-Kunststoffe, einschließlich Colin Wright und Sean Kassamali, war der Rest der Liste ein Who is Who der kriminellen Unterwelt von Juneau. Alles in allem eine seltsame Mischung – Juneaus größtes Unternehmen, Drogendealer, Prostituierte und sogar ein Vergewaltiger.

Es dauerte nicht lange, bis Tex die Zusammenhänge erkannt hatte. James George wartete auf seine Verhandlung wegen der Herstellung und des Vertriebs von Betäubungsmitteln. Zum Zeitpunkt seiner Verhaftung hatte er zudem einen kleinen Stall von Prostituierten. Ihm drohte eine lange Haftstrafe. Tex hatte herausgefunden, dass der Drogendealer nicht sonderlich schlau gewesen war und kein Geld gewaschen hatte, sodass er nach der Beschlagnahmung seines Vermögens durch die Regierung mittellos war. Dennoch wurde Kenneth Eklund als Anwalt in den Gerichtsdokumenten genannt, nicht als Pflichtverteidiger.

Seine Suche führte Tex noch tiefer in die Abgründe der Unterwelt, wo er den Auftragskiller aufspürte, der Evas Leben beenden sollte. Tex war ein Mann der Tat und hatte bereits eines der vielen Söldnerteams, die ihm zur Verfügung standen, geschickt, um den Kerl abzufangen.

Die ganze Sache würde in ein paar Tagen vorbei sein und Eva und ihre Jungs wären in Sicherheit. Dann würde alles wieder seinen gewohnten Gang gehen und wir könnten gemeinsam in die Zukunft blicken.

Da Eva zugestimmt hatte, in Maryland zu bleiben, freute ich mich auf ein normales Leben mit ihr. Ich hatte zwar keine Ahnung, was das bedeutete, aber es klang gut.

»Wie war das Leben als SEAL?«, fragte Eva und riss mich aus meinen Gedanken.

Ich rutschte auf dem unbequemen Stuhl hin und her und spielte mit der Wasserflasche, die vor mir stand. Wir saßen im Esszimmer, wobei Eva auf der einen Seite des Tisches Platz genommen hatte, von wo aus sie ein Auge auf die Jungs haben konnte, die im Wohnbereich puzzelten. Ich saß ihr gegenüber und hatte einen Blick auf den großen Garten.

Seit Zane gegangen war, hatten wir alle möglichen unverfänglichen Themen angeschnitten: Lieblingsfilme, Bücher, Orte, an denen wir gelebt hatten. Bisher hatte Eva meinen Militärdienst nicht erwähnt und ich hatte ihr keine Fragen gestellt, die ihr unangenehm sein könnten. Außerdem scherte ich mich nicht sonderlich um die

Vergangenheit, ich interessierte mich mehr für die Gegenwart.

»Es war hart«, antwortete ich.

»Körperlich?«

»Ja, es war schmerzhaft und zudem mental herausfordernd.«

»Du sprichst nicht gern darüber«, vermutete sie.

Ich konnte nicht behaupten, dass ich nicht gern darüber sprach, mich hatte nur noch niemand danach gefragt.

»Ich hatte nie die Gelegenheit, über das Leben als SEAL zu sprechen«, begann ich. »Ich versuche nicht, deiner Frage auszuweichen. Ich habe nur noch nie darüber nachgedacht, wie ich es beschreiben soll.«

»Schon gut, vergiss, dass ich gefragt habe.«

»Nein, Eva, ich möchte es dir erzählen.«

Es dauerte ein paar Minuten, bis ich erklärt hatte, was die SEAL-Grundausbildung ausmachte und wie die Rekruten ausgewählt wurden. Dank der vielen Dokumentationen und Filme, die zu dem Thema existierten, kannte Eva bereits die Grundlagen.

»Dann stellen die Filme es also falsch dar?«, fragte Eva schließlich.

»Ein zweistündiger Film kann nicht annähernd die körperlichen, emotionalen und spirituellen Strapazen des Trainings erfassen. Ich persönlich denke, dass einige Filme den Krieg besser darstellen als andere, aber wenn man die Verwüstung nicht gerochen hat, kann man sich nicht vorstellen, wie es ist.«

»Gerochen?« Eva zog die Nase kraus.

»Ich kann den Gestank nicht einmal ansatzweise beschreiben. Er setzt sich in deiner Nase fest. Und mitten in einem Feuergefecht kannst du ihn sogar schmecken, ich schwöre es. Aber ich kann ihn nicht definieren, er ist eine Mischung aus Tod, Zerstörung, Angst und Verzweiflung. Du wirst ihn nie wieder los, er bleibt für immer an dir haften.«

Ein Klopfen an der Tür unterbrach mich und ich atmete

erleichtert auf. Ich musste feststellen, dass ich mich geirrt hatte – ich sprach tatsächlich nicht gern über die verheerenden Folgen des Krieges.

»Das sind Kyle und Anaya«, erinnerte ich Eva, als sie sichtlich zusammenzuckte.

»Oh, richtig.« Sie wurde rot und ich wünschte mir, die Jungs wären nicht im Nebenzimmer, damit ich sie berühren könnte.

So nah und doch so fern.

Ich stand auf, ging zur Haustür und warf einen Blick durch den Spion. Wenn Liam und Elijah nicht in Sichtweite gewesen wären, hätte ich meine Waffe aus dem Holster gezogen, obwohl ich Kyles grinsendes Gesicht deutlich sehen konnte, während er mir zusätzlich den Mittelfinger zeigte.

Idiot.

Ich schüttelte den Kopf und öffnete die Tür.

»Wie alt bist du, zehn?«

»Wie ich sehe, hast du deinen Sinn für Humor verloren.«

Das stimmte nicht, aber seit Kyle sich in Anaya verliebt hatte, hatte er sich verändert. Er schien noch lebhafter als sonst, machte ständig Witze und alberte herum.

Ist dieses Benehmen normal, wenn man verliebt ist?

»Hallo, Eva«, sagte Anaya und ich warf einen Blick über die Schulter.

Eva stand vor dem Couchtisch und versperrte den Weg ins Wohnzimmer, in dem die Jungen von ihrem Puzzle aufblickten.

Obwohl es nicht nötig gewesen wäre, beschützte Eva mit der Geste ihre Kinder.

»Hallo«, sagte Eva zur Begrüßung.

»Habt ihr schon gegessen?« Anaya ging an mir vorbei und auf Eva zu. »Hey, Jungs.«

Anaya erhielt ein gemurmeltes »Hallo« von beiden, dann widmeten die Jungen sich wieder ihrem Puzzle. Sie saßen nun schon seit Stunden davor.

»Liam. Elijah. Wo sind eure Manieren?«

Beide Jungen standen hastig auf und begrüßten Anaya und Kyle.

Nachdem Eva ihnen grünes Licht gegeben hatte, machten sich die beiden wieder ans Puzzeln. Ich warf einen Blick auf meine Armbanduhr und stellte überrascht fest, dass es tatsächlich fast Zeit fürs Abendessen war.

Wie lange haben Eva und ich uns unterhalten? Die Stunden waren wie im Flug vergangen. Ich konnte mich nicht daran erinnern, dass ich je so lange mit einer Frau zusammengesessen und nur geredet hatte.

»Was hattest du in Bezug auf das Abendessen im Sinn?«, fragte ich Anaya.

»Wir könnten etwas bestellen.«

»Baby?« Ich wandte mich Eva zu.

»Äh, gern. Was immer ihr wollt.«

Es dauerte ein paar Minuten, bis wir uns auf Pizza geeinigt hatten. Kyle kümmerte sich um die Bestellung, und sobald die beiden Frauen in die Küche gegangen waren, stürzte er sich auf mich.

»Schön zu sehen, dass du das, was dich bedrückt hat, aus der Welt geschafft hast.«

Ich starrte meinen Freund finster an. Doch dann beschloss ich, etwas zu tun, wozu ich mich nur selten hinreißen ließ – ich sprach ganz offen mit ihm.

»Ich hätte nie geglaubt, je mit einer Frau sesshaft werden zu wollen. Nach dem Mist, den Pam abgezogen hat, wollte ich nie wieder so verwundbar sein. Ich bin mir immer noch nicht sicher, wie es passiert ist, aber Eva ist einfach anders.«

»Und die Jungs?«

»Das wird dauern. Dawkins war ein Arschloch und hat sie durch die Hölle gehen lassen. Vor allem Liam. Scheiße, Bruder, jedes Mal wenn ich die Narben auf seinen Armen sehe, wünschte ich, der Kerl sei noch am Leben, damit ich ihm selbst den Garaus machen könnte. Elijah ist so schüchtern. Es könnte Jahre dauern, bis er sich mir öffnet.«

»Hast du Liam deine Narben gezeigt? Oder mit ihm darüber gesprochen, was dein Vater dir angetan hat?«

»Nein, ich bin mir nicht sicher, ob ich das tun sollte.«

»Unbedingt. Er muss wissen, dass du verstehst, was er durchgemacht hat. Ich wette, er wird Vertrauen zu dir fassen. Und sobald Elijah das sieht, wird er sich bei dir auch sicher fühlen. Wahrscheinlich hast du recht und es wird eine Weile dauern. Aber wenn jemand diese Familie heilen kann, dann du.«

Verdammt, es fühlte sich gut an, dass mein Freund so viel Vertrauen in mich setzte. Aber es linderte nicht das flaue Gefühl in meinem Magen, das ich wegen der Jungs hatte. Sie machten mir noch mehr Angst als Eva. Ich hatte nicht die geringste Erfahrung als Vater, und wenn meine Beziehung zu Eva Bestand hatte, dann würde ich mich in genau dieser Rolle wiederfinden. Und diese beiden Kinder verdienten einen guten Vater.

»Was macht dich so sicher, dass ich sie heilen kann?«

Der verunsicherte Unterton in meiner Stimme klang fremd in meinen Ohren. Eigentlich war ich mir meiner Sache immer sicher. Wenn ich eine Entscheidung getroffen hatte, verfolgte ich mein Ziel ohne Umschweife. Aber Eva und die Jungs brachten mich aus dem Gleichgewicht.

»Weil du sie verstehst. Ihr vier seid euch ähnlich. Und wenn du es zulässt, werden sie auch dich heilen.«

»Ich muss nicht …«

»Bruder, erzähl mir nicht so einen Mist. Offenbar hast du vergessen, wen du vor dir hast. Ich kenne dich. Du hast Jahrzehnte an Schmerz in dir aufgestaut. Lass zu, dass Eva ihn lindert.«

»Diese Frau braucht es auf keinen Fall, sich mit meiner Last herumzuschlagen.«

»Du irrst dich. Sie braucht alles von dir.«

Alles?

Das war nicht geplant. Sicherlich konnte ich uns eine Chance auf Glück geben und trotzdem einen Teil von mir unter Verschluss halten.

»Alles in Ordnung?«, fragte Eva und kam zu mir.

Ohne darüber nachzudenken, schlang ich meinen Arm um ihre Taille und zog sie an mich.

»Ja, Baby, alles bestens.«

Zumindest hoffte ich das.

KAPITEL NEUNUNDZWANZIG

Irgendetwas hatte sich verändert.

Ich konnte es nicht genau bestimmen, aber Max war nicht er selbst.

Während des ganzen Abendessens unterhielt er sich mit seinen Freunden, wobei er darauf achtete, Liam und Elijah miteinzubeziehen. Am Ende war Eli sogar mitteilsam und lächelte. Auch Anaya hatte ein Händchen für die Jungs. Sie schienen sich bei ihr wohlzufühlen. Ich hatte meine Zweifel gehabt, dass sie uns nach Alaska begleiten würde, aber jetzt war ich beruhigt. Zum Glück hatte niemand die Reise erwähnt, denn ich hatte den Jungs noch nichts davon erzählt. Ich musste die Nachricht irgendwie positiv verpacken, was nicht so einfach sein würde.

Als Anaya und Kyle aufbrachen, gähnten die Jungs ununterbrochen. Sie verabschiedeten Kyle, indem sie ihre Fäuste an seine stießen. Zu meiner großen Überraschung umarmten sie Anaya.

Max brachte seine Freunde zur Tür und ließ mich mit den Jungen allein.

Jetzt oder nie.

»Bevor ihr ins Bett geht, muss ich euch noch etwas sagen.« Ich wartete, bis sie von dem Puzzle aufblickten, vor dem sie schon wieder saßen, und ich ihre volle Aufmerksamkeit hatte. »Morgen werden wir einen Ausflug machen.«

Es war bizarr, aber entgegen meinen Erwartungen schenkte Elijah mir ein freudig erregtes Lächeln und Liam runzelte die Stirn. Für gewöhnlich war Elijah misstrauisch, schüchtern und zurückhaltend und kam mit Veränderungen nicht gut zurecht, während Liam selbst nach all den schrecklichen Erlebnissen die Dinge nahm, wie sie kamen.

»Wohin fahren wir?«, wollte mein älterer Sohn wissen.

»Nach Alaska.« Liam warf mir einen finsteren Blick zu und sah aus, als würde er gleich weinen. »Hey, was ist denn los?«

»Kommen wir hierher zurück?«, fragte er.

»Natürlich. Morgen fliegen wir nach Alaska und dann kommen wir auf direktem Weg zurück.«

»Warum fliegen wir dorthin?«

»Ich habe eine … Dort ist jemand, mit dem ich mich treffen muss.«

Scheiße. Ich war dabei, die Sache zu vermasseln. Inzwischen zog Elijah ein Gesicht, als würde er jeden Moment in Tränen ausbrechen.

»Kommt Max mit uns?«, fragte Eli.

Seine Worte brachen mir das Herz, doch zugleich erfüllten sie mich mit Freude. Es war schrecklich, dass mein Junge so verunsichert klang, aber in seinen Augen lag ein hoffnungsvoller Ausdruck – er wollte, dass Max bei uns war. Ein weiterer Fortschritt.

»Ja, Schatz, er kommt mit. Anaya auch.«

Die Haustür wurde geöffnet und Max kam zurück ins Haus. Die Jungen wandten sich ihm zu.

»Wir fahren nach Alaska«, verkündete Liam. Sein vorwurfsvoller Tonfall überraschte Max und mich gleichermaßen. »Und du kommst mit.«

»Ja, kleiner Mann, wir fahren nach Alaska. Deine Mutter hat dort eine Besprechung, also werden wir sie alle begleiten.«

»Warum kommt Anaya mit?«, drängte Liam.

Bevor ich es ihm erklären konnte, meldete Max sich wieder zu Wort.

»Weil ich mit deiner Mutter bei der Besprechung sein werde und wir euch beide nicht allein lassen wollen. Also kommt Anaya mit, damit sie auf euch aufpassen kann.«

»Wir brauchen keinen Babysitter«, blaffte Liam.

Mir stockte der Atem, als ich den schroffen Unterton in der Stimme meines Sohnes hörte.

»Kumpel, ich weiß, dass ihr …«, begann Max.

»Du weißt gar nichts!«, schrie Liam. »Ich kann auf Eli aufpassen. Wir brauchen keinen Babysitter.«

»Liam, Baby, warum bist du so wütend?«, fragte ich. »Und sprich nicht so mit Max.«

Mir schlug das Herz bis zum Hals und ich wusste nicht, wo mir der Kopf stand. Ich sah Max an und zuckte innerlich zusammen. In seinen Augen loderte ein Inferno.

»Was macht das schon? Er wird sowieso gehen. Wen kümmert es, wie ich mit ihm rede?«, jammerte Liam.

»Mich kümmert es, Liam. Es ist nicht …«

»Liam, sieh mich an«, forderte Max meinen Sohn auf. Als Liam gehorchte, hielt ich den Atem an. Ich überlegte, ob ich eingreifen und die Jungs in ihr Zimmer bringen sollte, damit wir zuerst herausfinden konnten, was meinen Sohn so sehr bedrückte.

Aber ich hatte keine Gelegenheit dazu, denn Max ergriff wieder das Wort. Und mein Herz zersprang in eine Million Stücke. »Erstens gehe ich nirgendwo hin. Und zweitens *weiß* ich es.«

Max ging langsam auf Liam zu, kniete sich vor ihn und streckte seinen rechten Arm aus, um Liam eine Reihe kleiner, verblasster Narben auf der Innenseite seines Unterarms zu zeigen. »Ich weiß es, Kumpel. Ich habe die gleichen Male wie du. Und ich habe sie auf die gleiche Weise erhalten wie du.«

Es folgte eine quälende Stille.

Max und Liam starrten einander an und schienen einen schmerzhaften Kampf auszufechten. Wenn die Tränen meines Sohnes mir nicht das Herz zerrissen hätten, dann hätte es der Anblick von Max' feuchten Augen getan.

»Hat dein Vater dich auch verbrannt?«, flüsterte Liam.

»Ja«, bestätigte Max.

»Warum?«

Ein Schluchzen entfuhr meiner Seele.

Warum?

Dieses eine, bedeutungsschwere Wort warf tausend Fragen auf, die mein Junge nicht artikulieren konnte.

»Darauf gibt es keine Antwort, Liam. Es gibt keine Erklärung dafür, dass ein Vater seinen Sohn verletzt. Niemals sollte ein Mann den Menschen in seiner Obhut Schaden zufügen. Du musst nur wissen, dass Jay im Unrecht war und dir nie wieder etwas antun wird. Niemand wird dir oder deinem Bruder je wieder wehtun.«

Elijah umklammerte meine Beine und ich hob ihn hoch. Er schlang seine Beinchen um meine Taille und schmiegte sein Gesicht an meinen Hals.

Die Luft schien plötzlich zum Zerschneiden dick und ich empfand mehr Hass, als ich je für möglich gehalten hätte. Jay Dawkins war der Teufel, ich verachtete ihn mit jeder Zelle meines Körpers. Ich war so voller Abscheu, dass ich glaubte, explodieren zu müssen.

Dann änderte Max alles.

Er legte meinem Sohn die Hand auf die Schulter und beugte sich vor. In diesem Moment kam der wahre Max Brown zum Vorschein.

»Du wirst es überstehen«, flüsterte er. »Ich weiß, dass es sich im Moment nicht so anfühlt. Und es wird sich auch morgen nicht so anfühlen. Vielleicht dauert es Monate, aber eines Tages wirst du es nicht mehr spüren. Der Schmerz wird vergehen. Aber bis es so weit ist, darfst du deinen ganzen Ärger nicht in dich hineinfressen. Es ist in Ordnung, wütend darüber zu sein, was dein Vater dir und deinem Bruder angetan hat. Und es ist in Ordnung, zornig zu werden, weil er euch eurer Mutter weggenommen hat. Du darfst alles fühlen, was du fühlen willst. Aber, Kumpel, du darfst deine Mutter nicht anschreien. Du kannst weinen, toben oder in Ruhe darüber nachdenken, was passiert ist, aber du darfst deine Stimme nicht *gegen* deine Mutter erheben. Sie liebt dich und Eli. Was dein Vater getan hat, hat er auch ihr angetan. Das alles tut ihr genauso weh wie dir. Und deinem Bruder auch, er zeigt es nur anders.«

»Ich will nicht, dass er mein Vater ist«, sagte Liam.

»Das kann ich dir nicht verübeln.«

»Ich hasse ihn.«

»Ich wette, das tust du, und das ist okay«, versicherte Max ihm.

»Ich will ihn nie wiedersehen.«

»Gut, denn das wirst du auch nicht.«

Max wartete geduldig, während Liam weiter schimpfte.

Er ließ meinem Sohn seine unerschütterliche Unterstützung zuteilwerden.

Noch nie zuvor hatte jemand so etwas für uns getan.

Und plötzlich geschah etwas Unerklärliches – der Hass verflog.

Jay war weg. Er würde meinen Jungs nie wieder wehtun.

Wir hatten es geschafft.

Ich hatte es geschafft.

Max war nicht Jay. Er war nicht mein Vater. Er war nicht der Mann, der mich betrogen, geschwängert und dann sitzen gelassen hatte.

Max war Max.

So einfach. Ich hätte Hunderte von Gründen aufzählen können, warum er sich von all den anderen Männern unterschied, doch das musste ich gar nicht. Ich musste mich nicht erst davon überzeugen, dass es die richtige Entscheidung war, mit ihm mein Glück zu versuchen. Ich musste keine Warnsignale ignorieren, weil es keine gab. Und das lag daran, dass Maximus Brown ein guter, ehrlicher und furchtloser Mann war.

Und wir würden ihn behalten.

Er gehörte uns.

Ich würde, wenn nötig, bis zum Tod kämpfen, damit

meine Kinder einen starken, ehrbaren Mann in ihrem Leben haben konnten. Nein, nicht irgendeinen Mann – Max.

»Werden wir hier leben?«, wollte Liam von Max wissen.

»Ja.«

»Wirst du auch hier leben?«

»Ja.«

»Und wenn wir in Alaska sind, wird mein Dad uns nicht mitnehmen?«

»Ich schwöre bei meinem Leben, du wirst ihn nie wiedersehen«, gelobte Max.

Irgendwo in einer dunklen Ecke meines Verstandes fragte ich mich, ob Max diesen feierlichen Eid leisten konnte, weil Jay tot war. Tex hatte mir nie erzählt, was passiert war. Er hatte mir nur erzählt, dass Jay nie wieder zu einem Problem werden würde. Als ich ihn fragte, woher er das so genau wisse, hatte er geantwortet: »Vertrau mir.« Und da ich ihm bereits vertraut hatte, hatte ich es auf sich beruhen lassen. Ich wusste, dass ich die Antwort auf diese Frage nie bekommen würde.

Ich fragte mich, was es über mich aussagte, dass ich bei der Vorstellung von seinem Tod Erleichterung verspürte. Aber so schnell der Gedanke gekommen war, so schnell war er auch wieder verschwunden. Ich würde sicher kein schlechtes Gewissen haben, weil ich dankbar war, dass meine Kinder nun in Sicherheit waren. Jay würde nicht noch mehr Raum in meinem Kopf einnehmen, als ich ihm bereits gewährt hatte.

»Dann lässt du nicht zu, dass uns jemand entführt?«

»Ganz genau, Liam. Ich werde nie zulassen, dass du und dein Bruder deiner Mutter weggenommen werden – nie wieder.«

»Okay.«

Okay?

Nach all den Tränen war das Liams Antwort?

»Okay«, wiederholte Max. »Dann fliegen wir morgen nach Alaska.«

Liam wandte den Blick von Max ab und sah mich an. »Tut mir leid, Mama.«

Mein Gott, ich vermisste es, diesen Kosenamen aus seinem Mund zu hören. Früher hatte er mich stets »Mama« genannt, doch heute bevorzugte er »Mom«. Da Eli seinem großen Bruder alles nachplapperte, benutzte auch er meist letzteres Kosewort.

»Ich weiß, Schatz. Und Max hat recht, du darfst die Wut nicht in dich hineinfressen. Wenn du deinem Ärger Luft machen muss, dann lass alles raus. Ich verspreche dir, ich werde zuhören. Du weißt, dass du und Elijah für mich die wertvollsten Menschen auf der Welt seid und ich alles für euch tun würde.«

»Ich weiß.«

Meine Güte, das hoffe ich. Ich wünsche mir von ganzem Herzen, dass er weiß, dass ich ihn über alles liebe.

»Morgen haben wir einen großen Tag vor uns. Wollt ihr mit uns noch über irgendetwas reden oder seid ihr bereit, ins Bett zu gehen?«, fragte ich.

Liam erwiderte nichts, starrte mich aber weiterhin an. »Liam?«, drängte ich ihn.

»Ich weiß, dass Max schon gesagt hat, dass er bleibt. Aber ich will dir sagen, dass ich mir auch wünsche, dass er hier mit uns lebt.«

Da ich meiner Stimme nicht traute, nickte ich Liam nur zu und streichelte Elijah über den Kopf. Als ich mich endlich wieder so weit gefangen hatte, dass ich sprechen konnte, fragte ich: »Elijah, Schatz, bist du damit auch einverstanden? Wenn Max hier bei uns wohnt?«

»Er beschützt mich«, flüsterte Eli.

»Er beschützt dich?«, wiederholte ich.

Mein Sohn antwortete nicht, zumindest nicht mit Worten. Aber er festigte seinen Griff um meinen Hals.

Max gab ihm Sicherheit.

»Ja, Eli.« Ich küsste ihn auf die Stirn. »Max beschützt uns alle.«

Ich hob den Kopf und, wie magnetisch angezogen,

wandte ich mich Max zu und begegnete seinem Blick. Seine Augen blitzten auf – doch darin lag keine Wut, sondern etwas viel Gefährlicheres.

* * *

Es dauerte gar nicht so lange wie erwartet, bis Liam und Elijah einschliefen. Aber selbst nachdem sie ins Land der Träume abgedriftet waren, blieb ich noch bei ihnen sitzen. Ich brauchte den Trost, den nur meine Söhne mir spenden konnten.

Sie sind hier. Sie sind in Sicherheit. Wir werden das alles überstehen.

Mit Max hatte sich alles verändert. Alles ging so schnell, dass mein Verstand kaum mit meinem Herzen Schritt halten konnte. Ich glaubte nicht an Liebe auf den ersten Blick, und das, was sich zwischen Max und mir entwickelt hatte, war auch nicht im Bruchteil einer Sekunde passiert.

Nur mit Mühe konnte ich ein Lachen unterdrücken, als ich an den Tag zurückdachte, an dem ich Max zum ersten Mal begegnet war. Ich erinnerte mich daran, wie ich zum ersten Mal seine tiefe, raue Stimme von der anderen Seite der Tür hörte. Und als ich sie öffnete – mein Gott.

Nein, es war nicht Liebe auf den ersten Blick gewesen, aber irgendetwas hatte zwischen uns gefunkt. Vielleicht war es Lust, vielleicht ein Gewahrwerden. Aber ich konnte nicht leugnen, dass ich etwas gefühlt hatte, als er mich mit seinen eisblauen Augen angesehen hatte. Ich hatte mich sofort zu ihm hingezogen gefühlt. Genau wie jetzt.

Mit diesem Gedanken rollte ich mich langsam aus dem Bett, beugte mich vor und küsste Elijah auf die Wange. Dann ging ich auf die andere Seite des Bettes und drückte Liam einen Kuss auf den Kopf. Ich musste wieder an Max' Worte denken. *Du wirst es überstehen.* Gott, ich hoffte, dass er recht hatte. Liam hatte die Hauptlast getragen, als Jay die Kinder entführt hatte. Mein Junge hatte sein Bestes gegeben, um seinen kleinen Bruder vor Unheil zu bewahren. Liebe und

Stolz erfüllten mich, doch ich zwang mich zu vergessen, warum er ihn überhaupt hatte beschützen müssen.

Leise schlich ich mich aus dem Zimmer und traf im Flur auf Max.

»Hey«, flüsterte ich.

Max erwiderte nichts. Er sah mich nur an. Doch diesmal war sein Blick nicht nachdenklich, vielmehr loderte ein Feuer in seinen Augen.

Er ergriff meine Hand, führte mich ins Schlafzimmer, schloss die Tür und verriegelte sie. Dann ging er mit mir zum Bett und zog mich schweigend aus.

Auch das war neu. Statt mir mit ungeduldigem Verlangen die Kleider vom Leib zu reißen, ging er bedächtig und sanft zu Werke. Doch sobald meine Kleidung auf einem Haufen auf dem Boden lag, entledigte er sich rasch seiner eigenen.

Max bettete mich auf die Matratze und legte sich auf mich. Er schob seine Hüfte zwischen meine Schenkel und ich schlang die Arme um seinen Nacken. Noch nie hatte ich einen Mann so sehr begehrt. Noch nie hatte ich ein so unbändiges Verlangen nach der Berührung eines Mannes gespürt. Aber er rührte sich nicht, sondern starrte mich nur an.

»Mein Gott, du bist so schön«, raunte er.

»Du auch.«

Er verzog die Lippen zu einem Lächeln, bevor er sie auf meine presste. So bedächtig, wie er mich ausgezogen hatte, so zärtlich küsste er mich.

Ich spannte die Schenkel an und drückte meine Fersen an seinen Hintern, um ihn an mich zu ziehen, doch er bewegte sich nicht.

»Mehr«, hauchte ich an seinen Lippen.

»Ganz ruhig.«

»Max.«

»Langsam, Baby. Ich will jeden Moment mit dir auskosten.«

Nun, dagegen habe ich nichts einzuwenden.

Und er ließ sich Zeit.

Max knabberte an meinem Hals, ließ seine Zunge bis hinunter zu meinen Brüsten wandern und reizte genüsslich meine Brustwarzen, bis sie schmerzten. Erst als ich die Hüfte anhob, um mich an ihm zu reiben, glitt er tiefer, küsste meinen Bauch und hielt inne, um mit der Zunge meinen Bauchnabel zu liebkosen. Wer hätte gedacht, dass sich das so unglaublich anfühlen konnte? So gern ich ihn zur Eile angetrieben hätte, so sehr genoss ich es, in aller Ruhe seinen Körper zu erkunden. Ich ließ meine Hände über seine breiten Schultern und seinen muskulösen Rücken gleiten und schwelgte in dem Gefühl der geballten Kraft unter seiner geschmeidigen Haut.

Als Max schließlich seinen Kopf zwischen meine Schenkel schob, war ich nur noch ein zitterndes Wrack. Er leckte über meine Klitoris und ich bäumte mich auf.

»Nicht bewegen.«

»Ich glaube nicht, dass das möglich ist.«

»Versuche es, Baby.« Er legte seinen starken Arm über meinen Bauch und hielt mich fest, während er die andere Hand an meinen Oberschenkel legte und meine Beine noch weiter spreizte, bevor er seine Zunge wieder auf meine Lustperle presste.

Heilige Mutter Gottes. Wilder, schneller und schmutziger Sex mit Max war atemberaubend, doch die genüssliche Hingabe, mit der er mich jetzt verschlang, war brennend heiß. In meinem Inneren loderte ein Inferno, während er mich mit seiner Zunge immer weiter an den Rand der Ekstase trieb. Er ließ seine Hand an meinem Oberschenkel hinaufgleiten und ich konnte vor Erregung kaum mehr an mich halten. Ich wusste, was gleich geschehen würde.

»Beeil dich.«

»Ganz ruhig«, wiederholte er.

Ich hatte mich noch nicht von der Vibration seiner Worte an meiner Klitoris erholt, da drang er mit zwei Fingern in mich ein. Er bog sie nach oben, fand die Stelle, die mich in den Wahnsinn trieb, und katapultierte mich auf den Gipfel der Lust.

Eine Welle der Glückseligkeit rauschte in einem schier endlosen Strom durch mich hindurch. Max rieb und liebkoste mich unerbittlich weiter, bis er mich noch einmal in erregende Höhen auffliegen ließ.

Es schien fast unmöglich, aber er vollbrachte es.

Max Brown schaffte es, mich nur mit seiner Zunge und seinen Fingern zweimal hintereinander zum Höhepunkt zu bringen.

Unglaublich.

Er legte sich auf mich und küsste mich leidenschaftlich, während ich meinen Honig auf seinen Lippen schmeckte. Ein tiefes, grollendes Stöhnen erfüllte den Raum, doch ich war mir nicht sicher, wer von uns beiden es ausgestoßen hatte. Aber ganz gleich, wer es war, der Laut befeuerte mein Verlangen.

Ich wollte ihn in mir spüren.

Und zwar sofort.

»Max, bitte.«

Mit seinem Schaft an meiner Spalte hielt er inne. »Langsam, Baby.«

»Das sagst du immer wieder«, jammerte ich. »Aber ich *brauche* dich.«

Max zog den Kopf zurück und gab mir einen freien Blick auf sein umwerfendes Gesicht. Mir stockte der Atem. In seinen blauen Augen lag keine Kälte und seine Züge waren weich. Er wirkte friedlich. Max sah aus, als hätte er keinerlei Sorgen. Bei dem Anblick verspürte ich einen Stich im Herzen.

In diesem Bett waren nur er und ich. Alles andere fiel von uns ab.

Drei lebensverändernde Worte lagen mir auf der Zunge. Sie drängten nach draußen, doch dies war nicht der richtige Zeitpunkt, sie auszusprechen. Nicht, solange ich derart entblößt vor ihm lag. Wenn er meine Gefühle nicht erwiderte, wäre ich am Boden zerstört.

»Ich kann nicht genug von dir bekommen. Weder von deinem Geschmack noch von deinem Duft noch von den begierigen Lauten aus deinem Mund. Weder von der Art, wie du mich ansiehst und mich berührst, noch von dem Gefühl, mit dem du mich erfüllst.« Die Wärme in Max' Augen flammte zu einem lodernden Inferno auf, als er in mich eindrang. »Ich gebe dir alles, was du brauchst, Baby, aber ich werde mir Zeit lassen.«

»Darf ich dir auch alles geben, was du brauchst?«

Max erstarrte und hielt inne. Meine Hände ruhten auf seinem Rücken und ich konnte das Zucken seiner Muskeln unter meinen Fingerspitzen spüren.

»Eva.« Er raunte meinen Namen, als käme er aus den Tiefen seiner Seele.

»Du hast mir bereits etwas gegeben, was ich bei keinem anderen je hatte. Bei dir fühle ich mich sicher. Du zeigst mir ganz offen, wie viel ich dir bedeute. Du bist mir gegenüber ehrlich. Aber vor allem hast du mir etwas geschenkt, was ich noch nie im Leben hatte, und das ist Hoffnung. Damit hast du mir alles zuteilwerden lassen, was ich je brauchen werde. Wirst du zulassen, dass ich dir ebenfalls alles gebe, was du brauchst? Vertraust du mir?«

»Ich vertraue dir.«

Als ich diese Worte hörte, hätte ich am liebsten vor Glück geweint und zugleich triumphierend die Faust in die Luft gestoßen. Glücklicherweise ließ ich mich weder zu dem einen noch zu dem anderen hinreißen.

»Wenn du mir vertraust, warum habe ich dann das Gefühl, dass du zerbrechen wirst, wenn ich nur einen Schritt auf dich zugehe?«

»Weil ich bis zu diesem Moment nicht gewusst habe, wie es sich anfühlt, wenn jemand sich um mich sorgt.«

»Ich sorge mich um dich«, flüsterte ich. Mehr brachte ich nicht heraus, ich war zu überwältigt von meinen Gefühlen.

Aber er beendete das Gespräch ohnehin, indem er die Augen schloss, seine Stirn auf meine presste und an meinen Lippen knabberte. Als er dann mit der Zunge über meine Unterlippe strich, bebte ich am ganzen Körper.

»Schlinge deine Schenkel um mich und schiebe die Hüfte

vor.« Vorbei war der innige Moment, und mein gebieterischer Liebhaber kam wieder zum Vorschein.

Ich tat wie geheißen, und er drang noch tiefer in mich ein.

»Verflucht, Eva, du bist so verdammt eng.« Der Klang seiner heiseren, rauen Stimme durchzuckte mich wie elektrisierende Blitze. Ich verwob meine Hände in seinem Haar, während ich jedem seiner kraftvollen Stöße entgegenkam.

»Härter«, keuchte ich.

»Oh nein, Baby, wir lassen uns Zeit. Bis ich so weit bin, werde ich dich dazu gebracht haben, mich anzubetteln.«

»Ich flehe dich jetzt schon an.«

Max presste sein Gesicht an meinen Nacken. Ich hätte es bedauert, seine wunderschönen Augen nicht mehr sehen zu können, doch dann hätte ich nicht gespürt, wie sein Lachen über meine Haut vibrierte.

»Baby, wir sind noch lange nicht so weit, dass du bettelst. Aber das wirst du noch.«

Und ich bettelte.

Ich bettelte jedes Mal, wenn er mich an den Rand der Ekstase brachte, dann seine Bewegungen verlangsamte, nur um mich von Neuem in ungeahnte Höhen zu heben. Und als er mich endlich auf den Gipfel der Lust katapultierte, war ich ein schluchzendes Wrack.

Ich war völlig erschöpft, schweißgebadet, mit schlaffen Gliedern und außer Atem. Aber vor allem brannte ein Strudel der Emotionen in meiner Brust und ich wusste nicht, wie ich damit umgehen sollte.

»Ich …«

»Was, Baby?«, murmelte Max an meinem Hals, während er mich weiter liebkoste und meine Sinne völlig durcheinanderbrachte.

»Nichts.«

Max hob den Kopf und begegnete meinem Blick.

Mein Gott, ich könnte den Rest meines Lebens so daliegen und würde als glückliche Frau sterben.

»Fühlst du es?«, flüsterte er.

Meine Kehle war wie zugeschnürt. Ich brachte keinen Ton heraus, also nickte ich nur.

»Gut. Ich auch.«

Mit dem Daumen wischte er die Tränen weg, die mir über die Wange liefen. Max zeigte mir eine ganz neue Seite von sich, und ich konnte mich nicht entscheiden, was mir besser gefiel – seine harte, raue Schale oder sein warmherziger, weicher Kern. Die Wahrheit war, dass ich Max einfach liebte, mit all seinen Facetten.

»So schön«, murmelte er. »Wenn wir aus Alaska zurückkommen, werden wir über vieles reden müssen.«

Ich war mir nicht sicher, worum es in diesem Gespräch gehen würde, aber da Max immer noch seine harte Männlichkeit in mir vergraben hatte und mich mit seinem Körper umhüllte, war ich viel zu entspannt, um ihn danach zu fragen.

»Okay«, sagte ich deshalb nur.

»Geht es dir gut?«

»Ja.«

»Gut. Bist du bereit für Runde zwei?«

Ein erregender Schauer durchfuhr mich und die Muskeln in meinem Unterleib begannen zu zucken.

»Oh ja, du bist bereit. Dreh dich um, Eva. Ich will dich auf Händen und Knien sehen.«

Sein forderndes Knurren entfachte die Flammen der Lust von Neuem. Hart, rau, warm, weich, ich würde Max Brown so nehmen, wie er sich mir hingeben wollte.

KAPITEL DREISSIG

Nach einer fast zehnstündigen Reise war es nicht verwunderlich, dass die Jungs erschöpft waren. Als wir in Anchorage landeten, wollten alle nur noch ins Bett. Die Aufregung über den Flug in einem Privatjet hatte sich etwa eine Stunde nach dem Start gelegt – dem Himmel sei Dank für Videospiele.

Anaya war ebenfalls ein Geschenk des Himmels. Sie hatte Evas Besorgnis gespürt und sich während des Fluges alle Mühe gegeben, sie zu beruhigen. Ich hatte ihr Gespräch schamlos belauscht, obwohl ich noch eine Vielzahl an Berichten hätte durchgehen müssen. Mein Team hatte einen Haufen Informationen über Icon und Madeleine Strotherby gesammelt. Die Frau war mittlerweile in den Achtzigern. Sie hatte als Model gearbeitet, war dann zur Schauspielerei übergegangen und schließlich Modedesignerin geworden.

In den Augen der Allgemeinheit galt Madeleine Strotherby als eine Art Heilige, weil sie weltweit große Summen für wohltätige Zwecke spendete. Ich persönlich fand das geschmacklos. Das Geld so öffentlich unter die Leute zu bringen wirkte eher wie ein Werbegag als eine von Herzen kommende Spende.

Wie dem auch sei, Garrett hatte gefunden, wonach er so eifrig gesucht hatte – Icon stand tatsächlich in Verbindung mit Omni. Und nicht nur das, das Unternehmen befand sich sozusagen an der Spitze der Pyramide.

Ich hätte all diese Informationen durcharbeiten sollen, aber stattdessen hörte ich Anaya zu, wie sie Eva von Emerson und Tatiana erzählte. Sie beschrieb ausführlich, wie sie Kyle und den Rest von uns kennengelernt hatte. Dann berichtete sie, wie Brooks Tatiana begegnet war und wie Thad und Emerson nach zehn Jahren Trennung wieder zusammengekommen waren.

Es war seltsam, die Geschichten aus Anayas Mund zu hören. Ich hatte diese Einsätze erlebt – und Anaya war nicht einmal dabei gewesen, als Brooks und Thad die Liebe ihres Lebens gefunden hatten. Aber das alles aus ihrer Sicht zu hören erinnerte mich daran, wie nahe sich die Frauen inzwischen standen. Je länger ich lauschte, desto mehr wünschte ich mir, Eva und ihre Jungs könnten Teil dieser Gemeinschaft werden. Und ich war dankbar, dass Anaya ihren Teil dazu beitrug, sie in ihren kleinen Kreis aufzunehmen. Tatsächlich vertraute sie Eva eine Menge persönlicher Informationen an.

Als sie sich über Einkaufsmöglichkeiten und Sehenswürdigkeiten in und um Annapolis unterhielten, hörte ich gar nicht mehr zu. Aber im Stillen schwor ich mir, dass ich meine Kameraden und ihre Frauen zu uns nach Hause einladen würde, damit Eva eine Beziehung zu Emerson und Tatiana aufbauen konnte.

Jetzt schliefen die Jungs im Nebenzimmer und ich lag mit Eva im Bett. Sie hatte ihren warmen Körper an meinen geschmiegt und eine Hand an meine Brust gelegt, während meine Hand an ihrer Hüfte ruhte. Ich konnte mich nicht erinnern, jemals so zufrieden gewesen zu sein, eine Frau einfach nur zu halten. Verdammt, ich konnte mich nicht erinnern, jemals so glücklich gewesen zu sein. Aber genau dieses Gefühl durchströmte mich jetzt.

»Ich kann immer noch nicht glauben, was Anaya mir erzählt hat«, murmelte Eva. »Dagegen wirkt das, was mir passiert ist, geradezu harmlos.«

Es war alles andere als harmlos, um die eigenen Kinder bangen zu müssen, die entführt und verletzt wurden, gezwungen zu werden, ein Verbrechen zu begehen, und dann vor einem Auftragskiller fliehen zu müssen. Aber ich wollte nicht über ihren Ex reden. Der hatte in unserem Bett nichts zu suchen. Außerdem hatte Eva genug um die Ohren, denn unser Treffen war für den nächsten Morgen angesetzt.

Tex war dem Mann, der ihr Haus verdrahtet und ihren Wagen in die Luft gejagt hatte, einen Schritt näher gekommen, aber der Kerl lief immer noch frei herum. Zum Glück befanden wir uns weit entfernt in einem Hotel in Alaska. Eine Sorge weniger, obwohl ich mir immer noch wünschte, mein Team hätte mitkommen können.

Eva ließ ihre Hand über meine Brust wandern und mein Schwanz schwoll in meiner Trainingshose an. Als ihre Fingerspitzen sich dem Bund meiner Hose und damit der Narbe näherten, die auch heute noch in meiner Seele brannte, spannte ich unwillkürlich die Muskeln an.

»Entschuldige«, murmelte sie und ließ ihre Hand wieder nach oben gleiten.

Bevor ich es mir anders überlegen konnte, umfasste ich ihre Finger und führte sie zurück an das Mal auf meiner Haut.

»Es ist in Afghanistan passiert«, sagte ich.

»Baby«, murmelte sie.

Ich schloss die Augen und ließ ihre sanfte, liebevolle Stimme in mein Herz dringen.

»Wir hatten gerade ein Haus geräumt, in dem eine Frau saß. Sie weinte und jammerte, dass ihr Sohn entführt worden sei. Sie sprach nur gebrochenes Englisch und der Übersetzer versuchte, mit ihr zu reden und sie zu beruhigen. Plötzlich stand sie auf und schrie, dass ihr Sohn tot sei. Ich trat näher, um sie zu beschwichtigen, und sah nicht, dass sie ein Messer aus ihrer Abaya zog. Bevor ich zurückweichen konnte, stach sie auf mich ein. Die Frau hatte gut gezielt, denn sie traf mich direkt unterhalb meiner Weste. Zum Glück schaffte sie es nicht, meinen Gürtel zu durchbohren.«

»Oh mein Gott«, keuchte Eva.

»Ich hatte unglaubliches Glück. Aber sie hatte genügend Schaden angerichtet, dass ich evakuiert werden musste.«

»Was ist mit der Frau passiert? Wurde sie verhaftet?«, wollte Eva wissen.

»Verhaftet?«

»Sie hat versucht, dich umzubringen.« Der Abscheu in ihrem Tonfall hätte mir zu einem anderen Zeitpunkt ein Grinsen aufs Gesicht gezaubert. Aber in diesem Moment brannte er sich wie Säure in meinen Magen.

»Nein, Baby, sie wurde nicht verhaftet.«

Eva richtete sich ruckartig auf und starrte mich mit einem Ausdruck der Empörung und Feindseligkeit an.

»Warum nicht? Sie hat versucht, dich umzubringen, und hätte dafür zur Rechenschaft gezogen werden müssen. Das ist verrückt.«

Oh ja, Eva war erzürnt – sie zitterte regelrecht vor Verachtung.

Das machte es mir leichter, ihr zu gestehen, was mit der Frau geschehen war.

»Weil ich sie getötet habe.«

Eva zuckte mit den Schultern, bevor sie sie wieder entspannte. »Gut.«

»Gut?« Ich zog die Augenbrauen fast bis zum Haaransatz hoch.

»Ja. Gut. Sie hätte nicht versuchen sollen, dich zu töten. Du wolltest ihr nur helfen. Und wenn sie dich auf so hinterhältige Weise angegriffen hat, dann hätte sie auch jemand anderen attackiert. Und dieser Jemand wäre vielleicht getötet worden.«

Verdammt, das fühlte sich gut an. Aber ich glaubte nicht, dass sie es voll und ganz verstand.

»Eva, Baby, du weißt, dass ich einen gefährlichen Job hatte. Verdammt, er ist immer noch gefährlich. Ich sage dir das nicht, um damit zu prahlen, sondern weil ich ganz ehrlich zu dir sein will. Ich habe viele Leben genommen.

Darauf bin ich nicht stolz, aber ich bereue es nicht, mich oder mein Team beschützt zu haben.«

»Das tut mir leid. Ich bin sicher, dass das nicht leicht für dich ist.« Sie presste die Lippen zu einer schmalen Linie zusammen. »Es ist schrecklich, dass du damit leben musst, aber ich hoffte, du weißt, dass der Rest von uns für dein Opfer dankbar ist.«

Etwas, das tief in meinem Herzen vergraben war, brach plötzlich frei und ich konnte zum ersten Mal in meinem Leben durchatmen. Ich sog die reine Luft ein, die nicht mit Verachtung und Gift angereichert war.

»Wahrscheinlich hätten wir dieses Gespräch schon viel früher führen sollen«, bemerkte ich.

»Welches Gespräch?«

Ich sog den Atem ein. Diese Unterhaltung hatte ich bisher noch mit niemandem geführt und ich wusste nicht, wo ich anfangen sollte. Aber sie musste verstehen, worauf sie sich einließ.

»Ich muss dir erzählen, was meine Kameraden und ich tun. Du hast wohl eine ungefähre Vorstellung davon, was die Arbeit bei Z Corps beinhaltet. Aber du solltest wissen, dass das Unternehmen genauso viele offizielle Aufträge annimmt wie inoffizielle. Einige unserer Missionen fallen in eine Grauzone. Wir stehen nicht immer auf der richtigen Seite des Gesetzes, aber wir sind immer auf der Seite des Guten.«

»An dieser Stelle sollte ich dich unterbrechen, Baby.« Evas aufgewühlter Blick war wie ein Schlag in die Magengrube.

Ich verlangte zu viel von ihr. Sie hatte genug durchgemacht und hatte etwas Besseres verdient als ein Arschloch wie mich. Ich trug mehr Narben auf meiner Seele herum, als ich zählen konnte.

Sie legte eine warme Hand an meine Brust. Ich war mir sicher, dass sie fühlen konnte, wie mein Herz unter ihren Fingern pochte.

»Ich verstehe …«

»Nein, das glaube ich nicht«, unterbrach sie mich mitten

im Satz. »Du musst mir nicht sagen, dass du auf der Seite der Gerechtigkeit stehst. Der Max Brown, den ich kenne, ist ein Beschützer, ein Verfechter der Wahrheit. Danke, dass du mir etwas anvertraut hast, was du lieber für dich behalten hättest. Ich weiß, wie schmerzhaft Erinnerungen sein können. Ich nehme dein Vertrauen nicht auf die leichte Schulter.

Was deinen Job angeht, so habe ich aus nächster Nähe erlebt, wie gefährlich er ist. Ich weiß auch, wie wichtig deine Arbeit ist. Du hast also keinen Grund zu befürchten, dass ich damit ein Problem habe. Ich kann nicht behaupten, dass ich begeistert bin, wenn ich daran denke, dass du dein Leben aufs Spiel setzt. Der Gedanke jagt mir höllische Angst ein. Aber ich weiß auch, dass die Welt Männer wie dich braucht, und wenn du mich lässt, bin ich gern die Frau, die zu Hause voller Stolz auf dich wartet.«

Tief im Inneren meines Wesens verspürte ich eine wunderbare Wärme. Nie hätte ich geglaubt, dass dieser Teil von mir erreichbar wäre, doch Eva hatte ihn berührt. Ein Brennen bahnte sich einen Weg der Klarheit durch meinen Körper und in diesem Moment wusste ich, dass ich Eva alles anvertrauen konnte. Ich musste nichts vor ihr verbergen.

Ich schlang eine Hand um ihren Nacken und zog sie zu mir herunter, um sie innig zu küssen. Als sie ihre Zunge mit derselben Leidenschaft an meine gleiten ließ, wusste ich, dass sie genauso sprachlos war wie ich. Ich wollte sie verschlingen und all das Verständnis, das sie mir entgegenbrachte, in mich aufnehmen. Und sie gab mir immer mehr.

Als ich mich Minuten später von ihr löste, rangen wir beide heftig keuchend um Atem. Zweifellos war es der beste Kuss meines Lebens.

»Ich bin auf dem besten Wege, mich in dich zu verlieben, Max Brown«, murmelte sie an meinen Lippen.

»Das ist gut, Baby, denn mir geht es genauso.«

»Danke, dass du an mich glaubst.«

Mein Gott, sie würde mich noch umbringen. Ich war kaum in der Lage, ihr zu erklären, welche Gefühle ihr Glaube an mich in mir auslöste. Doch bevor ich etwas erwidern konnte, legte sie sich wieder neben mich und bettete ihren Kopf auf meiner Brust, direkt über meinem Herzen. Das war nur angemessen, denn sie hatte sich in mein Leben geschlichen und es gestohlen. Sie ließ eine Hand an meine Seite wandern.

»Darf ich dich etwas fragen?«, flüsterte sie.

»Du darfst mich alles fragen.«

»Warum hast du deine Meinung geändert, was meine Aussage vor den Behörden betrifft?«

Der plötzliche Themenwechsel brachte mich ganz aus dem Konzept. »Wie bitte?«

»Als Zane den Vorschlag zum ersten Mal angesprochen hat, hast du dich entschieden geweigert, nach Alaska zu fliegen. Was hat deine Meinung geändert?«

»Du. Du hast gesagt, du musst es tun, damit du endlich die Vergangenheit hinter dir lassen und nach vorn blicken kannst. Dann habe ich mich daran erinnert, dass du keine Jungfrau in Not bist, sondern eine starke und intelligente Frau. Und ich muss zugeben, dass es mir insgeheim gefällt, dass du dich für Bubba und Zoey einsetzen willst, damit auch sie das Geschehene hinter sich lassen können. Vor allem aber ist mir klar geworden, dass ich dir keinen Wunsch abschlagen kann. Ich will dir und den Jungs das Leben bieten, das ihr verdient, und dazu muss ich dich du selbst sein lassen. Und wenn das bedeutet, nach Alaska zurückzukehren, obwohl es mir mit jeder Faser meines Körpers widerstrebt, dann werde ich das in Kauf nehmen und dich beschützen.«

Eva schmiegte sich noch enger an mich. Hätten unsere Körper miteinander verschmelzen können, dann hätte Eva es möglich gemacht.

Das ist keine Zufriedenheit, das ist verdammte Euphorie.

»Ich …«, begann Eva und hielt dann erneut inne, genau wie gestern Abend. Also drängte ich sie auf die gleiche Weise wie gestern in der Hoffnung, dass sie endlich sagen würde, was ich hören wollte.

»Was, Baby?«

»Nichts«, murmelte sie. Sofort überkam mich ein Anflug von Enttäuschung und versetzte mir einen schmerzhaften Stich im Herzen.

Ich wünschte mir, sie würde die Worte aussprechen, damit ich sie erwidern konnte.

»Danke«, fuhr sie fort.

»Wofür?«

»Dafür, dass du verstehst, dass ich mit den Behörden sprechen muss. Dafür, dass du mich für stark hältst. Dafür, dass du dich um mich kümmerst. Ich will das alles hinter mir lassen, damit wir unser Leben führen können. Ich muss mich von all meinen Schuldgefühlen befreien, damit ich mit reinem Gewissen mit dir zusammen sein kann.«

»Du musst mir nie dafür danken, dass ich mich um dich kümmere, Eva.«

»Nun, ich bin trotzdem dankbar.«

Ich brachte kaum einen Ton heraus, so überwältigt war ich von den Gefühlen und dem Druck in meiner Brust. Inzwischen hatte ich es aufgegeben, mir den Kopf darüber zu zerbrechen, was an Eva so anders war, dass ich mich von einem Zyniker in einen liebeskranken Idioten verwandelt hatte. Es war verrückt. Die Veränderung hatte schon wenige Stunden, nachdem ich sie kennengelernt hatte, begonnen.

Und seit ich sie zum ersten Mal gesehen hatte, fühlte ich mich jeden Tag, als würde ich neu geboren und zu einem Menschen geformt, den ich nicht wiedererkannte, aber mochte.

Evas Atmung wurde regelmäßig. Als ich mir sicher war, dass sie tief und fest schlief, küsste ich sie auf den Kopf und sprach die Worte aus, die ich bisher nicht über die Lippen gebracht hatte.

»Ich glaube, ich liebe dich, Eva«, flüsterte ich.

Eva antwortete nicht.

* * *

Das Nesbett Gerichtsgebäude war genauso unscheinbar wie jedes andere städtische Gebäude. Mit dem Aufzug fuhren wir in die oberste Etage. An diesem Morgen, nachdem Eva sich für die Besprechung fertig gemacht hatte, hatte sie mich gefragt, was wir mit den Jungs machen sollten. Ich war hin- und hergerissen. Einerseits wollte ich sie in der Nähe wissen, andererseits wollte ich sie hinter verschlossenen Türen lassen, wo niemand sie sehen konnte. Nachdem ich mit Eva darüber gesprochen hatte, beschloss sie, sie im Hotel zu lassen.

Ich vertraute darauf, dass sie bei Anaya in guten Händen waren, aber das flaue Gefühl in meinem Magen wurde immer stärker, je länger wir von ihnen getrennt waren.

»Du weißt, dass es ihnen gut gehen wird«, sagte Eva, als wir aus dem Aufzug stiegen. »Sie mögen Anaya und sie kann gut mit ihnen umgehen.«

Ich konnte nicht glauben, dass Eva *mich* wegen der Jungs beruhigte.

So viel dazu, dass ich mir meine Besorgnis nicht anmerken lasse.

»Ich weiß. Ich will das alles nur hinter mich bringen, damit wir alle in ein Flugzeug steigen und nach Hause fliegen können«, erwiderte ich.

»Nach Hause«, murmelte sie. »Das klingt gut.«

Verdammt, ja.

»Warte.« Ich hielt vor dem Büro der stellvertretenden Bezirksstaatsanwältin inne. »Bist du sicher, dass du das tun willst?«

»Ja.« Eva nickte und schenkte mir ein Lächeln.

»Du musst nicht ...«

»Ich weiß, dass ich es nicht tun muss. Ich *will* es tun. Und ich bin bereit. Außerdem bist du die ganze Zeit bei mir, was kann da schon schiefgehen?«

Sie zuckte mit den Schultern und ahnte nicht, wie viel mir ihr Vertrauen in mich bedeutete – und wie verzweifelt ich sie wissen lassen wollte, dass ich sie bis zu meinem letzten Atemzug beschützen würde.

»Es wird nichts schiefgehen«, versicherte ich ihr. »Lass es uns hinter uns bringen.«

Eine Rechtsanwaltsgehilfin begrüßte uns und führte uns hastig in einen großen Konferenzraum, in dem eine Frau saß. Letztere stand auf, ging um den großen Tisch herum und streckte Eva ihre Hand entgegen.

Die Frauen schüttelten sich die Hände und stellten sich einander vor. »Eva, ich bin die stellvertretende Bezirksstaatsanwältin Bernard. Vielen Dank, dass Sie die Reise auf sich genommen haben. Mein Büro hat die Audiodateien erhalten, die Ihr Rechtsvertreter geschickt hat. Wir haben sie bereits überprüft, aber ich würde Sie gern bitten, Sie sich mit mir gemeinsam anzuhören, um deren Echtheit zu bezeugen.«

»Ich verstehe«, antwortete Eva.

»Mr. Brown.« Die stellvertretende Staatsanwältin wandte sich mir zu, reichte mir aber nicht die Hand.

Ich war mir nicht sicher, was das zu bedeuten hatte. Aber ich wollte mir über die Geringschätzung nicht den Kopf zerbrechen, sondern ich wollte diese Besprechung hinter mich bringen, damit wir uns auf den Heimweg machen konnten.

»Bevor wir beginnen, möchte ich noch einmal auf die Immunitätsvereinbarung eingehen«, sagte ich zu Bernard.

»Natürlich.« Die Frau wandte sich an die Rechtsanwaltsgehilfin, die noch in der Tür stand. »Melissa, schließ doch bitte die Tür hinter dir, wenn du gehst«, sagte sie nur.

Wortlos fiel die Tür ins Schloss und die stellvertretende Staatsanwältin ging zum Tisch, öffnete einen Aktenordner und breitete mehrere Papiere vor uns aus. »Hier bitte. Wie Sie sehen, ist Eva Dawkins, auch bekannt als Eva Dawson, in Zukunft gegen strafrechtliche Verfolgung in Bezug auf diesen Fall geschützt. Normalerweise bieten wir nach einer Zeugenaussage eine Umsiedlung und eine neue Identität an, aber Ihr Vertreter hat abgelehnt.«

Das wunderte mich nicht. Tex konnte Eva besser verstecken als der Staat Alaska. Sie würde sich jedoch nicht verstecken, denn ich würde in Zukunft für ihren Schutz sorgen.

Nachdem ich die Dokumente mehrmals gelesen hatte, sammelte ich sie zusammen und faltete sie in der Mitte.

»Eva? Bist du bereit?«, fragte ich.

Sie nickte mir mit einem zaghaften Lächeln zu. »Ja, ich bin bereit.«

Die stellvertretende Staatsanwältin fuhr ihren Laptop hoch, und kurze Zeit später erfüllte die nervtötende, schrille Stimme einer Frau den Raum.

»*Hallo?*«

»*Hey, Chefin, ich bin es. Der Job ist erledigt. Jetzt hätte ich gern das Geld, das Sie mir versprochen haben.*«

»*Nicht so hastig. Zuerst brauche ich Details. Wo haben Sie sie zurückgelassen?*«

»*Gott sei Dank ist Mark gleich nach dem Start eingeschlafen. Wenn er wach und so aufmerksam gewesen wäre, wie Sie gesagt haben, hätte er gewusst, dass wir nicht in südwestlicher Richtung nach Juneau fliegen. Ich bin direkt nach Westen und dann eine Weile im Kreis geflogen, bevor ich den Lake-Clark-Nationalpark angesteuert habe. Dann habe ich den Flieger zwischen zwei Bergketten abgesenkt und bin auf einem Nebenfluss des Two Lakes gelandet.*«

Mir drehte sich der Magen um, als ich den traurigen Tonfall in Evas sanfter Stimme hörte, während sie erklärte, was sie getan hatte.

»*Und er hat nichts bemerkt?*«

»*Nein. Ich glaube nicht. Nicht, bis es zu spät war. Ich habe die Treibstoffzufuhr zum Motor unterbrochen und es so aussehen lassen, als müsste ich notlanden. Er und Zoey nahmen die Brace-Position ein. Ich bin auf dem See gelandet und habe ihnen weisgemacht, dass ich mir das Flugzeug ansehen müsse. Ich habe sie aussteigen lassen, und als sie an Land waren, bin ich nach hinten zurückgewichen und weggeflogen.*«

Evas Stimme stockte und ich hörte deutlich, wie sie nach Luft schnappte, während sie sich bemühte, die Fassung zu wahren. »*Wenn ich ehrlich bin, wird mich der Ausdruck auf ihren*

Gesichtern für immer verfolgen. Mark wusste sofort, was los war, und war überhaupt nicht glücklich. Zoey sah einfach nur verwirrt aus. Aber nachdem ich das Flugzeug gewendet hatte, warf ich einen Blick zurück. In ihrem Gesicht hatte sich Ungläubigkeit und Entsetzen abgezeichnet.«

Mein Gott, der Kummer in ihrer Stimme brachte mich fast um.

»Und Sie haben nichts zurückgelassen, was ihnen ein Überleben ermöglichen könnte, nicht wahr?«

»Nein.« Evas Stimme brach. Es war deutlich zu hören, dass sie weinte. Verdammt noch mal. *»Alles, was sie hatten, waren ihre Kleider am Leib. Allerdings hatte Mark die Erlaubnis, ein Messer an Bord bei sich zu tragen, und ich bin mir ziemlich sicher, dass die Taschen seiner Cargohose vollgestopft waren, aber ich weiß nicht womit. Ansonsten hatten sie nichts bei sich.«*

»Gut. Sind Sie sicher, dass niemand weiß, wohin Sie geflogen sind und wo Sie sich jetzt befinden?«

Ich schaltete den Rest der Aufnahme aus und zog eine schluchzende Eva in meine Arme. Genau das war der Grund, warum ich die Reise nach Alaska hatte verhindern wollen. Ich wollte nicht, dass sie etwas, wofür sie sich so sehr schämte, noch einmal durchleben musste. Ich wusste, dass dadurch alles wieder hochkommen würde – nicht nur das, was sie Bubba und Zoey angetan hatte, sondern auch die Gründe, die sie überhaupt erst in diese Situation gezwungen hatten.

»Können Sie mir sagen, wer auf dieser Aufnahme zu hören ist?«, fragte die stellvertretende Staatsanwältin.

»Das ist Tracy Eklund«, murmelte Eva und schniefte. »Darauf sind Tracy und ich zu hören.«

»Sie haben sie nur mit ›Chefin‹ angesprochen. Woher wissen Sie, dass es Tracy ist?«

»Weil ich Tracy zuvor persönlich getroffen habe. Sie hat in der Anwaltskanzlei ihres Mannes Kenneth Eklund als seine Assistentin gearbeitet.«

»Wie haben Sie die Eklunds kennengelernt?«

»Als mein Vater zum dritten Mal wegen Trunkenheit am

Steuer verhaftet wurde, hat Kenneth Eklund ihn verteidigt. Sie haben die Aufnahme gehört. Würden Sie sich nicht auch an die hohe, nasale Stimme dieser Frau erinnern, selbst zehn Jahre später? Das ist Tracy Eklund. Hundertprozentig.«

Eva hatte recht. Tracy hatte eine sehr markante Stimme, die niemand so leicht vergessen konnte.

»Ich glaube Ihnen, aber Sie werden von der Verteidigung ins Kreuzverhör genommen werden. Allerdings wird das wahrscheinlich hinfällig sein, sobald Mrs. Eklund sich äußert.«

Mehrere Stunden und drei weitere aufgezeichnete Telefonate später waren wir endlich wieder im Aufzug auf dem Weg nach unten.

»Das hast du großartig gemacht«, lobte ich Eva. »Wie fühlst du dich?«

»Frei.«

»Das ist gut, Baby.«

»Ich kann es kaum erwarten, nach Hause zu kommen und unser Leben zu beginnen.«

Meine Güte, ihre Worte ließen mich innerlich erschauern.

Ein Zuhause. Ich hatte noch nie ein wirkliches Heim gehabt und konnte es kaum erwarten, mit ihr und den Kindern eines zu schaffen. Wenn ich jetzt noch den Mut aufbringen könnte, ihr meine Gefühle zu gestehen, wären wir auf dem besten Weg in eine gemeinsame Zukunft.

KAPITEL EINUNDDREISSIG

Die Zeit verging wie im Flug, wenn man sein Leben ordnete. Und ehe ich michs versah, war eine Woche vorbei.

Max hatte mir geholfen, meine Sachen aus meinem Haus in Florida zu holen. Nachdem ich mich mit Tex beraten hatte, der damals meine Möbel für mich gekauft hatte, hatten wir beschlossen, alles an ein Frauenhaus für misshandelte Frauen zu spenden. Seine Großzügigkeit kannte keine Grenzen. Mir kamen fast die Tränen, als er mir erzählte, dass er wisse, wie es sich anfühlte, auf Hilfe angewiesen zu sein. Ich konnte mir nicht vorstellen, dass ein so fähiger Mann wie Tex je irgendetwas von irgendjemandem brauchte, und ich bat ihn nicht, seine Worte zu erläutern.

Anaya kam vorbei und gemeinsam fanden wir die perfekte Organisation, der wir die Sachen spenden konnten. Die Frau war einfach wunderbar. Sie war nicht nur mir, sondern auch den Kindern eine Stütze. Und meine Söhne liebten sie und Kyle. Das Paar hatte uns in der letzten Woche mehrmals besucht und Anaya leistete mir Gesellschaft, während Kyle und Max arbeiteten.

Tex hatte mir eine neue Identität gegeben und ich betete, dass dies die letzte sein würde. Langsam wurde es lächerlich. Nun hieß ich also Mary Eva Deward. Aber ich würde immer noch auf den Namen Eva hören, denn ich würde mich wahrscheinlich nie daran gewöhnen, Mary genannt zu werden. Meine mageren Ersparnisse hatte Tex auf ein Konto mit meinem neuen Namen übertragen.

Langsam fügten sich die Dinge.

Max und ich hatten unser Gespräch noch nicht geführt. Aber nach der Reise nach Alaska hatten wir beide erst einmal durchatmen müssen. Zudem war die Bedrohung noch nicht gebannt, solange der Auftragskiller, der es auf mich abgesehen hatte, noch auf freiem Fuß war.

Ein Mann namens Garrett, der mit Max und seinem Team zusammenarbeitete und ähnlich wie Tex ein Computergenie war, hatte im Darknet – *was auch immer das zu bedeuten hat* – die Nachricht verbreitet, dass Kenneth Eklund wegen Verschwörung zum Mord, Zeugenbeeinflussung und Einschüchterung von Zeugen verhaftet worden war. Meiner Meinung nach waren Beeinflussung und Einschüchterung so ziemlich dasselbe, aber offenbar wollte die stellvertretende Staatsanwältin Bernard beide Eklunds aller möglichen Verbrechen bezichtigen.

Tracy war am Ende und ihr Anwalt versuchte nun verzweifelt, sich mit der Staatsanwaltschaft auf einen Handel zu einigen. Das bedeutete, dass ich Alaska fast hinter mir lassen konnte. Ich hatte es Max noch nicht gesagt, aber ich musste noch eine Sache erledigen, bevor ich damit abschließen konnte, und Tex hatte sich bereit erklärt, den Anruf zu arrangieren. Jetzt musste ich mich nur noch dazu überwinden.

Aber im Moment hatte ich keine Zeit, mir darüber den Kopf zu zerbrechen. Max hatte sein Team für heute Nachmittag zum Grillen eingeladen, und ich hatte Wichtigeres zu tun. Natürlich kannte ich seine Kameraden und hatte mich in den letzten Tagen an ihre Anwesenheit im Haus gewöhnt. Manchmal blieben sie eine Weile und arbeiteten am Esstisch. Ich hörte Worte wie: *Einsatzstrategie, Lagebericht, Tango, Omni.* Aber auch Ausdrücke, die mir die Haare zu Berge stehen ließen, wie: *ihn ausschalten, ihn unter die Erde bringen, den Wichser töten.*

Ich hatte noch eine Menge Dinge zu erledigen, aber ich setzte das Gespräch mit Max ganz oben auf die Liste, als Declan erwähnte, dass sie kurz davor standen, Omni den Garaus zu machen, und das Team bald aufbrechen würde. Aber nachdem Declan gegangen war, brauchten Liam und Elijah meine Hilfe. Und jetzt waren es nur noch fünf Minuten, bis alle eintreffen würden, und ich hatte nicht einmal mehr Zeit, Max zu fragen, ob er auch gehen würde.

Außerdem wurde ich immer nervöser. Tatiana und Emerson würden ebenfalls mit von der Partie sein.

Max hatte gesagt, dass wir heute nur mit Freunden und Familie entspannen wollten, aber ich fühlte mich alles andere als entspannt. Für mich war dieses Treffen eine große Sache, denn Max stand diesen Menschen sehr nahe. Obwohl ich die Männer mittlerweile kannte, war ich furchtbar aufgeregt. Und Tatiana und Emerson hatte ich noch nie getroffen.

»Baby?«

»Hm?« Ich wandte mich von dem Krug mit Eistee ab, den ich gerade rührte. Max hatte sich an einen Küchenschrank gelehnt und beobachtete mich.

»Woran denkst du?«

»An all die Dinge, die ich noch erledigen …«, log ich, doch ich besann mich eines Besseren. Vor mir stand Max und wir hatten keine Geheimnisse voreinander. »Ich bin nervös.«

»Warum? Du kennst doch alle.«

»Tatiana und Emerson aber nicht. Außerdem fühlt sich dieses Treffen irgendwie anders an.«

»Inwiefern anders?«, fragte er und verharrte, wo er war.

»Ich weiß es nicht. Einfach anders. Diese Menschen sind deine Familie. Ich habe das Gefühl, ich muss sie beeindrucken oder mir ihre Zustimmung einholen.«

Max' Gesicht wurde weicher. Jedes Mal wenn er mich mit diesem sanften Ausdruck ansah, schmolz ich innerlich dahin. Er war der attraktivste Mann, dem ich je begegnet war, aber in Momenten wie diesen hätte ich schwören können, Liebe in seinen Augen zu sehen. Meine Söhne betrachtete er oft mit einem so liebevollen Blick.

»Erstens brauchst du niemandes Zustimmung. Aber nur damit du es weißt, du hast sie bereits. Meine Kameraden sind nicht dumm, Eva, sie wissen, was du mir bedeutest. Und auch wenn sie es nicht mit eigenen Augen gesehen hätten, vertrauen sie meinem Urteil. Sie wissen, dass du ein guter Mensch bist. Brooks und Thad haben mir beide gesagt, dass Emmy und Tatiana es kaum erwarten können, dich kennenzulernen.«

»Warum?«

»Weil Anaya gern Zeit mit dir verbringt und unaufhörlich von den Jungs plappert. Emmy und Tatiana sind neidisch, weil Anaya bereits das Vergnügen hatte und sie nicht. Aber ich muss dich warnen. Sie werden dich wahrscheinlich gleich belagern, dir das Ohr abkauen und dir alle möglichen Fragen stellen. Das tun sie jedoch nicht aus Neugier, sondern weil das einfach ihre Art ist. Sie wollen dich in ihrem Kreis willkommen heißen und werden dafür sorgen, dass du dich bei ihnen wohlfühlst.«

»Ich hatte nie wirklich Freundinnen, Max. Ich habe keine Ahnung, wie ich mich in diese Schwesternschaft einfügen soll.«

Er verzog die Lippen zu einem sexy Lächeln. Er stieß sich vom Schrank ab und kam auf mich zu, um mich in seine Arme zu ziehen und mir einen Kuss auf den Kopf zu drücken.

»Schwesternschaft?«, lachte er leise.

»Du weißt, was ich meine. Anaya hat mir erzählt, dass sie sich so nahe stehen wie Schwestern. Immerhin leben sie alle unter einem Dach.«

»Das ist wahr«, bestätigte Max, »aber Brooks und Tatiana haben ein Haus gefunden und werden bald in ihre eigenen vier Wände ziehen, damit sie alles für das Baby vorbereiten können.«

Einen Moment standen wir schweigend da. Während

Max seine Arme um mich geschlungen hatte, begann ich, mich zu entspannen.

»Ich möchte, dass du diesen Tag genießt«, flüsterte er. »Und ich möchte, dass Liam und Elijah Spaß haben. Seit wir aus Alaska zurück sind, gewöhnen sie sich immer mehr an ihr neues Leben, vor allem Eli. Aber ich möchte, dass sich beide in der Gesellschaft meiner Familie wohlfühlen.«

»Okay«, stimmte ich zu.

Wie könnte ich ihm widersprechen? Diese Leute waren die einzige Familie, die Max hatte, und wenn er wollte, dass die Jungs und ich sie kennenlernten, dann würden wir das tun. Ich würde all meine Zweifel beiseiteschieben und die Güte, die Max uns zuteilwerden ließ, dankbar annehmen.

* * *

»WOW, EVA. ICH WEISS NICHT, WAS ICH SAGEN SOLL. WIE verkraften es deine Jungs?«, fragte Tatiana, nachdem ich den Frauen sämtliche Einzelheiten meiner Tortur erzählt hatte.

»Sie kommen immer besser zurecht. Als wir noch in Florida lebten, haben sie mit einer Psychologin gesprochen. Sie war großartig und hat mir erklärt, wie ich meinen Söhnen Fragen stellen kann, ohne dass sie es merken, wenn ihr versteht, was ich meine. Es hat mir sehr dabei geholfen, mit den Jungs zu kommunizieren und sie dazu zu bringen, sich mir zu öffnen. Ich glaube, durch den Umzug hierher hat Elijah einen Rückschlag erlitten, aber er fängt sich langsam wieder. Das hat er natürlich auch Max zu verdanken. Er ist so einfühlsam. Liam hatte neulich einen Wutanfall, aber Max hat die Situation wie ein Profi gemeistert, und seitdem klebt Liam an ihm wie eine Klette.«

Die Frauen verzogen die Lippen zu einem Lächeln und ich hatte plötzlich das Gefühl, als würden sie mich unter einem Mikroskop betrachten.

»Was habe ich denn gesagt?«, platzte ich heraus. »Ihr schaut mich alle so seltsam an.«

»Das war nicht unsere Absicht«, erwiderte Emerson

hastig. »Es ist nur so, dass Max … Wir freuen uns wirklich für ihn. Und für dich. Er kann …«

»Schwierig sein«, ergänzte ich.

»Ich wollte zurückgezogen sagen. Aber schwierig trifft auch zu.« Sie lachte. »Wir sind so froh, dass du dich entschieden hast zu bleiben.«

»Ich auch«, gestand ich. Doch ich war noch nicht bereit, ihnen all die Gründe zu nennen, warum ich mich freute, ein Leben in Maryland zu beginnen. Eines Tages, wenn ich sie besser kannte, würde ich ihnen gegenüber vielleicht zugeben, dass ich mir nicht vorstellen konnte, nach Florida zurückzukehren und Max zu verlassen. »Aber jetzt gibt es noch so viel zu tun. In wenigen Wochen beginnt die Schule und ich muss Liam anmelden. Außerdem muss ich einen neuen Kinderarzt und eine neue Kindertagesstätte für Eli finden, damit ich mir einen Job suchen kann.«

»Was ist mit einem Job?« Max' Stimme ließ mich aufschrecken.

Anaya riss die Augen auf und sah die anderen Frauen an.

Wir standen hinten auf der Terrasse und beobachteten die Jungs auf der Schaukel. Ich hatte Max gar nicht gehört.

»Wie bitte?« Ich warf einen Blick über die Schulter.

»Du hast von einem Job gesprochen«, drängte er.

»Was ist damit?«

In Windeseile fuhr Max seine Schutzmauern hoch und er setzte wieder die Maske der Gleichgültigkeit auf, die ich seit dem Essen in dem Restaurant, vor dem mein Wagen explodiert war, nicht mehr gesehen hatte.

Was zum Teufel soll das?

»Was ist los?«, fragte ich.

»Nichts.« Sein schroffer Tonfall verriet mir, dass er mir nicht die Wahrheit sagte, aber ich wollte ihn nicht in Gegenwart der anderen zur Rede stellen. »Ich bin nur rausgekommen, um dir auszurichten, dass Tex sich gemeldet hat.«

»Wirklich?« Ich stand auf und wandte mich Max zu.

Vor ein paar Stunden hatte Tex schon einmal angerufen, um uns mitzuteilen, dass das Team, das er auf den Killer angesetzt hatte, bald in Aktion treten würde. Ich war mir nicht sicher gewesen, was das genau bedeutete, aber Max hatte mir versichert, dass wir höchstwahrscheinlich noch vor Ende des Tages erfahren würden, dass die Bedrohung gebannt sei. Das war eine hervorragende Nachricht.

»Das Team hat ihn ausgeschaltet.«

»Den Auftragskiller?«

»Ja. Es ist vorbei.«

Es ist vorbei.

Meine Beine gaben nach. Im nächsten Augenblick war Max bei mir und zog mich in seine Arme. Die Erleichterung war so überwältigend, dass ich am ganzen Leib zitterte.

Es war vorbei. Wir waren in Sicherheit. Endlich.

* * *

Ein paar Stunden später verabschiedeten sich die anderen. Aber nicht bevor wir die guten Neuigkeiten gefeiert hatten. Ich war nicht mehr dem Tod geweiht. Jetzt war alles möglich.

Aus diesem Grund hatte ich mich mit meinem Handy in mein Schlafzimmer geschlichen.

Nun ging ich nervös auf und ab. Ich musste das tun. Hundertmal hatte ich im Geiste durchgespielt, was ich sagen wollte. Doch jetzt, da ich die Telefonnummer eingegeben hatte und nur noch auf die Wähltaste drücken musste, war ich mir meiner Sache nicht mehr so sicher.

Was, wenn sie nicht mit mir sprechen wollten? Was, wenn ich die Vergangenheit einfach ruhen lassen sollte?

Ich ging weiter im Zimmer auf und ab und war hin- und hergerissen. Mir drehte sich der Magen um und meine Hände zitterten, während ich auf mein Handy starrte.

Reiß dich zusammen.

Bevor ich es mir anders überlegen konnte, tippte ich auf die grüne Taste und führte das Telefon langsam an mein Ohr.

»Hallo?«, ertönte eine sanfte Stimme am anderen Ende der Leitung.

Mir wurde ganz schwindelig. »Zoey?«

»Eva?«

»Ja. Tex hat mir gesagt, dass er mit dir und Mark gesprochen hat. Ich meine, er hat euch gefragt, ob ich euch anrufen darf.«

Ich war überrascht, als ich Zoeys Kichern hörte. Dann sagte sie: »Es ist seltsam zu hören, wie du ihn Mark nennst. Ich bin es so gewohnt, dass alle ihn nur als Bubba anreden. Und ja, ich bin froh, dass du angerufen hast. Wie geht es deinen Jungs?«

Wow. So hatte ich mir den Beginn dieses Gesprächs nicht vorgestellt. Ich hatte erwartet, dass Zoey wütend auf mich sein und mir erzählen würde, dass ich ein schrecklicher Mensch war.

»Sie sind in Sicherheit und es geht ihnen gut. Danke der Nachfrage. Hör zu, ich will mich für das, was ich getan habe, entschuldigen. Ich … ich … es vergeht kein Tag, an dem ich nicht daran denke. Ich werde nie vergessen …«

»Du *musst* vergessen, Eva. Wir haben dir vergeben und es hinter uns gelassen. Es ist an der Zeit, dass du auch dir selbst vergibst und dein Leben weiterlebst. Ich will nicht lügen, ich hatte Angst zu sterben, und ein paarmal glaubte ich, dass ich es nicht schaffen würde. Aber weißt du was? Mark und ich haben überlebt. Und ich habe viel über mich selbst gelernt – ich bin stärker, als ich dachte. Mark und ich haben uns vorgenommen, vor allem das Positive zu sehen. Denn während dieser ganzen Tortur haben wir uns gefunden. Jetzt heirate ich den wunderbarsten Mann, dem ich je begegnet bin, und das ist sicher kein Grund, sich zu beklagen.«

»Danke.«

»Nein, ich danke dir. Mark hat mir erzählt, dass du in Alaska warst und mit der stellvertretenden Staatsanwältin gesprochen hast. Aufgrund der Aufnahmen und deiner Aussage muss Mark jetzt nicht vor Gericht. Ich kann dir gar nicht sagen, wie viel mir das bedeutet. Es bricht mir das Herz, dass er immer wieder darüber reden muss, was mit Malcolm passiert ist. Ich weiß, wie schwer es für ihn ist zu verarbeiten, was sein Zwillingsbruder ihrem Vater angetan hat. Und wie alles geendet hat … das wird ihn sein Leben lang verfolgen. Es ist eine große Erleichterung, dass er nun nicht aussagen muss.«

»Ich habe es getan, weil es das Richtige war«, sagte ich. »Ich habe es verdient, bestraft zu werden, doch ich bin noch einmal davongekommen.«

»Eva«, seufzte Zoey. »Ich denke, du hast dich selbst schon genug bestraft. Lebe dein Leben und sei glücklich. Mark und ich sind es auch.«

»Ich weiß nicht, was ich sagen soll.«

»Du musst gar nichts mehr sagen, Eva. Im Ernst, sei einfach glücklich.«

»Danke, Zoey. Und noch einmal, es tut mir …«

»Nicht nötig. Wir wissen, wie leid es dir tut. Pass auf dich auf.«

»Du auch.«

Kaum hatte Zoey das Gespräch beendet, brach ich weinend auf dem Bett zusammen. Unzählige Emotionen stürmten auf mich ein, bis ich fast hyperventilierte.

Sie hatte mir vergeben.

Sie hatte mir gesagt, ich solle glücklich sein.

Jemand legte seine starken Arme um mich und drehte mich um. Ich vergrub mein Gesicht an Max' Hals und atmete seinen Duft ein.

»Was ist los, Baby?«

»Ich habe mit Zoey gesprochen«, schluchzte ich. Max versteifte sich vor Sorge, und dafür liebte ich ihn. »Sie und Mark haben mir vergeben.«

Ich spürte, wie ein Teil der Anspannung von mir abfiel, als er mir über den Rücken strich. Doch auch seine sanfte Berührung konnte meine rasenden Gedanken nicht beruhigen.

»Ich komme wieder zu mir«, sagte ich. »Ich brauche nur ein paar Minuten, um das alles zu verarbeiten.«

»Sag mir, was ich für dich tun kann.«

Ich schmiegte mich an ihn und wollte ihn nicht mehr loslassen, aber ich musste ihn fragen.

»Könntest du kurz auf die Kinder aufpassen, damit ich mich sammeln kann?«

Max umklammerte mich fester, was mir zeigte, dass er von meiner Bitte nicht begeistert war. Aber ich lernte schnell, dass er mir kaum etwas abschlagen würde.

»Wenn du in zwanzig Minuten nicht draußen bist, komme ich wieder und sehe nach dir.«

»Ich …«

»Was, Baby?«

»Danke.«

Max seufzte und drückte mir einen Kuss auf den Kopf, bevor er aufstand.

»Heute Abend, nachdem die Jungs eingeschlafen sind, werden wir uns unterhalten.«

»Okay«, flüsterte ich, dann drehte ich mich auf die Seite und zog die Knie an meine Brust.

Max betrachtete mich und seine Miene verfinsterte sich.

»Es gefällt mir nicht, dass du dich zu einem schützenden Ball zusammenrollst, Eva. Dir wird nichts mehr passieren. Nie wieder.«

»Ich versuche nicht, mich zu schützen«, widersprach ich.

Max sah aus, als wollte er etwas erwidern, doch er ließ es dabei bewenden und ging, damit ich wieder einen klaren Kopf bekommen konnte.

Kann es wirklich so einfach sein?

Keine Auftragskiller mehr.

Die Jungs waren in Sicherheit.

Ich musste nicht mehr in Angst davor leben, dass meine Vergangenheit mich irgendwann einholte.

Zoey und Mark hatten mir vergeben.

War es so einfach – konnte ich einfach nur glücklich sein?

KAPITEL ZWEIUNDDREISSIG

Nur ungern hatte ich Eva allein im Schlafzimmer zurückgelassen. Ich hatte eine Million Fragen, allen voran die Frage, warum zum Teufel sie Zoey angerufen hatte. Es war leicht zu erraten, wie sie an die Nummer gekommen war – Tex.

Aber ich wusste einfach nicht, warum sie mit ihr hatte sprechen wollen.

Nein, das war nicht richtig. Ich wusste genau, warum sie angerufen hatte.

Eva wollte Genugtuung leisten.

Verdammt.

Jetzt lag sie zusammengerollt im Bett und ich zweifelte nicht daran, dass sie bitterlich weinte. Als ich nach ihr gesehen hatte, hatte sie ihre Tränen kaum unter Kontrolle halten können.

»Können wir noch eine Folge gucken, Max?«, fragte Eli.

»Klar, Kumpel«, antwortete ich und setzte mich neben ihn auf die Couch.

Wenn ich schon nicht im Schlafzimmer bei Eva sein konnte, konnte ich mich zumindest um die Jungs kümmern.

»Geht es Mom gut?«, wollte Liam wissen.

»Ja. Ich glaube, die ganze Aufregung heute hat sie erschöpft.«

»Können deine Freunde wiederkommen?«

»Natürlich. Hat es dir Spaß gemacht, sie zu sehen?«, fragte ich, obwohl ich wusste, wie sehr es ihm gefallen hatte.

Seit wir aus Alaska zurückgekehrt waren, hatte die Stimmung im Haus sich verändert. Eva war viel gelassener, was auch die Jungs entspannt hatte. Wir waren alle in eine angenehme Routine verfallen, aber am auffälligsten war, dass Elijah aus seinem Schneckenhaus herausgekommen war und nun ununterbrochen plapperte. Liam war immer noch misstrauisch, aber das war nicht verwunderlich. Es würde länger als eine Woche dauern, bis er das Trauma überwunden hatte, das er erlitten hatte.

»Ja, ich sehe Mom gern lächeln«, sagte Liam.

Meine Güte. Manches, was dem Jungen über die Lippen kam, berührte mich zutiefst.

Er war immer darauf bedacht, dass es seiner Mutter und seinem Bruder gut ging.

Ich war hin- und hergerissen zwischen dem Wunsch, Liam könnte ein ganz normaler Junge sein, dessen Gedanken nur um das neueste Videospiel kreisten, und dem Stolz, den ich empfand, weil er sich schon mit sechs Jahren so sehr um die Menschen sorgte, die er liebte.

Während der nächsten dreißig Minuten saß ich schweigend mit Liam und Eli auf der Couch. Die beiden starrten wie gebannt auf den Fernseher, während ich an mein Telefongespräch mit Tex zurückdachte.

Sein Team hatte Joshua Lemont ausfindig gemacht. Er war der zweite Mann, den Kenneth angeheuert hatte, um Eva zu töten. Es hatte weniger als eine Stunde gedauert, ihn zum Reden zu bringen. Die Eklunds waren erledigt. Ich war mir nicht sicher, ob Bubba erleichtert sein würde, dass die Tortur nun vorbei war, oder ob die Nachricht, dass der langjährige Freund und Anwalt seines Vaters ein dreckiger Mistkerl war, ihm zu schaffen machen würde. Es wäre zweifellos ein weiterer Schlag in einer langen Reihe schmerzhafter Ereignisse. Auf jeden Fall hatte er Zoey, und ich hatte schnell gelernt, dass man mit der richtigen Frau an seiner Seite alles bewältigen konnte.

Als ich Schritte hörte, reckte ich den Hals, um zu sehen, wie Eva das Zimmer betrat. Sie blieb vor dem Sofa stehen und sah Liam, Eli und mich lächelnd an. Ihr Anblick verschlug mir den Atem.

Verdammt, sie war wunderschön. Wenn ich an den Tag zurückdachte, an dem ich sie zum ersten Mal aus dem Supermarkt kommen sah, konnte ich mir beim besten Willen nicht erklären, wie ich sie als gewöhnlich hatte bezeichnen können.

Sie hatte ihr Haar zu einem Pferdeschwanz zusammengebunden, sodass ich einen ungehinderten Blick auf ihren schlanken Hals hatte. Der Anblick weckte Erinnerungen an die Laute, die sie von sich gab, wenn ich ihre empfindsame Haut liebkoste. Eva hatte keine bestimmten erogenen Zonen. Es war völlig egal, wo ich sie berührte, ihr Körper reagierte immer sofort auf mich und ließ meinen Schwanz härter werden als je zuvor. Alles an ihr war perfekt.

»Warum lächelst du?«

»Ich betrachte nur meine Jungs.«

Ich folgte ihrem Blick, damit ich sehen konnte, was sie sah. Elijah hatte sich an meine Seite gekuschelt, während Liam näher zu seinem Bruder gerutscht war. Obwohl das Sofa eine Menge Platz bot, nahmen wir nur etwa die Hälfte davon ein.

Genau das hatte mir mein ganzes Leben lang gefehlt.

Verdammt, ich hatte es nicht einmal gewusst, weil ich keine Ahnung hatte, dass so etwas überhaupt möglich war.

Bis Eva und die Jungs in mein Leben traten.

»Wenn die Sendung vorbei ist, geht ihr ins Bett«, sagte sie zu ihren Söhnen.

»Okay, Mom«, murmelte Liam.

Ich wandte mich wieder Eva zu und war froh zu sehen, dass die Besorgnis aus ihrem Gesicht gewichen war.

Keine Angst, kein Stress, keine Unruhe.

Je länger ich sie ansah, desto bewusster wurde mir, dass wir jetzt eine Familie waren.

Das würde unser Leben sein. Gemütliche Samstagnachmittage, die wir mit unseren Freunden verbrachten, während die Jungs draußen herumtobten, an denen wir auf der Couch faulenzten oder einfach nur die Gesellschaft des anderen genossen.

Verdammt ja.

Das war das Paradies.

* * *

»Sind die Jungs eingeschlafen?«, fragte ich, als Eva die Schlafzimmertür hinter sich schloss.

»Ja.«

Ich beobachtete sie, als sie auf das Bett zukam. Am liebsten hätte ich sie gebeten, sich auszuziehen, bevor sie sich zu mir legte, aber ich hielt mich zurück. Wir hatten noch einiges zu besprechen, und wenn sie erst einmal nackt war, würde ich keinen Ton mehr herausbringen.

Meine Entschlossenheit und mein eiserner Wille, die mir über die Jahre gute Dienste geleistet hatten, schienen in Evas Nähe zu versagen. Sie musste nur ihre geschmeidige Haut an meine schmiegen und ich würde alle guten Vorsätze über Bord werfen, sie auf den Rücken drehen und mich tief in ihr vergraben, bis sie laut aufstöhnte.

»Hast du mit ihnen darüber gesprochen, in getrennte Zimmer zu ziehen?«, fragte ich in der Hoffnung, meinen Schwanz unter Kontrolle halten zu können.

»Liam war von der Idee begeistert. Elijah allerdings weniger. Sie haben sich immer ein Zimmer geteilt, also denke ich, dass Eli einfach nur nervös ist.«

»Dann werden sie wohl noch eine Weile in einem Zimmer schlafen. Liam wird das nichts ausmachen.«

»Ich weiß«, seufzte sie. »Es tut mir nur so leid, dass Liam immer Opfer für seinen Bruder bringen muss.«

»Komm her, Eva.«

Ich schlug die Bettdecke zurück und wartete, bis Eva sich neben mich gelegt hatte, bevor ich sie zudeckte. Dann zog ich sie an meine Brust und schlang meine Arme um sie.

»Als ich vorhin mit den Jungs ferngesehen habe, habe ich etwas Ähnliches gedacht«, sagte ich. »Einerseits wünschte ich mir, Liam könnte ein unbeschwertes Kind sein. Aber er sorgt sich um seine Mutter und seinen Bruder. Und das macht mich andererseits sehr stolz. Vielleicht ändert sich das eines Tages und er wird ein egozentrischer Teenager.« Ich drückte sie leicht. »Aber im Moment denke ich, dass du Liam so sein lassen solltest, wie er ist – ein wirklich tolles Kind, das zu einem großartigen Mann heranwachsen wird. Wir werden ein Auge auf ihn haben und, falls nötig, eingreifen.«

»Ich stimme zu. Ich denke, sobald ihre Sachen hier sind und Elijah sich etwas wohler fühlt, wird er sein eigenes Zimmer haben wollen.«

Nachdem wir dieses Thema geklärt hatten, wurde es Zeit, sich einem anderen Problem zuzuwenden.

»Wir müssen darüber reden, dass du hier bei mir im Bett schlafen solltest, statt dich mitten in der Nacht rauszuschleichen.«

Jede Nacht gingen wir zusammen ins Bett und schliefen miteinander, doch danach ging sie und ich schlief allein. Zum einen wollte ich sie natürlich bei mir haben und zum anderen machte ich mir Sorgen, was sie zum Gehen bewog.

»Nur noch ein paar Wochen.«

»Erklär mir, warum du gehst.«

Herrgott, ich klinge wie ein Jammerlappen.

»Ich denke einfach, dass es besser ist. Das alles geht einfach rasend schnell, Max. Wir leben zwar schon zusammen, aber es wäre mir lieber, wenn die Jungs mich nicht mit dir in einem Bett sehen – noch nicht. Ich denke, sie brauchen mehr Zeit, um sich an die neue Situation zu gewöhnen.«

»Hast du Zweifel?«

Verdammt, jetzt klinge ich wie ein verzweifelter Schlappschwanz.

»Wie bitte? Nein. Natürlich nicht.« Eva hob ihren Kopf

von meiner Brust und betrachtete mich mit einem besorgten Blick aus ihren gelbgrünen Augen. »Du etwa?«

»Verdammt, nein. Warum verstummst du jedes Mal, bevor du mir sagen kannst, dass du mich liebst?«

Ja, das war mir einfach so herausgerutscht.

Raffiniert, Arschloch, sehr raffiniert.

»Wie bitte?«, keuchte sie. Ihre Stimme war kaum mehr als ein Flüstern.

»Ich weiß, dass du es sagen willst, aber dann hältst du dich jedes Mal zurück«, erklärte ich.

»Woher weißt du das?«

»Weil ich es sehen kann. Verdammt, Eva, ich kann es *fühlen*. Du bist kurz davor, es auszusprechen, und mein Herz schlägt schneller, weil ich es kaum erwarten kann, die Worte endlich aus deinem Mund zu hören. Aber dann schaltest du einen Gang zurück.«

»Du willst es wirklich hören?«

»Mein Gott, was glaubst du, was wir hier machen? Ich spiele nicht einfach nur Vater-Mutter-Kind. Dies ist kein Spiel, mit dem ich mir die Zeit vertreibe. Ich will das, und zwar nicht nur für eine Weile, sondern für immer. Natürlich will ich wissen, ob du mich liebst.«

»Du hast es auch nicht gesagt. Liebst du mich denn?«

»Verdammt ja, ich liebe dich.«

Ich musste ernsthaft an meinem Tonfall arbeiten, wie ich solche Nachrichten überbrachte.

Eva riss die Augen auf. Dann stieß sie einen erstickten Laut aus und hörte schließlich ganz auf zu atmen.

»Atme tief durch, Schatz.«

»Warum hast du es mir nicht gesagt?«

Wie sollte ich diese Frage beantworten? Sollte ich ihr gestehen, dass ich zu feige war, es zuerst auszusprechen? Ihr beichten, dass ich diese Worte noch nie in meinem Leben zu jemandem gesagt hatte, nicht einmal zu Pam? Dabei hatte ich um ihre Hand angehalten. Sollte ich zugeben, dass ich ein Feigling war und dass es mich zerstören würde, wenn sie meine Gefühle nicht erwiderte?

Nein. Das alles behalte ich besser für mich.

»Ich hatte Angst, dass es zu früh sein könnte«, antwortete ich schließlich. Immerhin klang ich auf diese Weise nicht wie ein kompletter Idiot.

»Aus demselben Grund habe ich auch nichts gesagt«, erwiderte sie. »Ich hatte Angst, dass du noch nicht bereit dafür bist und die Flucht ergreifen könntest.«

»Ich werde nicht weglaufen und ich bin bereit, es zu hören. Verdammt, ich bin schon seit einer ganzen Weile bereit.«

Obwohl Eva sich blitzschnell bewegte, schien alles in Zeitlupe abzulaufen. Sie setzte sich rittlings auf mich, umfasste mit beiden Händen mein Gesicht und sah mir in die Augen, wobei sie bis in die Tiefen meiner Seele zu blicken schien.

»Ich liebe dich, Maximus Brown.«

Verdammt.

Ich schloss die Augen und ließ mich von den Worten umhüllen.

»Sag das noch einmal.«

»Ich liebe dich.«

Herrgott, verdammte Scheiße. Ein wunderbarer Schmerz durchzuckte mich. Es war, als würden tausend kleine Klingen mein Herz durchbohren. Innerhalb weniger Sekunden hatte Eva mich in Millionen Stücke gesprengt, nur um mich wieder zusammenzusetzen.

Wiedergeboren.

»Diese Worte habe ich noch nie von jemandem gehört«, brachte ich mit erstickter Stimme hervor.

»Wie ist das möglich?« Ich riss die Augen auf, als ich den gequälten Unterton in ihrer Stimme hörte.

Kein Mitleid, nur Ungläubigkeit.

»Du weißt, wie meine Kindheit aussah«, erinnerte ich sie. »Wenn dein Vater ein gewalttätiges Arschloch ist und deine Mutter zu viel Angst hat und sich mehr Sorgen darüber macht, wie sie einer Tracht Prügel entgehen kann, als ihr Kind zu beschützen, bleibt nicht viel Zeit für Umarmungen,

Küsse und Liebeserklärungen. Meine Tante und mein Onkel haben mich nie geliebt und auch nie vorgegeben, es zu tun.«

»Aber Pam … Du hast sie …«

»Baby, es schmerzt mich, es zuzugeben, weil ich wahrscheinlich wie ein Arsch klinge, aber ich habe sie nicht geliebt. Ich wusste es und weil ich sie nicht anlügen wollte, habe ich die Worte nie ausgesprochen. Sie auch nicht. Ich habe um ihre Hand angehalten, weil ich Angst hatte, das Einzige zu verlieren, was mir vertraut war.«

»Das tut mir im Herzen weh.«

»Wir können die Vergangenheit nicht ändern.«

»Nein, das können wir nicht.« Plötzlich schenkte Eva mir ein strahlendes Lächeln und sofort schien alles leichter. Mit ihren zierlichen Händen umfasste sie mein Gesicht, beugte sich vor und drückte mir einen spielerischen Kuss auf die Lippen, der mein Herz höherschlagen ließ. »Aber wir haben eine gemeinsame Zukunft.«

»Die haben wir.« Ich erwiderte ihr Lächeln, weil ich gar nicht anders konnte. Es war geradezu ansteckend, wie ein Leuchtfeuer der Hoffnung, in dem ich mich verlieren wollte.

»Eine letzte Sache, bevor ich dir zeige, wie viel es mir bedeutet, dass du mich liebst.«

»Du willst es mir zeigen?« Ein Lächeln umspielte ihre Lippen und sie ließ ihren Hintern auf meinem erregten Schwanz kreisen.

»Ja, Schatz, ich werde es dir zeigen. Und ich warne dich, wenn ich mit dir fertig bin, wirst du so erschöpft sein, dass ich dich aus dem Zimmer tragen muss.«

Ich spannte die Muskeln in meinem Hintern an und presste meinen Ständer an ihr Geschlecht, während ich im Stillen all die Lagen Stoff verfluchte, die uns voneinander trennten.

»Hm, du glaubst also, du bist imstande, mich so zu entkräften, dass ich danach nicht mehr gehen kann?«

Ich machte mir nicht die Mühe, etwas auf ihre spitze Bemerkung zu erwidern. Sie wusste genau, dass ich mehr als imstande war, sie bis zur Besinnungslosigkeit zu erschöpfen.

»Also, was hat es mit diesem Job auf sich?«

»Was meinst du?«

Eva streichelte mit den Fingerspitzen über meinen Hals und richtete sich auf. Als sie ihre Hände an meine Brust legte, musste ich mich mit aller Kraft auf unser Gespräch konzentrieren, denn plötzlich erschien es gar nicht mehr so wichtig.

»Du suchst einen Job?«

»Natürlich. Ich muss arbeiten.«

»Was ist mit den Jungs?«

Eva runzelte sichtlich verblüfft die Stirn.

»Liam wird in die Schule gehen und Elijah wird in der Kindertagesstätte sein. Ich habe es geschafft, etwas Geld zu sparen, aber nur genug, um mich für ein oder zwei Monate über Wasser zu halten. Je nachdem, wie hoch die Miete hier ist.«

»Du zahlst keine Miete.«

Evas Gesichtszüge spannten sich an und ich wappnete mich für ihre Antwort. So wie sie aussah, würde sie mir nicht gefallen.

»Doch, Max, das tue ich. Ich bezahle meinen Anteil.«

»Nein, das tust du nicht.«

Verdammt. Eva verwandelte sich direkt vor meinen Augen. Sie versteifte sich, spannte die Schenkel an und sah aus, als würde sie gleich aus der Haut fahren.

»Tu das nicht«, murmelte sie.

»Was soll ich nicht tun?«

»Du machst mich von dir abhängig.«

»Wie bitte?« Die wohligen Gefühle, die mich eben noch durchströmt hatten, verpufften und ich wurde von Wut gepackt. »Ich hoffe inständig, dass du mich nicht mit deinem Arschloch von Ex vergleichst.«

»Natürlich nicht. Ich weiß, dass du nichts mit ihm gemein hast. Du bist der wunderbarste Mann, dem ich je begegnet bin. Noch nie habe ich mich so umsorgt gefühlt. Bei dir fühle ich mich sicher. Du beschützt nicht nur mich, sondern auch mein Herz. Ich weiß, dass du nicht zulassen wirst, dass den

Jungs oder mir etwas zustößt. Aber wenn du mir sagst, dass ich nicht arbeiten darf, dann bringt das viele Ängste und schlechte Erinnerungen wieder an die Oberfläche. Ich muss wissen, dass ich mich selbst versorgen kann. Irgendwie muss ich meinen Beitrag leisten, selbst wenn ich nur die Hälfte der Miete bezahle und die Lebensmittel kaufe. Ich muss es tun, es ist mir wichtig, Max. Bitte tu uns das nicht an. Wenn du mich abhängig von dir machst, dann nimmst du mir mein Selbstwertgefühl.«

Verdammte Scheiße, wenn mich die Panik in ihren Augen nicht innerlich zerrissen hätte, hätten es die Tränen getan.

»So hatte ich das nicht gemeint. Ich will mich um dich kümmern. Wenn es um Geld geht, ich habe …«

»Es geht ums Geld, aber auch nicht. Ja, ich will mein eigenes Geld verdienen, aber ich muss auch das Gefühl haben, dass ich etwas wert bin, dass ich einen wichtigen Beitrag leisten kann und dass ich von Bedeutung bin.«

»Mein Gott, Baby, du bedeutest mir alles.«

»Dann beweise es mir, indem du mich nicht bittest, Däumchen zu drehen und herumzusitzen, während du für alles bezahlst.«

Mein Magen zog sich zusammen, während ich versuchte, eine Möglichkeit zu finden, wie ich das Minenfeld navigieren könnte, das sie gelegt hatte.

»Können wir einen Kompromiss schließen?«

»Das kommt ganz drauf an.«

»Also schön. Wie wäre es, wenn ich für die Miete aufkomme, bis du wieder auf die Beine kommst? Ich möchte nicht, dass du deine Ersparnisse aufbrauchst. Und dieses Haus ist nicht billig, schon die Hälfte der Miete wäre mehr, als du in Florida gezahlt hast. Können wir uns auf ein Viertel einigen? Ich übernehme die Nebenkosten und beteilige mich an den Lebensmittelkosten. Und bevor du widersprichst, bedenke, dass du es gewohnt bist, nur dich selbst und zwei kleine Kinder zu ernähren. Ich verstehe, dass du etwas beitragen willst, aber ich möchte nicht, dass du meinetwegen finanzielle Einbußen hinnehmen musst.«

»Aber du darfst die Einbußen für mich hinnehmen?«

Verdammt, obwohl ich mich redlich bemühte, schien ich es immer noch zu vermasseln.

»Ganz ehrlich, Eva, ich verdiene eine Menge Geld. Ich hatte viele Jahre lang keine Kosten, also habe ich einen beträchtlichen Betrag gespart. Ich könnte unsere Familie problemlos ernähren und würde es nicht einmal merken. Aber das willst du nicht, und so ungern ich es auch zugebe, ich verstehe, warum du dich nützlich fühlen musst. Verdammt, Baby, ich bewundere und respektiere dich dafür. Doch ich würde gern weiter in diesem Haus wohnen, selbst wenn wir all diesen Platz gar nicht brauchen. Ich will das hier, ich brauche es. Ich hatte noch nie ein Zuhause. Hier fühle ich mich mit dir und den Jungs wohl. Es macht mich glücklich zu wissen, dass ich ihnen ein schönes Heim bieten kann. Und möglicherweise klinge ich wie ein Arsch, wenn ich dir das sage, aber ich bin kein Fan von Hausarbeit. Wenn du keine Lust hast zu kochen, dann können wir etwas bestellen. Ich kann gern die Wäsche waschen, aber ich habe kein Interesse daran, Staub zu wischen, zu fegen und zu saugen. Ich helfe natürlich mit, wenn du mich darum bittest, aber erwarte nicht, dass du nach Hause kommst und mich mit einem Staubwedel in der Hand vorfindest, Baby. Das bedeutet, dass ich entweder eine Putzfrau anheure oder du wirst auch das übernehmen müssen. Du glaubst vielleicht, dass ich mich um dich kümmere, weil ich mehr bezahle. Aber in Wahrheit wirst du unsere Familie versorgen.«

»Unsere Familie?«, flüsterte sie und weitere Tränen kullerten ihr über die Wangen.

»Baby, natürlich. Was glaubst du, was wir hier tun? Ja, unsere Familie. Was du täglich beiträgst ist wertvoller als alles, was ich dir je geben könnte. Ohne dich habe ich nichts, Eva. Ich würde wieder zu dem zynischen, einsamen Arschloch werden, das benommen durchs Leben geht. Du und die Jungs, ihr habt immer noch einander. Ihr drei würdet zurechtkommen. Aber ich? Ich wäre am Ende.«

»Ich liebe dich.«

Mein Gott, wie war es möglich, dass drei Worte meine Seele in Flammen setzen konnten?

»Ich liebe es, diese Worte aus deinem Mund zu hören. Aber ich muss wissen, ob wir uns in dieser Sache einigen können.«

»Ja, Baby, das können wir.«

»Großartig.«

Bevor sie etwas erwidern konnte, hatte ich sie auf den Rücken gedreht und ihr das T-Shirt über den Kopf gezogen. Dann liebkoste ich mit den Lippen ihre Brustwarze durch den Spitzenbesatz ihres BHs.

»Und jetzt werde ich dir beweisen, wie sehr ich dich liebe.«

KAPITEL DREIUNDDREISSIG

Es ist erstaunlich, wie viel sich in nur wenigen Tagen verändern kann. Der Rest des Wochenendes war fantastisch, ohne Diskussionen über Jobs, Geld oder Miete.

Das Leben war ein Geben und Nehmen. Und was ich am meisten brauchte, hatte Max mir bereits zuteilwerden lassen.

Er verstand, warum ich meinen Beitrag leisten wollte, und dafür liebte ich ihn umso mehr. Vielleicht würde ich eines Tages meinen Selbstwert nicht mehr daran messen, ob ich meine Kinder ohne fremde Hilfe ernähren konnte. Vielleicht würde ich sehen, was Max sah: dass ich etwas wert war, egal was passierte. Aber das würde Zeit brauchen, und Max war sehr geduldig.

Ich betrachtete das als großen Gewinn.

Das Einzige, was das Wochenende trübte, war ein Anruf von Zane, der Max mitteilte, dass der Auftragskiller Joshua Lemont in einer Zelle im Z-Corps-Gebäude festgehalten wurde. Es war seltsam, ich fand, dass der Name Joshua nicht zu einem Mann passte, der angeheuert worden war, um mich zu töten. Ich wusste nicht, was ich erwartet hatte, aber Joshua klang irgendwie nett, fast erbaulich.

Max hatte gelacht, als ich es ihm erzählte, und mich dann gefragt, welchen Namen ich treffender gefunden hätte.

Darauf wusste ich keine Antwort, aber der Mann selbst war in meiner Vorstellung klein, hässlich und sah böse aus. Ich malte mir ein entstelltes Gesicht und eine Glatze aus, bei deren Anblick kleine Kinder erschraken. Max meinte, ich hätte Freddy Krueger beschrieben, und er hatte recht. Joshua Lemont war nicht das, was ich erwartet hatte.

Joshua befand sich also in Maryland, doch später am Tag sollte er nach Alaska gebracht und den Behörden übergeben werden. Das Team, das Tex angeheuert hatte, um ihn aufzuspüren, war kurzfristig zu einem Notfalleinsatz beordert worden. Max hatte erklärt, dass die Situation höchste Priorität hatte und die Männer dringend gebraucht wurden, andernfalls hätte Tex sie nicht abgezogen. Das bedeutete, dass Joshua nun dem Blue Team übergeben wurde, das ebenfalls für Zane arbeitete.

Im Zuge dessen hatte ich erfahren, dass Max dem Gold Team angehörte und Zane eine dritte Gruppe namens Red Team beschäftigte. Ich hatte eine Million Fragen zu dem Tätigkeitsbereich von Z Corps, die Max alle beantwortete. Zwar hatte ich das unbestimmte Gefühl, dass er einiges beschönigte, aber dafür war ich dankbar, denn was er mir erzählt hatte, jagte mir eine Heidenangst ein.

Am meisten traf es mich jedoch, als er mir sagte, dass sein Team in naher Zukunft wieder ausrücken würde, um eine Gruppe auszuschalten, die sie schon lange verfolgten und die sich als schwer zu fassen erwiesen hatte.

Ich fragte nicht, was mit »ausschalten« gemeint war, denn ich hatte eine vage Ahnung, für die ich keine Bestätigung brauchte. Es war offensichtlich, dass Max einen gefährlichen Job hatte. Noch dazu einen, der ihn wochenlang von mir fernhalten würde. Für mich war das ein weiterer Grund, schnell einen Job zu finden, denn dann wäre ich beschäftigt und müsste mir nicht rund um die Uhr Sorgen um ihn machen.

Und wie es der Zufall wollte, kannte Tatiana jemanden, der ein Kindermädchen suchte.

Perfekt.

Audrey, Tatianas Friseurin, war Mutter eines kleinen Jungen. Ihr Mann Michael war Versicherungsmakler in Washington, D. C. Audrey war gerade dabei, ihren eigenen Salon zu eröffnen, und wollte ihren Sohn Mikey nicht den ganzen Tag in einer Kindertagesstätte lassen.

Als ich mit ihr telefoniert hatte, sagte sie, sie hätte nichts dagegen, wenn ich Elijah mitbringe, während ich auf Mikey aufpasse. Sie schlug es sogar vor. Auf diese Weise hätte der dreijährige Mikey einen Spielkameraden.

Jetzt stand ich im Bad und bereitete mich auf das Gespräch mit Audrey und Michael vor. Ich war nervöser als bei jedem anderen Vorstellungsgespräch, aber ich wollte diesen Job unbedingt haben. Er war perfekt.

Ich hörte Max' angespannte Stimme, die aus dem Schlafzimmer kam. Also hielt ich inne, um zu lauschen.

»Sie verlegen ihn heute?« Dann herrschte eine Pause. »Myles und das ganze Team begleiten ihn, richtig?«

Oh Scheiße, Max sprach von Joshua.

»Ja, Zane, ich weiß, dass ich angespannt bin«, bellte Max. »Es ist schlimm genug, dass der Scheißkerl in Maryland ist. Ich will, dass er von meiner Familie weggebracht wird. Aber ich muss wissen, ob Myles, Owen, Gabe und Kevin alles im Griff haben. Also hab ein Nachsehen und verrate mir einfach, ob das ganze verdammte Team dabei ist.«

Familie.

Mein Gott, ich liebte es, wenn er das sagte.

»Jetzt machst du mich wütend. Ja, meine Familie. Willst du darüber reden, wie du wegen Ivy den Verstand verloren hast? Ich war zu der Zeit zwar gerade im Nahen Osten, aber die Geschichten sind legendär, also kannst du dir vorstellen, dass ich sie schon tausendmal gehört habe.« Wieder herrschte eine Pause. »Perfekt. Lass mich wissen, wann sie ihn abgeliefert haben.«

Ich hörte, wie Max den Atem ausstieß. Vor meinem geistigen Auge sah ich, wie er sich frustriert mit den Händen durch die Haare fuhr.

Ich legte meine Bürste auf den Waschtisch und ging ins Schlafzimmer. »Hey«, sagte ich.

Er hob den Kopf und begegnete meinem Blick. »Du siehst wunderschön aus.«

»Danke. Ist alles in Ordnung?«

»Ja.« Er zog fragend die Augenbrauen in die Höhe.

»Du klangst aufgeregt, als du mit Zane gesprochen hast.«

»Es ist nichts, worüber du dir Sorgen machen müsstest.«

Dummer Mann.

Ich trat näher und schlang meine Arme um seine Taille, dankbar, dass er bei mir war und ich ihn jederzeit auf diese Weise berühren konnte.

»Es ist mir ein Vergnügen, mir Sorgen um dich zu machen«, erwiderte ich und beobachtete, wie seine Miene sich entspannte. »Als du mir erzählt hast, dass das Blue Team Joshua nach Alaska zurückbringt, hast du selbst gesagt, dass sie absolut kompetent sind. Wie ihr alle wurden sie von Zane angeheuert, weil sie zu den Besten gehören. Du zerbrichst dir umsonst den Kopf. Aber ich liebe es, wenn du dich um uns sorgst. Ich weiß, dass du uns beschützen willst.«

»Ich liebe dich und die Jungs, Eva. Natürlich werde ich euch beschützen.«

Verdammt, ich liebte Max Brown von ganzem Herzen. Es war eine verrückte, irrationale Liebe, die von mir Besitz ergriffen hatte, doch ich hätte es nicht anders haben wollen.

»Ich liebe dich auch. Jetzt sag mir, dass ich den Job bekomme.«

»Du wirst den Job bekommen. Sie werden dich lieben und dich sofort einstellen«, versicherte er mir.

»Dein Wort in Gottes Ohr.«

»Wirklich, du bist perfekt für die Stelle, du musst dir keine Sorgen machen.«

Ich war mir nicht sicher, ob ich perfekt war, denn ich hatte keine Erfahrung als Kindermädchen. Aber ich war seit sechs Jahren Mutter, das galt doch zweifellos als Berufserfahrung.

»Perfekt, richtig. Jetzt küss mich, gib mir deinen Schlüssel und bring mich raus, damit ich nicht zu spät komme.«

»Langsam wirst du richtig herrisch.« Er verzog die Lippen zu einem Lächeln.

Statt noch länger darauf zu warten, dass er mich endlich küsste, stellte ich mich auf Zehenspitzen und presste meine Lippen auf seine. Bevor Max den Kuss vertiefen konnte, kam Liam ins Zimmer.

»Max, üben wir noch werfen?«, fragte er.

Das war das neueste Hobby meines Sohnes. Liam hatte in den letzten achtundvierzig Stunden beschlossen, ein professioneller Baseball-Pitcher zu werden, und Max hatte entschieden, die beruflichen Pläne meines Sohnes zu unterstützen. Ich würde nicht eingreifen, damit Max selbst herausfinden konnte, dass Liam seinen Berufswunsch etwa zweimal im Monat änderte.

Nachdem er noch einmal sanft seine Lippen über meine hatte gleiten lassen, zog Max sich grinsend zurück.

»Ja. Ich bringe deine Mutter nur schnell zum Wagen, dann gehen wir in den Garten. Ist Eli auch bereit?«

»Ja, er wartet mit Handschuh und Schläger an der Tür.«

Als Declan mit drei Tüten voller Baseball- und Football-ausrüstung aus einem örtlichen Sportgeschäft hier aufge-taucht war, hatte ich zwei Möglichkeiten gehabt. Ich hätte Max die Leviten lesen können, weil er seine Freunde bat, Besorgungen für ihn zu machen, und die Jungs verwöhnte, oder ich hätte einfach ihre freudigen Gesichter betrachten können, während Max mit ihnen die Tüten auspackte. Ich hatte mich für Letzteres entschieden. In jenem Moment hatte ich beschlossen, dass der Anblick von Max' jungen-haftem Lächeln, der meinen Söhnen die Baseballregeln erklärte, das Zweitschönste in meinem Leben war. Es war fast so schön wie die Momente, in denen meine Jungs mir sagten, dass sie mich liebten.

Ich hatte Max noch nie so sorglos und glücklich gesehen wie beim Spielen mit den Jungen. Mit ihnen verband ihn eine andere Art von Liebe, sie war bedingungslos, unverfälscht und väterlich. Es war wunderbar, Max und meine Jungs dabei zu beobachten, wie sie eine innige Bindung zueinander aufbauten.

»Liam, sorge bitte dafür, dass Elijah den Schläger nicht im Haus schwingt. Vor allem nicht in der Nähe der Glasschiebetüren.«

Max lachte leise, als Liam aus dem Zimmer eilte.

»Was ist so lustig?«, fragte ich.

»Du.«

»Ich verstehe nicht, was du meinst.«

»Nein, Schatz, du hast so viele wunderbare Eigenschaften, die du selbst nicht siehst.« Er beugte sich vor und drückte mir einen Kuss auf die Nasenspitze. »Du bist eine gute Mutter.«

Es ließ mein Herz höherschlagen, wenn er so etwas zu mir sagte. Irgendwann würde ich vielleicht anfangen, es zu glauben. Ich hatte so viele Fehler gemacht, dass es manchmal schwer war, darüber hinwegzusehen.

»Du tust es schon wieder, Baby.«

»Hm?« Ich blickte zu Max auf und sah, dass er mich aufmerksam musterte.

»Hör auf, dich in der Vergangenheit zu verlieren«, sagte er.

»Woher weißt du immer, was ich denke?«

»Das ist reine Magie.« Er lachte. »Komm schon, lass uns gehen, damit meine Frau ihre neuen Arbeitgeber beeindrucken und danach schnell nach Hause zurückkehren kann, um mit uns zu feiern.«

»Willst du Kinder?«, platzte ich plötzlich heraus.

Meine Worte durchschnitten die Luft und schienen sie mit einer elektrischen Spannung aufzuladen. Ich schlug mir eine Hand vor den Mund, als könnte ich die Worte wieder hineinschieben.

Was zum Teufel war nur los mit mir?

»Vergiss, dass ich gefragt habe. Verdammt, ich weiß nicht einmal, wie ich darauf gekommen bin.«

»Baby …«

»Bitte, Max«, flehte ich. Mein Gesicht glühte förmlich vor Verlegenheit. »Ich muss jetzt wirklich los, also denk nicht weiter darüber nach. Ich schwöre, es war, als sei ich besessen und hätte meinen Mund nicht unter Kontrolle. Bring mich einfach nach draußen.«

Oh mein Gott, es war, als hätte eine fremde Macht von mir Besitz ergriffen.

Ich musste gehen.

Max biss die Zähne zusammen, bevor er sich zwang, sich zu entspannen. »Okay, Eva. Dann wollen wir mal.«

Nachdem die Jungs mich umarmt und mich zum Abschied geküsst hatten und Max sich vergewissert hatte, dass ich die Wegbeschreibung und mein Handy dabeihatte, fuhr ich los. Zuvor hatte er mir erklärt, wie das Navigationssystem in seinem Pick-up funktionierte, hatte aber zur Sicherheit die Anleitung ausgedruckt, denn er sagte, man könne nie zu gut vorbereitet sein.

Erst als ich eine malerische Brücke überquerte, wurde mir bewusst, dass ich nicht nur meine Jungs in Max' Obhut gelassen hatte, sondern dass er mir auch seinen Wagen geliehen hatte und ich zum ersten Mal in Maryland selbst hinter dem Steuer saß. Verdammt, es war das erste Mal seit meinem Umzug, dass ich allein unterwegs war.

Meine sich anbahnende Panikattacke wurde unterbrochen, als das Navigationssystem durch die Lautsprecher ertönte und mich aufforderte abzubiegen. Zwei Minuten später fuhr ich eine lange Auffahrt entlang, an deren Ende ein elegantes Haus thronte. Mir stockte der Atem. Versicherungsmakler in Washington, D. C. schienen gut zu verdienen, wenn das Paar sich ein Backsteinhaus am Wasser leisten konnte.

Zum Glück wurde die Haustür geöffnet, als ich den Wagen parkte. So hatte ich keine Zeit, mir einzureden, dass ich nicht gut genug sei, um auf Audreys und Michaels Sohn aufzupassen.

Eine Stunde später saß ich wieder im Pick-up und hatte die Stelle.

Ich wählte Max' Nummer und wartete.

»Hall…«

»Ich habe den Job!«

»Ich bin stolz auf dich, Eva. Ich wusste, dass sie dich einstellen würden.«

»Danke. Ich bin so aufgeregt. Auf dem Weg hierher habe ich eine Bäckerei gesehen. Ich werde auf dem Rückweg dort anhalten und Kuchen holen, damit wir feiern können.«

»Klingt gut. Du kannst den Jungs die gute Nachricht überbringen, wenn du nach Hause kommst«, sagte Max.

»In Ordnung. Wir sehen uns in dreißig Minuten«, erwiderte ich.

»Fahr vorsichtig. Ich liebe dich.«

Mein Gott, ich konnte nicht genug davon bekommen, die Worte aus seinem Mund zu hören.

»Ich liebe dich auch.«

Ich beendete das Gespräch und warf mein Handy in den Getränkehalter.

Ich hatte einen Job.

Da ich erst in zwei Wochen anfangen sollte, konnte ich in aller Ruhe alles für Liams Einschulung vorbereiten. Und dank Max musste ich mir keine Sorgen um Geld machen, sodass ich es mir leisten konnte, mir Zeit zu lassen.

Es dauerte nicht lange, bis die Bäckerei in Sicht kam. Ich fuhr auf den Parkplatz, stellte den Motor ab, griff nach meinem Handy, stieg aus und schlang mir den Riemen meiner Handtasche über die Schulter.

Und das war der Moment, in dem ich den größten Fehler meines Lebens beging. Wie oft hatte Max mir schon gesagt, ich solle auf meine Umgebung achten? Wie oft hatte er mich davor gewarnt, keine Nachrichten zu schreiben, während ich einen Parkplatz überquere?

Ich hätte es besser wissen müssen.

Aber ich war so aufgeregt wegen meines neuen Jobs, dass ich eine SMS an Tatiana tippte, um ihr zu danken.

Ich schickte sie nie ab.

Ich kam nie mit dem Kuchen nach Hause.

Ich konnte meinen Jungs nicht meine guten Neuigkeiten erzählen und ich konnte nicht mit Max feiern.

Ich war eine verdammte Idiotin und passte nicht auf. Aus diesem Grund bemerkte ich den Mann nicht, der plötzlich hinter mir stand. Ich sah nicht, wie er die Hand hob und die Nadel sich auf meinen Hals absenkte. Und als ich endlich etwas bemerkte, war es zu spät.

KAPITEL VIERUNDDREISSIG

»Wann kommt Mom nach Hause?«, wollte Liam wissen.

Ich warf einen Blick auf meine Armbanduhr und tat mein Bestes, um mir meine Besorgnis nicht anmerken zu lassen.

»Jeden Moment.«

Das war das dritte Mal in den letzten zehn Minuten, dass ich ihm diese Antwort gab.

Eva war bereits zehn Minuten überfällig, und ich musste mich zwingen, sie nicht anzurufen. Gerade erst neulich hatte sie mir erklärt, warum sie ihre Unabhängigkeit brauchte, und ich wollte mich nicht in ein herrisches Arschloch verwandeln und sie anrufen, weil sie sich ein paar Minuten verspätete.

Obwohl ich es am liebsten getan hätte. Mir gingen alle möglichen Szenarien durch den Kopf, angefangen bei einer Reifenpanne bis hin zu einem schrecklichen Unfall, der dazu geführt hatte, dass sie nun in meinem Pick-up eingeschlossen war.

Was zum Teufel war nur los mit mir?

Wenn einer meiner Kameraden zehn verdammte Minuten zu spät käme, würde ich mir deshalb keine Sorgen machen. Verdammt, wenn eine ihrer Frauen zu spät käme, würde ich nicht mit der Wimper zucken. Aber Eva? Bei ihr fuhr ich wegen zehn Minuten aus der Haut.

»Kann ich helfen?«, fragte Elijah.

Ich blickte in ein Paar gelbgrüner Augen und verspürte einen Stich im Herzen. Eli sah Eva so ähnlich. Doch das war nicht der Grund für den Schmerz in meiner Brust. Der normalerweise schüchterne Junge hatte sich völlig verändert und ging mehr und mehr aus sich heraus. Für Eli war es beachtlich, dass er jetzt an meiner Hand zog.

»Klar, Kumpel.« Ich bückte mich, hob Eli hoch, setzte ihn auf die Anrichte und suchte nach etwas, womit er sich beschäftigen konnte.

Wir wollten Eva zur Feier des Tages mit Tacos überraschen. Das war eine der wenigen Mahlzeiten, die ich kochen konnte.

»Hier.« Ich stellte die Schüssel mit den Avocados neben Eli und gab ihm eine Gabel. »Die kannst du zerdrücken.«

Eli machte sich freudig an die Arbeit, während Liam weiter den Käse rieb. Wir waren so in unsere Aufgabe vertieft, dass schon wieder zehn Minuten vergangen waren, als ich das nächste Mal aufblickte.

Verdammte Scheiße.

Zwanzig Minuten waren zu lange.

Ich zog mein Handy aus der Gesäßtasche und wählte ihre Nummer.

Die Mailbox schaltete sich ein.

Ich wartete einen Moment für den Fall, dass sie gerade telefonierte, und versuchte es erneut.

Wieder nur die Mailbox.

Ich atmete tief durch, um die aufsteigende Panik zu unterdrücken, während ich mir einredete, dass ich mir umsonst Sorgen machte. Dann rief ich im Büro an.

»Hey«, sagte Garrett zur Begrüßung.

»Mach meinen Pick-up ausfindig.«

»Wie bitte? Auch schön, dich zu hören, du Arsch.«

»Garrett, bitte mach meinen Pick-up ausfindig.«

»Verdammt, Bruder, hat ihn jemand gestohlen? Ich dachte, das Haus sei gut …«

»Eva hat meinen Pick-up genommen und ist damit zu ihrem Vorstellungsgespräch gefahren.«

Ich warf einen Blick in die Küche, damit ich die Jungs im Auge behalten konnte, doch ich entfernte mich weit genug, um außer Hörweite zu sein.

»Er steht auf der Chesapeake Avenue in der Nähe der Sixth Street. Warte, ich überprüfe die Adresse.« Garrett hielt einen Moment inne und fuhr dann fort: »Offenbar ist das der Parkplatz vor Bakers Delight.«

»Tu mir einen Gefallen, ruf in der Bäckerei an und frag, ob jemand Eva gesehen hat, und bitte denjenigen dann, auf den Parkplatz zu gehen und nachzusehen, ob sie im Wagen ist.«

»Was ist los?«

»Ich weiß es nicht, Garrett. Aber ich muss mich vergewissern, dass Eva dort ist. Ich kann nicht selbst dort anrufen, solange die Jungs im Nebenzimmer sind. Die beiden sind sehr einfühlsam. Vor allem Liam. Wenn er auch nur den Verdacht schöpft, dass etwas nicht stimmt, gerät er in Panik.«

»Ich rufe dich zurück.«

Garrett legte auf und zum ersten Mal, seit ich die Jungs kennengelernt hatte, setzte ich eine teilnahmslose Miene auf. Um ihretwillen musste ich eiskalt und konzentriert bleiben.

Ich ging zurück in die Küche, stellte mich an den Herd und briet das Rinderhackfleisch in der Pfanne an.

Ich machte mir unnötig Sorgen. Ganz sicher.

Mein Handy vibrierte in meiner Tasche. Ich fischte es heraus und las eine Nachricht von Declan. *Garrett hat angerufen. Wir kümmern uns darum. Ich bin auf dem Weg. Alle anderen suchen nach ihr.*

Meine Hand zitterte, als ich mein Handy auf die Anrichte warf und den Kopf hängen ließ.

Das durfte nicht wahr sein.

Plötzlich überkam mich ein Anflug von Angst. Ich schnappte mir mein Handy und schickte Zane eine Nachricht: *Wo zum Teufel ist Joshua Lemont?*

Zane: *In der Luft.*

Verdammt.

Ja, zweifellos machte ich mir unnötig Sorgen. Es konnte nicht anders sein.

Eva war nur spät dran.

Aber ich wusste, dass ich mich nur selbst belog.

Ich wusste schon vor zwanzig Minuten, dass etwas nicht stimmte.

Ich wusste es verdammt noch mal und hatte nicht auf mein Bauchgefühl gehört, und jetzt war Eva in Schwierigkeiten.

* * *

»FÜNF STUNDEN«, KNURRTE ICH. »ES SIND FÜNF STUNDEN vergangen, Tex.«

»Max, ich weiß«, blaffte er zurück. »Sie hatte drei Ortungsgeräte bei sich. Keines davon funktioniert. Ich arbeite so schnell ich kann. Das tun wir alle.«

Verdammt. Ich verhielt mich wie ein Arsch.

»Ich weiß, dass ihr auf Hochtouren arbeitet. Ich bin … Herrgott … ich bekomme keine Luft.«

»Halte durch. Wir haben die Bilder von der Mautstelle in der Nähe von Dulles. Es sollte nicht allzu lange dauern, sie durchs System zu jagen.«

Jemand legte mir eine Hand auf die Schulter. Ich zuckte unwillkürlich zusammen und hätte fast mein Handy fallen lassen.

»Es tut mir leid, Max«, murmelte Anaya, »aber Elijah ist ganz aufgewühlt. Er braucht dich. Ich habe versucht, ihn zu beruhigen, aber er will sich nur von dir trösten lassen. Ich weiß, dass du …«

»Danke, Anaya. Ich weiß nicht, was ich ohne dich tun würde. Ich werde einfach …«

Was werde ich?

Was zum Teufel sollte ich tun?

Sollte ich einem Vierjährigen erzählen, dass ich nicht

wusste, wo seine Mutter war? Und dann Liams Zorn ertragen, weil ich zugelassen hatte, dass seiner Mutter etwas Schlimmes zustieß, nachdem ich ihm versprochen hatte, sie alle zu beschützen?

Was sollte ich nur tun?

»Max, ich weiß, dass du das jetzt nicht hören willst, aber ihr werdet sie finden. Im Moment sieht es für dich vielleicht nicht so aus, weil du fast verrückt vor Sorge bist. Aber ihr alle wisst genau, was ihr tut, und ihr werdet sie nach Hause holen.«

»Heute, bevor sie ging, fragte sie mich, ob ich Kinder wolle«, erzählte ich Anaya. »Ich war wie erstarrt und wusste nicht, was ich sagen sollte. Ich wollte nie Kinder – wirklich nie. Dann kam Eva in mein Leben und mit ihr Liam und Elijah. Es war ein großartiges Gefühl, weil ich mich darauf freute, für sie etwas Besonderes zu sein und ihnen etwas beizubringen. Trotzdem wollte ich keine eigenen Kinder. Liam und Eli waren genug. Doch als ich mit den Kindern heute das Abendessen zubereitete, sah ich auf Eli hinab, und da veränderte sich etwas in mir. Ich sah Evas Augen, die mich anstarrten, und zum ersten Mal in meinem Leben verspürte ich diese Sehnsucht. Ich will Kinder, Anaya. Und ich muss Eva finden, damit ich es ihr sagen kann.«

Mit diesen Worten ging ich den Flur entlang. Wahrscheinlich hatte ich endgültig den Verstand verloren, weil ich Anaya irgendeine dämliche Geschichte über Kinder erzählte, während Eva irgendwo da draußen verloren und allein war.

Ich musste immer daran denken, wie glücklich sie war, bevor sie ging. So voller Hoffnung, Freude und Leben.

Und sie hatte mich nach eigenen Kindern gefragt und ich hatte ihr nicht geantwortet.

Verdammte Scheiße.

»Hast du Mom gefunden?«, fragte Liam, sobald ich das Schlafzimmer betrat.

Tatiana saß am Fußende des Bettes und schenkte mir ein verkniffenes Lächeln. Sie stand auf und durchquerte den Raum. Im Vorbeigehen klopfte sie mir auf die Schulter und mir gefror das Blut in den Adern. Ich hatte ihr Mitgefühl nicht verdient. Ich hätte wachsamer sein müssen und sie persönlich zu dem Vorstellungsgespräch fahren sollen.

»Noch nicht.«

Ich setzte mich aufs Bett. Kaum berührte mein Hintern die Matratze, kletterte Elijah auf meinen Schoß. Er schlang seine Arme um meinen Hals und vergrub sein Gesicht an meiner Schulter. Schon so oft hatte ich beobachtet, wie er sich auf dieselbe Weise an Eva geschmiegt hatte.

»Was …«, begann Liam und verstummte dann.

»Was willst du wissen, Kumpel? Du kannst mich alles fragen.«

»Was passiert, wenn du sie nicht finden kannst?«

»Liam, wir werden sie finden«, versicherte ich dem Jungen.

»Aber was passiert, wenn ihr es nicht könnt?« Als ich den panischen, gequälten Blick in Liams Augen, seine hochroten Wangen und seinen zitternden Körper sah, drehte sich mir der Magen um.

»Wir werden …«

»Was passiert, wenn du sie nicht finden kannst?«, schrie Liam und Eli zuckte erschrocken in meinen Armen zusammen. »Wohin werden wir dann gehen?«

»Wohin wird wer gehen?«, fragte ich.

»Eli und ich.«

»Nirgendwohin, Liam.«

»Du wirst uns nicht weggeben? Versprichst du das?«

Mein Gott. Meine Kehle war wie zugeschnürt und mir stiegen die Tränen in die Augen. Liams Worte hatten mich mitten ins Herz getroffen.

»Mein Sohn, egal was passiert, du und Eli, ihr gehört mir«, brachte ich hervor, während mir die Tränen ungehindert über die Wangen kullerten. »Du und dein Bruder, ihr werdet nirgendwo hingehen. Verstehst du?«

Liam nickte. Ich winkte ihn zu mir und er kroch auf mich zu.

Irgendwie musste ich meine Angst in den Griff bekommen. Für Eva musste ich stark bleiben und überlegt vorgehen, um sie nach Hause zu bringen.

Ich kuschelte mich mit Liam und Eli auf das Bett, das ich mit Eva geteilt hatte. Die Situation hätte schlimmer nicht sein können. Ich hielt zwei Kinder im Arm, die meinen Trost und Zuspruch brauchten. Doch alles in mir schrie förmlich danach, mich auf die Jagd zu begeben und denjenigen zu töten, der sie hatte.

Aber ich rührte mich nicht. Ich hielt meine Jungs im Arm und vertraute darauf, dass mein Team mir den Rücken freihielt.

KAPITEL FÜNFUNDDREISSIG

»Ich werde es nicht tun!«, schrie ich und das Pochen in meinem Schädel wurde immer stärker.

Wieder einmal steckte ich tief im Schlamassel. Nein, es war viel schlimmer.

Mein Leben war vorbei.

Und meine Jungs würden allein sein. Aber im Moment durfte ich nicht an sie denken, sonst würde ich zusammenbrechen. Ich musste glauben, dass Max sich um sie kümmern würde. Nur das bewahrte mich davor, in Panik zu geraten. Ich musste ruhig bleiben und mich aus dieser Situation befreien, denn niemand würde mir zu Hilfe kommen.

Ich hatte weder mein Handy noch meine Handtasche bei mir, genauso wenig wie die Kette, die Tex mir geschenkt hatte und in deren Anhänger sich ein Peilsender befand. Auch meine Uhr war weg.

»Dann wirst du sterben«, erwiderte Novak und verzog angewidert die Lippen.

Ich warf einen Blick auf die Frau, die neben den Koffern stand, die gerade in die Cessna 172 geladen wurden. Sie hatte die Arme fest um ihre Taille geschlungen und wirkte verängstigt und verstört. Wer auch immer sie war, sie wollte genauso wenig wie ich auf dem Rollfeld eines kleinen Flughafens mitten im Nirgendwo in diesem verdammten Alaska stehen.

Ich wandte mich wieder Novak zu und wusste, dass ich einen Fehler gemacht hatte. Als er auf die Frau zuging, sie am Pferdeschwanz packte und ihr die Waffe an den Kopf hielt, bestätigte sich meine Vermutung.

»Eigentlich können wir genauso gut mit dieser Schlampe anfangen.« Novak drückte ihr die Waffe an die Schläfe. »Willst du das, Eva? Willst du zusehen, wie ich dieser Schlampe den Kopf wegblase?«

Ich antwortete nicht. Ich konnte den Blick nicht von der Frau abwenden. Sie wirkte resigniert, hoffnungslos. Fast hatte ich den Eindruck, als würde sie mich mit ihren Augen anflehen, Novaks Frage zu bejahen.

Was hatte Novak ihr angetan? Was war so schrecklich, dass sie lieber sterben würde?

Ich kramte in meinem Gedächtnis und versuchte, mich an all meine Begegnungen mit Novak Yazzie zu erinnern. Er und Jay waren früher Partner gewesen und ich hatte ihn oft gesehen. Die Drogen, die Jay in meinem Flugzeug versteckt hatte, hatten eigentlich Novak gehört. Das brachte mich auf einen Gedanken.

»Als Jay das letzte Mal so etwas versucht hat, ist es nicht gerade gut gelaufen«, erinnerte ich ihn.

»Ja, weil der Wichser dich bei der Polizei verpfiffen hat«, fauchte Novak und schubste das Mädchen wütend. »Diesmal kann dieser Mistkerl nicht dazwischenfunken und du kannst unentdeckt nach Kanada fliegen.«

Ich hatte immer gewusst, dass Jay die Behörden ange-rufen hatte, um mir eine Falle zu stellen. Trotzdem bohrten sich Novaks Worte wie ein Dolch in mein Herz.

»Ich werde es nicht tun, Novak«, sagte ich.

»Dann stirbt die Schlampe.«

Mein Magen verkrampfte sich und ich sah wieder die Frau an. Konnte ich sie wirklich sterben lassen? Würde ich mit dem Wissen leben können, dass ich der Grund war, warum Novak sie getötet hatte?

Verdammt, nein, das konnte ich nicht. Aber ich würde auch nicht mit dem Bewusstsein leben können, dass ich Drogen transportiert hatte.

»Warum tust du das?«, fragte ich. Eigentlich spielte es keine Rolle. Ich würde das hier ohnehin nicht überleben, aber ich versuchte trotzdem, Zeit zu gewinnen.

Der Gedanke, dass meine Jungs ihre Mutter verlieren würden, brachte mich fast zum Weinen.

Sie sind bei Max.

Novak würde mich töten, sobald ich die Frau und die Drogen abgeliefert hatte. Dessen war ich mir sicher. Er würde mich auf keinen Fall einfach so gehen lassen.

Außerdem konnte ich diese Frau nicht einfach irgendwo absetzen und ihrem Schicksal überlassen. Man musste kein Genie sein, um zu wissen, dass ihre Zukunft alles andere als rosig aussah. Und *das* konnte ich auf keinen Fall zulassen.

»Weil du mir verdammt noch mal etwas schuldest. Du und Jay. Eure beschissene Fehde hat mich Millionen gekostet. Da ich diesen Wichser nicht ausfindig machen kann, wirst du es mir eben zurückzahlen.«

Moment mal.

»Wie hast du mich gefunden?«

Novak verzog den Mund zu dem bösartigsten, grausamsten Lächeln, das ich je gesehen hatte.

»Ich habe nie verstanden, was Jay in dir gesehen hat«, höhnte er. »Du bist die dümmste Schlampe, die ich je getroffen habe. Mir wurde klar, dass Jay dich genau deshalb ausgewählt hat. Du bist so verdammt dumm, dass du es immer noch nicht kapierst. Ich habe hier das Sagen. Als ich hörte, dass Eklund jemanden angeheuert hat, um dich aufzuspüren, hatte ich dich schon in der Tasche.«

Ich ignorierte Novaks bösartige Bemerkung, vor allem weil er recht hatte. Ich war dumm. Das bewies allein schon die Tatsache, dass ich hier auf einem Rollfeld in Alaska stand, statt zu Hause bei meinen Jungs zu sitzen. *Nein, Eva, denk nicht an sie, nicht jetzt.* Aber diese dumme Schlampe würde nicht kampflos aufgeben.

Denk nach, Eva.

»Du hast dir viel Mühe gegeben, mich zu finden, obwohl es viel einfacher gewesen wäre, jemanden vor Ort anzuheuern.«

»Genug geredet!«, schrie Novak. »Was soll es sein? Ein kurzer vierstündiger Flug nach Vancouver, um meine Produkte auszuliefern, oder soll ich diese Schlampe umbringen?«

Vier Stunden bis Vancouver. Das bedeutete, dass wir südlich von Juneau sein mussten. Diese Information würde mir zwar nicht unbedingt das Leben retten, aber vielleicht könnte sie mir zur Flucht verhelfen.

Ich könnte so tun, als würde ich sein Spiel mitspielen, das Flugzeug in die Luft bringen und es dann zum Absturz bringen. Allerdings würde ich dabei das Risiko eingehen, die Frau und mich selbst zu töten. Dies war kein Wasserflugzeug, wie ich es geflogen hatte, als …

Nein. An Bubba und Zoey durfte ich jetzt auch nicht denken. Allerdings hätten mir all die Sachen in Bubbas Hosentaschen im Moment sicher von Nutzen sein können.

»Antworte mir, Eva!«

»Tu es nicht«, schrie die Frau. »Soll er mich doch töten.«

»Halt den Mund, Natasha!«, blaffte Novak.

»Er hat mich verkauft!«, brüllte sie. »Ich würde lieber …«

Natasha kam nicht dazu, den Satz zu beenden. Novak packte die Waffe wie einen Hammer und schlug ihr damit ins Gesicht. Ihre Stirn und Wange platzten auf und Blut sickerte aus der Wunde. Mir stieg die Galle in die Kehle.

Dies war meine Chance. Ich musste fliehen. Doch der Anblick von Natashas blutigem Gesicht und ihre Bemerkung darüber, dass sie verkauft worden war, ließen mich erstarren. Ich musste sie zurücklassen und mich selbst retten. Ich musste es tun, für meine Jungs, für Max. Aber ich war nicht imstande, meine Füße zu bewegen.

Natasha fiel blutüberströmt auf die Knie und schrie hysterisch. Novak beugte sich über sie.

Statt Reißaus zu nehmen, lief ich *auf* Novak und

Natasha *zu*. Scheiße, ich war wahrscheinlich die größte Idiotin auf diesem Planeten, aber ich konnte sie nicht zurücklassen.

Aber bevor ich mehr als drei Schritte in ihre Richtung machen konnte, brach die Hölle los. Ein Schuss hallte durch die Luft, dann beobachtete ich mit Entsetzen, wie Novaks Schädel … explodierte.

Nun, vielleicht war das ein wenig übertrieben, aber allmächtiger Gott, die Hälfte davon war nicht mehr da.

Ich erstarrte, schnappte nach Luft und erbrach mich.

Das alles war zu viel. Ich konnte es nicht mehr ertragen.

Natashas ohrenbetäubender Schrei riss mich aus meiner Benommenheit und ich setzte mich in Bewegung. Ich dachte weder an das Blut noch an Novaks zerfetzten Schädel. Nein, ich hatte nur eine Mission. Ich musste mir Natasha schnappen und Reißaus nehmen. Wir mussten von hier verschwinden.

Die Frau schrie immer noch. Ich konnte es ihr nicht verübeln, denn aus der Wunde an ihrer Stirn strömte Blut. Es lief ihr über den Nasenrücken und an ihrem Kinn hinunter und floss schneller als der Alsek während einer Schnee-schmelze. Und als sei das nicht schon schlimm genug gewe-sen, klebten Novaks Blut … und … andere Dinge, über die ich gar nicht nachdenken wollte, an ihr. Aber, meine Güte, die Frau schrie wie am Spieß.

Plötzlich hob ich ab. Zwei starke Arme wurden von hinten um mich geschlungen und rissen mich hoch. Natasha und ich tauschten einen entsetzten Blick aus und die Zeit schien stillzustehen. Angst packte mich und mein Verstand setzte aus. Zwei Männer, von Kopf bis Fuß in Schwarz gekleidet, ihre Gesichter hinter schwarzen Masken verbor-gen, näherten sich uns. Ihre Gewehre hatten sie auf Natasha gerichtet.

Wir würden sterben.

Dann erinnerte ich mich daran, dass ich nicht kampflos aufgeben würde.

Und ich kämpfte. Ich wand mich, krallte mich in die

Arme des Mannes, trat aus, setzte meine Ellbogen ein und schrie aus vollem Hals, bis er mich schließlich losließ.

»Eva, hör auf«, knurrte der Mann, aber ich hielt nicht inne.

Ich lief los, kam jedoch nicht weit, denn der Mann packte mich am Bizeps, wirbelte mich herum und zog mich zu sich.

Kämpfe!

Ich befreite mich aus seinem Griff und schlug wild um mich. Aber ich konnte mit meinen Schlägen nicht viel ausrichten. Der Kerl war so viel größer als ich, sodass er sie mit Leichtigkeit abwehrte. Ich war mir nicht einmal sicher, ob ich ihn überhaupt traf, und begann, nach ihm zu treten.

»Hör auf, Eva! Max hat uns geschickt.«

Endlich traf ich ihn mit der Faust, und sein Kopf wurde zur Seite geschleudert. Bevor er sich von dem Schlag erholen konnte, sprintete ich los.

Doch im nächsten Moment wurde ich wieder hochgehoben und mit dem Rücken gegen eine harte Muskelwand gezogen. Die Wolle seiner Maske kratzte an meinem Hals, als er seinen Mund an mein Ohr führte und knurrte: »Hör auf, verdammt! Max hat uns geschickt. Tex und Max. Wir sind hier, um dir zu helfen. Hör auf, dich zu wehren, damit wir dich nach Hause zu deinen Jungs bringen können.«

Ich sackte vor Erleichterung zusammen, doch dann fiel mir ein, wie dumm ich in der Vergangenheit gewesen war. Max und Tex konnten diese Männer nicht geschickt haben. Sie wussten nicht, wo ich war.

Dies war eine Falle. Ohne Zweifel.

Ich versuchte, mich zu befreien, und wölbte mit aller Kraft den Rücken durch.

»Verdammt noch mal, Frau. Hör auf. Mein Name ist Gabe. Ich arbeite mit Max zusammen. Wenn du stillhältst, können wir dich nach Hause bringen.«

»Gabe?«

Ich kannte diesen Namen. Ich hatte gehört, wie Max ihn am Telefon erwähnt hatte.

»Ja, Eva. Ich bin Gabe.«

»Welchem Team gehörst du an?«, fragte ich.

»Dem Blue Team.«

Hm. Es könnte immer noch ein Trick sein.

»Wer ist noch in deinem Team?«, wollte ich wissen.

»Myles, Kevin und Owen.«

»Was machst du in Alaska?«

Bitte lass die Antwort richtig sein. Bitte sei einer von den Guten.

»Wir haben Joshua Lemont hierhergebracht. Den Mann, der angeheuert wurde, um dich zu töten.«

Gott sei Dank.

Das ganze Adrenalin verließ meinen Körper und ich sackte zusammen. Plötzlich stürzte alles auf mich ein und ich rang nach Atem. Gabe musste meine Verzweiflung gespürt haben, denn er setzte mich vorsichtig ab und drehte mich behutsam in seinen Armen.

»Ich muss nach Hause«, keuchte ich.

»Allerdings, bevor Max noch einen Schlaganfall erleidet.«

»Hast du mit ihm gesprochen? Wie geht es meinen Kindern?«, fragte ich.

»Ich habe vor einer halben Stunde mit Max telefoniert. Er hat mir gedroht, mich auszuweiden, wenn ich dich nicht innerhalb einer Stunde in ein Flugzeug setze, das dich zu ihm nach Hause bringt. Wenn es dir also nichts ausmacht, wäre es nett, wenn wir uns beeilen könnten. Ich hänge an meinen Eingeweiden.«

Gabe stieß einen Pfiff aus und legte dann einen Arm um meine Schulter.

Bald würde ich zu Hause sein – lebendig.

In ein paar Stunden würde ich meine Jungs in die Arme schließen können.

»Warte«, sagte ich.

Ich schüttelte Gabes Arm ab, drehte mich um und lief in die Richtung, in der ich Natasha zurückgelassen hatte.

»Hey, Eva«, rief Gabe.

»Ich kann Natasha nicht zurücklassen.«

»Das tun wir nicht.« Gabe deutete auf einen Mann, der

mit Natasha auf dem Arm auf uns zukam. Sein Gewehr war verschwunden.

Wenige Minuten später saßen wir in der dritten Reihe eines Geländewagens. Der Fahrer raste los und wir verließen den kleinen Privatflughafen. Natasha lehnte sich an mich, während ich ihr ein Hemd an die Stirn drückte, das einer der Männer mir gegeben hatte. Beim Anblick von Blut wurde mir übel, also versuchte ich, durch den Mund zu atmen, um nicht würgen zu müssen. Ich hatte mich schon einmal übergeben und glaubte nicht, dass die Männer es zu schätzen wüssten, wenn ich mich im Wagen noch einmal erbrechen würde.

»Welcher Tag ist heute?«, fragte ich.

»Mittwoch.«

Heilige Scheiße, ich war mehr als vierundzwanzig Stunden weg gewesen. Ich sog die Luft ein, wobei mir ein kupferner Geruch in die Nase stieg. Ich begann zu husten.

Reiß dich zusammen, Eva.

Mit meiner freien Hand tastete ich meinen Hals ab, konnte aber keine Einstichstellen finden. Ich versuchte, mich zu entsinnen, wie oft Novak mich betäubt hatte. An zwei Spritzen konnte ich mich erinnern, der Rest war verschwommen.

»Ich weiß nicht, wie ich hierhergekommen bin. Ich war ohnmächtig.« Gabe wandte sich mir zu. Er hatte seine Maske abgezogen und ich konnte die Fältchen um seine dunkelbraunen Augen sehen. Seine dichten Augenbrauen passten zu seinem dunklen Haar und waren nachdenklich zusammengezogen. »Wo sind wir?«

»Sheep Creek Trail«, antwortete Gabe.

Wir waren also in Juneau.

Gabe wandte für einen Moment den Blick ab, dann sah er mich an und lächelte.

»Dein Mann ruft gerade an.«

Gabe wischte über das Display seines Handys und streckte es mir entgegen. Ich riss es ihm förmlich aus der

Hand, denn ich konnte es kaum erwarten, mit Max zu sprechen.

»Max«, hauchte ich.

»Gott sei Dank.« Seine heisere Stimme durchdrang mich von Kopf bis Fuß.

»Max«, wiederholte ich.

»Bist du verletzt, Baby?«

»Nein. Mir geht es gut.«

»Gott sei Dank. Verdammt, ich war krank vor Sorge«, sagte er.

Als ich Max' stockende Stimme hörte, konnte ich nicht mehr an mich halten. All der Stress und die Angst, die ich unterdrückt hatte, kamen an die Oberfläche und ich schluchzte hemmungslos.

»Es tut mir so, so leid.« Neben mir legte Natasha ihren Kopf auf meine Schulter, schlang einen Arm um meine Brust und zog mich an sich. »Ich war unaufmerksam.«

»Sch, Baby. Dich trifft keine Schuld.«

Sein trauriger Tonfall bohrte sich in mein Herz. Wie hatte ich nur so unvorsichtig sein können?

»Du hast mir gesagt, ich solle auf meine Umgebung achten«, erinnerte ich ihn. »Meine Güte, ich bin so dumm. Ich hätte beinahe … beinahe …«

»Bitte nicht, Baby«, stöhnte er. »Du bist in Sicherheit. Das ist alles, was zählt.«

»Die Jungs! Wie geht es den Jungs?«, wollte ich wissen.

»Sie haben Angst. Aber sie sind tapfer.«

»Kann ich mit ihnen sprechen oder denkst du …«

»Ich denke, du solltest auf jeden Fall mit ihnen reden. Andernfalls wird Liam mir das nicht verzeihen. Wir haben siebenundzwanzig Stunden auf diesen Anruf gewartet.«

Oh Gott, er hatte die Stunden gezählt.

»Danke.«

»Ich weiß nicht, wofür du mir danken willst. Tex und das Team haben dich gefunden. Ich habe nur tatenlos zu Hause herumgesessen.«

»Das glaube ich nicht.«

»Das ist die Wahrheit, Eva. Ich weiß nicht, was ich ohne sie getan hätte. Die Jungs und ich … verdammt, Baby … nur mit aller Mühe habe ich es geschafft, um ihretwillen die Beherrschung nicht zu verlieren.«

»Es bedeutet mir die Welt, dass du für sie da warst. Ich konnte nicht einmal an sie denken, weil ich Angst hatte, einen Nervenzusammenbruch zu bekommen. Aber ich wusste, dass sie in Sicherheit waren und dass du dich um sie kümmern würdest, egal was mit mir passieren würde. Das bedeutete mir alles.«

»Warte einen Moment.« Ich hörte ein Rascheln am anderen Ende der Leitung, dann wurde mir warm ums Herz, als eine wunderbar süße Stimme an mein Ohr drang.

»Mama?«

Ich unterdrückte ein weiteres Schluchzen und räusperte mich. »Hey, kleiner Mann.«

Mein Sohn hingegen konnte seine Tränen nicht zurückhalten. Es dauerte einen Moment, bis Max ihn beruhigt hatte. Ich wünschte, ich wäre bei ihnen, aber zu wissen, dass Max ihn tröstete, linderte meinen Schmerz erheblich.

»Bist du auf dem Heimweg?«, fragte mein Sohn und hickste.

»Ja. Ich werde noch eine Weile unterwegs sein, aber Max' Freunde sind bei mir und bringen mich jetzt nach Hause«, versicherte ich ihm.

»Max hat uns gesagt, dass sie dich finden werden.«

Die Worte zauberten mir ein Lächeln aufs Gesicht. »Ich liebe dich.«

»Ich liebe dich auch, Mom.«

»Sag deinem Bruder, dass ich ihn auch liebe und dass ich so schnell wie möglich bei euch sein werde.«

»Okay.«

Wieder raschelte es, dann war Max wieder in der Leitung. »Bist du noch da?«

»Ja.«

»Mein Gott, es tut so gut, deine Stimme zu hören. Ich glaube, ich bin gerade um zwanzig Jahre gealtert.«

»Es tut mir leid«, hauchte ich.

»Nicht doch, Schatz.«

»Aber …«, begann ich.

Doch Max fiel mir ins Wort. »Du kommst nach Hause. Das ist alles, was zählt.«

»In Ordnung. Wir sehen uns in ein paar Stunden.«

»Die Jungs und ich werden am Flughafen auf dich warten«, versprach Max.

»Ich liebe dich.«

»Ich liebe dich auch, Eva.«

Ich beendete das Gespräch und tippte Gabe auf die Schulter. Er wandte sich mir zu, nahm sein Handy entgegen und schenkte mir ein breites Lächeln. »Alles in Ordnung?«

»Alles ist bestens. Danke, dass ihr mich gefunden habt.«

»Keine Ursache.«

* * *

WIR SASSEN IN DEM PRIVATJET, DEN ZANE LEWIS GESCHICKT hatte, als ich dem Rest des Teams offiziell vorgestellt wurde. Ähnlich wie die Männer in Max' Einheit waren auch diese Jungs groß, muskulös und wirkten bedrohlich. Doch sie sahen alle etwas älter aus als Brooks, Thad, Kyle, Declan und Max. Und etwas ruppiger.

Nach dem Start kam der Mann, der Natasha vorhin zum Geländewagen getragen hatte, an unseren Platz. Sein Name war Owen. Er kniete sich vor sie und begann, behutsam die Wunde an ihrer Stirn zu reinigen und dann mit einem Klammerpflaster zu verschließen. Da ich neben Natasha saß, ergriff sie meine Hand und umklammerte sie so fest, dass es schmerzte. Die arme Frau war zu Tode erschrocken.

»Natasha?«, fragte ich, als Owen fertig war und das Verbandmaterial einsammelte.

»Ja?«

»Bei diesen Männern bist du sicher«, beruhigte ich sie. »Sie werden dich nach Hause bringen.«

»Ich habe kein Zuhause«, flüsterte sie.

Owen blickte ruckartig zu ihr auf. »Was meinst du damit, du hast kein Zuhause?«

»Novak hat mich gekauft«, antwortete sie leise.

Ein tiefes Grollen drang aus Owens Kehle. Natasha zuckte zusammen und drückte meine Hand noch fester.

Meine Güte, die Frau hatte Kraft.

»Woher kommst du?«, fragte Owen.

»Von nirgendwo.«

»Was soll das heißen, Schätzchen? Woher hat Novak dich mitgenommen?«, wollte er wissen.

»Aus Chicago.«

»Wir können dich dorthin zurück…«, begann er.

»Nein. Ich kann nicht dorthin zurück«, fiel Natasha ihm ins Wort. »Ihr könnt mich einfach dort absetzen, wo wir landen.«

»Das kommt nicht infrage. Ich lasse dich nicht einfach vor einem Flughafen stehen«, erklärte Owen.

»Ganz ehrlich, ich …«

»Nein, Natasha«, unterbrach Owen sie. »Ruh dich aus, wir werden eine Lösung finden. Aber ich lasse dich nicht im Stich.«

Ich konnte mit Gewissheit behaupten, dass ich Owen mochte.

»Schön, dass es dir gut geht, Eva. Du hast uns allen einen Schrecken eingejagt«, sagte er.

»Äh … Das tut mir leid.« Owen lachte leise. Offenbar amüsierte ich ihn. »Danke, dass ihr mich gerettet habt. Ihr seid gerade rechtzeitig gekommen. Mir gingen langsam die Gesprächsthemen mit Novak aus und ich hatte schon Angst, dass ich das Flugzeug zum Absturz bringen müsste, um ihm zu entkommen.«

Owens Gesichtszüge verdunkelten sich, doch im nächsten Moment unterdrückte er seinen Zorn wieder.

»Wir haben alles gesehen. Du hast dich tapfer geschlagen.« Er hielt einen Moment inne. Bevor er fortfuhr, verzog er die Lippen zu einem selbstgefälligen Grinsen. »Und ich hoffe sehr, dass du mit deinem rechten Haken einen blauen

Fleck auf Gabes Wange hinterlassen hast. Ich kann es kaum erwarten, Max zu berichten, dass seine Frau den großen Gabe im Nahkampf besiegt hat.«

»Wie bitte?«, fragte ich.

»Ja, Gabe ist der Beste in unserem Team. Niemand konnte ihn bisher überraschen. Nun ja, niemand außer dir.«

»Oh mein Gott. Das darfst du niemandem erzählen. Ich mache mir Vorwürfe. Ich war nicht ganz bei Sinnen.«

»Du hast dir nichts vorzuwerfen. Max wird verdammt stolz sein, wenn er hört, dass seine Frau sich mit allen Mitteln gewehrt hat.«

Das war ein seltsames Kompliment, aber ich beschloss, nicht weiter darüber nachzudenken. Die letzten siebenundzwanzig Stunden waren anstrengend genug gewesen, und ich hatte mehr Angst ausgestanden, als ich ertragen konnte.

Also blieb ich schweigend sitzen, hielt die Hand einer Frau, die ich nicht kannte, und beobachtete die vorbeiziehenden Wolken.

Ich war am Leben.

KAPITEL SECHSUNDDREISSIG

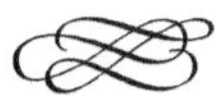

»Sind wir bald bei Tex?«, fragte Liam auf dem Rücksitz. Ich musste lächeln.

Es war nicht meine erste Fahrt mit Eva und den Jungs, aber es war die erste, die wir nur zum Vergnügen unternahmen.

Seltsamerweise störte es mich nicht, dass Liam die gleiche Frage nicht weniger als zehnmal stellte und Elijah doppelt so oft.

Es machte mir auch nichts aus, dass die Jungs alle dreißig Minuten auf die Toilette mussten. Oder dass wir zum Mittagessen hielten, obwohl wir vor der Abfahrt gefrühstückt hatten und die Fahrt nach Pennsylvania nur drei Stunden dauerte.

Mir war das alles egal, denn Eva saß lächelnd und glücklich neben mir, und meine Jungs auf dem Rücksitz machten ebenso fröhliche Gesichter.

Das Leben war schön.

Es war schön gewesen, bevor Eva entführt worden war. Aber in den siebenundzwanzig Stunden, in denen sie verschwunden war, hatte sich etwas verändert. Ich würde nie behaupten, dass ich dankbar dafür war, dass meine Frau verschleppt wurde, aber jetzt konnte ich Bubba verstehen.

Er und Zoey wären fast gestorben, aber aus ihrer Tortur

war etwas Großartiges entstanden, und Bubba hatte beschlossen, sich darauf zu konzentrieren, und nur darauf.

Der Silberstreif am Horizont.

Also nahm ich mir ein Beispiel an Bubba und besann mich auf das, was aus Evas Entführung hervorgegangen war – eine innige Bindung zu meinen Jungs.

Meine.

An jenem Tag, an dem wir verängstigt zusammen auf dem Bett saßen, schmiedeten wir ein unzertrennliches Band. Und seit Eva wieder zu Hause war, war es nur noch stärker geworden.

Ich war überrascht, wie schnell Liam und Eli sich von den Strapazen erholt hatten. Eva war weniger erstaunt und meinte, das läge daran, dass ich ihnen ein Gefühl von Sicherheit und Geborgenheit vermittelt hatte. Aber ich vermutete, dass sie einfach froh waren, ihre Mutter wiederzuhaben.

Woran auch immer es lag, den Kindern ging es gut. Liam freute sich darauf, bald die Schule zu besuchen, und Elijah konnte es kaum erwarten, mit seiner Mutter zur Arbeit zu gehen und den ganzen Tag mit Mikey zu spielen.

Solange sie glücklich waren, war ich glücklich, auch wenn ich mich darauf vorbereitete, bald mit dem Team aufzubrechen. Ich hatte Zane bitten wollen, einen der Jungs aus dem Blue Team abzuziehen und meinen Platz einnehmen zu lassen, doch Eva war strikt dagegen gewesen.

Ich war immer noch unentschlossen, aber ich wollte nicht riskieren, Evas Zorn auf mich zu ziehen. Nach allem, was ich von Owen und Myles gehört hatte, hatte meine Frau einen guten rechten Haken. Gabe hatte den blauen Fleck tagelang stolz zur Schau gestellt und sogar gescherzt, er würde sie bitten, seine neue Sparringspartnerin zu werden.

Das kann er sich abschminken.

»Ja, Liam, wir sind da.«

Eva drückte meinen Oberschenkel und ich warf ihr einen Blick zu.

Verdammt, sie war so schön.

Aber vor allem war sie stark, klug und zäh.

»Aufgeregt?«, fragte ich, obwohl ich die Antwort bereits kannte.

»Ja. Ich kann es kaum erwarten, ihn kennenzulernen. Melody und die Kinder auch.«

Ich parkte in Tex' Einfahrt und bat die Jungs, einen Moment im Wagen zu warten, weil ich noch kurz mit ihrer Mutter sprechen wollte. Sie stöhnten, aber ich wusste, dass sie gehorchen würden.

Ich schnappte mir mein Handy, stieg aus und ging um die Motorhaube herum. Ich musste Eva unbedingt etwas erklären und wollte nicht länger warten.

Ich öffnete die Beifahrertür. Eva beäugte mich neugierig, als ich ihr beim Aussteigen half.

»Bevor wir reingehen, möchte ich dir noch etwas sagen. Ich hätte schon viel früher mit dir darüber reden sollen, aber die letzte Woche war so hektisch.«

»Geht es dir gut?«

»An dem Tag, an dem du entführt wurdest, kamen wir auf ein Thema zu sprechen und haben das Gespräch nie zu Ende geführt.«

»Max ...«

»Ich will Kinder haben. Früher hatte ich nie diesen Wunsch. Auch nachdem ich dich und die Jungs kennengelernt hatte, wollte ich nicht noch mehr Nachwuchs. Ich dachte, mit den Jungs ist mein Leben erfüllt genug – und das ist es auch. Wenn du also keine weiteren Kinder willst, kann ich dir versichern, dass Liam und Elijah ...«

»Du willst Kinder?«, unterbrach sie mich.

»Ja.«

»Okay«, stimmte sie zu.

»Okay?«

»Ja, okay.«

»Ich will Mädchen«, erklärte ich.

»Im Ernst? Ich dachte, alle Männer wollen Jungs.«

»Ich habe schon Jungs«, erinnerte ich sie. »Es wäre schön, wenn sie ein oder zwei kleine Schwestern hätten.«

»Mein Gott. Gerade als ich dachte, ich könnte dich

unmöglich noch mehr lieben, belehrst du mich eines Besseren.«

»Das habe ich alles dir zu verdanken. Bevor ich dich traf, hatte ich nichts und hatte mich damit abgefunden, den Rest meines Lebens allein zu verbringen. Dann kamen du und die Jungs, und mir wurde klar, dass ich nicht wirklich gelebt hatte. Ich hatte nur geatmet. Mehr nicht.« Ich wischte mir eine Träne aus dem Auge und lächelte. »Lass uns reingehen, damit ihr Tex endlich kennenlernen könnt.«

»In Ordnung.«

* * *

Nachdem sich alle vorgestellt hatten, war Eva in Tränen ausgebrochen und Tex um den Hals gefallen, der sich sichtlich unwohl gefühlt hatte. Danach hatte Eva sich Melody zugewandt und ihr ebenfalls überschwänglich gedankt.

Mel war wesentlich entspannter und murmelte nur: »Ich weiß. Er ist der Größte, nicht wahr?«

Ihre Töchter Akilah und Hope strahlten vor Stolz, als Liam und Elijah ihnen versicherten, dass ihr Vater Tex »cooler« sei als die albernen Superhelden im Fernsehen. Dann erzählten sie den Mädchen, dass er Eva gerettet hatte. Die Stimmung im Raum änderte sich, als die Mädchen lautstark nach Luft schnappten und ihren Vater anstarrten. Zweifellos wussten sie, dass Tex vielen Menschen half, aber ich bezweifelte, dass sie je einen dieser Menschen getroffen hatten.

Und er hatte Liam, Elijah und Eva gerettet.

Die Liebe, die ich in den Augen von Tex' Töchtern sah, traf mich wie ein Schlag. Ich betete, dass Liam und Elijah mich eines Tages auch so ansehen würden.

Tex war der Mittelpunkt ihrer Welt.

Während die Frauen im Wohnzimmer plauderten und Hope und Akilah den Jungen ihr Zimmer zeigten, gingen Tex und ich zurück in sein Büro.

Mein Gott, der Mann hatte eine Ausstattung, die es mit

der NASA hätte aufnehmen können. An einer Wand hingen drei große Bildschirme und auf einem riesigen Schreibtisch standen vier weitere Monitore neben zahlreichen Tastaturen, Computertürmen und Laptops.

»Das ist verdammt beeindruckend«, bemerkte ich.

»Was dachtest du denn? Dass ich euch mit einem Dell-Rechner den Arsch rette?« Er lachte. »Hier.«

Er reichte mir ein Bier und bedeutete mir, mich auf einen der drei Stühle zu setzen.

»Danke.«

»Am besten bringen wir es gleich hinter uns«, sagte er. Als ich den belustigten Unterton in seiner Stimme hörte, wappnete ich mich.

Tex setzte sich und streckte sein linkes Bein aus, wobei seine Hose ein Stück hochrutschte und ich einen Blick auf seine Prothese erhaschte. Man konnte leicht vergessen, dass Tex bei einer Explosion sein halbes Bein verloren hatte – nichts konnte den Mann aufhalten.

»Du hattest recht«, verkündete ich. Ich beobachtete, wie ein Lächeln seine Lippen umspielte, bevor er den Kopf zur Seite neigte und in schallendes Gelächter ausbrach.

»Ja, das hatte ich«, erwiderte er leise lachend.

»Verdammt, du bist wie ein Amor der Kommandotruppe.«

»Du kannst mich nennen, wie du willst, aber du weißt, dass ich recht hatte.«

»Das habe ich schon gesagt«, stimmte ich zu.

»Also schön, ich lass dich vom Haken. Aber ich will, dass dein Erstgeborener nach mir benannt wird.«

»John?«

»Nein. Tex.«

»Ich werde mein Kind nicht Tex nennen. Aber vielleicht könnte ich mich mit John als zweiten Vornamen abfinden.«

»Ich wette, Eva wird dein Kind Tex nennen«, erwiderte er.

Er hatte recht, Eva würde mein Kind sofort Tex nennen.

»Da wir Mädchen bekommen, ist diese Diskussion

hinfällig«, erklärte ich. Mir schwante nichts Gutes für mein ungeborenes Kind, daher wechselte ich das Thema. »Wolltest du mit mir über etwas Bestimmtes sprechen? Hat Owen dich wegen Natasha kontaktiert?«

»Die Frau redet nicht. Ich habe alle Vermisstenmeldungen mit dem Vornamen Natasha durchforstet und nichts gefunden. Entweder ist das nicht ihr richtiger Name oder niemand hat sie als vermisst gemeldet. Owen wird mir etwas von ihr besorgen, damit ich ihre DNA überprüfen kann. Aber im Moment macht er sich mehr Sorgen darüber, ob sie sich bei ihm einlebt. Du weißt, dass er sie mit zu sich nach Hause genommen hat, nicht wahr?«

»Ja, das weiß ich. Eva hat ein paarmal angerufen, um zu hören, wie es ihr geht«, bestätigte ich.

»Sonst habe ich nichts Neues. Wie du weißt, haben wir uns um Novaks Leiche gekümmert. Kenneth und Tracy Eklund bemühen sich um einen Handel mit der Staatsanwaltschaft. Joshua Lemont steckt in der Scheiße und kommt nicht mehr raus. Euch vier geht es gut. Von jetzt an sollte alles glattlaufen.«

»Glatt? Sobald du und Garrett eure Arbeit erledigt habt, brechen wir auf.«

»Ja. In ein paar Tagen sollte alles erledigt sein.«

Verdammt, in ein paar Tagen würde ich weg sein.

»Es wird einfacher«, sagte Tex.

»Was wird einfacher?«

»Wegzugehen. Zumindest habe ich das gehört. Als Wolf das erste Mal auf eine Mission ging, nachdem er Caroline kennengelernt hatte, war er ein Wrack. Er konnte es kaum erwarten, wieder nach Hause zu kommen. Die Jungs haben ihn deshalb aufgezogen. Das erste Mal ist am schwersten.«

»Du klingst wie ein alter Mann, der Weisheiten von sich gibt.«

»Ich bin ein alter Mann und ich habe alles, was ich mir jemals wünschen könnte«, erwiderte Tex.

Damit hatte er recht. Er hatte alles.

»Hör mal, ich muss mit dir über etwas reden.« Sein

ernster Tonfall versetzte mich sofort in höchste Alarmbereitschaft.

»Gibt es ein Problem?«

»Im Moment nicht, aber es wird eines geben«, erklärte Tex.

»Komm schon, Tex. Rätsel sind nicht dein Stil. Raus mit der Sprache.«

Die tiefen Falten zwischen Tex' Augenbrauen beunruhigten mich. In unserer Welt konnte ein Problem vieles bedeuten. Angefangen bei Munitionsmangel bis hin zu jemandem, der in Lebensgefahr schwebte, und alles dazwischen.

»Declan hat … sich übernommen …«

»Ja, Tex, ich weiß«, unterbrach ich ihn. »Hat er mit dir über sie gesprochen?«

»Halte Dec den Rücken frei«, erwiderte Tex nur.

»Wie bitte?«

»Max, vertrau mir. Du musst hinter ihm stehen. Mir ist klar, dass du das jetzt nicht verstehst, aber Declan trägt einen Kampf mit sich aus. Und der ist gewaltiger, als ihr alle ahnt.«

»Declan ist …«

»Hohl. Er ist ein lebender Toter, dem nichts mehr etwas bedeutet. Er ist nur noch ein Schatten seiner selbst und wenn die Sache mit ihr schiefgeht, wird er sich nie wieder davon erholen. Das wäre sein Ende. Autumn Pierce ist vielleicht die einzige Person, die das heilen kann, was in ihm zerbrochen ist.«

»Woher weißt du von Autumn?«

Ich musste ihn nicht fragen, woher er wusste, dass Dec innerlich tot war. Das war so ziemlich das Einzige, was mein Teamleiter nicht verheimlichte. Man musste ihm nicht einmal von Angesicht zu Angesicht gegenüberstehen, um zu wissen, dass der Mann nur noch eine leere Hülle war, man konnte es an seiner Stimme hören. Es schmerzte mich, dass Dec es vorzog, im Stillen zu leiden. Aber wenn er sich weigerte, sich uns zu öffnen und uns zu vertrauen, konnten wir nichts für ihn tun.

»Ich weiß eine ganze Menge, Max.«

Noch mehr Rätsel. Tex wusste wirklich viel, genau genommen schien er alles zu wissen. Aber er würde nie jemandem verraten, woher er seine Informationen hatte.

»Ich würde nie einen Freund im Stich lassen«, bestätigte ich. »Ich werde ihm den Rücken freihalten, aber Thad wird stinksauer sein. Emerson wird durchdrehen und Thad wird die Beherrschung verlieren. Die ganze Situation ist ein Chaos, das hätte vermieden werden können. Declan hätte Thad zumindest erzählen sollen, dass Autumn in Annapolis lebt.«

»Dec hat seine Gründe. Vertrau ihm.«

»Vertrauen? Verdammt, er sollte lernen, uns zu vertrauen.«

»Das stimmt, aber er hat einen guten Grund, sein Privatleben für sich zu behalten. Gerade du solltest verstehen, wie wichtig Selbstschutz ist, wenn dir jemand so übel mitspielt, dass du keine andere Wahl hast, als dich abzuschotten.«

Verflucht, Tex hatte nicht unrecht.

»Ich werde mich um Declan kümmern.«

Tex entspannte sich sichtlich und lehnte sich in seinem Stuhl zurück. Ich ließ den Blick durch sein Allerheiligstes schweifen. Hier sammelte er die Informationen, mit denen er im Laufe der Zeit sowohl meinen Arsch als auch unzählige Leben gerettet hatte. Tex legte großen Wert auf seine Privatsphäre und schützte sie um jeden Preis. Es war eine Ehre, in seinem Haus zu Gast zu sein.

»Danke für die Einladung. Das bedeutet Eva und den Jungs sehr viel.«

»Ihr seid hier immer willkommen.«

»Das weiß ich zu schätzen. Auch wenn ich hier mit dir sitze und dein hässliches Gesicht anstarre, rieche ich das Essen. Was immer deine Frau kocht, es ruft mich.«

»Mel ist eine verdammt gute Köchin, aber ich glaube nicht, dass es ihre Kochkünste sind, die nach dir rufen«, lachte er.

Nein, nicht Mels Kochkünste. Aber Eva selbst. In den

letzten eineinhalb Wochen, seit sie wieder zu Hause war, hatte ich den Blick nicht von ihr abwenden können. Ich musste sie ständig in meiner Reichweite haben. Zum Glück ging es ihr genauso wie mir, oder sie ließ mich einfach gewähren. Mir war es egal, solange sie in meiner Nähe war – für immer.

* * *

»Ich vermisse Morgen wie diese«, sagte Melody und deutete mit ihrer Kaffeetasse auf die Jungen. »Genießt die glücklichen Stunden, solange ihr könnt. Sobald sie Teenager sind, bekommt ihr nur freche Sprüche und Gemurre, wenn ihr sie aufweckt.«

Liam und Eli waren schon früh auf den Beinen gewesen. Das hatte mich überrascht, immerhin waren sie gestern Abend mit Akilah und Hope lange aufgeblieben. Die Töchter von Tex und Melody hatten sich großartig um die Jungen gekümmert und stundenlang mit ihnen gespielt, während wir draußen saßen und uns angeregt unterhielten.

Tex und Melody führten ein gutes Leben und eine großartige Ehe, und nach all den Jahren war den beiden immer noch anzusehen, wie sehr sie einander liebten. Der Besuch bei ihnen hatte mir Gewissheit verschafft. Sie waren der Beweis dafür, dass eine lange, glückliche und gesunde Ehe möglich war.

»Das habe ich gehört.« Evas wunderschönes Lächeln raubte mir immer wieder aufs Neue den Atem. »Aber ich glaube, sie sind vor allem so fröhlich, weil sie dir mit den Schokoladenpfannkuchen helfen durften.«

Eva lehnte sich an mich und ich legte einen Arm um ihre Schulter und zog sie an meine Seite.

»Alles in Ordnung?«, flüsterte ich.

»Es könnte nicht besser sein.«

»Gut.« Ich drückte ihr einen Kuss auf den Kopf und atmete den blumigen Duft ihres Shampoos ein.

Fast hätte ich sie verloren und mit ihr meine Chance auf

Glück. Es würde lange dauern, bis dieser quälende Gedanke verblassen würde, bis eines Tages die Angst und die überwältigende Panik verflogen wären. Aber diese siebenundzwanzig Stunden würde ich nie vergessen. Sie würden mich immer daran erinnern, wie zerbrechlich das Leben war, wie einem im Bruchteil einer Sekunde alles genommen werden kann. Es war eine Warnung, Eva und meine Jungs nie als selbstverständlich hinzunehmen.

»Danke, dass wir euch besuchen und hier übernachten durften.« Eva schniefte und schmiegte sich an meine Seite. »Ihr habt so viel für uns ...«

»Eva ...«, unterbrach Tex sie. Dankbarkeit hatte ihn schon immer in Verlegenheit gebracht.

»Nein, Tex, lass mich bitte ausreden. Ich werde nie vergessen, was du für uns getan hast. Du hast meine Söhne gerettet und zu mir zurückgebracht. Du hast an mich geglaubt, als es sonst niemand tat, und mir geholfen, wieder auf die Beine zu kommen, damit ich meinen Kindern ein gutes Leben bieten kann. Und schließlich hast du uns das schönste Geschenk von allen gemacht: Max. Also, danke. Du hast uns auf jede erdenkliche Weise gerettet.«

Ich hatte Schwierigkeiten, den riesigen Kloß in meinem Hals hinunterzuschlucken, während das Brennen in meinen Augen von Sekunde zu Sekunde stärker wurde.

»Gern geschehen, Eva.« Tex räusperte sich und begegnete meinem Blick. »Aber ich habe nicht dir das Geschenk gemacht, sondern Max.«

Allerdings, das hatte er. Ein Geschenk, das so großzügig war, dass ich es immer in Ehren halten würde.

»Ich habe den besten Ehemann der Welt«, brachte Melody mit erstickter Stimme hervor.

»Verdammt richtig, das hast du«, erklärte Tex in viel zu ernstem Tonfall, woraufhin die Frauen in Gelächter ausbrachen.

Dieser Ausflug war einfach wunderbar, aber es war Zeit zu gehen.

»Wir sollten die Jungs langsam fertig machen«, sagte ich zu Eva.

»Ja, du hast recht«, seufzte sie.

»Es war schön, dass ihr da wart«, sagte Mel. »Ihr seid jederzeit herzlich willkommen.«

»Wir kommen wieder«, versprach Eva.

Eine Stunde später hatten wir uns verabschiedet, einander umarmt und die Hände geschüttelt. Es war nicht leicht, die Jungs dazu zu bewegen, in den Wagen zu steigen, doch mit Hopes Hilfe, die Liam und Eli angeschnallt hatte, war es uns gelungen.

»Bist du bereit?«, fragte ich an Eva gewandt. Wir standen vor dem Geländewagen und Eva winkte Tex und Melody zu, die auf ihrer Veranda standen.

Sie begegnete meinem Blick. Verdammt, ihre hübschen Augen strahlten vor Glück.

»Und wie.«

Eva stellte sich auf die Zehenspitzen und strich mit ihren Lippen über die meinen. Dies war weder die richtige Zeit noch der richtige Ort, doch ich konnte nichts gegen den Schauer der Erregung tun, der durch mich hindurchströmte.

»Es kann holprig werden. Das Leben ist voller Überraschungen. Aber egal, was passiert, Eva, ich schwöre, ich werde an deiner Seite sein.«

Eva sah zu mir auf und schenkte mir ein strahlendes Lächeln, in dem sich ihre Liebe widerspiegelte, die mich fast um den Verstand brachte.

»Stolpersteine, Kurven, Überraschungen ... An deiner Seite bin ich stärker als je zuvor. Ich bin bereit.«

Meine leidenschaftliche, starke Frau war obendrein verdammt niedlich. Wir starrten uns in die Augen, während ich hemmungslos lachte, unsere Kinder auf dem Rücksitz warteten und unsere Freunde nicht weit entfernt auf der Veranda standen. Ich presste meine Lippen auf ihre und scherte mich einen Dreck darum, dass uns jemand sehen konnte.

Der beste Kuss aller Zeiten.

KAPITEL SIEBENUNDDREISSIG

Declan Crenshaw schloss die Haustür auf und betrat Autumns kleines Häuschen mit den zwei Schlafzimmern. In diesem Moment wusste er es.

Er musste ihr Haus nicht durchsuchen, um zu wissen, dass sie fort war. Die Luft hatte sich verändert. Nichts war mehr von der Spannung zu spüren, die er immer in ihrer Nähe empfand.

Das Schlimmste war, dass er damit gerechnet hatte, obwohl sie versprochen hatte, nicht zu gehen.

Autumn Pierce hatte eine Mission, und niemand, nicht einmal er, konnte sie davon abhalten, sich auf ihre Beute zu stürzen.

Aber nur weil er das wusste, hieß das nicht, dass es kein Schlag in die Magengrube war. Es war ein stechender, durchdringender Schmerz, der auf der linken Seite seiner Brust brannte.

Declan wusste, dass er sich nie auf sie hätte einlassen dürfen. Er hätte ihr nie so nahe kommen dürfen. Thad würde den Verstand verlieren, und Emmy wäre zutiefst gekränkt, weil ihre Schwester monatelang in ihrer Nähe gelebt und niemand ihr etwas davon gesagt hatte. In diesem Punkt war Declan anderer Meinung als Autumn, aber sie hatte darauf bestanden, ihre Anwesenheit geheim zu halten.

Declan zog sein Handy aus der Tasche und rief Tex auf dem Weg in die Küche an.

Leer.

Wie alles in seinem Leben – eine weite Schlucht unendlicher Leere. Aber er hatte es ohnehin nicht verdient, Erfüllung zu finden. Nicht einmal die wenigen Atempausen, die er in ihrem Bett gefunden hatte, hätten ihm vergönnt sein sollen. Seine einzige Rechtfertigung für die Stunden des Glücks, die Autumn ihm mit ihrem warmen, geschmeidigen Körper geschenkt hatte, war die Genugtuung, dass sie auch von ihm genommen hatte, was sie brauchte.

Declan war noch nie einem Menschen begegnet, dessen Leid das seine widerspiegelte. Sie beide waren zwei gebrochene Seelen, die sich nicht mehr zusammenfügen ließen. Autumn benutzte ihren Schmerz so, wie er seinen benutzte – als Krücke, um in einer Welt zu überleben, in der alle anderen nach Liebe und Glück strebten.

Verfluchte Scheiße. Einst hatte Dec alles gehabt. Eine wunderschöne Frau, die ihm eine ebenso wunderschöne Tochter geschenkt hatte. Aber all das war ihm genommen worden, auf grausame Weise aus seinem Leben gerissen. Und es verging kein Tag, an dem er sich nicht daran erinnerte, dass er selbst dafür verantwortlich war.

Dec tippte energisch auf das Display seines Handys. Ein Anflug von Wut brachte seine sonst so besonnene und berechnende Art ins Wanken.

»Hey, Dec«, meldete Tex sich. »Ich habe Garrett gerade die Informationen geschickt.«

Decs Blick fiel auf einen Zettel, der auf der Anrichte lag, und sein Ärger wuchs.

Sie kamen zu spät.

»Wir haben ein Problem«, sagte Declan.

»Wir haben immer ein Problem. Du musst schon etwas genauer sein«, erwiderte Tex.

»Autumn ist weg. Sie wusste, dass Madeleine Strotherby wegen eines Fototermins für die neue Mädchenschule nach

Afghanistan reisen würde. Sie hat mir geschworen, dass sie nicht allein gehen würde.«

»Du glaubst, sie ist nach Afghanistan geflogen?«

»Wenn man bedenkt, dass ich auf einen verdammten Zettel starre, auf dem steht: ›Habe eine neue Quelle, bin auf dem Weg dorthin. Wir sehen uns im Nahen Osten. PS: Vergiss deine Sonnencreme nicht‹, würde ich sagen, sie will nach Afghanistan.«

»Was kann ich für dich tun?«, fragte Tex.

»Finde heraus, wer ihre neue Quelle ist.«

»Und wie soll ich das anstellen? Einfach einen Namen aus dem Ärmel schütteln? Ich brauche mehr als nur eine ›Quelle‹.«

»Ich weiß nicht, wie du deine Wunder vollbringst, und ich gebe auch nicht vor, es zu wissen. Aber ich weiß, dass du uns noch nie enttäuscht hast. Und ich muss herausfinden, wer sich meiner Frau genähert hat und warum sie gegangen ist. Wir hatten einen Plan, und sie hat sich trotzdem aus dem Staub gemacht.«

Tex stieß einen schweren Seufzer aus, der nicht unbedingt beruhigend auf Declan wirkte. Er könnte auch Garrett auf den Fall ansetzen. Der Mann war sehr gut darin, Informationen zu sammeln. Aber Tex war der Beste, und wenn er nicht mitspielte, war Declan geliefert.

»Ich besorge dir einen Namen.«

Gott sei Dank.

»Danke, das weiß ich zu schätzen.«

»Du weißt, dass du reinen Tisch machen musst.«

Verdammt, er hatte schon gewusst, dass er es nicht mehr lange geheim halten konnte, aber er hatte gehofft, noch etwas Zeit zu haben.

»Ja. Ich werde Zane gleich anrufen.«

»Viel Glück. Und mach dir keine Sorgen wegen Autumn. Sie weiß, was sie tut.«

Genau das bereitete Declan Sorgen. Autumn, die Hals über Kopf losstürmte, konnte alles Mögliche bedeuten. Im schlimmsten Fall hatte sie sich auf ein Himmelfahrtskommando begeben, im besten Fall würde sie Madeline töten und zufrieden nach Hause zurückkehren.

»Danke, Tex.«

Declan beendete das Gespräch und starrte auf sein Handy.

Es war so weit – der Tag der Abrechnung war gekommen.

DANKSAGUNG

An Sie alle – meine Leserinnen und Leser. Danke, dass Sie dieses Buch gelesen und mir einige Stunden Ihrer Zeit geschenkt haben. Ob dies nun das erste Buch ist, das Sie von mir lesen, oder ob Sie schon von Anfang an dabei sind, danke für Ihre Unterstützung. Ihretwegen habe ich den tollsten Job der Welt.

BÜCHER VON RILEY EDWARDS

Gold Team – Stahlharte Beschützer:

Brooks

Thaddeus

Kyle

Maximus

Declan (1 Mai)

Red Team – Stahlharte Beschützer:

Jasmins Erinnerung

Schutz für Olivia

Vergebung für Violet

Erlösung für Ivy

Die Rettung von Erin

Die Gemini-Gruppe:

Nixons Versprechen

Jamesons Erlösung

Westons Schatz

Alecs Traum

Chasins Kapitulation

Holdens Erwachen

Jonnys Befreiung

Eliteteam 707:

Shanes Auferstehung

Jaspers Freiheit

Levis Erkenntnis

Nolans Zwiespalt

BIOGRAFIE

Riley Edwards ist eine USA Today und Wall Street Journal Bestsellerautorin, Ehefrau und Armee-Mom. Geboren und aufgewachsen ist sie in Los Angeles, lebt inzwischen jedoch mit ihrem fantastischen Ehemann und ihren Kindern an der Ostküste.

Riley schreibt herzerwärmende Liebesgeschichten mit sexy Alphahelden und noch stärkeren Heldinnen. Rileys Lieblingsgenres sind spannende Liebesromane und Militärromanzen.

Besuchen Sie Riley im Netz!
www.rileyedwardsromance.com
facebook.com/Novelist.Riley.Edwards
instagram.com/rileyedwardsromance
youtube.com/channel
tiktok.com/@rileyedwardsromance
twitter.com/rileyedwardsrom
E-Mail: riley@rileysrebels.com

facebook.com/Novelist.Riley.Edwards
x.com/rileyedwardsrom
instagram.com/rileyedwardsromance
bookbub.com/authors/riley-edwards
amazon.com/author/rileyedwards

BÜCHER VON SUSAN STOKER

<u>SEALs of Protection:</u>

Schutz für Caroline
Schutz für Alabama
Schutz für Fiona
Die Hochzeit von Caroline
Schutz für Summer
Schutz für Cheyenne
Schutz für Jessyka
Schutz für Julie
Schutz für Melody
Schutz für die Zukunft
Schutz für Kiera
Schutz für Alabamas Kinder
Schutz für Dakota

<u>SEALs of Protection: Legacy</u>

Ein Beschützer für Caite
Ein Beschützer für Brenae
Ein Beschützer für Sidney
Ein Beschützer für Piper
Ein Beschützer für Zoey
Ein Beschützer für Avery
Ein Beschützer für Kalee

Ein Beschützer für Jane

Die Zuflucht in den Bergen
Zuflucht für Alaska
Zuflucht für Henley
Zuflucht für Reese
Zuflucht für Cora
Zuflucht für Lara
Zuflucht für Maisy
Zuflucht für Ryleigh

SEALs of Protection: Alliance
Schutz für Remi
Schutz für Wren
Schutz für Josie
Schutz für Maggie
Schutz für Addison (6 May)
Schutz für Kelli
Schutz für Bree

Das Bergungsteam vom Eagle Point
Ein Retter für Lilly
Ein Retter für Elsie
Ein Retter für Bristol
Ein Retter für Caryn
Ein Retter für Finley
Ein Retter für Heather
Ein Retter für Khloe

Die SEALs von Hawaii:
Die Suche nach Elodie
Die Suche nach Lexie
Die Suche nach Kenna
Die Suche nach Monica
Die Suche nach Carly
Die Suche nach Ashlyn
Die Suche nach Jodelle

<u>Delta Team Zwei</u>
Ein Held für Gillian
Ein Held für Kinley
Ein Held für Aspen
Ein Held für Jayme
Ein Held für Riley
Ein Held für Devyn
Ein Held für Ember
Ein Held für Sierra

<u>Die Delta Force Heroes:</u>
Die Rettung von Rayne
Die Rettung von Emily
Die Rettung von Harley
Die Hochzeit von Emily
Die Rettung von Kassie
Die Rettung von Bryn
Die Rettung von Casey
Die Rettung von Wendy
Die Rettung von Sadie
Die Rettung von Mary
Die Rettung von Macie
Die Rettung von Annie

<u>Mountain Mercenaries:</u>
Die Befreiung von Allye
Die Befreiung von Chloe
Die Befreiung von Morgan
Die Befreiung von Harlow
Die Befreiung von Everly
Die Befreiung von Zara
Die Befreiung von Raven

<u>Ace Security Reihe:</u>
Anspruch auf Grace
Anspruch auf Alexis
Anspruch auf Bailey

Anspruch auf Felicity
Anspruch auf Sarah

Die Männer von Silverstone
Vertrauen in Skylar
Vertrauen in Taylor
Vertrauen in Molly
Vertrauen in Cassidy

Eine Sammlung von Kurzgeschichten
Ein langer kurzer Augenblick

BIOGRAFIE

Susan Stoker ist die New York Times, USA Today und Wall Street Journal Bestsellerautorin der Buchreihen »Badge of Honor: Texas Heroes«, »SEAL of Protection«, »Die Delta Force Heroes« und einigen mehr. Stoker ist mit einem pensionierten Unteroffizier der US-Armee verheiratet und hat in ihrem Leben schon überall in den Vereinigten Staaten gelebt – von Missouri über Kalifornien bis hin zu Colorado. Zurzeit nennt sie die Region unter dem großen Himmel von Tennessee ihr Zuhause. Sie glaubt ganz und gar an Happy Ends und hat großen Spaß daran, Geschichten zu schreiben, in denen Romantik zu Liebe wird.

Besuchen Sie Susan im Netz!
www.stokeraces.com
facebook.com/authorsusanstoker
twitter.com/Susan_Stoker
bookbub.com/authors/susan-stoker
instagram.com/authorsusanstoker
Email: Susan@StokerAces.com

www.ingramcontent.com/pod-product-compliance
Lightning Source LLC
Chambersburg PA
CBHW060312100726
47907CB00002B/373